나의 문화유산답사기

10

나의 문화유산답사기

10 서울편 2

유주학선 무주학불

유홍준 지음

창비

자랑과 사랑으로 쓴 서울 이야기

1

『나의 문화유산답사기』가 돌고 돌아 바야흐로 서울로 들어왔다. 내가 어릴 때 단성사, 명보극장 같은 개봉관에 새 영화가 들어올 때면 '개봉박두(開封迫頭)'와 함께 '걸기대(乞期待)'라는 말이 늘 붙어 다니곤 했는데 혹시 나의 독자들이 '답사기의 한양 입성'을 그런 기분으로 기대했는지도 모르겠다. 다른 곳도 아닌 서울이니까.

서울은 누구나 다 잘 아는 곳이다. 굳이 내 답사기가 아니라도 이미 많은 전문적·대중적 저서들이 넘칠 정도로 나와 있다. 그래도 내가 서울 답사기를 쓰고 싶었던 것은 서울을 쓰지 않고는 우리나라 문화유산답사기를 썼다고 말할 수 없기 때문이다.

서울은 누가 뭐래도 대한민국의 자존심이자 세계 굴지의 고도(古都) 중 하나다. 한성백제 500년은 별도로 친다 해도 조선왕조 500년의 역사 도시이면서 근현대 100여 년이 계속되고 있는 현재진행형의 수도이다.

대한민국에서 서울의 위상이 너무 커서 '서울공화국'이라는 말까지 생겨났다. 한편 서울은 최고와 최하가 공존하는 도시이고 그만큼 모순과

격차가 많은 도시다. 이것을 하나로 묶어 동질감을 갖게 할 수 있는 것은 역시 문화유산이다. 서울 시내엔 조선왕조의 5대 궁궐이 있다. 이는 누구의 것도 아닌 서울 사람의 것이고 대한민국 국민의 것이며 나아가서 외국인 관광객들 모두가 즐기는 세계유산이다.

또 서울은 다름 아닌 내 고향이다. 서울 사람으로 태어나 서울 사람으로 일생을 살아간 이야기를 들려주고 싶은 마음이 늘 있어왔다. 특히 내가 느끼는 인사동, 북촌, 서촌, 자문밖, 성북동은 지금 젊은이들이 보고 즐기는 것과 너무도 차이가 많아 그 구구한 내력을 알려주고 싶었다. 그것은 훗날 현대 생활문화사의 한 증언일 수 있다는 약간의 의무감 같은 것도 있었다.

2

서울 답사기는 모두 네 권으로 구상하고 시작했다. 첫째 권은 조선왕조의 궁궐이다. 역사도시로서 서울의 품위와 권위는 무엇보다도 조선왕조 5대 궁궐에서 나온다. 종묘와 창덕궁은 이미 1997년에 유네스코 세계유산으로 등재되었다. 그러나 우리는 그때만 해도 생각이 조금 모자랐던 것 같다. 제대로 문화외교 전략을 펼쳤다면 서울의 5대 궁궐을 한꺼번에 등재했어야 했다. 일본 교토(京都)는 14개의 사찰과 3개의 신사를 묶어서 등재했고, 중국의 소주(蘇州, 쑤저우)는 9개의 정원을 동시에 등재했다. 그리하여 세계만방에 교토는 사찰의 도시, 소주는 정원의 도시임을 간명하게 각인시키고 있다. 그런 의미에서 서울은 궁궐의 도시이다.

첫째 권의 제목으로 삼은 '만천명월 주인옹(萬川明月主人翁)은 말한다'는 창덕궁 존덕정에 걸려 있는 정조대왕의 글에서 빌려온 것이다. 궁궐 답사기는 필연적으로 건축 이야기가 될 수밖에 없는데 나는 거기서 나아가 궁궐의 주인인 옛 임금들이 어떤 생각을 하면서 어떻게 생활했는 지를 들려주고자 이런 제목을 붙였다.

둘째 권은 조선왕조가 남긴 문화유산들을 답사한 것으로 한양도성, 성균관, 무묘인 동관왕묘, 근대 문화유산들이 어우러진 덕수궁, 그리고 조선시대 왕가와 양반의 별서들이 남아 있는 속칭 '자문밖' 이야기로 엮 었다. 둘째 권의 제목은 '유주학선 무주학불(有酒學仙 無酒學佛)'로 삼았 다. 술이 있으면 신선을 배우고 술이 없으면 부처를 배운다는 이 글은 오 래전에 흥선대원군의 난초 그림에 찍혀 있는 도장에서 본 것인데 석파 정 답사기를 쓰면서 생각났다.

나는 처음 이 절묘한 문구를 보았을 때, 이 글의 주제는 술이고, 술꾼 이 술이 없을 때 서운함을 스스로 달랜 것이라고 생각했다. 그런데 혹 주 제가 술이 아니라 학(學)인지도 모른다는 생각이 스치듯 지나갔다. 아무 튼 이 글의 내용은 있으면 좋고 없어도 좋다는 뜻이다. 뒤늦게 이 글이 생각난 것은 점점 삶의 긴장이 이완되어가는 나이 탓도 있겠지만 나의 답사기가 뒤로 갈수록 만고강산을 노래 부르는 느긋함을 배웠기 때문이 라는 생각이 든다.

이렇게 시작한 나의 서울 답사기는 역사의 층위를 살피고 그 뒤안길 을 더듬으면서 자랑과 사랑의 마음으로 쓴 우리의 서울 이야기이다. 늘 살아가며 보고 있는 서울이지만 문화유산을 통하여 서울의 자존심을 더 욱 굳건히 다지고, 생활공간으로서의 서울을 보다 깊이 이해하고 널리 즐기는 계기가 되기를 바라는 마음이다.

아직은 구상단계이지만 앞으로 셋째 권은 인사동, 북촌, 서촌, 성북동 등 묵은 동네 이야기로 내가 서울에 살면서 보고 느끼고 변해간 모습을 담을 것이다. 도시는 시간의 흐름 속에 계속 바뀌어왔다. 과거 위에 현재 가 자리잡고 있지만 한편으로는 사라진 과거를 다시 되살리려는 현재의 노력도 있다. 그 이야기를 쓰고자 한다. 내가 서울 답사기를 쓰면서 가장 마음 쓰고 있는 곳이기도 하다.

넷째 권에는 서울의 자랑인 한강과 북한산 이야기를 담을 예정이다. 서울이 확장되면서 편입된 강남의 암사동, 풍납토성, 성종대왕 선릉과 중종대왕 정릉, 봉은사 그리고 사육신묘, 양천관아까지 한강변의 유적들과 북한산 비봉의 진흥왕 순수비, 승가사, 진관사, 북한산성, 도봉서원 터를 이야기할 생각을 하면 나도 모르게 가슴이 열리는 기분이다.

3

강진과 해남 땅끝에서 시작한 지 햇수로 25년 만에 한양으로 입성하자니 감회가 없지 않다. 내가 답사기를 처음 쓸 때는 시리즈의 완간이라는 것은 전혀 염두에 두지 않았다. 그러다 한 권, 두 권, 권수가 쌓여가고, 10년, 20년, 해를 더해가면서 국내편 8권에 일본편 4권이 나오게 되자 나도 모르게 『나의 문화유산답사기』의 최종 형태라는 것을 생각하게 되었다.

사실 내가 아직 가보지 않았다거나 자료가 부족하여 쓰지 못할 곳은 하나도 없다. 다만 그간의 내 인생이 '답사기'에만 매달려 사는 것이 아니었던지라 주어진 시간이 허락하지 않았을 뿐이다. 그런데 점점 글 쓰는 것이 힘들어지면서 답사기의 마감도 의식하기 시작했다.

단정적으로 말해서 완간이란 불가능하다. 내가 국토의 구석구석을 많이 쓴 것 같아도 이제까지 답사기에 쓴 지역은 국토의 반 정도밖에 안 된다. 사찰만 해도 송광사 통도사 해인사 등 삼보사찰과 보림사 실상사 등 구산선문, 화엄사 쌍봉사 운주사 백양사 은해사 법주사 같은 명찰은 문턱에도 가지 않았다.

김해 창녕 고령 고성 등 가야의 옛 자취, 청주 강릉 전주 진주 남원 등

고색창연한 옛 도시도 언급하지 않았다. 수원 화성을 비롯하여 경기도 지역은 거의 쓰지 않았고, 경주도 남산과 왕릉을 빼놓은 상태다. 거제도 진도 보길도 울릉도 독도 등 섬 이야기는 시작도 안 했다.

비무장지대 155마일도 이미 답사해두었고, 북한의 개성과 삼수갑산의 백두산도 이미 두 번 다녀왔다. 게다가 틈나는 대로 중국 답사기도 준비해왔다. 이런 상태에서 완간은 가당치도 않은 일이다.

그래서 나는 비록 미완으로 남겨두더라도 독자들이 이곳만은 꼭 꼼꼼하게 답사해주기를 바라고 나 또한 그렇게 생각하는 곳부터 빈칸을 메워가자고 마음먹고 먼저 쓴 것이 서울편이다.

이제 서울 답사기 두 권을 펴내고 나니 나는 또 어디로 떠날 것인가를 생각하기 시작했다. 앞에 열거한 여러 곳 중 하나일 테지만 어느 책이 먼저 나올지, 그날이 언제인지는 나도 모른다. 언제나 그래왔듯이 어느 날 불쑥 독자 앞에 '걸기대' 하고 나타날 것이다.

4

서울 답사기를 쓰면서는 유난히 많은 분들의 도움을 받았다. 정보의 정확성을 위한 '팩트 체크'를 파트별로 나누어 종묘는 전주 이씨 대동종약원 이용규 부이사장, 창덕궁은 문화재청 최종덕 국장, 덕수궁은 서울역사박물관 박현욱 학예연구부장, 성균관은 대동문화연구원의 김채식 강민정 연구원, 동관왕묘는 장경희 한서대 교수, 창신 숭인지구 답사기는 DDP 디자인연구소 박삼철 소장, 그리고 창덕궁 창경궁 덕수궁 종묘의 관리소장들께도 미리 일독을 부탁드렸다. 그리고 음악, 문학, 건축에 대한 내 상식을 전문가에게 검증받고자 한예종 이진원 교수, 문학평론가 최원식, 건축가 승효상 님께 해당 분야에 대한 검토를 부탁드려 유익한 지적과 조언을 받아 책에 반영했다. 이 자리를 빌려 고마운 마음을 전한다.

사진 게재를 허락해주신 기관과 사진작가분들께도 깊이 감사드린다. 특히 청와대 주변 문화재에 대해서는 대통령경호실에서 펴낸 『청와대와 주변 역사 문화유산』(2007)의 신세를 크게 졌음도 밝혀둔다.

단순한 원고 교정이 아니라 청문회를 방불케 할 정도로 꼼꼼히 사실관계를 확인해준 창비 편집팀의 황혜숙 김효근 최란경 님, 자료 수집을 도와준 명지대 한국미술사연구소 박효정 김혜정 연구원, 예쁘게 책을 꾸며준 디자인 비따의 김지선 노혜지 이차희 님께 고마운 마음을 담아 기록해둔다.

그리고 나의 고참 독자들께 각별히 감사드리고 싶다. 새 독자를 만나고 싶은 마음이야 모든 저자가 갖고 있는 꿈이지만, 답사기가 나오기를 기다리는 오랜 독자들이 있기 때문에 정년(停年)이라는 것을 아랑곳하지 않고 이렇게 답사기를 손에서 놓지 못하는 것도 사실이다.

실제로 답사기를 쓰면서 나는 항시 옛 친구 같은 독자들과 함께 가고 있다는 마음을 갖고 있다. 답사기를 섬세하게 잘 읽으면 문체 자체에 그런 뜻이 들어 있다는 것을 감지할 수 있을 것이다. 동의하든 안 하든 나는 그런 마음으로 답사기를 썼다. 그 점에서 독자 여러분은 『나의 문화유산답사기』 시리즈의 공저자이기도 하다.

내가 삶의 충고로 받아들이는 격언의 하나는 "빨리 가려면 혼자 가고, 멀리 가려면 함께 가라"는 아프리카인의 진득한 마음자세이다. 어쩌면 그렇게 독자들과 함께 가고자 했기 때문에 답사기가 장수하면서 이렇게 멀리 가고 있는지 모른다. 나는 계속 그렇게 갈 것이다.

2017년 8월
유홍준

차례

제1부
서울 한양도성

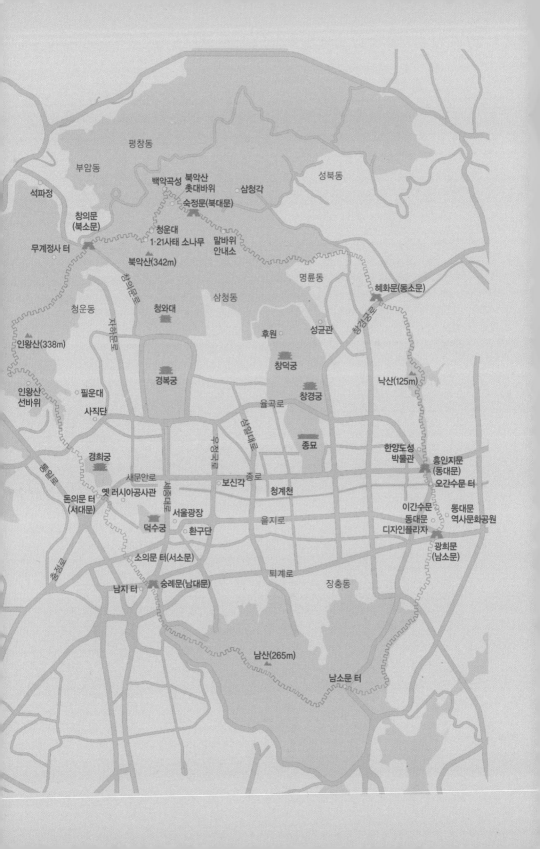

한양에 도읍을 정하기까지의 긴 여정

「한양도성도」와 「경조도」 / 서울의 랜드마크 /
이방인의 한양 예찬 / 무학대사 전설 /
신도읍을 위한 자리 물색 / 한양 신도읍의 건설 /
한양도성의 건설 / 한양도성 완성

서울의 옛 지도 「한양도성도」와 「경조도」

서울은 누가 뭐래도 우리나라의 상징이자 자존심이다. 대한민국의 수도로 자체 인구 1천만 명, 수도권까지 합치면 2천 5백만 명, 총인구의 반이상이 삶을 영위하는 대도시다. 정치·경제·사회·문화 등 모든 분야에서 서울의 국가적 위상이 실로 너무 커서 '서울공화국'이라는 말까지 나올 정도다. 옛날 당나라의 수도가 장안이었던 시절 "장안의 풀로 태어나는 것이 지방의 꽃으로 피어나는 것보다 낫다(生作長安草 勝爲邊地花)"고 했다는데 지금의 서울이야말로 모든 분야의 최고와 최하가 공존하면서 모순 속에서도 우리 시대 문화를 선도해 나아가고 있다.

서울의 힘과 자랑은 문화유산에서도 그대로 나타난다. 서울은 세계 굴지의 고도(古都) 중 하나다. 길게는 2천여 년 전에 시작된 한성백제

| 산으로 감싸인 서울의 모습 | 서울처럼 도심의 사방을 산이 감싸고 그 남쪽으로 큰 강을 끼고 들판이 넓게 펼쳐진 도시는 지구상 어디에서도 찾기 힘들다.

500년, 짧게는 조선왕조 500여 년과 근현대 100여 년간의 수도로서 역사의 자취가 켜켜이 쌓여 있다. 더욱이 서울은 로마나 아테네처럼 오래된 과거 위에 현재가 그냥 얹혀 있는 도시가 아니고, 중국의 서안(西安, 시안), 일본의 교토(京都)처럼 수도의 지위를 내준 역사도시도 아니고 600여 년 이어지고 있는 현재진행형 수도이자 고도다.

중국의 북경(北京, 베이징)이 그 유래나 문화유산의 성격에 비슷한 면이 있지만 북경은 자금성·천단·이화원 같은 몇 개의 거대한 황실 건축들이 도심 속에 섬처럼 자리잡고 있음에 비해 서울은 경복궁·창덕궁·창경궁·경희궁·덕수궁·종묘·사직단·성균관 문묘 등 조선왕조의 궁궐 건축들이 여전히 시내 중심가에 위치하여 과거와 현재가 공존하고 있다.

역사도시로서 서울의 이미지와 도시 공간의 매력은 자리앉음새에서 나온다. 우리는 너무도 익숙해 크게 의식하며 살지 않지만 서울처럼 도심의 사방이 산으로 감싸이고 그 남쪽으로 큰 강을 끼고 들판이 넓게 펼

쳐져 있는 도시는 지구상 어디에서도 달리 찾아보기 힘들다.

서울의 옛 모습을 말할 때면 나는 2개의 고지도가 절로 머리에 떠오른다. 하나는 한양도성 안쪽을 그린 「한양도성도(漢陽都城圖)」다. 이를 보면 서울은 동서남북으로 낙산(125미터), 인왕산(338미터), 남산(265미터), 북악산(342미터) 등 반경 약 2킬로미터의 내사산(內四山)에 둘러싸여 더없이 아늑한 분지에 자리하고 있음을 명확히 알 수 있다. 산줄기를 타고 부정형의 타원을 그리는 한양도성이 옛 한양의 영역을 명확히 드러내주는 울타리로 둘려 있어 한 나라의 수도로서 권위와 품위가 살아나고 있다.

서울을 그린 또 하나의 고지도는 한양도성의 외곽까지 그린 「경조도(京兆圖)」다. 경조란 서울 지역이라는 뜻이니 '수도권 지도'인 셈이다. 이를 보면 북쪽의 북한산(836미터), 동쪽의 용마산(348미터), 남쪽의 관악산(629미터), 서쪽의 덕양산(125미터) 등 반경 약 8킬로미터의 외사산(外四山)

이 넓게 펼쳐져 있다. 도성 북쪽으로는 준수하고도 장중한 삼각산과 도봉산이 받쳐주고, 남쪽으로는 활모양의 긴 호(弧)를 그리면서 유유히 흘러가는 한강 남쪽의 드넓은 들판 너머에 관악산이 듬직한 수문장인 양 안쪽을 지켜주고 있다.

서울의 옛 지도는 먹으로 산·강·개천·거리·건물들을 명확히 표시하여 지도로서 정확한 정보를 드러내주면서 강은 파랑, 산은 초록, 건물은 빨강과 노랑으로 채색하여 한 폭의 실경산수화를 이루고 있다. 지도에서 분명히 보이듯이 서울에는 산·강·도시가 하나의 유기체처럼 어우러져 있다.

짙은 녹색의 산줄기는 서울의 골격이 되고, 푸른 물줄기들은 도시의 살과 근육이 되고, 붉은색으로 나타낸 촘촘한 도로망은 실핏줄처럼 퍼져 있어 마치 산천의 맥박이 뛰는 것만 같다. 서울의 자랑은 이처럼 자연과 인공이 환상적으로 어우러지는 탁월한 로케이션에 있다.

랜드마크 건축이 필요 없는 도시, 서울

서울에 살 때는 잘 느끼지 못하다가도 어쩌다 해외 답사를 마치고 귀국해 인천공항에서 시내로 들어오며 난지도쯤을 지날 때면 유유히 흐르는 한강 너머 길게 펼쳐진 북한산 줄기가 눈에 들어온 순간 이 아름다운 곳을 점지해준 조상들께 감사하는 마음이 절로 일어난다.

서울을 처음 찾아오는 이방인을 맞이하여 올림픽대로를 타고 달릴 때 한강 건너 먼 산을 가리키며 그들에게 저 산 밑에 서울 시가지가 있다고 하면 모두 놀란 눈으로 바라보며 어떻게 도심 속에 저렇게 준수한 산이

| 한양도성도 |　내사산의 산줄기를 타는 한양도성이 옛 한양의 영역을 명확히 드러내고 도로망은 실핏줄처럼 퍼져 있다. 우리나라 고지도의 아름다움을 극명하게 보여준다.

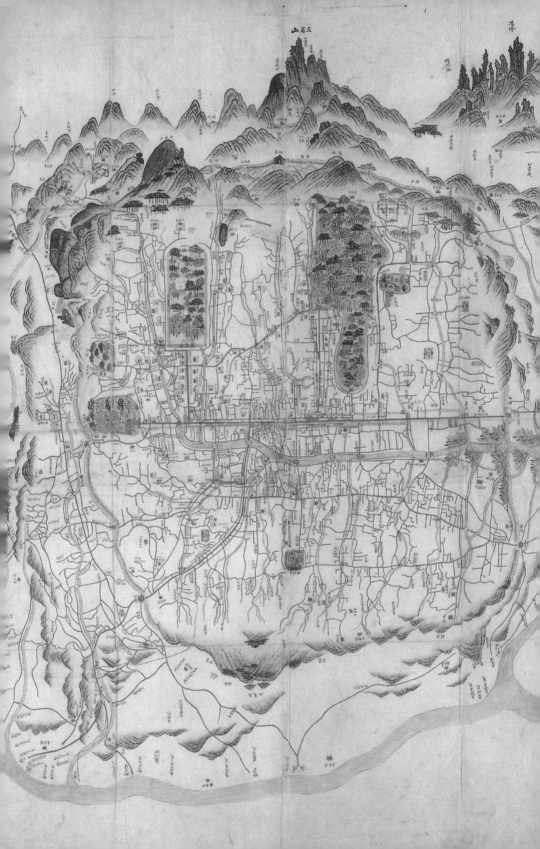

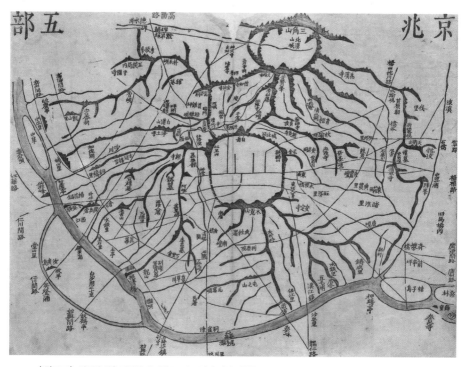

| **경조도** | 경조란 서울 지역이라는 뜻으로 수도권의 자연 지형을 나타낸 지도다. 산세와 강줄기를 명확히 표현한 우리 고지도의 특징을 잘 보여주고 있다.

있고, 어떻게 이처럼 장대한 강물이 도시를 가로지를 수 있느냐며 이구동성으로 '믿을 수 없다'(unbelievable)를 연발한다.

내가 서울에서 맞이하는 외국인은 대개 박물관 큐레이터나 미술사가인데 남다른 안목을 갖고 있는 이들도 한결같이 서울의 자연입지에 끝없는 찬사를 보냈다. 한 예로 1992년 백남준 회갑 기념전 때 처음으로 서울을 방문한 서구의 현대미술평론가들이 아주 많았는데 그때 미국의 미술평론가인 엘리너 하트니(Eleanor Heartney)는 비디오아트라는 주제를 거론하기에 앞서 서울의 첫인상부터 말했다. 서울은 동서남북 어느 시점에서 보아도 아름다운 산이 시야에 들어오기 때문에 파리의 에펠탑 같은 랜드마크 건축물이 필요 없는 도시라는 점에서 깊은 인상을 받았다고 술회했다. 그래서 당시 나는 「엘리너 하트니가 남긴 충고」라는 에세이를 기고한 바 있다.

오늘날 서울의 도심은 물론 한양도성 외곽까지 고층빌딩과 고층아파트 숲으로 덮여 있음에도 그러할진대 20세기 초, 근대 건축이라고 해야 외국 공관 석조건물 여남은 채와 교회당밖에 없었던 시절 서울을 찾은 서양인들의 눈에 서울의 자리앉음새는 더욱 경이롭게 보였을 것이다.

윌리엄 그리피스의 『은자의 나라 한국』, 퍼시벌 로웰의 『내 기억 속의 조선, 조선 사람들』, 이사벨라 버드 비숍의 『한국과 그 이웃 나라들』, 엘리자베스 키스의 『옛 조선: 고요한 아침의 나라』 등을 보면 100여 년 전 이방인의 눈에 비친 서울의 인상은 한결같이 도시가 이렇게 아름다운 산과 어우러질 수 있는 것이 거의 불가사의하다는 감탄이었다.

그중 가장 감동적인 글로는 1901년 한국을 방문한 언론인이자 지리학 박사였던 독일인 지그프리트 겐테(Siegfried Genthe, 1870~1904)가 『쾰른신문』에 연재한 『한국견문기』(Korea-Reiseschilderungen)를 들 수 있다. 그에 대해서는 『나의 문화유산답사기』 7권 '제주편'에서 한라산의 높이가 1,950미터라고 처음으로 정확히 측정한 사실을 소개하면서 잠시 언급한 바 있는데 겐테 박사는 서울의 인상을 다음과 같이 기술했다.

서울의 로케이션은 아주 독특하다. 사방에 뾰족하고 높고 힘찬 산들이 민가가 들어선 곳까지 뻗어 내려오면서 빙 둘러싸고 있는 것이 서울의 모습이다. 이런 전망(view)을 가진 서울은 이 세상에서 우리가 가장 아름답다고 꼽는 군주국 도시 명단에 들어가야 할 충분한 조건을 갖추고 있다. 서울을 페르시아 수도 테헤란과 오스트리아의 잘츠부르크와 비교해보면 비슷한 점이 많다.

| 옛 서울의 모습 | 도시 공간으로서 서울의 매력은 자연과 어우러진 자리앉음새에 있다. 100년 전 서울에 온 이방인들이 한결같이 놀란 서울의 옛 모습이다.

그러나 서울에는 (…) 잘츠부르크처럼 웅장하고 엄숙한 기사의 성채가 없고, 테헤란의 (…) 위엄 넘치는 다마반드(Damāvand)산처럼 거대한 산도 없다. 그러나 서울보다 고도가 약 300미터 높을 뿐인 남산에서 내려다보면 놀라운 광경이 펼쳐진다.

오늘날 우리가 프랑스 남부 카르카손(Carcassonne)의 중세도시 또는 중국 산서성(山西省, 산시성) 평요(平遙, 핑야오)의 옛 고을을 처음 보고 이국적이면서도 고풍을 간직한 경관에서 감동을 받는 것과 비슷했던 모양이다.

물론 서울의 자리앉음새에 대한 예찬을 이방인만 노래하지는 않았다. 오히려 우리 선조들이 더했다. 조선왕조의 역대 왕을 비롯해 무수히 많은 문인들이 서울을 찬미한 시를 남겼는데 그 누구보다도 한양에 신도읍을 건설한 장본인으로 감회가 남달랐을 태조는 북한산 백운대에 올라

한양을 바라보며 그 감격과 뿌듯함을 이렇게 노래했다.

　　우뚝 솟은 높은 산이 하늘과 맞닿았으니
　　한양은 하늘이 열리면서 이루어진 것이로다
　　굳건한 대륙은 삼각산을 떠받치고 있고
　　오대산에서 내려오는 긴 강물은 바다로 흘러든다

600년 전의 계획도시

　서울은 이처럼 자연경관이 뛰어난 자리앉음새를 갖고 있을 뿐만 아니라 600여 년 전에 치밀하게 조성된 계획도시라는 점에서도 세계건축사에서 빛나는 한 장을 차지하고도 남음이 있다. 그 무렵 유럽의 도시들도 시청과 성당을 중심으로 설계되기는 했지만 서울처럼 인구 10만에서

20만 명을 수용하는 대규모 도시건설사업은 아니었다.

또 나라의 수도를 신도시로 건설한 예야 고대부터 줄곧 있어왔고 20세기 들어서도 브라질의 브라질리아, 호주의 캔버라에 이르기까지 이어졌지만 이들은 대개 허허벌판에 조성한 것이고 서울처럼 자연환경을 고려한 입지를 찾아내어 신도읍을 조성한 예는 아주 드물다. 있다면 8세기 일본 헤이안(平安) 시대의 교토 정도를 들 수 있는데 이 경우도 기존의 수도인 나라(奈良)에서 북쪽으로 옮겨간 것이지 서울처럼 전국의 땅을 조사한 다음에 선택한 것은 아니다.

서울의 경우, 이성계의 명(또는 부탁)을 받은 무학(無學) 대사가 조선의 도읍으로 정했다고 널리 알려져 있지만 사실은 그렇지가 않다. 무학대사가 한양 정도(定都)에 결정적인 역할을 한 것은 사실이지만 한양 땅이 조선의 수도로 확정되는 과정은 아주 신중하고도 신중했다. 무학대사의 낭만적인 발품에만 의지한 것이 아니라 풍수에 높은 안목과 학식 있는 당대의 경륜가들이 총동원되어 검토한 결과였다. 학자마다 여러 곳을 신도읍 물망에 올렸고 공사를 시행에 옮기기도 하면서 몇 차례 자리를 이동하는 시행착오를 겪다가 마지막에 다다른 결론이었다.

새 도읍지 물색 과정에서 벌인 열띤 논쟁은 아마도 세계건축사에서 그 유례를 찾기 힘들 것이다. 당시 학자들이 얼마나 신중한 검토 끝에 한양 땅을 서울로 삼았는가를 생각하면 서울 사람은 물론이고 대한민국 국민 모두가 조상들의 그 진지한 노고를 돌이켜볼 필요가 있다고 생각한다.

무학대사 전설의 진실

서울과 연관된 무학대사의 전설로 왕십리·무학재·북한산 비봉의 무학대사비 등이 유명한데 이는 모두 훗날 무학대사가 전설적인 스님이

| 태조 이성계 초상 | 한양을 새 도읍지로 지목한 결정적 인물은 태조 이성계였다. 전주 경기전에 있는 태조 초상으로 현재 완전하게 전해지는 유일한 어진(御眞)이다.

되면서 사후에 민간에서 만들어진 것이다.

왕십리에 대한 이야기는 무학대사가 한양 정도 자리를 물색하면서 왕십리 부근을 살필 때 어떤 백발노인이 여기서 10리를 가면 도읍터가 있다고 알려주어 10리를 걸어가 마침내 북악산 아래에 명당을 잡았다는

| **무학대사** | 왕십리·무학재·북한산 비봉의 무학대사비 등 무학대사와 연관된 한양의 지명은 모두 훗날 무학대사가 전설적인 스님이 되면서 민간에서 생산된 허구이다.

데서 10리를 간다는 뜻의 동네 이름인 왕십리(往十里)가 유래했다는 것인데 18세기 중반의 「도성대지도(都城大地圖)」 등을 보면 이 지역 이름은 왕심(旺深)·왕심(往審)·왕심(往尋) 등으로 표기되어 있다.

또 독립문에서 홍제동으로 넘어가는 고개는 무학재가 아니라 무악(毋岳)재이고 고개 왼편에 있는 산이 무악산인데, 고개에서 바라보면 말안장 같아서 안산(鞍山)이라고도 했고 이 고개는 길마재라고도 불렸다. 단지 무악과 무학의 발음이 비슷해 허구가 생겨났을 뿐이다.

북한산 비봉의 비는 오랫동안 무학대사비로 전해져왔다. 전설에 의하면 무학대사가 도읍지를 찾기 위해 비봉에 올랐더니 비문에 "무학이 잘못 찾아 이곳에 왔다(無學誤審到此碑)"라고 쓰여 있었다는 것이다. 그러나 1816년 추사 김정희가 이 비문을 정밀히 조사하고는 진흥왕 순수비임을 밝혀냈다. 그러니 그 허구의 내력이 얼마나 오래되었는지 알 수 있다.

이런 사실은 이미 김영상(金永上) 선생이 『서울 600년』(한국일보사 1989)에서 소상히 밝힌 바가 있다. 이 책은 내가 서울 답사기를 쓰면서 가장 많이 의지한 것으로 서울을 가장 서울답게 알려주는 명저라고 생각한다. 잠시 생각건대 몇십 년 전까지만 해도 우리나라 언론인 중에는 이처럼 문헌 자료와 현장답사를 통한 실사구시의 자세로 명저들을 써낸 분들이 많았다. 그 대표적인 예로 나는 예용해 선생의 『인간문화재』와 김영상 선생의 『서울 600년』을 꼽는다. 이분들 외에도 당시 언론인들이 아카데미즘과 저널리즘의 경계를 허물며 책상머리 학자들은 해낼 수 없는 업적을 내놓은 것을 나는 학문적 성과 이상으로 귀하게 여긴다. 세월이 흐르면서 이런 문사(文士)들이 좀처럼 나오지 않는 것은 참으로 애석한 일이다.

서울의 건치 연혁

서울을 조선의 수도로 정하는 한양 정도 과정은 조선왕조의 개국과 동시에 시작한다. 1392년 사대부들의 지원을 받은 이성계가 역성(易姓) 혁명이라는 쿠데타를 성공시킨 뒤 지금의 개성에 있던 고려의 별궁인 수창궁(壽昌宮)에서 조선왕조 건국을 선포한 것이 7월 17일이었다. 대한민국 제헌절이 바로 이 날짜에서 유래한 것이다.

태조는 즉위한 지 한 달도 안 되어 천도(遷都)를 명했다. 그때 태조가 새 도읍지로 지목한 곳은 지금의 서울 땅인 한양이었다. 이 사실은 『조선왕조실록』태조 1년(1392) 8월 13일자에 다음과 같이 기록되어 있다.

　　도평의사사(都評議使司)에 명령을 내려 한양(漢陽)으로 도읍(都邑)
　　을 옮기게 했다.

　무학대사의 전설이 워낙 강하게 퍼져 있어 많은 사람들이 한양 정도
이전의 서울 지역은 그저 산중의 분지였을 것으로 생각하곤 한다. 그
러나 고려시대에 한양은 한때 남경(南京)이라 불리며 평양의 서경(西
京), 경주의 동경(東京)과 병칭되었고 별궁도 있던 고을이었다. 다만 고
려시대 남경은 훗날 새로이 개조된 조선시대 한양과는 사뭇 다른 고을
이었다.

　여기서 잠깐 서울의 건치 연혁을 일별해보면 475년 백제의 수도 하남
위례성이 함락된 후 고구려는 서울 지역에 북한산군(北漢山郡)을 설치했
다. 그때는 여느 지역과 마찬가지로 산과 들과 강이 어우러진 들판이었
다. 그뒤 신라 진흥왕이 한강 지역을 차지하면서 북한산주(北漢山州)가
되었다. 통일신라 경덕왕 16년(757), 전국의 행정구역을 대대적으로 개편
해 9주(州)로 편성할 때 서울 땅은 한주(漢州)에 속하는 27개 군의 하나
로 한양군(漢陽郡)이라 불렸다. 지금의 세검정초등학교에 있던 장의사
(壯義寺), 구기동의 승가사(僧伽寺), 북한산 비봉의 진흥왕 순수비 등이
바로 신라시대의 유적지들이다.

　한양군은 통일신라 때 양주(楊州)로 이름이 바뀌었고 고려왕조에 들
어와서도 이 이름이 계속 유지되었다. 그러다 고려 현종 3년(1012) 전국
을 '5도 양계(五道兩界)'로 개편하던 와중에 양주는 양광도(楊廣道)에 속
하게 되었다. 양주는 양광도에서도 광주(廣州)와 더불어 목사(牧使)가
파견되는 요즘의 도청소재지쯤 되는 큰 고을이었다. 서울의 전신이 곧

양주였다.

그리고 문종 21년(1067) 양주가 더 격상되어 유수(留守, 종2품)가 다스리는 고을이 되면서 '남경 유수부(南京 留守府)', 줄여서 남경이라 불렸고 별궁도 들어섰다. 본래 고려왕조는 국초부터 고구려의 수도 평양은 서경, 신라의 수도 경주는 동경이라 부르며 옛 왕도의 격을 존중해주었지만 백제의 고도에 대해서는 아무런 조치가 없었다. 이는 후백제와 벌인 치열한 전투의 기억 때문이었을 것이다. 그러다 한강 유역 주민의 민심을 얻고 개성 수도권을 신장하려는 뜻으로 남경 유수부를 두었던 것이다. 이후 역대 왕들은 이 남경의 별궁에 자주 순행했다.

그러나 몽골 침입 때 남경은 큰 피해를 입었고, 원나라의 간섭기로 들어와서는 충렬왕 34년(1308)에 남경 유수부가 한양부(漢陽府)로 강등되었다. 그리고 공민왕 때 다시 남경으로 개칭된 상태에서 조선왕조가 들어선 것이었다.

이와 같이 한양은 고려 문종 이래로 남경이라 불리며 별궁도 있었던 큰 고을이었는데 당시 도심이 어디였고 별궁이 어디였는지는 아직 명확히 밝혀지지 않았다.

고려 때의 한양은 훗날 신도읍으로 개조되면서 그 자취를 찾기 힘들어졌지만 최종현 교수는 옛길을 더듬어 답사한 뒤 고려의 별궁이 북악산과 인왕산 사이 청운동쯤에 있었으며 남경의 관아는 지금의 교동 운현궁 자리에 있었고 시가지는 청계천변을 따라 형성되었던 것으로 추정하고 있다.(최종현·김창희『오래된 서울』, 동하 2013)

계룡산 신도안의 건설

태조는 애당초 새 도읍지로 한양을 염두에 두고 있었고 이미 별궁까지 있었기 때문에 천도를 쉽게 할 수 있을 것으로 생각했던 듯 곧바로 이염(李恬)을 한양부로 내려보내 별궁을 수리하게 했다.

그러나 조준(趙浚), 배극렴(裵克廉) 등 대신들이 겨울철을 앞두고 공사를 일으킬 수 없을뿐더러 대신들의 숙소가 마련되지 않은 상태에서 수도를 옮기면 기존 주민들을 쫓아내고 들어가야 하는 민폐가 생긴다며 반대하고 나섰다. 태조는 대신들의 주장에 일리가 있다고 생각해 공사를 연기하고 궁궐·종묘·사직·관아 등을 건축한 뒤에 천도하기로 했다. 태조는 대신들의 건의를 아주 잘 받아들인 임금이었다.

그러다 1393년 정월 풍수지리에 정통한 태실증고사(胎室證考使) 권중화(權中和)가 계룡산 아래에 새 도읍을 구상한 「계룡산 도읍도(都邑圖)」를 그려서 헌상하자 태조는 여기에 큰 관심을 보였다. 그리고 마침내 며칠 뒤인 1월 19일, 태조는 신하들을 대동하고 계룡산으로 현지답사를 떠났다.

태조는 개성을 출발해 계룡산으로 가는 도중에 양주 회암사에 들러 왕사(王師)인 무학대사를 대동하고 2월 8일 현장에 도착했다. 태조는 계룡산에 5일간 머물면서 산세·교통·성곽 자리 등을 살펴보고는 신도(新都)로 건설할 것을 결정하고 감독관을 임명했다. 태조는 성격이 급한 편이었다.

이리하여 3월부터 각 도에서 인부를 차출해 신도읍 공사에 들어갔다.

계룡산 신도 공사의 중단

계룡산 신도의 공사를 본격적으로 착수한 지 9개월 넘어 한창 터 닦기를 진행하고 있었는데 갑자기 경기도관찰사인 하륜(河崙)이 계룡산 신도의 부당함을 진언하고 나왔다. 이때의 일이 『조선왕조실록』 태조 2년

(1393) 12월 11일자에 다음과 같이 기록되어 있다.

　도읍은 마땅히 나라의 중앙에 있어야 될 것이온데, 계룡산은 지대가 남쪽에 치우쳐서 동면·서면·북면과는 서로 멀리 떨어져 있습니다. 또 신(臣)이 일찍이 신의 아버지를 장사 지내면서 풍수 관계의 여러 서적을 대강 열람했사온데, 지금 듣건대 계룡산 땅을 보면 산은 건방(乾方)에서 오고 물은 손방(巽方)에서 흘러간다 하오니, 이것은 (풍수의 대가인) 송나라 호순신(胡舜臣)이 말한바, '물이 장생(長生)을 파(破)하여 쇠패(衰敗)가 곧 닥치는 땅'이므로, 도읍을 건설하는 데는 적당하지 못합니다.

　태조는 하륜의 말을 듣고는 권중화, 정도전(鄭道傳) 등 대신들로 하여금 과연 고려왕조의 여러 산릉(山陵)의 길흉(吉凶)이 풍수 이론과 맞는지 아닌지를 하륜과 함께 조사케 했다. 그리하여 대신들이 신중히 검토한 결과 풍수의 이론과 실체가 모두 맞는 것을 확인할 수 있었다.

　대신들이 이러한 검토 결과를 태조에게 보고하자 태조는 즉각 대장군(大將軍) 심효생(沈孝生)을 보내어 신도읍 공사를 중단하라고 명했다. 최창조 박사의 견해에 따르면 계룡산이 도읍으로 거론된 것은 풍수가 아니라 도참(圖讖)설에 입각한 것으로 하륜의 상소가 맞았다고 한다.(『한국의 풍수지리』, 민음사 1993)

　이리하여 계룡산 신도 건설은 중단되었고 '새 도시 계획안'이 있던 곳이라 해서 신도안(新都案)이라 불리게 되었는데, 후에 그곳에는 분청사기 가마가 설치되어 철화무늬의 명작을 생산해냈다. 유명한 계룡산 가마가 여기에 있었다. 분청사기 가마가 문을 닫고 구한말에 들어서는 수많은 역술가, 도사들이 가마터로 모여들어 계룡산 신도안의 전설이 생겼

| **계룡산 신도안 터** | '새 도시 계획안'이 있던 곳이라 해서 신도안이라 불렸다. 현재는 정으로 다듬은 주춧돌들만 장대하게 남아 있어 신도안의 터 닦기가 상당히 진행되었음을 확인할 수 있다.

다. 그러다 1980년대 신도안에 3군본부인 계룡대가 들어서면서 지금은 민간인이 쉬이 들어갈 수 없는 군사지역이 되었다.

문화재청장 시절 나는 신도안 터의 상황을 알아보기 위해 계룡대를 한번 방문한 적이 있다. 조선 국초에 신도 건설이 9개월이나 진행되었으니 현장 곳곳에 있을 주춧돌을 보면 명확히 그 자리를 알 수 있을 것이라고 기대했다. 나의 기대는 순식간에 사라졌다. 군부대를 건설하면서 거대한 주춧돌들을 역사유물로 중요하게 다룬다고 한자리에 집결해놓은 것이다. 넓은 빈터에 앞뒤 좌우로 줄 맞춰 정연하게 놓인 신도안 시절 주춧돌들을 보고 나는 잠시 할 말을 잃었다. 이 돌들은 바로 제자리에 있을 때 역사적 의의와 문화재로서 가치를 갖는 것인데 이렇게 장소를 잃어버리고 말았으니 그저 돌덩이의 열병식에 불과한 것이었다.

이리하여 더 이상 그때의 신도안은 추적할 수 없게 되었다. 다만 정으로 다듬은 주춧돌들이 장대하게 남아 있기에 신도안의 터 닦기 기초공사가 상당히 이루어졌음만을 확인할 수 있었다.

새 도읍을 위한 자리 물색

계룡산 신도읍을 포기한 태조는 문제를 제기한 하륜에게 직접 천도할 땅을 조사해보라고 명했다. 동시에 고려왕조에서 풍수를 담당했던 기관인 서운관(書雲觀)에 저장된 비록문서(秘錄文書)들을 하륜이 모두 열람해 참고할 수 있게 하라고 명했다. 이 대목에서 고려왕조의 국가 기록과 소장 도서가 얼마나 잘 관리되어 있었는지와 하륜에 대한 태조의 신뢰가 얼마나 깊었는지 알 수 있다.

태조의 명을 받은 하륜은 신도읍의 후보지로 서울 무악산(毋岳山, 안산) 남쪽, 오늘날 신촌·연희동 일대를 제시했다. 이에 태조는 재위 3년(1394) 2월에 권중화, 조준 등 대신들을 현지로 보내 살펴보게 했다. 태조의 명을 받고 현지로 내려간 대신들은 지세와 지형을 면밀히 조사한 다음 무악산 남쪽은 땅이 좁아 도읍으로 불가하다는 견해를 제시했다. 태조는 대신들의 주장이 워낙 강해 받아들이지 않을 수 없었다.

그러자 태조는 풍수를 담당하는 서운관 관리들에게 천도할 도읍지를 다시 찾아보라고 명했다. 그러고는 그 정도로는 안 되겠던지 7월 12일 아예 음양산정도감(陰陽刪定都監)이라는 '신도읍 물색을 위한 임시본부'를 발족하고 대신들을 총동원해 검토케 했다.

한편 하륜에 대한 신뢰가 두텁던 태조는 그가 제시한 무악산 신도읍 후보지도 직접 살펴보기로 했다. 그리하여 1394년 8월 8일, 신하들을 대동하고 개성을 출발해 11일 현장에 도착했다. 현장에 가보니 하륜을 제외한 모든 신하들이 신도읍으로 불가하다고 주장했다. 이에 태조는 결국 무악산 신도읍을 포기했다.

태조는 하는 수 없이 허탈한 마음으로 개성을 향해 발길을 돌리면서 남경(한양)을 지나가게 되었다. 자나 깨나 신도 건설에 애를 태우던 태조는 이곳의 지세도 괜찮다는 생각이 들어 동행한 대신들에게 의견을 물었다. 『조선왕조실록』 태조 3년(1394) 8월 13일자에는 그때의 일이 다음과 같이 기록되어 있다.

임금이 (남경의) 옛 궁궐터에 집터를 살피었는데, 산세를 관망(觀望)하다가 윤신달 등에게 "여기가 어떠냐?"고 물었다. 윤신달이 대답하기를 "우리나라 경내에서는 송경(개성)이 제일 좋고 여기가 다음갑니다. 아쉬운 바는 건방(乾方, 북쪽)이 낮아서 물과 샘물이 마른 것뿐입니다"라 했다.

이에 임금이 기뻐하면서 "송경인들 어찌 부족한 점이 없겠는가? 이제 이곳의 형세를 보니, 왕도가 될 만한 곳이다. 더욱이 조운하는 배가 통하고 (사방의) 이수(利水)도 고르니, 백성들에게도 편리할 것이다"라고 말했다.

임금은 또 왕사인 무학대사에게 "어떠냐?" 물었다. 이에 무학이 대답하기를 "여기는 사면이 높고 수려하며 중앙이 평평하니, 성을 쌓아 도읍을 정할 만합니다. 그러나 여러 사람의 의견을 따라서 결정하소서"라 했다.

이에 임금이 여러 재상들에게 분부하여 의논하게 하니, 모두들 "꼭 도읍을 옮기려면 이곳이 좋습니다"라고 말했다. 하륜만이 홀로 "산세는 비록 볼만한 것 같으나, 지리의 술법으로 말하면 좋지 못합니다"라고 말했다.

(…)

임금은 그만 연(輦, 가마)을 타고 종묘를 지을 터를 보고서 노원역(盧原驛) 들판에 이르러 유숙했다.

이리하여 태조가 애초에 생각했던 한양으로 신도읍지를 정하게 되었다. 이때 결정적 대답을 한 무학의 말인즉 '도성을 쌓아 도읍으로서 격식을 갖추라'는 것이었다. 바로 도성을 쌓음으로써 고려시대 남경인 한양은 조선왕조의 수도 한양으로 면모 일신하게 되었다.

한양 신도읍의 건설

개성으로 돌아온 태조는 곧바로 정도전을 한양에 파견해 도시건설 전체를 맡기고, 9월 1일에는 신도읍 조성 임시본부인 '신도 궁궐 조성도감(新都宮闕造成都監)'을 설치하여 청성백(靑城伯) 심덕부(沈德符)를 책임자(判事)로 임명했다. 고려 말의 문신인 심덕부는 위화도 회군의 1등 공신으로 여섯째 아들이 태조의 사위였고, 다섯째 아들은 세종의 장인이었다. 한양 신도 건설에는 심덕부 같은 개국공신들이 총동원되었다.

그리하여 정도전은 권중화 등과 협력해 신도읍 한양 설계에 들어갔다. 당시 국가의 모든 일이 여기에 집중되어 있었기 때문에 태조는 아예 한양으로 내려갔다. 태조가 개성을 출발한 것은 10월 25일이었으며 28일에 도착했고 한양부 객사를 행궁(行宮, 임시 궁궐)으로 삼았다.

그리하여 착수 3개월 뒤인 12월 초에 정도전은 종묘·사직단·경복궁 등 왕실 건축은 물론 도로와 시장까지 신도의 기본 설계를 완성했다. 불과 3개월이라는 물리적인 시간 내에 오늘날 볼 수 있는 서울의 마스터플랜을 마련한 것이다. 지금 생각하면 거의 불가사의한 일이었다.

그런데 더욱 놀라운 것은 12월 3일에 종묘, 4일에 경복궁 개토제를 올리고 터 닦기를 시작한 지 불과 10개월 뒤인 태조 4년(1395) 9월에 이 엄청난 공사를 완료했다는 사실이다(태조가 정식으로 경복궁에 입주한 것은 그해 12월 28일이었다).

신도 건설이라는 대역사에 필요한 인력은 전국의 승려들을 동원해 충당하기도 했다. 숭유억불 정책 탓에 승려들의 처지가 이처럼 가혹해진 것이다. 전통적으로 승려 중에는 사찰 건축과 관련해 건축 기술자들이 많았다. 그보다 더 큰 이유는 농번기에 인력을 동원하기 힘들기 때문이었다. 농한기인 1, 2월에는 한양과 가까운 경기도, 충청도의 민간 장정들을 동원해 성곽 공사를 시행했다.

한양도성의 공사 실명제

경복궁과 종묘가 완성된 것은 태조 4년(1395) 9월이었다. 이제 다음 공사는 무학대사가 건의한 한양도성의 축성이었다. 그해에는 마침 9월에 윤달이 들어 다음 달인 윤9월부터 한양도성 축성에 들어갔다. 태조는 곧바로 '도성 조축도감(都城造築都監)'을 설치하고 이 또한 정도전에게 기본 계획을 세우도록 했다.

이렇게 결정된 한양도성은 북악산·낙산·남산·인왕산을 잇는 총 길이 59,500척(약 18.6킬로미터)에 평지는 토성(土城), 산지는 석성(石城)으로 축조하기로 계획되었다.

한양도성의 성곽 축조 공사는 총 길이 59,500척을 600척(약 180미터)씩 모두 97구역으로 나누어 진행했다. 성곽 전체를 600척으로 나누면 97구역하고도 1,300척이 남는데 이는 인왕산 자락의 자연 암반과 절벽을 성곽으로 삼았기 때문이다.

이때 정도전과 무학대사의 의견이 엇갈려 인왕산 선바위를 한양도성

| **한양도성 선바위 부근** | 정도전과 무학대사는 인왕산 선바위를 한양도성 안으로 할지, 바깥으로 할지 두고 격렬히 대립했다. 큰 눈이 내린 다음날 선바위 안쪽은 눈이 녹은 반면에 바깥쪽은 녹지 않고 쌓여 있어, 선바위를 한양도성 바깥에 남겨두었다고 한다.

안으로 할지, 바깥으로 할지를 놓고 격렬히 대립했다고 한다. 이능화의 『조선불교통사』가 전하는 일화에 의하면 양쪽의 주장이 너무 강해 태조가 결정을 내리지 못하고 있는데 마침 어느 날 큰 눈이 내렸고 이튿날 아침에 보니 선바위 안쪽은 눈이 녹은 반면에 바깥쪽은 여전히 녹지 않고 하얗게 쌓여 있어, 선바위를 한양도성 바깥쪽으로 남겨두었다고 한다.

　97개 공사 구역의 이름은 1, 2, 3, 4로 붙이지 않고 천자문(千字文) 순서대로 매겼다. 북악산 산마루에서 동쪽으로 돌면서 천지현황(天地玄黃, 하늘은 검고 땅은 누렇다)의 천(天) 자로 시작해 이어서 지(地) 자 구역, 현(玄) 자 구역, 황(黃) 자 구역 등으로 계속 구획하여 97번째 글자인 조민벌죄(弔民伐罪, 불쌍한 백성을 돕고 죄지은 자를 벌하다)의 조(弔) 자까지 97구역

| 한양도성의 각자들 | 한양도성의 성벽 곳곳에는 공사 구역, 공사 담당자 이름, 혹은 보수공사 담당자의 직책과 이름 등이 새겨진 각자들이 많이 남아 있다. 위쪽은 실제 성벽의 각자이고, 아래는 그 탁본들이다.

의 이름을 붙였다.

지금도 한양도성의 성벽 곳곳에는 '진자 종면(辰字 終面, 진 자 구역 끝 지점)' '강자 육백척(崗字 六百尺, 강 자 구역 600척)' 등 각 구역을 표시한 글자가 새겨져 있다. 또 조선 팔도 각 지역에서 인원을 동원했기 때문에 군(郡) 또는 현(縣)의 담당 지역을 나타내 '의령 시면(宜寧始面, 경상남도 의령 구역의 시작 지점)' '흥해 시면(興海 始面, 경상북도 포항시 흥해 구역의 시작 지점)' 등의 글씨가 성벽 돌에 새겨져 있는 것을 볼 수 있다.

이러한 공사 실명제는 이후에도 계속되어 후대에 보수공사를 할 때는 아예 감독관의 직책과 이름 및 날짜가 기록된 것도 있다. 가경 9년 갑자 10월일(嘉慶九年甲子十月日, 1804년 10월) 패장(牌將) 오재민(吳再敏), 감관(監官) 이동한(李東翰), 변수(邊首) 용성휘(龍聖輝) 등을 기록한 글씨도 보인다.

한양도성의 건설

한양의 내사산을 타원형으로 감싸는 이 방대하고 시급한 사업은 인력 동원을 위해 농한기에만 이루어져서 두 차례에 걸쳐 시행했다. 그리하여 태조 5년(1396) 1월과 2월, 49일에 걸친 1차 공사에는 경상도·전라도·강원도·평안도·함경도 등에서 11만 8천여 명을 동원했다. 이때 경기도·충청도·황해도는 전해의 경복궁 궁궐 공사에 차출되었기 때문에 면제했고 압록강과 두만강 지역도 국방상의 임무를 고려해 동원하지 않았다고 한다. 당시 한양의 인구가 10만이 되지 않았음을 감안하면 12만 인부를 동원했다는 사실만으로도 얼마나 큰 희대의 대역사(大役事)였는지 알 수 있다.

1차 공사에서 한양도성은 대부분 완공되었다. 다만 동대문 지역은 웅덩이여서 말뚝을 박고 돌을 채워 기초를 다져야 했기 때문에 늦어질 수밖에 없어 미완성으로 남겨두었다. 동대문이 건립 이래 오늘날까지 보수에 보수를 거듭하고 있는 것은 이처럼 그 터가 습지라는 악조건이었기 때문이다.

농사철이 지나 가을 농한기로 들어선 8월과 9월, 49일 동안에는 7만 9,400명을 동원해 봄철에 못다 쌓은 동대문 구역을 완공하고 사대문(四大門)과 사소문(四小門)의 석축을 준공했다.

그리하여 태조 5년 9월 누각 등을 제외한 성문의 기본이 모두 완성되었다. 사대문은 정남에 숭례문(崇禮門), 정북에 숙청문(肅淸門, 현 숙정문), 정동에 흥인문(興仁門), 정서에 돈의문(敦義門)이다. 사소문은 동남쪽 남소문은 광희문(光熙門), 동북쪽 동소문은 홍화문(弘化門, 훗날 혜화문이라 바꿈), 서북쪽 북소문은 창의문(彰義門), 서남쪽 서소문은 소덕문(昭德門)이다. 그리고 이 무렵에 도성 밖으로 물길을 잇기 위해 동대문 남쪽에 수문

| **한양도성** | 산등성을 잇는 서울 성곽 공사는 난공사로 전국에서 연인원 수십만 명을 동원해 완성했고, 이후에도 지속적인 보수를 거쳐 오늘의 모습으로 남았다.

을 내어 이것이 훗날 오간수문(五間水門)과 이간수문(二間水門)이 되었다.

문루의 누각들은 공사 후 건축 기술이 뛰어난 승려들을 동원해 완공했다. 그중 가장 규모가 큰 숭례문은 2년 뒤인 태조 7년(1398)에야 준공되었다. 이것이 서울 성곽인 한양도성의 기본 골격이다.

세종대왕의 한양도성 완성

한양도성은 완공 후 몇 차례 홍수와 한파로 곳곳이 무너져 그때마다 보수공사를 해야만 했다. 특히 평지에 쌓은 토성은 문제가 많았다. 이에

　도성이 준공된 지 26년이 지난 세종 4년(1422), 세종대왕은 한양도성에 대한 전면적인 보수공사를 단행했다. 이때 세종대왕은 토성을 없애고 성곽 전체를 석성으로 수축하는 대역사를 다시 벌였다.

　인력은 역시 농번기를 피해 1월과 2월 농한기 두 달 동안 집중적으로 동원했다. 이때 전국에서 동원된 인부는 1차 공사 때의 3배에 달하는 약 32만 명이었고 기술자만 2,200여 명이 동원되었다고 한다. 상상을 초월하는 대공사였는데 계획보다 빠른 38일 만에 완공했다. 중장비가 없던 시절에 엄청난 무게의 돌들을 첩첩이 쌓는 것은 실로 난공사였다. 그것도 한겨울에 시행하다 보니 많은 인명 피해를 낳았다. 이 공사에 동원된

각 도의 군인 중 사망자만 무려 872명에 달했다고 한다. 공사가 끝나고 집으로 돌아가는 길에도 많은 희생이 있었다. 이때의 일이 실록에 이렇게 기록되어 있다.

임금이 신궁에 문안하여 군정(軍丁)이 많이 사망한 일을 태상왕(태종)에게 아뢰니, 태상왕이 노하여 조말생, 이명덕에게 이르기를, "도성을 수축한 군사 중 죽은 자가 매우 많은데 경들은 어째서 아뢰지 않았는가. 지금 다행히 주상(세종)의 말로 인하여 이제야 이를 알게 되었는데, 그러지 않았다면 이를 알 수가 없었으니 이것이 어찌 사슴을 가리켜 말이라 한 것과 다름이 있으랴"고 하니, 조말생 등이 부끄러워하고 두려워했다.

태상왕이 즉시 병조에 명하여 의원을 거느리고 성 밑으로 돌아다니면서 병들고 굶주린 사람과 죽어서 매장되지 않은 사람을 두루 찾게 하고, 또 한성부로 하여금 성 밖 10리 안에서 찾도록 했다.(『조선왕조실록』 세종 4년(1422) 2월 26일자)

세종은 이 사고의 뒷수습을 위해 온 정성을 다했고 실록에도 계속 이 사고의 뒤처리에 관한 기사가 나온다.

임금께서 지시하시기를, "도성의 역사(役事)에 나왔던 군인이 집으로 돌아가는 길에 병을 얻었으나, 구료(救療)하는 사람이 없어서, 혹은 목숨을 잃게 되었으니, 진실로 민망한 일이다. 각기 그 경내의 수령과 역승(驛丞)이 친히 나와서 보고 약물과 죽, 밥으로써 간곡히 구료하라"고 했다.(『조선왕조실록』 세종 4년(1422) 2월 26일자)

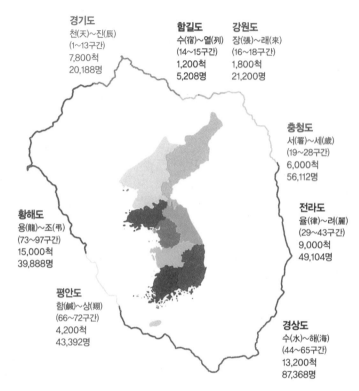

경기도
천(天)~진(辰)
(1~13구간)
7,800척
20,188명

함길도
수(宿)~열(列)
(14~15구간)
1,200척
5,208명

강원도
장(張)~래(來)
(16~18구간)
1,800척
21,200명

충청도
서(暑)~세(歲)
(19~28구간)
6,000척
56,112명

전라도
율(律)~려(麗)
(29~43구간)
9,000척
49,104명

황해도
용(龍)~조(弔)
(73~97구간)
15,000척
39,888명

평안도
함(鹹)~상(翔)
(66~72구간)
4,200척
43,392명

경상도
수(水)~해(海)
(44~65구간)
13,200척
87,368명

| 축성 공역 구간 | 한양도성 축조에 조선 팔도에서 인원을 동원했는데 각 지역이 담당한 구간을 표시하면 그림과 같다. 세종 연간의 지역별 축성 구간을 표시했다.

우리는 한양도성의 축조에 이토록 조상들의 헌신적인 희생이 있었음을 잊어서는 안 될 것이다. 이렇게 세종대왕 때 완공된 것이 오늘날 남아 있는 한양도성의 기본 골격이다.

중국 사신의 한양 예찬

이렇게 긴 과정을 거쳐 완성된 한양은 명나라 사신들의 눈에도 대단히 인상적이었던 모양이다. 오늘날 서울을 얘기할 때면 모든 사람이 거

| 담졸 강희언의 「인왕산도」 | "늦은 봄 도화동(오늘날의 남산 부근)에 올라 인왕산을 바라보고 그렸다"는 화제(畫題)가 쓰여 있는데 서양화법을 이용하여 인왕산의 음영을 실감 나게 표현했다.

의 예외 없이 남쪽으로부터 한양에 입성하는 시각에서 말하는데 성종 19년(1488)에 명나라에서 온 동월(董越)이라는 사신은 『조선부(朝鮮賦)』에서 서북쪽에서 들어오며 본 한양의 인상을 다음과 같이 찬미했다.

임진강 나루를 건너 파주에 이르러 한성을 바라보니 저 높이 서기(瑞氣)가 어리었다. 벽제관을 지나 홍제원에 당도하니 여기가 조선의 서울인데 동편으로 우뚝하다. 높은 삼각산에 받쳐 있고 울창한 푸른 소나무 그늘에 덮여 있다. 북쪽은 천 길로 이어져 내려서 그 기세는 진정 천군(千軍)을 누를 만하고 서쪽을 바라보니 한 관문(關門)이 있는데 오직 말 한 필 드나들 만하다. 산은 성 밖을 둘렀는데 날쌘 봉황이

| **겸재 정선의 「장안연우」** | 봄비가 촉촉이 내리는 날, 북악산 서쪽 기슭에 올라가 목멱산을 바라보며 그윽한 서울 장안의 모습을 그린 명작이다.

날아가며 번뜩이는 것 같고 소나무 아래에 흰모래는 마치 쌓인 눈에 햇볕이 내리쬐는 듯하다.

그리고 한양도성이 완성된 뒤 세종 때 명나라에서 온 사신인 예겸(倪 謙)은 한양 도심을 내려다보고 지은 「등루부(登樓賦)」에서 이렇게 읊었다.

북악산이 뒤에 솟고 궁궐이 빛을 더하고
남산이 앞에 높고 성벽이 사면으로 둘렸네
높은 성벽 서쪽으로 구불구불 둘려 있고
잇달아 휘둘러서 높고 낮게 동편으로 뻗어갔네

물을 말하노라면 개천이 동서로 흐르는데 은하수가 꽂힌 것 같고
한강수는 넓게 흘러 발해로 들어가니
물고기를 편하게 키워주고 논밭이 기름지게 해주네

　수도 서울의 입지적 강점은 현대사회로 들어서면서 도시가 팽창할 수
밖에 없었을 때 한강 남쪽에 얼마든지 뻗어나갈 수 있는 들판이 있었다
는 점이다. 이것이 조선왕조의 한양에 이어 서울이 여전히 대한민국의
수도가 될 수 있었던 이유다. 이 점은 로마나 아테네 같은 고도와 크게
다르다.

한양도성 순성길이 다시 열렸다

'서울성곽'에서 '서울 한양도성'으로 / 도성과 산성 /
한양도성 순성길 / 도성의 철거와 복원 /
북악산 개방 이야기 / 숙정문

'서울성곽'에서 '서울 한양도성'으로

『조선왕조실록』을 보면 국가 기록이라는 것이 얼마나 엄격한지 절감
할 수 있다. 대한민국 또한 통치에 관한 기록 관리가 대단히 철저하다.
우리가 부르는 문화재 명칭 하나도 정해진 절차를 거쳐 『대한민국 관보
(官報)』에 고시된다.

1963년 1월 21일, 국가문화재를 체계적으로 지정할 때 조선왕조의 건
국과 함께 축성된 한양의 성곽은 '사적 제10호 서울성곽'이라고 했다. 이
것이 지난 50여 년간 공식 명칭으로 사용해온 '서울성곽'이다. 그러다 서
울성곽의 유네스코 세계유산 등재를 추진하면서 명칭을 고칠 필요가 생
겨 문화재위원회 심의를 거쳐 '서울성곽'을 '서울 한양도성'으로 변경했
다. 이런 사실은 2011년 7월 28일자 『대한민국 관보 제17560호』의 '문화

재청 고시, 제2011-116호'를 통해 공식화되었다.

많은 사람들이 입에 익은 대로 여전히 서울성곽이라 부르고, 나 또한 이를 별칭 내지는 애칭으로 사용하지만 공식적으로는 '서울 한양도성'이다. 일반인들은 그게 그거고 별것도 아니라고 생각할 수 있다. 그러나 명칭에는 사물에 대한 내용이 담겨 있기 때문에 서울성곽과 한양도성이라는 명칭 차이는 이 유적의 이미지에 많은 영향을 미친다.

서울성곽이라고 하면 사람들은 자기도 모르게 그 옛날 전쟁에 대비해서 쌓은 성곽이라 생각하게 된다. 그래서 중국·일본·유럽의 도시에서 볼 수 있는 거대한 성곽과 성채를 연상하면서 서울은 성벽이 저렇게 낮고 도성의 관문인 숭례문조차 방어시설을 갖추고 있지 않았으니 어떻게 전란을 견뎠겠느냐는 둥, 그래서 임진왜란 때 서울을 방어하지 못하고 임금이 맥없이 평안도 의주로 피란 간 것 아니냐는 둥 지레짐작하며 자조(自嘲) 섞인 비하를 서슴없이 내뱉기도 한다. 이런 비아냥거리는 소리를 들으면 나는 속에서 불같이 화가 치솟는데 한편으로는 사람들이 그렇게 생각하게 만든 것은 문화재에 대한 정확한 지식을 제공하지 못한 탓이고 거기엔 이름도 한몫했다는 생각이 든다.

단적으로 말해 한양도성은 전란을 대비해 쌓은 성곽이 아니라 수도 한양의 권위와 품위를 위해 두른 울타리다. 집에 담장이 있고, 읍에 읍성이 있듯이 수도 서울에 두른 도성이다. 영어로 말해서 포트리스(fortress)가 아니라 시티 월(city wall)이다. 만약에 전쟁을 대비해 성곽을 축조했다면 석벽을 사다리꼴로 높이 쌓고 성곽 둘레에 해자를 깊게 파서 두르는 등 겹겹의 방어시설을 구축했어야 했다. 도성이 울타리이기 때문에 숭례문을 비롯한 관문도 사람들이 드나드는 통행문 이상의 기능을 하지 않았다. 동대문을 옹성처럼 두른 것은 전투를 의식해서가 아니라 풍수상 허하다는 서울의 동쪽 지세를 보완한다는 의미였을 뿐이다.

태조 이성계가 무학대사에게 이 자리가 도읍지로 어떠냐고 물었을 때 그가 전제로 내세운 첫마디는 "도성을 쌓으면"이었다. 고려시대까지 평범한 고을이던 한양과 조선왕조가 수도로 건설한 한양의 차이는 도성이 있고 없고의 차이였다. 그리고 생각해보라. 한양도성이 있는 서울과 없는 서울의 역사적 품격의 차이를.

도성과 산성의 차이

조선시대 전쟁에 대비한 방어체제는 어떻게 한 것인가. 그 답은 바로 산성(山城)이다. 본래 우리나라는 산이 많다는 지형 특성상 전투가 도성이 아니라 산성을 중심으로 전개되었다. 평시엔 도성 안에서 살다가 전란이 일어나면 산성으로 가서 진을 치고 전투태세를 갖추는 방식이었다. 한양도성을 비롯해 지금 남아 있는 해미읍성, 낙안읍성 등은 주민의 안전을 위해 도적의 침입을 막는 고을의 울타리 정도였고 전란을 위한 산성은 따로 쌓았다. 그 때문에 삼국시대 이래 전국에 무수히 많은 산성이 축조되었다.

서울 인근의 남한산성과 북한산성, 행주산성과 아차산성이 그 대표적인 예이고 삼국시대에 전투가 많이 벌어졌던 충청북도와 경상북도에는 온달산성·삼년산성·장미산성·견훤산성 등 자못 규모가 큰 산성들이 축조되었다. 태백산·소백산·지리산 같은 명산에 산성을 쌓은 것이 아니라 전략적 요충지가 되는 길목의 야산에 쌓은 것이 우리나라 산성의 특징이다.

우리나라는 통일신라 이래 중앙집권체제가 견고해 내란의 위협이 거의 없었던 나라였다. 중국·일본·유럽처럼 지방에 뿌리내린 호족이 정치·행정·군사에 힘을 행사하는 봉건사회를 경험하지 않았다. 있었다면

| **남한산성** | 남한산성은 임진왜란 후 수도 남쪽의 방위를 위해 축성했다. 수어장대에서 바라본 남한산성의 모습이다.

나말여초의 후삼국시대 혼란기뿐이다.

중국의 경우 춘추전국시대 이래로 끊임없이 전란을 치르면서 도성 자체가 국방상 요충지일 수밖에 없었다. 일본의 경우 전국시대에 1만 석 이상의 다이묘(大名)가 100명이 넘었는데 몇십만 석에서 100만 석 이상의 경제력을 갖춘 다이묘들이 경쟁적으로 힘을 앞세워 내란을 일으켰기 때문에 성주들은 천수각(天守閣)을 중심으로 한 성채를 갖추어야 했다. 오사카성·히메지성·구마모토성 등이 그것이다.

이에 비해 조선왕조 500년 동안 내란은 이괄의 난·이인좌의 난·홍경래의 난·진주민란 정도였고, 임꺽정과 장길산 같은 산적들의 준동이 있었을 뿐이다. 그래서 도성은 본격적인 전투가 아니라 소규모 반란과 도적떼의 침입에 대비해 비교적 견고한 바리케이드 정도로 축성해도 충분했던 것이다.

| **북한산성** | 북한산성은 수도 북쪽 방위를 위해 축성한 것으로 병자호란 후 숙종 때 고려시대 중흥산성 자리에 쌓
았다.

대외 국방상으로 볼 때 조선은 지리적으로 중국과 일본에 대비한 방
어체제가 필요했다. 그러나 북방의 명나라와는 지금 우리와 미국의 관계
이상으로 친선관계가 돈독했기에 중국이 침입해온다는 것은 상상도 하
지 않았다. 오직 거란족·말갈족·만주족(여진족) 등 북방 이민족의 준동에
대비한 방어태세를 갖추는 것으로 족했다.

태종 10년(1410) 통사(通事) 이자영(李子瑛)이 요동에서 돌아와 "달단
〔達達〕의 군사가 개원(開元)·금산(金山) 등지에서 관군을 패퇴시키고 노
략질을 하고 있다"고 보고했을 때 태종은 "이자영의 말과 같다면 마땅히
무비(武備)를 정비해야 한다"며 북방 지역 수령으로 무재(武才)가 있는
사람을 파견했다. 세종대왕이 함경북도 종성 등에 6진을 설치한 것도 그
예이며, 군사적으로 북관(北關)을 중시해 함경도에 근무하는 북평사(北
評事)에 명장들을 배치했고 의주 관아의 누대 이름은 통군정(統軍亭)이

라 했다.

반면 바다 건너 일본에 대해서는 거의 무방비했다. 우리에게 사신을 보내 문명을 구해 가는 약한 나라 일본이 침략하리라고는 생각하지 않았기 때문에 이에 대비할 필요를 느끼지 않았다. 여말선초에 극성을 부렸던 왜구들의 게릴라식 창궐도 세종대왕 때 이종무(李從茂)가 쓰시마(對馬島, 대마도)를 정벌한 후 수그러진 상태였다.

조선왕조가 갑작스러운 일본의 침입으로 전란을 겪게 된 것은 건국 후 200년이 지난 1592년의 임진왜란이었다. 임진왜란과 정유재란 7년간 일본과 전쟁을 겪으면서 조선왕조에는 국방 체계에 대한 새로운 인식이 일어났다. 일본과의 전투에서 진주성, 동래성 등 평지의 싸움은 비참하게 패배했지만 행주산성을 비롯한 산성의 싸움은 승리했다. 이에 류성룡(柳成龍)이 『징비록(懲毖錄)』에서 지적했듯이 국방상 산성의 중요성이 부각되어 임진왜란 이후 전국의 산성들이 대대적으로 보완되었다.

북한산성 수축과 한양도성 정비

임진왜란 이후 조선왕조는 비로소 수도 한양의 방어체제에 대해 새롭게 각성했다. 한양도성 주변, 요즘 말로 수도권에 튼실한 산성을 구축할 필요를 인식하게 되었다. 그래서 인조 2년(1624)에는 남한산성(南漢山城)을 대대적으로 수축하고 강도성(江都城, 강화도 산성)의 방비를 강화했다. 이 두 성은 방위로 보아도 알 수 있듯이 일본의 침략에 대비하는 산성이었고 그때도 여전히 중국의 침입에 대비한 산성은 없었다. 정작 침략은 남쪽 일본에서가 아니라 북쪽 여진족이 세운 청나라에서였다.

흔히 병자호란이 일어나자 인조가 한양도성을 버리고 남한산성으로 피신했다고들 하는데 정확히 말해서 그게 아니었다. 무서워서 피란 간 것이 아니라 산성으로 들어가 방어태세를 갖춘 것이다. 인조는 남한산성으로, 왕자는 강도성으로 들어가 전투태세를 갖추었다. 남한산성에서 김상헌(金尙憲)의 주전론과 최명길(崔鳴吉)의 화친론이 격렬히 대립했던 사실이 그것을 말해준다. 그러나 결국 강도성이 함락되자 인조는 청나라에 굴복해 삼전도맹약(三田渡盟約)을 맺고 말았다.

병자호란 이후 조선왕조는 북방의 침입에 대한 대비를 절감하게 되었다. 그러나 삼전도맹약에 '조선은 앞으로 기존 성곽을 보수하거나 새로 성곽을 쌓지 않는다'는 조항이 있어 한양도성조차 방치해둘 수밖에 없었다.

그뒤로 근 70년이 지나 숙종은 일부 신하들이 청나라와의 조약을 들어 반대하는 것을 물리치고 재위 30년(1704)에 한양도성의 성곽을 대대적으로 정비하기 시작해 6년 만에 끝마쳤다. 재위 37년(1711) 4월에는 곧바로 북한산성(北漢山城)의 축성을 시작해 불과 6개월 뒤인 10월에 완공했다. 북한산성은 고려시대 산성인 중흥산성을 바탕으로 하며 둘레가 7,620보(步) 성문이 14개, 누각과 장대가 각각 3개이고 1712년에 만든 행궁까지 갖춘 완벽한 전시 궁궐이었다. 이 방대한 공사를 반년 만에 끝냈다는 것이 믿기지 않을 정도로 신속했다.

북한산성이 완성되자 숙종은 이어서 한양도성과 북한산성 사이의 빈 공간을 잇는 성곽을 축조하고자 했다. 그러나 이에 반대하는 의견도 만만치 않아 6년간 유보했다가 결국 재위 44년(1718) 한양도성의 인왕산 동북쪽에서 능선을 따라 내려가다가 홍제천을 지나 북한산 서남쪽의 비봉 아래까지 연결하는 총 4킬로미터의 성을 쌓았다. 이 성이 바로 지금 세검정 인근에 남아 있는 탕춘대성이다. 그리고 이듬해(1719)에는 홍제천을 가로지르는 성곽 아래에 오간수문을 건립하고 그 곁에 성문을 세웠으니 이것이 바로 홍지문(弘智門)이다.

이렇게 한양도성·남한산성·북한산성·탕춘대성 등으로 수도 한양의 방어체제가 새롭게 정비되자 총융청·어영청·훈련도감 등 군부대도 각 산성을 중심으로 배치되었다. 그리하여 18세기 정조 때 규장각 4검서 중 한 명인 이덕무는 서울을 노래하면서 "빙 두른 성곽은 쇠그릇처럼 견고하네(週遭石城似金甌)"라고 했고, 19세기 철종 때 무관으로 시·서·화에서 일가를 이루었던 위당 신관호는 당시 한양 모습을 묘사한 그림 「성시전도(城市全圖)」를 보고 이런 노래를 읊었다.

씩씩하구나 10만 병사여
장대하구나 3천 치성(雉城)의 긴 성곽이여
강화와 개성의 유수부, 남한산성과 북한산성이러니
유수부(수도권)와 산성의 웅건한 진지는 이와 입술이 되었어라

한양도성 순성놀이

이처럼 한양도성은 처음에 수도의 울타리로 축성되었다가 일본, 청나라와 전란을 겪은 뒤 숙종 때 와서 북한산성·남한산성·탕춘대성과 함께 수도 방어체제의 하나로 보강되었다. 그러나 세상사는 묘해서 이렇게 공들여 전란에 대비했지만 정작 한국전쟁까지 이 땅에 전쟁이 없었다.

그 대신 한양도성은 자연과 인공이 어우러진 자연공원으로 서울 사람들이 사철 산책하고 등산하며 즐기는 곳으로 자리잡았다. 서울 사람들은 성곽을 따라 걸으면서 도성 안팎의 풍경을 감상하고 봄가을로 꽃과 단풍을 음미했는데, 이를 '순성(巡城)'이라고 했다. 풀어 쓰면 '성곽 순례'쯤된다.

실학자 유득공(柳得恭)은 『경도잡지(京都雜志)』에서 서울의 풍속으로

| **순성놀이를 알리는 기사** | 순성놀이는 한양의 세시풍속 중 하나였다. 「매일신보」 1916년 5월 14일자에 '오늘은 순성하세'라는 제목의 기사가 실렸다.

이 순성을 가리키며 '도성을 한 바퀴 빙 돌면서 도성 안팎의 풍경을 구경하는 멋있는 놀이'라고 했고, 그의 아들인 유본예(柳本藝)는 『한경지략(漢京識略)』에서 순성놀이를 좀 더 자세히 설명했다.

봄과 여름이 되면 한양 사람들은 도성을 한 바퀴 돌면서 주변의 경치를 구경했는데 해가 떠서 질 때까지 시간이 걸린다.

순성은 근대에 들어 의도적으로 도성의 일부를 허물기 전까지 이어져왔다. 1901년 경의선 부설의 자문을 위해 프랑스에서 초빙된 에밀 부르다레(Émile Bourdaret)는 그의 저서 『대한제국 최후의 숨결』(정진국 옮김, 글항아리 2009)에서 순성놀이를 이렇게 말했다.

서울의 이 성벽은 하루 만에 한 바퀴를 다 돌 수 있다. 잘 걷고 산을 잘 타는 사람에게는 아주 흥미로운 산책이 된다. 대단한 구경거리로서 비범한 파노라마가 펼쳐진다. 특히 좋은 계절에 소나무와 꽃이 우거진 남산 비탈을 따라가면 흠잡을 데 없이 그림처럼 펼쳐지는 구석구석을 즐길 만하다.

한양도성 철거와 복원

유본예는 『한경지략』에서 '도성의 둘레는 9,975보요, 리로 환산하면 40리'라고 했는데 실제로는 총 길이 18,627킬로미터로 약 47리다. 참고로 정조 13년(1789) 간행된 『호구총수』에 의하면 한양의 인구는 43,929호(戶)에 189,153명이었다. 인구 약 20만 명이 여유 있게 살아가는 아늑한 수도에서 한양도성은 더없이 훌륭한 녹지 공원이었다.

그러나 개화기로 들어서면서 서울에 인구가 급격히 늘어나기 시작했고, 전차와 자동차길이 생기는 등 근대의 물결 속에서 한양도성은 도시 팽창에 걸림돌이 되어 의도적으로 허물어지기 시작했다.

1899년에 서대문 밖 경교(오늘날의 삼성강북병원 앞)에서 청량리까지 전차를 부설했는데 처음에는 돈의문과 흥인문의 홍예를 통해 드나들다가 이후 돈의문을 헐었고 흥인문의 옹성 일부도 헐어냈다. 1907년 7월에는 '성벽처리위원회'가 발족되어 도성 철거에 관한 안건을 본격적으로 논의하기 시작했다. 그리하여 9월부터는 광화문과 용산 사이에 전차를 부설하기 위해 숭례문 북쪽 성벽을 철거하고 숭례문 옆에 있던 남지(南池)라는 아름다운 연못을 매립했으며, 이듬해인 1908년 3월에는 흥인지문의 좌우 성벽을 헐었다. 이어서 일제강점기에는 동소문인 혜화문이 헐리고 서소문인 소덕문은 자취조차 찾기 힘들게 되었다.

| 도성 철거 전의 돈의문, 혜화문, 광희문, 숭례문의 모습 |

　일제강점기의 도시계획으로 산성을 제외한 평지의 성곽은 모두 헐렸다. 그뿐만 아니라 남산의 산성은 신사를 짓는다고 허물었고, 혜화문 옆 산성 자리에도 집을 지었는데 이 집은 1980년부터 2013년까지 서울시장 공관으로 쓰였다. 해방 후에는 자유센터가 들어서면서 장충단 쪽 산성이 훼손되었다. 그리하여 한양도성은 총 길이 18.627킬로미터 중 10.5킬로미터만 남기에 이르렀고 근래에 들어와 유네스코 세계유산 등재를 위해 복원사업을 벌여 2016년 기준으로 70퍼센트인 13.1킬로미터

가 옛 모습을 되찾았다.

그러는 사이 서울 사람들에게 한양도성은 그저 바라만 보는 유적으로 인식되어 순성놀이는 자취를 감춘 옛이야기가 되었고 1968년 1·21사태로 순성놀이의 핵심구간인 북악산 숙정문에서 창의문까지가 민간인 출입금지 구역이 되었다. 인왕산 자락에도 군부대가 들어서면서 순성놀이는 생각조차 할 수 없는 옛날이야기가 되고 말았다.

지금은 은퇴했지만 브리티시뮤지엄의 로더릭 휫필드(Roderick Whitfield), 클리블랜드뮤지엄의 마이클 커닝햄(Michael Cunningham) 같은 친한파 큐레이터들은 서울을 방문할 때마다 서울의 자연경관이 아름다우며 장중한 산으로 둘러싸인 풍광이 놀랍다고, 거기에 산성이 둘려 있는 역사적 자취가 생생하여 더욱 감동을 준다면서 언젠가 서울의 도시경영이 저 산과 산성을 중심으로 이뤄진다면 서울 사람은 물론이고 외국인 관광객들에게도 큰 사랑을 받게 될 것이라고 말하곤 했다.

그 말이 바로 우리가 극히 바라는 바였다. 이를 위해서는 무엇보다 한양도성의 하이라이트인 북악산을 개방해야 했는데 여기에 대통령 관저인 청와대가 자리한 탓에 불가능한 일로 받아들이며 살아왔다.

그러던 어느 날, 거의 기대가 없었는데 북악산이 마침내 개방되어 서울 시민의 품으로 돌아왔다. 참으로 감격스러운 쾌거가 아닐 수 없었다. 2007년 4월 5일 북악산이 개방되던 날 노무현 대통령은 기념사에서 이렇게 말했다.

이 북악산의 도시공학적 가치를 돈으로 환산한다면 도대체 얼마나 될까요? 이 산을 푹 떠서 뉴욕이나 파리에 내다 팔면 얼마를 받을까요? 이런 아름다운 공간을 대통령이 혼자 독차지하고 있다는 것이 너무도 미안하고 안타까웠습니다. 이제 문화재청의 정성 어린 정비작업을 거쳐 대통령이 된 지 4년 만에 완전 개방해 시민 여러분과 함께 오르게 되니 정말 기쁩니다.

왜 북악산 개방을 문화재청에서 추진했고, 대통령이 된 지 4년이 지나서야 개방할 수 있었던 것인가. 거기에는 긴 사연이 있다.

별것도 아닌 일이 그렇게 힘들었다

우선 내가 문화재청장에 부임하게 된 것부터 간단치 않았다. 참여정부 인수위는 1급 관리직이었던 문화재청장을 차관급으로 격상해서 전문가에게 맡길 방침이라며 내게 맡아달라고 요청했다. 다만 문화재청은 법률기관이므로 차관급이 되려면 정부조직법을 개정해야 하니 좀 기다려야 한다고 했다.

그렇게 나는 구두로 내정을 받고 기다렸지만 당시는 여소야대였던지라 정부 뜻대로 되지 않아 1년이 지나도록 이 법안이 국회에서 통과되지 않았다. 그동안 내 처지는 아주 애매해서 무얼 할 수도, 안 할 수도 없었다. 천신만고 끝에 정부조직법이 통과되었을 때는 노대통령의 탄핵사태가 일어났다. 이에 나도 아예 잊고 살았는데 6개월 지나 대통령이 업무에 복귀한 지 얼마 안 된 2004년 9월 1일 청와대 비서실에서 연락이 왔다.

"유교수님, 비서실장께서 오전 중에 청와대로 급히 들어오시라고 합니다."
"불가능합니다. 지금 제주도에 있습니다."
"아이쿠, 큰일났네요. 다시 전화드리겠습니다."

그리고 얼마 뒤 전화가 다시 왔다.

"오늘 12시에 문화재청장으로 임명한다는 발표가 있을 겁니다."
"어, 그거 안 되는데요."
"왜요? 무슨 일이 있습니까?"
"우리 집사람한테 물어봐야죠."
"네―에?"

나는 집사람에게 전화를 걸어 이제 와서 문화재청장을 하라는데 어떻게 생각하느냐고 물었다. 그러자 냉정하기가 돌부처 같은 집사람은 잠시 뜸을 들이더니 이렇게 말했다.

"거긴 월급 얼만데?"

벼슬한다고 생각하지 말고 '일해볼 만한 직장'이면 가서 해보라는 뜻이었다. 그리하여 나는 '인수위의 구두발령' 후 1년 반이 지나 문화재청장이 되었다. 문화재청은 과연 일해볼 만한 직장이었다. 문화재의 소극적인 관리에서 적극적인 활용으로 정책을 바꾸어 먼저 경복궁 경회루를 43년 만에 개방하니 국민들이 좋아했고 경복궁도 자못 활기를 얻었다. 나는 한양도성의 북악산 성곽도 어떻게 하면 개방할 수 있을까 준비했다.

2005년 8월 21일, 마침내 기회가 왔다. 청와대에서 대통령이 오는 일요일에 조연환 산림청장과 부부동반으로 북악산을 등반하고 오찬을 갖자고 하신다는 연락이 왔다. 일요일 아침 일찍 청와대로 가서 북악산 정상에 오르니 그날따라 날이 맑아 시내 너머 관악산까지 내다보였다. 참으로 황홀했다. 중학교 1학년 때 올라와보고 처음이었다. 수행하던 경호원이 평소에는 시계가 멀어야 30킬로미터 정도인데 오늘은 40킬로미터나 된다고 했다.

하산길에 성벽 밑에서 잠시 쉬는데 노대통령이 내게 말했다.

"유청장님이 신문사에다 글을 쓰겠다고 하면 지면을 내주겠지요? 어느 신문에든 이 좋은 산을 대통령이 독차지하면 되겠느냐고 호되게 비판하는 글을 좀 기고해주십시오."

대통령이 이처럼 북악산 개방에 뜻을 보인 것이 놀랍고 반가웠다.

"개방하라는 뜻이죠?"
"물론이죠."

나는 거두절미하고 북악산 개방을 위한 작업에 들어갔다. 그러자 경호실에서 펄쩍 뛰었다. 대통령이 신문에 글을 쓰라고 했지 언제 개방하라고 했느냐는 것이었다. 나는 문재인 당시 민정수석에게 전화를 걸어 대통령께서 말씀하신 진의를 확인해달라고 했다. 얼마 후 회답 오기를 "신문에 글을 쓰라고 하셨다는데요"라는 것이었다.

기가 막혔다. 대통령의 개방 의지가 분명한데 왜 현직 청장이 대통령을 비판해야 하느냐고 되묻자 문수석은 포기하기엔 너무 아까운 과제이니 직접 다시 말씀드려보라며 대통령과 대면할 자리를 마련해주었다. 다시 대통령을 만나 진의를 물었더니 노대통령은 나에게 그간의 사정을 이렇게 자세히 말해주었다.

"내가 종로구로 지역구를 옮겨 국회의원에 출마했을 때부터 이 북악산을 개방해야겠다는 생각을 했답니다. 혜화동에 앉아서 청운동을 생각하면 이 산이 가로막고 있어 답답하기 그지없었어요. 이걸 왜 막아야 하느냐는 불만이 있었지요. 당시에 나는 대통령이 될 거라는 생각은 못하고 앞으로 서울시장이 되면 개방해야겠다고 마음먹었는데 그만 대통령이 된 겁니다.

내가 대통령이 되어 맨 처음 지시한 것이 북악산 개방이었습니다. 그런데 경호실이 이건 경호실 일이 아니라는 겁니다. 그래서 국방부장관을 불러 지시했더니 국방부도 자기 일이 아니랍니다. 행정자치부도 아니고 국정원도 아니랍니다. 북악산에 철망을 치고 막은 사람은 있는데 걷어낼 사람은 없는 겁니다. 그렇게 2년이나 지나 임기 반이 지나가니 답답해서 여론을 일으켜 그 힘으로 밀어붙이려고 했던 겁니다."

이에 나는 대통령께 그간 준비해온 것을 말씀드렸다.

"청와대가 있는 한 북악산 전면 개방은 불가능합니다. 그러나 한양도성만 개방해도 효과는 똑같습니다."

"아, 그런 방법이 있었군요. 청장님이 추진하십시오."

"그런데 쉽지가 않습니다. 개방하려면 보안경비시설을 재배치해야 하고, 성벽 보수, 나무 식재, 탐방로 설치, 이에 필요한 예산 배정까지 뒤따라야 하는데 문화재청장 힘으로는 그 '콧대 센' 경호실, 국방부, 기획예산처(오늘날의 기획재정부), 서울시 등의 협조를 받아내기 힘듭니다."

"그렇게 복잡합니까? 어떻게 하면 될까요?"

"민정수석에게 지시해주십시오. 일은 제가 해도 관계기관 회의는 청와대에서 해야 합니다."

그리하여 문재인 민정수석 주도하에 한양도성 개방을 위한 관계기관 협의가 순조롭게 진행되었다.

황지우의 북악산 개방 축시

이리하여 마침내 와룡공원에서 북대문인 숙정문과 북악산 정상을 거쳐 북소문인 창의문으로 이어지는 한양도성 북쪽 자락을 개방할 수 있게 되었다. 2006년 2월 일부 구간을 시범 개방했고 이어 2007년 4월 5일 마침내 한양도성 전면 개방이 이루어졌다. 축제 분위기의 기념식에는 으레 축하공연과 축시가 따른다. 나는 북악산 아랫동네인 창성동에서 어린 시절을 보내면서 중학교 1학년 때 북악산 정상에 올라가본 적이 있었는데 지금도 그날 내려다본 드넓은 서울 풍광과 어디선가 들려온 대금 소리가 기억에 생생하다. 그래서 북악산 개방 축하공연을 인간문화재인 이생강의 대금산조로 정했다.

축시는 고민을 많이 했다. 시인이라고 해서 다 축시를 잘 쓰지는 않을 터였다. 그리고 나는 경험적으로 누군가의 문장력은 시국선언문에 잘 드러나며, 시인의 시심은 축시에 잘 담기게 마련이라고 믿고 있다. 내 주변의 시인 중에서 축시를 잘 쓰기로는 앞 세대 중 고은, 신경림을 능가할 이가 없고 내 또래에서는 단연코 황지우가 으뜸이라고 생각한다.

황지우는 미술사에도 조예가 깊어 평소 겸재가 그린 인왕산과 북악산의 진경산수에 많은 애정을 보여왔던 것을 잘 알고 있었기 때문에 그에게 축시를 부탁하기로 했다. 다만 걱정은 그의 시작(詩作) 과정이 출산에 비교하자면 난산 중 난산인 데다 제왕절개수술의 지경에 이르는 일이 다반사라는 점이었다. 그래도 믿음이 있어 황지우에게 축시를 부탁했는데 아닌 게 아니라 전날까지 사람 가슴을 조마조마하게 하더니 당일 아침까지도 시를 보내오지 않았다. 비서실과 경호실에서는 사전 검토를 해야 한다며 재촉하는데 기념식 1시간 전에야 축시를 보내왔다. 과연 명시였다. 대통령 내외를 비롯해 기념식에 참석한 서울시민 남녀노소 모두가 북악에 조용히 울려퍼지는 그의 시낭송을 넋 놓고 들으면서 그가 읊는 시어대로 머릿속에 그림을 그려 나갔다.

풍경 뻬레스트로이까 — 북악산 개방에 부쳐

뉴욕에도 도쿄에도 베이징에도 베를린,
모스끄바에도 없는 산(山)
단 하루도 산을 못 보면 사는 것 같지가 않은,
산이 목숨이고 산이 종교인 나라에
오늘
싱싱한 산 한 채가
방금 채색한 각황전(覺皇殿)처럼
사월 초순 첫 초록 재치고
솟아올랐네.

저 권부의 푸른 기와집 그늘에 가려
지난 반세기 마음의 위도에서 사라졌던 자리에서
오늘 이제는 육성으로 이름 불러도 될
그대 백악이여,
금지된 빗금을 넘어 그대가
사람 만나러 내려올 때
솟아난 것은 한낱 돌덩어리가 아닌
우리네 마음의 넉넉한 포물선이었구나.

이렇게 풀어버리니 별것도 아니었던 두려움이,
홍련사에서 숙정문 지나

창의문에 이른 길 따라,
혼자 보기엔 너무 아까운 아름다움이 되었으니
아무나 그 문들 활짝 열어
그대 슬하에 감추인 말바위며 촛대바위를
순우리말로 되찾아오네.
하여 차출된 팔도 머슴애들의 사투리를
잘 짜 맞춘 성곽이
산허리를 재봉틀질한 것 같은
역사의 긴 문장이 되고
그 쉼표마다 돌아서 내쉰 한숨이
이렇듯 위업이 되었음에랴, 하지만,
이렇듯 풀과 꽃과 나비가 되돌아온 자리에
제 빛깔과 향기와 이름을 되물려 주는 것만으로도
이보다 더 한 위업이 있을까!

아, 이제 가물면 북문(北門)을 열어주고
물 넘치면 그 문 닫아둘 수 있는 산,
동네 처자들 숙정문 세 번 가면
안 되는 사랑도 이루어진다는 그 소문난 산,
파리에도 런던에도 하노이, 시드니에도 없는 산,
봄비 그치고 송진처럼 물방울 맺힌 나뭇가지 사이로
마침내 사람 눈을 만난 북악산
그 언저리 허공 어디쯤
붉은 낙관(落款) 한 점 꾸욱 눌러두고 싶네.

　　황지우의 이 축시는 숙정문 입구 서울성곽 안내판 곁에 걸려 있다. 기
념식이 있고 얼마 뒤 황지우 시인에게 축시를 써준 것에 감사하니 그는
"내 생전에 어용(御用)시를 쓰리라고는 생각해본 일이 없는데 북악산이
날 불러냈네요"라며 그날의 감격을 다시 말했다.

다시 살아난 순성놀이

어렵사리 조심스럽게 북악산이 개방된지라 초기에는 미리 신원을 조회하는 까다로운 절차와 엄격한 출입제한이 이뤄졌다. 북악산이 개방된 지 얼마 안 된 어느 날 미국대사관에서 문화재청에 전화가 걸려왔다. 당시 미국대사인 알렉산더 버시바우(Alexander Vershbow)가 개방된 북악산에 한번 올라가보려고 신청했더니 외국인이라 안 된다고 했다는 것이다. 참으로 대단한 대한민국 공무원들이었다.

미안하기도 하고 부끄럽기도 해서 얼마 뒤 서울에 주재하는 외국 대사 모두에게 토요일 오전에 북악산 개방 기념 등반을 하고 뒤풀이로 삼청각에서 간단한 도넛 파티를 연다며 초대했더니 무려 35개국 대사 부부가 참가했다. 이방인들은 이구동성으로 북악산이 있는 서울의 아름다움에 무한한 찬사를 보냈다.

지금은 누구든 신분증만 지참하면 북악산 한양도성 길에 오를 수 있다. 또 지난 몇 년간 서울시는 적극적으로 한양도성의 유네스코 세계유산 등재를 준비하며 현재 남아 있는 전 구간의 순성길을 정비했다. 이제 한양도성은 서울시민뿐 아니라 외국인 관광객까지 아무 때나 즐길 수 있는 천연 역사공원으로 자리잡았다.

한양도성 순례길은 백악구간, 낙산구간, 흥인지문구간, 남산(목멱산)구간, 숭례문구간, 인왕산구간 등 6개 구간으로 나뉘었고 친절하고도 정확한 정보를 담은 책자가 탐방객을 안내하고 있다. 또 동대문성곽공원 내에 자리한 한양도성박물관과 서울 한양도성 홈페이지도 알찬 정보를 제공하고 있다.

서울시가 역사적 향기와 인간적 체취가 느껴지는 걷기 좋은 도시를 목표하는 정책을 펴나가면서 근 100년간 맥이 끊겼던 한양도성 순성놀

북악산(백악산)

숙정문

창의문

혜화문

낙산

인왕산

백악구간
낙산구간
흥인지문구간
남산구간
숭례문구간
인왕산구간

흥인지문

돈의문

소의문

광희문

숭례문

남산(목멱산)

| **순성놀이 구간 안내도** | 한양도성 순성길을 백악구간, 낙산구간, 흥인지문구간, 남산구간, 숭례문구간, 인왕산구간
총 6개 구간으로 나누었다.

이도 부활했다. 서울시와 시민단체 서울KYC의 주최로 2011년 9월 24일
'하루에 걷는 600년 서울, 순성놀이'가 시작되었는데 매년 9월과 10월 사
이에 개최되고 있다. 김도형이 쓴 『순성의 즐거움』(효형출판 2010)이라는
책에서도 볼 수 있듯이 서울의 옛 풍속 순성놀이가 되돌아오고 있다.

한양도성 북대문, 숙정문

서울 한양도성 순성의 하이라이트는 역시 북악산 정상이고 한양도성
개방의 상징은 숙정문이다. 숙정문은 삼청터널 입구, 삼청각에서 건너다
보이는 곳에 있다. 기록에 의하면 숙정문은 태조 5년(1396) 처음 성곽을

쌓을 때는 지금보다 약간 서쪽에 있었으나 연산군 10년(1504)에 성곽을 보수하면서 옮겨졌고 오랫동안 문루가 없이 월단(月團, 아치)만 있었다.

1·21사태 이후 1970년대에 군사 유적에 대한 대대적인 정비가 이루어져 1976년에 북악산 일대 성곽을 보수하면서 숙정문도 현재의 모습으로 복원되었다. 문루 머리에는 박정희 대통령이 왼쪽에서 오른쪽 방향으로 쓴 현판이 걸려 있다.

한양도성의 북대문 이름을 숙정문이라 하여 '엄숙하게 다스린다'라는 뜻을 담은 것은 남대문을 '예를 숭상한다'라는 뜻으로 숭례문(崇禮門)이라 한 것과 대를 이루는데 그만큼 무게를 둔 것이었다.

삼청터널 입구에서 산비탈을 타고 숙정문 앞에 다다르면 높은 성벽이 마치 양 날개를 펼친 양 굽이굽이 뻗어 있다. 한양도성은 생각보다 높고 장대하다. 문루에 올라 북쪽을 바라보니 북악스카이웨이의 팔각정이 있는 산자락 너머로 북한산 보현봉과 형제봉, 칼바위 능선이 널리 펼쳐진다. 그 시원한 눈맛을 만끽하다 보면 서울 땅이 천하의 명승지라는 생각이 절로 일어난다.

나는 숙정문에 올라간 다음에야 처음으로 조선시대 한양의 도시계획에서 북쪽의 의미를 정확히 알 수 있었다. 숙정문은 본래 사람들의 출입을 위해 지은 것이 아니라 도성 동서남북에 사대문의 격식을 갖추면서 비상시 사용할 목적으로 세운 것이기 때문에 평소에는 굳게 닫아두었다. 그 때문에 숙정문을 통과하는 큰길은 조성되어 있지 않았다. 북소문에 해당하는 창의문도 마찬가지여서 조선 초에는 일반인 출입이 금지되어 문루도 없었으며 숙종 때 탕춘대성이 축조된 뒤에야 총융청 등 군부대가 주둔하게 되었다.

| **숙정문** | 한양도성 순성의 하이라이트는 역시 북악산 정상이고 한양도성 개방의 상징은 숙정문이다. 숙정문은 삼청터널 입구, 삼청각에서 건너다보이는 곳에 있다.

숙정문을 닫아둔 뜻

숙정문은 태종 13년(1413)에 풍수가 최양선(崔揚善)이 "창의문과 숙정문은 경복궁의 양팔과 같으므로 길을 내어 지맥을 상하게 해서는 안 된다"고 건의한 것이 받아들여져 두 문을 닫고 소나무를 심어 통행을 금지하면서 닫아두게 되었다.

이렇게 숙정문과 창의문을 모두 닫아놓고 북쪽은 일반인의 출입을 금지하는 그린벨트로 남겨두었기 때문에 북쪽에서 한양으로 올 때 평양·개성에서 들어오는 길은 파주, 고양을 거쳐 서대문(돈의문)으로 열려 있었고, 함흥·원산·금강산에서 들어오는 길은 포천, 양주를 거쳐 동소문(혜화문)으로 이어졌다. 옛사람들이 평양으로 가는 길을 서행(西行)이라 하고, 금강산으로 가는 길을 동행(東行)이라 한 것은 이 때문이다.

| **북악산 한양도성의 성벽** | 숙정문에서 북악산 정상으로 오르기 전에 동쪽으로 뻗은 성벽을 보면 성벽이 가지런하지 않고 돌의 크기와 다듬새도 다른 것을 볼 수 있다. 여기서 성곽 보수의 역사를 한눈에 찾아볼 수 있다.

　한양 북쪽을 숲으로 남겨둔 것은 풍수도 풍수지만 서울의 지세를 고려한 방어체제에서 북악산 뒤쪽의 육중한 삼각산을 천연의 방어벽으로 삼으려 했던 뜻도 없지 않았던 것 같다. 또 우리나라 사람들은 보통 집이든 도시든 뒤쪽이 든든해야 안정감을 느낀다. 뒤가 깊고 그윽하다는 것은 마치 내공이 쌓인 것 같은 느낌을 주기도 한다.

　그런데 숙정문 뒤쪽 산자락은 유난히 골이 움푹져서 반(半) 풍수 눈에도 음기가 강하다는 인상을 받는다. 방위가 그렇고 지세 또한 그렇다. 이로 인해 숙정문엔 또 하나의 풍습이 생겼다.

　옛날에 가뭄은 비할 데 없는 재앙이어서 가뭄이 심할 때는 임금까지 나서서 기우제를 지내며 비가 내리기를 하늘에 빌었다. 태종 16년(1416)에는 기우계목(祈雨啓目), 즉 기우제 시행 규칙을 만들기도 했다. 여기에는 자연의 원리로 북쪽은 음(陰), 남쪽은 양(陽)이라는 음양의 원리가 반영되었다. 그래서 가뭄이 심할 때는 북쪽의 숙정문을 열고 남대문은 닫아두었다고 한다. 이는 풍수상 숙정문 지역이 음기가 강한 곳이었기 때문이다.

음기(陰氣)는 음기(淫氣)와도 통하는 바가 없지 않아서 조선 후기의 학자 이규경(李圭景)은 『오주연문장전산고(五洲衍文長箋散稿)』에서 "숙정문을 열어놓으면 장안 여자들이 음란해지므로 항시 문을 닫아두게 했다"는 속설을 전했다.

그런가 하면 조선 후기의 학자 홍석모(洪錫謨)가 지은 『동국세시기(東國歲時記)』에는 "정월 대보름 전에 민가의 부녀자들이 세 번 숙정문에 가서 놀면 그해의 재액(災厄)을 면할 수 있다"는 풍속이 쓰여 있다.

풀이하건대 이는 우리나라 곳곳에 있던 대보름날 산성 밟기의 하나이다. 해빙기에 산성 주변의 땅을 밟아주어야 성곽이 튼튼해지므로 이를 놀이 형식으로 만든 것이다. 어떤 곳에서는 머리에 돌을 이고 세 바퀴 돌아야 액을 물리친다고 했으니 되도록 힘껏 땅을 밟으라는 주문이었을 것이다.

숙정문에서 북악산 정상으로 오르기 전에 동쪽으로 뻗은 성벽을 보면 성벽이 가지런하지 않고 돌의 크기와 다듬새도 다른 것을 볼 수 있다. 이는 보수에 보수를 거듭한 결과로 맨 아래쪽 메주만 한 크기의 막돌은 태조 5년(1396)에 쌓은 것이고, 그 위에 장방형으로 다듬은 돌 사이에 잔돌을 끼워맞춘 부분은 세종 4년(1422) 보수공사 때 쌓은 것이고, 맨 위쪽 가로세로 2자 내외의 정사각형 석재를 이 맞추어 쌓은 부분은 숙종 30년(1704)에 쌓은 것으로 이 돌은 장정 4명이 모여야 들 수 있었다. 이 세 가지 성벽 돌을 보면 한양도성의 500년 연륜이 한눈에 느껴진다.

인간의 간섭을 받지 않은 북악의 식생

숙정문에서 북악산 정상을 향해 가는 길은 성벽 안쪽의 성가퀴를 따라 나 있다. 성벽을 따라가는 길, 즉 순성이 등산보다 쾌적한 이유는, 바로 연이은 성가퀴를 발아래 두고 한쪽으로는 성벽 너머가 넓게 조망되며 다른 한쪽에는 잘 자란 소나무·참나무·진달래·단풍나무·팥배나무 등 친숙한 야산의 나무들로 이루어진 숲이 있어 그 걸음걸음을 더없이 편하고 즐겁게 해준다는 데 있다. 북악산 개방 때 식생을 조사하고 나무 안내판을 쓴 박상진 교수는 북악의 식생을 다음과 같이 요약했다.

북악산은 근 40년 동안 인간의 간섭을 받지 않은 덕분에 식물들이 잘 보존된 천연의 공간이 되었다. 지금 자라고 있는 식물은 208종류이고 그중 나무는 81종이 있는 것으로 조사되었다. 키 큰 나무(교목류)로는 소나무·팥배나무·때죽나무·산벚나무 등이 있고 키 작은 나무(관목류)로는 진달래·철쭉·쥐똥나무·국수나무 등이 있다. 바늘잎나무로는 소나무가 대부분이며 넓은잎나무는 참나무를 비롯한 여러 종류의 나무가 섞여 자라고 있다.

그 외 성곽 주변에 아까시나무·은수원사시나무·리기다소나무 등 토사 유출을 막기 위해 심은 나무와 최근 조경수로 심은 스트로브잣나무 등이 자라고 있다. 팥배나무 군락은 숙정문 일대를 중심으로 이루어져 있는데, 다른 곳에서는 만나기 어려운 북악 특유의 식생이다. 팥배나무를 비롯한 새 먹이가 될 수종이 많기 때문에 야생동물 중 특히 새의 종류가 매우 다양하다.

특히 북악산의 팥배나무는 일품이다. 팥배나무의 이름은 열매가 팥

| 순성길의 다양한 모습들 | 서울성곽은 구간마다, 계절마다 다른 모습을 보여준다. 근래에 볼 수 있게 된 한양도성의 야경은 서울을 아름답게 장식한다.

같고 꽃은 배꽃을 닮았다 하여 붙은 것인데, 5월에 새하얀 꽃이 흐드러지게 피었다가 가을에는 그 자리에 수천수만 개 팥알 크기의 열매가 달린다. 시큼털털한 맛이라 사람들은 별로 좋아하지 않지만 산새들에게는 잔칫상이라 그들이 독차지한다고 한다. 팥배나무의 배꽃 같은 흰 꽃도 예쁘지만 가을날 팥빛으로 물들어 풍기는 아름답고도 고상한 품위가 색에 민감한 디자이너와 화가들을 기쁘게 하고 놀래기에 충분하다.

성가퀴 따라가는 순성길

성곽 지붕인 성가퀴가 일정한 높이로 경사면을 따라 오르내리며 연이어 달리는 모습은 참으로 아름답고 장대한 설치미술이자 대지미술이다. 성곽의 구조는 매우 단순해 돌축대를 높이 쌓은 뒤 지붕을 얹은 형태인데 성벽 바깥쪽은 높고 안쪽은 사람 키 정도로 낮다. 성곽의 윗부분 담장을 여장(女墻)이라고 하는데 이를 순우리말로는 성가퀴라고 부른다.

성가퀴의 기본 구조는 낮은 맞배지붕에 3개의 총구멍을 낸 것이다. 하나의 성가퀴를 1타(垜)라 부르며 1타에는 3개의 총 쏘는 구멍이 있다. 가까운 곳을 쏘는 근총안(近銃眼) 1개가 한가운데 있고, 양옆에는 먼 데를 쏘는 원총안(遠銃眼) 2개가 설치되어 있다. 원총안은 대개 구멍을 수평으로 뚫은 반면 근총안은 비스듬히 아래쪽을 향하고 있다.

이 성가퀴는 전투에서 기능이 있기도 하지만 더 중요한 것은 성곽에 멋을 더하는, 사람으로 치면 의관(衣冠)이라는 점이다. 지방의 성곽 중에는 성가퀴가 없는 곳이 많지만 한양도성의 성곽에는 수만 개의 '타'가 연이어 있어서 이것이 여간 멋있지 않다.

숙정문에서 북악산 정상을 향해 가노라면 줄지어 달리는 성가퀴 너머로 저 멀리 북한산 비봉 능선을 따라 족두리봉과 향로봉까지 조망된다. 또 어느 정도 오르다 보면 북악산 서편 자락 너머로 인왕산의 준봉까지 성가퀴가 만리장성 못지않게 길게 뻗어가는 장관을 볼 수 있다. 그렇게 발걸음 옮길 때마다 익숙한 산세들이 품에 안겨오기에 한양도성 북악산 순성길은 어느 명산에 오르는 길보다 깊은 감동을 선사한다.

북악산의 순성길을 따라가다 보면 성곽 밖으로 통하는 암문(暗門)이 하나 나오는데 이 숨겨진 문을 통해 밖으로 나가면 외부에서 보는 한양도성의 실모습을 가까이서 볼 수 있다. 보면 볼수록 튼실하기 이를 데 없다.

성벽 돌의 글씨와 곡성

한양도성을 유심히 살피면 성벽의 축조에 사용된 돌을 다루는 기법과 형태가 시대별로 달랐던 것을 알 수 있다. 태조 때 지어진 성벽에는 자연석을 거칠게 갈아서 사용했으며, 아래쪽은 큰 돌을 쌓고 위로 갈수록 작은 돌로 축성했다. 세종 시기에 지어진 성벽은 좀 더 직사각형에 가깝게 다듬은 돌을 쓰고, 돌과 돌을 자연스럽게 이으려 했다. 숙종과 순조 시기에는 일정한 규격에 맞게 돌을 다듬어서 축성했다. 그리고 공사 실명제에 따라 새긴 글자들도 성벽 곳곳에서 볼 수 있다.

예를 들면 세종 때 각자로는 '수자 육백척(水字六百尺) 옥자 시면(玉字始面)' 등 공사 위치를 나타낸 것이 있고, 숙종 때 각자로는 감역(監役) 권덕휘(權德徽), 석수(石手) 기효개(奇孝盖) 등 공사자 이름까지 보이며, 순조 이후의 성가퀴에는 '가경 10년 을축 10월일(嘉慶十年乙丑十月日, 1805년 10월)' 등 공사 날짜가 기록된 것도 있다.

이런 글씨들에는 험한 산에 무거운 돌을 운반해 축조했던 일과 500년을 두고 보수에 보수를 거듭한 자취가 역력히 담겨 있다.

한양도성의 가장 멋진 곳은 성벽이 굽어 돌아가는 곡성(曲城) 부근이다. 곡성은 흔히 곡장(曲墻)이라고 부르기도 한다. 성곽 밖에서 성벽에 기어오르는 것을 방어하기 위하여 자연 지세에 따라 굽어 돌아가게 축성한 것이다. 외줄로 달리던 성벽이 곡성 부근에 이르러 멋진 곡선을 그리며 한껏 그 자태를 뽐내니 여기가 한양도성의 꽃이라 할 수 있다. 간혹 이곳을 치성(雉城)이라고 말하기도 하는데, 치성은 평지에 쌓은 성벽의 일부를 각이 지게 돌출시킨 것으로 마치 꿩이 머리를 내민 모양 같기에 꿩 치(雉)를 써 치성이라고 부르며 곡성과는 성격이 다르다.

| 곡성 | 곡성은 흔히 곡장이라고 부르기도 한다. 성곽 밖에서 성벽에 기어오르는 것을 방어하기 위하여 자연 지세에 따라 굽어 돌아가게 축성한 것이다. 북악산 촛대바위와 청운대 사이에는 길게 돌출한 곡성이 있다.

이야기가 서려 있는 나무와 바위

북악산 순성길에는 특별한 유적이 없다. 산성을 따라가는 길이니 유적이 있을 리 없다. 그저 촛대바위니 말바위니 하는 신기하고 귀여운 바위들이 이야깃거리다. 촛대바위는 높이 약 13미터의 긴 바위인데 북악산 정상에서 보면 확실히 촛대처럼 생겼다. 촛대바위 위에는 지석이 하나 있는데 이는 1920년대 일제강점기에 민족정기말살정책의 일환으로 쇠말뚝을 박았던 자리이다. 주변의 소나무숲과 어우러진 촛대바위에서는 경복궁을 비롯한 서울 도심이 한눈에 훤히 내려다보인다.

산 정상 가까이 있는 '1·21사태 소나무'라는 것이 북악산 순성길의 유적이라면 유적이다. 수령이 200년 된 소나무에 박힌 15발의 총탄 자국은 1968년 1월 21일 북한 124군부대의 김신조 등 무장공비 31명이 청와대를 습격할 목적으로 침투해 우리 군경과 치열한 총격전을 벌였을 때 남은 흔적이다.

중늙은이 이상은 그 난리를 생생히 기억할 테니 긴 설명이 필요없겠지만 젊은 세대들은 아마도 그저 이름으로만 알지도 모르겠다. 특수훈련을 받은 북한의 무장공비가 청와대 습격을 목적으로 침투해 창의문 부근에서 군경과 총격전을 벌이기 시작해 무려 14일간의 추격 끝에 29명은 사살하고 1명은 끝내 도주하고 1명(김신조)만 생포한 뒤 끝난 사건이었다. 신출귀몰하는 그들의 민첩한 전투력은 많은 사람을 놀라게 했고 이 사건을 계기로 1968년 4월 1일에 지금까지 이어지고 있는 예비군이 창설되었다.

북악산 정상에 오르는 길의 가장 큰 묘미는 동서남북으로 서울 시내 전체와 북한산의 준봉들을 조망할 수 있는 장대한 전망에 있다. 북악산 정상에 오르기 전 해발 293미터에 청운대(靑雲臺)라는 훌륭한 전망대가 있다. 여기에 서면 북한산 비봉 능선이 모두 보이고 일산 방향을 비롯해 족두리봉·향로봉·비봉·승가봉·문수봉·보현봉·형제봉까지 조망되며 홍은동·구기동·평창동 지역과 상명대학교 건물까지 한눈에 들어온다.

북악산 개방에 앞서 편의시설과 탐방로를 마련하면서 얼마 전 세상을 떠난 '말하는 건축가' 정기용에게 환경에 맞춰 설계해달라고 의뢰했다. 정기용은 나와 함께 처음 현장답사를 나가 여기서 시내를 내려다보더니 갑자기 "하하하!" 하며 통쾌하게 웃음을 터뜨리고는 한마디 큰 소리로 부르짖었다.

"하하하! 너희들이 마냥 까불었다마는 여기서 보니 부처님 손바닥에 있었구나. 하하하! 멋모르고 고층빌딩이라고 높이 솟으려고 발버둥쳤지만 대자연 앞에선 개미 형상을 못 벗어나는구나. 어이, 유청장, 이 전망대 이름이 뭐야?"

| 1·21사태 소나무 | 1968년 김신조와 무장공비 일당이 청와대 습격을 목적으로 침투해 총격전
을 벌인 흔적이 남은 소나무이다. 15발의 총탄 자국이 남아 있다.

"나도 알아보았는데, 없대요."

"너무 오래 닫아두어 다 잊어버린 거겠지. 이렇게 좋은 전망대에 이름
이 없다니. 북한산 백운대에 오른 것만큼 시원하구면."

"그러면 우리 여기는 청운대라고 부를까?"

"그거 좋네."

이후 우리는 탐방로와 휴게공간을 배치하면서 이 위치를 편의상 청운
대라고 불렀는데 어느새 그것이 이름이 되어 지금은 쉬어가는 의자들이
놓인 한쪽에 '청운대'라고 글씨가 새겨진 작은 화강암 빗돌이 세워져 있
다. 청운대 한쪽에는 제법 크게 자란 목련나무가 있는데 봄날 이 목련의
꽃눈이 보송보송한 솜털을 벗고 있는 모습이 어찌나 곱고 복스러운지
모른다.

| **백악산(북악산) 정상 표지석** | 북악산 정상에 다다르면 보이는, 하늘 끝까지 펼쳐지는 그 넓고 멀고 시원한 전망이 대단하다. 세계 어느 도시에도 없는 서울만의 자랑이다.

북악산 정상에서

북악산 정상에 다다르면 보이는, 하늘 끝까지 펼쳐지는 그 넓고 멀고 시원한 전망을 내 문장력으로는 다 담아내지 못한다. 숙정문에서, 촛대 바위에서, 청운대에서, 암문 밖에서 보아온 전경들은 세세한 한 컷일 뿐 그야말로 파노라마로 전개되는 이 통쾌한 전망은 뉴욕에도, 도쿄에도, 베이징에도, 시드니에도, 베를린에도 없는 서울만의 자랑이다.

여기에 오르면 한양도성이 용틀임하며 굽이굽이 이어지는 모습이 한눈에 들어온다. 그 성곽 라인의 설정이 너무도 자연스럽고 아름다워 자연을 배반하기는커녕 완벽한 조화를 이루었다는 감탄을 자아낸다.

한양도성의 유네스코 세계유산 등재를 위해 애쓰는 많은 분 중 서울역사박물관장이자 이코모스(ICOMOS, 국제기념물유적협의회) 한국위원회 사무총장을 맡았던 송인호 교수에게 외국의 전문가들은 서울 한양도성을 어떻게 보고 말하는지 한번 물어보았다. 이코모스는 유네스코 공식자문기구로서 유네스코 세계유산 등재를 위한 심의와 연구를 보조한다.

"서울 한양도성의 역사와 가치를 의심하는 사람은 거의 없어요."

"특히 어떤 부분에서 높이 평가하던가요?"

"성곽이 지형·지세와 한 몸을 이루고 있다는 점이더군요. 인왕산 자락에서 1.8킬로미터 구간은 성곽을 쌓지 않고 바위 자체를 성곽으로 삼은 것도 그렇고, 이미 사라진 부분에 있어서도 동대문 이간수문이 그렇듯이 판축, 말뚝 등이 없어지지 않고 그대로 남아 있다는 것에 주목해 보더군요. 특히 헝가리 위원이 이 점을 강조했어요."

"다른 나라 성곽과의 차이는 어떻게 보던가요? 특히 자연과 인공의 관계에서?"

"그 점에서도 놀랍니다. 최소한의 개입으로 최대한의 효과를 얻어내는 미학이 보인대요."

"정기용이 만난 프랑스의 한 건축가는 언컨트롤드(uncontrolled)라는 표현을 쓰더래요. 건축은 공간을 컨트롤할 수밖에 없는데 한국의 건축과 성곽을 보면 컨트롤한 것 같지가 않다는 뜻이었어요."

"바로 그 점이 외국인의 눈에 확 들어오나 봐요. 그러한 자연과 인공의 관계는 한국인들에겐 익숙하지만 서구인들에겐 낯선 것이니 좀 더 깊이 설명하고 내세워도 좋겠다는 의견을 주었어요."

그렇다. 우리에겐 너무 익숙해서 당연하게 받아들이며 평범한 줄로 아는 그것이 바로 한국 문화의 특성이고 뛰어난 점이다. 나는 독자들에게 한번 과제를 던져주고 싶다. 당신이 지금 '서울'이라는 외국 도시에 관광 왔다는 기분으로 한양도성의 상상봉(上上峯)인 북악산에 올라가 보시라고. 분명 우리에게 너무도 익숙했던 것들이 모두 우리의 미학으로

| 심전 안중식의 「백악춘효도」 | 조선왕조의 마지막 화원인 심전 안중식이 1915년 그린 이 그림의 제목은 '백악산의 봄날 새벽'이다. 잃어버린 조국에 봄이 오기를 기다리는 마음이 담겨 있다.

새로이 다가올 것이다.

　북악산이 개방된 뒤 우리는 시내에서 북악산을 바라볼 때 이전처럼 막혀 있는 산이 아니라 언제고 오를 수 있는 한양도성의 산이라는 새로운 감정을 가지게 되었다. 경복궁이 의지하고 있는 저 듬직한 북악산을 바라볼 때면 나는 조선시대 회화사를 전공한 때문인지 한 폭의 그림이 절로 떠오른다. 1915년, 일제에 나라를 강탈당해 암울한 나날을 보내고 있던 시절 심전(心田) 안중식(安中植)은 북악산을 배경으로 한 경복궁을 그리고는 「백악춘효도(白嶽春曉圖)」라 이름했다. '백악산(북악산)의 봄날 새벽'이라는 뜻이다. 그가 그리워하는 마음으로 그린 북악산이 마침내 이렇게 우리에게 돌아온 것이다.

그리고 남은 이야기

서울 한양도성은 2012년 11월 23일, 유네스코 세계문화유산 잠정목록에 올랐고 문화재청과 서울시는 2017년 등재를 목표로 만반의 준비를 했지만 결국 신청을 철회하고 지금 다시 준비 중에 있다. 무엇이 부족했을까. 유네스코 세계유산 등재에는 ①번부터 ⑩번까지 10가지 엄격한 기준이 있는데 서울 한양도성은 등재 기준의 ②, ③, ④, ⑥번 항목에 부합한다.

② 오랜 시간 동안 또는 세계의 일정 문화지역 내에서 일어난 건축·기술·기념비적 예술·도시계획 또는 조경 디자인의 발전에 있어 인간 가치의 중요한 교류를 보여주어야 한다.

③ 현존하거나 이미 사라진 문화적 전통 또는 문명의 독보적이거나 적어도 특출한 증거가 되어야 한다.

④ 인류 역사의 중요한 단계들을 예증하는 건조물의 유형, 건축적 또는 기술적 총체, 경관의 탁월한 사례여야 한다.

⑥ 사건이나 살아 있는 전통, 사상이나 신조, 보편적 중요성이 탁월한 예술 및 문학 작품과 직접 또는 가시적으로 연관되어야 한다.

서울 한양도성 또한 이 등재 기준에 맞추어 세계문화유산으로서 가치를 증명해야 하는데 신청서에 쓴 내용은 다음과 같이 요약할 수 있다.

② 서울 한양도성은 평양성과 개경도성의 연장선상에서 독창적인 한국식 도성 형식을 갖

추었다. 평지성과 산성의 구조가 결합된 포곡식 성곽이며, 그 내부에 궁궐·종묘·사직·행정시설·시장시설·주거지를 포함하고 있는 대규모 도성유산이다.

③ 조선시대 도성 형식의 문루와 성곽의 원형이 잘 남아 있다. 전체 길이 18.627킬로미터로 현존하는 세계수도의 성곽유산 중 규모가 가장 크며, 현재 13.1킬로미터의 구간이 원형 또는 복원된 상태로 보존되어 있다. 각 시기별로 축조 형태와 수리 기술의 역사적 증거가 기록과 함께 실물과 유적으로 남아 있다.

④ 한반도의 지형 체계를 고려해 입지가 결정됐다. 내사산의 능선을 따라 석재로 축조된 성곽의 안쪽에 판축층을 조성하는 등 지형과 일체화된 축조 기술을 보여주는 특별한 성곽 유형이다. 성곽은 자연적인 지세를 따라 지형을 잘 활용하면서 축조되었기 때문에, 내사산의 굴곡과 도성의 안팎이 함께 조망되는 뛰어난 역사도시 경관을 보여준다.

⑥ 전국 각 지역 백성들의 공역으로 성곽을 축조해, 구간마다 담당 장인의 실명이 새겨져 있다. 조선왕조 500년 동안 문루와 성곽을 주제로 집필한 문학 작품과 도성 풍경을 묘사한 회화 작품이 많이 남아 있다.

무엇 하나 등재 기준에 미달하는 사항이 없다. 그러나 결정적으로 서울시민들의 삶과 유리되어 있다는 점이 안타깝다. 유네스코 세계유산 등재의 의의는 한국 문화의 존재감을 세계에 알리고 국민들에게 역사적·민족적 자긍심을 심어준다는 데 있다. 그렇기에 내 나라 사람들이 제대로 향유하지도 않고 잘 알지도 못하고 귀하게 생각하지 않으면 세계유산에 등재되지 않는다는 것을 이번에 배웠다. 서울 한양도성은 그 자체의 존재 가치가 부족한 것이 아니라 이를 대하는 우리들의 자세 때문에 낮은 점수를 받았던 것이다.

제2부

자문밖

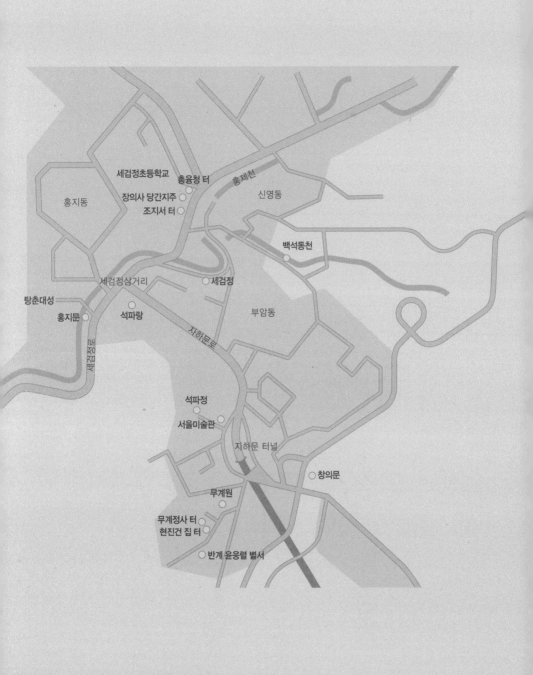

조선시대 군사구역, 자문밖

자문밖 / 창의문 / 장의사 당간지주 / 조지서 터 /
연산군의 탕춘대 / 탕춘대성 / 홍지문 / 오간수문

내 어린 시절의 자문밖

서울 사람들은 창의문이라면 몰라도 '자문밖'이라면 금방 안다. 정식 동네 이름은 부암동·신영동·구기동·평창동·홍지동이지만 나 어렸을 때는 그저 자문밖이라고 불렀다. 한양도성의 북소문인 창의문(彰義門)의 별칭이 자하문(紫霞門)인데 '자하문 밖'을 줄여 그냥 자문밖이라고 부른 것이다. 올해(2017)로 5회째를 맞이하는 이 동네 축제의 이름도 '자문밖 축제'라고 한다.

나는 1955년 4월 1일 서울 청운초등학교에 입학했다(그때는 새 학기가 4월에 시작했다). 초등학교 입학 후 첫 소풍은 경복궁으로 갔고, 2학년 때는 덕수궁, 3학년 때는 창덕궁(그때는 비원이라고 부름)으로 갔지만, 4학년부터 6학년까지 3년간은 명색이 고학년이라고 언제나 자문밖 세검정이나 백사실 계곡으로 소풍을 갔다. 청운초등학교에서 고개만 넘으면 곧 자문밖이었기 때문이다. 나는 투덜거리면서도 속으로 세검정초등학교 애들은 어디로 소풍 갈까 궁금해했다.

그때 어린 내 눈에 자문밖엔 아무런 볼거리가 없었다. 육중한 바위와 세차게 흐르는 계곡, 그리고 능금밭과 자두밭 일색이었다. 당시엔 세검정의 정자도 없었다(지금의 정자는 1977년에 복원된 것이다). 지금은 개천이 복개되어 도로가 나고 연립주택과 빌라들이 들어섰지만 그 당시 세검정 개울가에는 엄청 넓은 너럭바위가 있어서 모두들 거기 앉아 엄마가 싸준 김밥 도시락을 먹고 돌아오는 것이 우리들의 소풍이었다.

한길가에는 코 묻은 돈을 겨냥해 광주리 가득 능금과 자두를 담아 팔던 행상이 늘어서 있었지만 나도 내 친구도 시큼한 능금보다는 신나게 돌아가는 솜사탕에 손이 먼저 가곤 했다. 그래서 해마다 자문밖으로 소풍 갔지만 내 기억에 남은 것은 우리가 뛰놀던 계곡과 바위, 그리고 멀리서 바라본 능금밭뿐이다.

5학년 때엔 우리 반에 세검정초등학교에서 전학 온 친구가 있어서 집에 한번 놀러간 적이 있는데 산비탈에 자리한 친구 집 마당에서 처음 본 달리아 꽃송이가 너무도 크고 예뻤던 것이 지금도 눈에 선하고, 길 건너편 양지바른 미끄럼바위에서 한 할머니가 하얀 닥종이를 만들기 위해 널고 있는 모습이 신기해 오랫동안 바라보았던 기억이 남아 있다. 그날 그렇게 실컷 놀다가 저물녘이 다 되어서야 집에 돌아오는 바람에 엄마한테 호되게 꾸지람 듣고 종아리를 맞았다. 그 덕에 그때 봤던 풍광이 더욱 잊히지 않는다.

세월이 흘러 1970년대 들어서 평창동과 구기동의 산비탈이 고급 택지로 개발되며 자문밖이라는 외진 느낌의 이름은 사라지고 자연과 어우러져 산천이 수려한 동네로 변모하게 되었다. 그러나 개울이며 바위며 산세

| 옛 창의문 | 창의문은 한양도성의 북소문으로 자하문이라고도 불린다. 북악산과 인왕산이 만나는 움푹한 고갯마루에 세워졌다. 자하문 고갯길이 생기기 전 성문 밖의 모습이다.

는 지금도 여전해 자문밖에 가면 나는 절로 어린 시절을 떠올리게 된다.

내가 살던 창성동 우리 집은 진작 없어졌고 동무들과 뛰놀던 동네 골목들도 다 변해버려 고향이라도 고향 같지가 않고, 일삼아 가보기 전에는 갈 일도 없지만 자문밖에는 환기미술관·화정박물관·삼성출판박물관·유금와당박물관·김종영미술관·서울미술관 등 많은 박물관·미술관과 가나아트센터·서울옥션·토탈미술관·갤러리 아트유저 등 크고 작은 화랑들이 있어 한 달에 한 번 이상 발길이 그쪽으로 향하게 되니 오히려 나는 여기서 잃어버린 고향에 대한 향수의 한 자락을 느끼곤 한다.

창의문의 유래

자문밖이라는 이름을 낳은 자하문은 정식 이름이 창의문이고 한양도

| 방호자 장시흥의 「창의문」 | 겸재의 화풍을 충실히 따랐던 방호자 장시흥이 청운동에서 창의문으로 올라가는 길을 그린 진경산수화다.

성의 북소문이다. 본래 한양도성에는 동서남북에 사대문을 세우고 그 사이에 사소문을 두었는데 창의문은 방위로 보면 서대문과 북대문 사이, 지형으로 말하면 북악산과 인왕산이 만나는 움푹한 고갯마루에 세워졌다.

그러나 창의문은 한양의 북쪽 출입문이 아니었다. 북대문인 숙정문에도 길이 없었다. 앞서 언급했듯 태종 때 풍수가 최양선의 건의를 받아들여 두 문을 닫고 통행을 금지했기 때문이다.

이처럼 창의문은 통행문이 아니라 한양도성의 사방팔방 방위에 맞춘 형식적인 문이었기 때문에 처음엔 문루 건물도 없었다. 풍수도 풍수지만 서울의 지세를 고려한 방어체제에서 북악산 북쪽의 육중한 삼각산이 천연의 방어벽 역할을 한 탓도 없지 않았다.

창의문 바깥 울창한 숲과 계곡을 언제부터인지 자하동천(紫霞洞天), 줄여서 자하동이라 불렀다. 동천(洞天)이란 계곡을 일컫는 말로 신선이 사는 곳이라는 뜻이 있는데, 이 그윽한 골짜기에 붉은 노을이 깃들 때 더욱 환상적으로 보였던지 자줏빛 자(紫), 노을 하(霞)를 써 자하동이라 했다. 이 계곡 덕에 창의문은 자연스레 자하문이라는 별칭을 얻게 되었다.

창의문으로 통하는 길이 아예 없었던 것은 아니었다. 『조선왕조실록』을 보면 세종 4년(1422)엔 창의문과 숙정문을 군인들의 출입에 이용할 수 있게 했다. 또한 창의문 밖 부암동 산자락에 세종의 아들인 안평대군의 별장 무계정사가 있었으니 여기로 드나들려면 창의문밖에 없다.

연산군 12년(1506)에는 임금이 창의문 밖 계곡가에 탕춘대(蕩春臺)를 세우고 질탕하게 놀았으며, 광해군 9년(1617)에는 궁궐 보수에 필요한 석재를 운반하기 위해 열어줬다는 기록이 있는 것을 보면 창의문에 최소한의 통행을 위한 비상도로는 있었음을 알 수 있다. 그리고 광해군 15년(1623) 3월 12일 밤, 홍제원에 집결하여 인조반정을 일으킨 '의군(義軍)'이라는 쿠데타 부대가 바로 이 문으로 잠입해 창덕궁에 쳐들어갔다.

창의문이 오늘의 모습을 갖추게 된 것은 영조 17년(1741) 한양도성을 수축할 때였다. 당시 훈련대장 구성임(具星任)이 왕에게 "창의문은 인조반정 때 의군이 진입한 곳이니 성문을 개수하면서 문루를 세움이 좋을 것"이라고 건의한 것을 영조가 받아들여 비로소 문루가 세워졌다. 1956년 창의문 보수공사 때 천장 부재에서 "건륭(建隆) 6년(1741) 6월 16일 상량(上樑)"이라고 적혀 있는 묵서가 발견되어 확인되었다.

지금 창의문에는 인조반정의 주역이던 정사공신(靖社功臣) 이귀(李

貴)·김자점(金自點)·김류(金瑬) 등의 이름을 새겨놓은 현판이 걸려 있다. 본래 창의문의 창의란 '올바름을 밝힌다'는 뜻인데, 결국 인조반정 때 그 이름값을 그대로 했던 셈이다.

창의문과 자문밖의 변화

창의문의 건물 형태는 전형적인 조선시대 성곽의 문루로 오늘날 서울의 사소문 중 유일하게 옛 모습을 간직하고 있다. 반듯하게 다듬은 화강암으로 견고하게 육축을 쌓고 그 위에 망루 역할을 하는 목조 누각을 세웠다. 보기에 따라서는 성문으로서 규모가 너무 작지 않나 생각할 수도 있다. 이 자리에서 전투가 벌어질지도 모르는데 이 정도 높이와 크기로 적을 막을 수 있을까 싶다.

그러나 앞서 말했듯 우리나라 성곽과 문루는 전란에 대비한 것이라기보다 도성의 울타리다. 이 점은 중국이나 일본과 전혀 다르다. 만약 전쟁을 고려했다면 벽체를 높이 쌓고 성곽 둘레에 해자를 깊게 파놓아 탄탄한 방어시설을 구축했어야 한다. 그러나 우리나라의 성문은 도성의 통행문이었기에 보초를 서는 망루 정도에 그쳤다. 그래서 문루에 올라보면 전쟁에 대비한 시설이 아니라 사방이 보이는 시원한 전망을 만끽하게 된다.

이런 성문의 구조는 조선왕조가 내란의 위협이 별로 없었던 나라였음을 간접적으로 말해준다. 그 탓에 임진왜란 때 일본의 기습을 막아내지 못하기도 했지만, 조선왕조 500년 역사에 있었던 몇 차례 변란은 같은 시기 중국이나 일본에 비하면 내란이라고 하기도 어려운 것이나 마찬가지였다. 그래서 조선시대 도성과 읍성의 문루는 한결같이 아담했다. 그 덕분에 우리나라 성곽의 문루는 정자처럼 보이며 인간적 친숙미를 주곤

| **일제강점기 창의문 밖 풍경** | 일제강점기에 찍은 창의문 밖 사진이다. 조선시대 성문 밖의 분위기를 여실히 보여주는 사진이다.

한다.

창의문은 비록 사대문이 아니라 사소문의 하나이지만 명색이 한양도성의 문루인지라 육축이 아주 튼실하고 대단히 치밀하게 축조되었다. 문루 바깥쪽으로 물을 빼내는 수구(水口)가 연잎 모양으로 제법 맵시 있게 조각되어 있고 무지개 모양으로 둥글게 돌아간 성문의 월단 정수리에는 봉황 한 쌍이 아름답게 조각되어 있다. 다른 성문에는 이 자리에 대개 귀면이 있는데 창의문에 봉황이 있는 데에는 사연이 있다.

이 봉황은 닭을 변형한 것이라는 속설이 있다. 인왕산에서 창의문 쪽으로 내려오는 산세가 흡사 지네를 닮아서 지네의 천적인 닭을 조각해 넣은 것이라는 얘기다. 이 속설은 상당히 뿌리가 깊어서 김영상의 『서울600년』을 보면 이곳 주민들이 나무로 닭을 조각해 문루에 매달곤 했다고 한다.

| **오늘날의 창의문** | 창의문 아래쪽으로 신작로가 닦이면서 창의문은 큰길가 언덕에 비켜 외로이 남게 되었다. 그러다 2007년 한양도성이 개방되면서 다시 창의문 문루까지 올라갈 수 있게 되었다

언제부터 창의문에 일반인도 출입할 수 있었고 자문밖에 민가가 들어서게 되었는지 명확히 알 수는 없지만 창의문 바로 너머에 흥선대원군의 석파정과 윤웅렬의 별서(別墅)가 있고, 건너편 백석동천에는 추사 김정희의 별서가 있었던 것을 볼 때 19세기 무렵에 권세가들의 별장 지역이 되면서 출입이 자유로워진 것이 아닌가 싶다.

20세기 들어 서울이 팽창하면서 1936년에는 자문밖이 고양군에서 서울시로 편입되었다. 이때부터 민가가 본격적으로 들어선 듯 소설가 현진건이 살던 집도 여기에 있었다. 자동차길이 생길 때 자하문 고개에는 창의문 아래쪽으로 신작로가 닦였고, 창의문은 큰길 언덕배기에 비켜 있는 외로운 문루로 남게 되었다. 그러면서 창의문을 찾아오는 이조차 드물어졌는데, 1968년 1·21사태 이후에는 일반인 출입도 금지되었다.

| 창의문에 새겨진 조각들 | 창의문 문루 바깥쪽으로 물을 빼내는 수구(水口)가 연잎 모양으로 맵시 있게 조각되어 있고(아래) 무지개 모양으로 둥글게 돌아간 성문의 월단 정수리에는 봉황 한 쌍이 아름답게 부조되어 있다(위).

그러다 1970년대 들어 평창동·구기동에 택지가 개발되면서 번잡한 도심을 벗어난 조용한 주거지로 각광받아 단독주택과 빌라 등이 들어서면서 면모를 일신하게 되었다. 1975년엔 행정구역도 서대문구에서 종로구로 옮겨졌다. 그리고 1971년 북악터널, 1980년 구기터널, 1986년 자하문터널이 개통되면서 자문밖은 도성 밖의 외진 곳이라는 인상이 사라지게 되었다.

2007년 북악산이 개방되면서부터는 다시 누구나 창의문 문루 위까지 오를 수 있게 되었다. 이렇게 우리 품에 다시 돌아온 창의문에 오르면 무엇보다 사위를 조망하는 눈맛이 일품이다. 앞뒤로는 전망이 상쾌하게 전개되고 양옆으로는 성벽이 북악과 인왕으로 장하게 이어진다.

문루 안쪽에는 인조반정의 공신들 이름을 새긴 현판이 변함없이 걸려 있는데 마루가 널찍해 눌러앉아 있고만 싶어진다. 문루 아래로 내려가보니 돌쩌귀며 빗장이 과연 대문짝만 한데 밑바닥에 깔려 있는 박석이 유난히 반질반질하다. 오랫동안 짚신, 고무신 신고 지나가던 옛사람의 발길에 길든 이 박석이 반짝거릴 정도로 윤기를 발하는 모습을 보면 이것은 세월이 만든 작품 아닌 작품이라는 생각이 든다. 창의문은 이처럼 긴 내력을 품고 있는 잘생긴 산상의 문루다.

자문밖의 고찰, 장의사

지금은 많이 변했지만 자문밖은 북한산의 문수봉·보현봉·비봉 그리고 북악산과 인왕산에 둘러싸인 깊디깊은 산중 골짜기였다. 창의문이 생긴 후 자하동천은 자연히 자문밖이라고 불리게 되었지만 그 옛날엔 여기로 들어오려면 세검정 지나 홍제동으로 흘러내리는 홍제천변을 따라오는 수밖에 없었다. 행정구역도 고양군이었다.

그때나 지금이나 자문밖의 중심은 세검정으로, 마침 세검정을 그린 겸재 정선의 실경산수화가 두 폭 전해지고 있는데 참으로 풍광 수려한 장대한 계곡을 볼 수 있다.

세검정 정자는 18세기 영조 때 지어졌다고 하지만 이 맑고 깊은 계곡에는 훨씬 더 오랜 역사가 서려 있다. 자문밖 세검정 골짜기가 역사의 전면에 처음 등장한 것은 6세기 중엽 비봉 정상에 진흥왕 순수비가 세워졌을 때이고, 그다음은 7세기 중엽 지금의 세검정초등학교 자리에 장의사(壯義寺)라는 절이 창건되었을 때이며, 그다음은 8세기 중엽 승가사(僧伽寺)가 세워졌을 때다. 수도가 경주이던 시절 북한산 한쪽에 자리잡은 두 절집은 지리산 연곡사, 설악산 진전사 같은 심심산골의 산사였다. 어쩌면 그보다는 금강산 신계사의 그윽함에 비견할 만하다.

장의사라는 이름은 굳셀 장(壯), 옳을 의(義)로 여느 사찰 이름과 다르

96

| 세검정 | 세검정 정자는 18세기 영조 때 지어진 것으로 알려져 있지만 이 맑고 깊은 계곡에는 그보다 훨씬 더 오랜 역사의 자취가 서려 있다.

다. 이에 대해서는 『삼국사기』와 『삼국유사』가 약간 달리 전하고 있다. 먼저 『삼국사기』 신라 태종 무열왕 6년(659)조에는 이 절의 창건 내력을 다음과 같이 전하고 있다.

겨울 10월에 왕이 당나라에 파병을 요청한 데 대한 회보가 없음을 걱정하고 있는데 갑자기 (이미 죽은) 장춘랑(長春郎)과 파랑(罷郎)이 왕 앞에 나타났다. 그들은 어저께 당나라에 갔다가 당 황제가 소정방에 게 내년 5월에 군사를 거느리고 가서 백제를 치도록 명령한 것을 알았 다면서, 왕께서 애타게 기다리시는 것 같아 미리 말씀드린다고 말하 고는 사라졌다. 이에 왕은 크게 놀라고 신기하게 여겨 두 집안 자손들 에게 후한 상을 주고 한산주(漢山州)에 장의사를 지어 그들의 명복을 빌게 했다.

| 장의사 당간지주 | 삼국통일 전쟁 때 태종 무열왕이 죽은 군사들의 영혼을 기리기 위해 지은 장의사는 흔적도 없이 사라졌지만 세검정초등학교 운동장 한쪽에 당간지주가 남아 있어 그 옛날을 증언한다.

그런데 『삼국유사』에는 장춘랑과 파랑의 이야기가 다르게 쓰여 있다.

(신라가) 처음에 백제 군사와 황산벌에서 싸울 때 장춘랑과 파랑이 진중에서 죽었다. 그후 백제를 칠 때 그들이 태종 무열왕의 꿈에 나타나서 말했다. "우리는 예전에 나라를 위해 목숨을 바쳤는데 백골이 되어서도 나라를 끝까지 지키고자 부지런히 종군했습니다. 그러나 당나

라 장수 소정방의 위엄에 눌려서 남의 꽁무니만 쫓아다니고 있습니다. 원컨대 왕께서는 우리에게 얼마간 군사를 주십시오." 이에 태종은 놀랍고 괴이하게 여겨 두 혼을 위해 하루 동안 모산정(牟山亭)에서 불경을 설하게 하고 또 한산주에 장의사를 세워 그들의 명복을 빌었다.

이를 종합해보면 삼국통일 전쟁이 한창일 때 태종 무열왕이 전쟁터에서 죽은 군사들의 영혼을 위해 절을 지었고 그런 연유로 절 이름을 장의사라 했음을 알 수 있다.

장의사 건물은 흔적도 없이 사라졌지만 세검정초등학교 운동장 한쪽에 당간지주(보물 제235호)가 남아 있어 그 옛날을 묵묵히 증언하고 있다.

당간지주란 절집 입구에 당(幢, 깃발)을 걸기 위해 국기게양대처럼 높이 세우는 당간(幢竿, 깃대)을 양옆에서 지탱하는 지주인 한 쌍의 돌기둥을 말한다. 무쇠로 만들었을 당간은 세월이 흐르며 사라지고 화강석 지주만 남아 있다. 옛날에 석공과 철공이 돌이 오래가냐 쇠가 오래가냐를 두고 싸우다가 철공이 돌을 깨부수고 이겼다고 하는데 지금 결과는 오히려 반대다.

이 당간지주는 높이 3.63미터에 폭은 0.8미터, 두께는 0.5미터 정도로 형태는 직사각형이다. 두 기둥의 마주 보는 면은 반듯하게 다듬었는데 바깥쪽은 모서리를 없애고 위를 비스듬히 둥글렸다. 기둥 윗부분에는 당간을 고정하는 막대를 가로지를 수 있도록 구멍을 뚫었다. 형식으로 보면 경주 망월사터 당간지주와 친연성이 있는데 절집 앞에 세우는 당간이 통일신라시대 들어 유행했음을 고려하면 장의사 당간지주는 상당히 이른 시기의 것이고 또 서울 지역에서 원위치를 지키고 있다는 장소적 의의도 있어 일찍이 나라의 보물로 지정되었다.

현재 이 당간지주는 지하에 많이 묻혀 있는데도 제법 당당하니 이 자리에 있던 장의사는 또 얼마나 장했을까 가히 상상이 간다. 실로 설악산이나 지리산의 산사 같은 그윽함이 있었을 것이다.

왕실의 기도처이자 학자의 독서당이던 장의사

고려시대 장의사의 사정에 대해서는 아무 기록도 전하는 바가 없지만 계속하여 북한산의 산사로 남아 있었던 것만은 분명한 듯 조선왕조가 한양에 도읍을 정하자 장의사는 오히려 도성 가까이 있는 사찰로 주목받게 되었다. 조선왕조는 숭유억불 정책을 펴면서 불교를 박해했지만 생활 풍습으로서의 불교 의식은 여전히 남아 있었다. 특히나 죽음의 문제에 있어서는 여전히 불교에 의탁하는 바가 컸다. 그리하여『조선왕조실록』태조 7년(1398) 9월 22일자에는 다음과 같은 기사가 실려 있다.

신의왕후(神懿王后) 기재(忌齋)를 장의사(藏義寺)에서 베풀다.

신의왕후 한씨(韓氏)는 태조 이성계의 첫 아내로 정종과 태종의 생모인데 태조가 등극하기 1년 전인 1391년에 사망했다. 그렇게 왕실과 인연을 맺은 사찰인데 이때는 장의사의 한자 표기가 한 글자 달랐다. 연산군 4년(1498) 12월 29일에는 폐비 윤씨를 왕후로 추존한 뒤 처음 지내는 초재(初齋)를 장의사에서 베풀었다고 했으니 계속해서 왕실의 기도처라는 자못 당당한 지위를 유지했음을 알 수 있다.

그러나 장의사는 여전히 한적한 산사일 뿐이어서 한때는 독서당(讀書堂)으로 지정되었다. 독서당 제도는 세종대왕이 집현전 학사 중 '연소능문지사(年少能文之士)', 즉 젊고 글재주가 있는 이들을 뽑아 휴가를 주고 책 읽기에 전념케 하도록 한 사가독서(賜暇讀書)에서 비롯되었다. 오늘날의 안식년 제도와 같은 사가독서가 최초로 실시된 것은 1426년 12월로, 3인을 선발해 자택에서 지내게 했다. 1442년에는 신숙주(申叔舟), 성삼문(成三問) 등 6인에게 휴가를 주어 북한산 진관사(津寬寺)에서 사가독서하게 했다. 한적한 절집에 올려보내 독서하게 했다고 하여 이를 상사독서(上寺讀書)라고도 했다.

사가독서는 꾸준히 이어지다가 세조가 집현전 학사를 좋지 않게 생각해 중단되었는데 성종 7년(1476)에 부활되면서 상사독서처로 바로 이곳 장의사가 지정되었다. 이것이 장의사에 대한 마지막 기록이자 영광이라면 영광이었다.

이후 1493년 용산의 폐사를 수리해 독서당으로 사용하면서 남호당(南湖堂) 또는 용호당(龍湖堂)이라고 했고, 1517년(중종 12년)에는 두모포(豆毛浦, 오늘날의 옥수동)에 독서당을 지어 동호당(東湖堂)이라는 독립건물을 갖추었다. 이 독서당 제도는 영조 때까지 명맥을 이어오다가 정조 때 규장각이 설립되면서 폐지되었다.

짧은 기간이지만 장의사가 독서당으로 지목되어 연소능문지사들이 책을 읽었다는 사실은 자문밖과 세검정초등학교에 큰 자랑일 수 있다. 1948년에 개교해 70년 가까운 전통을 갖고 있는 이 학교에서 문사가 배출되었다면 이는 독서당의 DNA를 이어받았기 때문이라고 우겨 말할 만하며 학생들 역시 그런 자부심을 갖길 바란다.

이런 장의사였건만 불행히도 놀기 좋아하는 연산군이 장의사 아래쪽 세검정 계곡가에 탕춘대를 세우고 질탕하게 놀면서 폐사되고 말았다.

관영 조지서의 설립

조선왕조가 들어서고 한동안 한적하던 자문밖은 국가에서 종이를 직접 제작하는 관영 조지소(造紙所)가 들어서면서 크게 변했다. 처음 조지소가 설치된 때는 태종 15년(1415)이었고, 세조 12년(1466)에는 조지서(造紙署)로 격상되었다. 태종 때 관영 조지소를 자문밖에 설치하게 된 것은 1410년에 종이 화폐를 사용하는 저화법(楮貨法)을 실시하면서 저화에 쓰이는 종이를 균일하게 만들기 위해서였다고 한다. 당시 저화의 종이를 각 도에서 받으니 두께나 상태가 제각각이라 이를 가려내는 폐단이 심했기에 1415년 서울 가까이 조지소를 설치해 저화 제조를 전문적으로 담당하는 관리인 사섬(司贍)으로 하여금 감독하게 한 것이다. 자하동 계곡은 물이 맑고 수량이 풍부할 뿐만 아니라 계곡가에 너럭바위가 많아 종이제작소로 제격이었다.

그런데 『세종실록지리지』의 '경도 한성부 조지소조(京都漢城府造紙所條)'를 보면 1420년(세종 2년)에 왕명으로 조지소를 설치했다고 기록되어 있다. 이는 아마도 세종 대에 들어서서 조지소가 저화 용지뿐만 아니라 표(表)·전(箋)·자문(咨文, 중국에 보내는 외교 문서) 그리고 서적에 필요한 여러 가지 종이를 제작하며 본격적으로 발전했던 것을 말하는 듯하다.

조지소에서 생산한 종이의 질은 매우 좋았던 듯 『조선왕조실록』 세종 12년(1430) 9월 11일자에는 윤수(尹粹)가 임금께 다음과 같이 아뢰었다 기록되어 있다.

처음 조지소를 신설할 때 모두 말하기를, 종이의 품질이 반드시 남원이나 전주에 미치지 못할 것이라고 했는데 지금 종이의 질이 좋아서 도리어 남원·전주의 종이를 쓰지 않고 있사옵니다.

성종 때 학자인 성현(成俔)도 『용재총화(慵齋叢話)』에서 다음과 같이 증언했다.

| **조지서 터** | 조선시대 종이를 제조하던 조지서는 세검정초등학교 가까이 있었고 바로 이웃해 지장들의 마을이 있었던 것으로 추정된다. 세검정초등학교 남쪽 담벼락에 '조지서 터'라고 쓰인 표석이 있다.

세종이 조지서를 설치하고 표·전·자문의 용지를 감독하여 만들게 했다. 또 서적을 인쇄할 여러 가지 종이도 만들게 했으니 그 품종이 한두 가지가 아니었다. 고정지(藁精紙)·유엽지(柳葉紙)·유목지(柳木紙)·의이지(薏苡紙)·마골지(麻骨紙)·순왜지(純倭紙)는 다 지극히 정교했으며 찍어낸 서적 또한 좋았다.

조지서 지장들의 마을

본래 종이 만드는 작업은 까다롭고 인력이 많이 든다. 조선시대 최고의 수공업품은 도자기 다음이 종이였다. 조지서의 편성 인원은 『경국대전(經國大典)』에 자세히 나와 있다. 경관직(京官職, 중앙정부 관리) 종6품 아문으로 감독관 역할을 하는 사지(司紙) 1인, 별제(別提) 4인, 제조(提調) 2인이 있었고, 장인으로는 지장(紙匠) 81인과 발을 만드는 염장(簾匠)

8인, 발틀을 만들기 위해 목장(木匠) 2인이 배속되었다. 조지서 곁에는 종이 만드는 장인들이 모여 사는 큰 마을이 형성되었다. 이는 도자기를 만드는 분원 곁에 도공들의 마을이 형성된 것과 마찬가지다.

이 편성 인원은 시대에 따라, 필요에 따라 여러 번 바뀌었는데 종이의 수요가 점차 늘어나 종래의 인원으로 이를 감당하기 어려워지자 지장의 보조원으로 차비노(差備奴, 잡역에 종사하던 종) 90명을 배치했다. 이것으로도 부족해 세조 13년(1467) 12월에는 공무를 태만히 한 환관들을 사역시켰고, 성종 9년(1478) 11월에는 잡범으로 형을 살고 있는 자를 모두 조지서로 보내 일을 시키기도 했다.

조지서는 본래 관수용지의 생산을 위해 설치된 관영 수공업장이었으나 설립 초기부터 이미 그 생산품의 일부가 민수용지로 흘러나갔고, 왕조의 후기로 갈수록 본래의 성격이 점점 약해지며 민수용 수공업장으로 변해갔다. 이렇게 생산된 종이는 서울 지전(紙廛) 상인들의 손을 거쳐 공급되었다. 이 또한 관영 사기제조장인 분원 운영이 변화한 것과 맥을 같이하니 조선시대 수공업 전체의 변화과정을 말해준다.

500년간 질 좋은 한지를 제작해온 조지서였건만 왕조 말기인 19세기에 값싼 양지(洋紙)와 왜지(倭紙)들이 밀려들어오자 가격 경쟁에서 이기지 못해 1882년(고종 19년)에는 관영 조지서가 폐지되고 민간에게 넘어갔다. 이런 과정은 분원 백자 가마도 마찬가지였으며 조선왕조 수공업은 종말을 맞았다.

민간에 넘어간 종이공장은 그런대로 명맥을 유지했지만 1941년에 화재로 공장과 세검정 정자까지 소실되는 큰 피해를 입고 말았다. 내가 초등학교에 다니던 1950년대까지만 해도 세검정 너럭바위에서 닥종이를 말리는 것을 보았지만 언제 문을 닫았는지 지금은 흔적도 찾아볼 수 없다.

조지서는 장의사가 있던 세검정초등학교 가까이 있었고 바로 이웃해 지장들의 마을이 있었던 것으로 추정된다. 그리하여 세검정초등학교 남쪽 담벼락 한쪽에는 '조지서 터'라고 쓰인 표석이 있고, 길 건너 탕춘대가 있던 계곡 쪽 길가에는 '탕춘대 한지마을 터'라는 표석이 있다.

한지의 전통

종이는 조지서에서만 만든 것이 아니라 전국 어디서나 제작했다. 조선 초기 지방관청에서 종이 제조에 종사했던 인원은 모두 698명(경상도 265명, 전라도 231명, 충청도 130명, 황해도 39명, 강원도 33명)이었다. 이것만 보아도 당시 수공업에서 종이의 비중이 얼마나 높았는지 알 수 있다.

전통 한지를 제작하는 방법은, 먼저 닥나무를 심어 키우고, 이를 베어 껍질을 벗기고 잿물에 삶고, 계곡물에 한나절 담가두었다가 꺼내어 돌 위에 놓고 디딜방아로 두드리고, 닥풀 뿌리에서 짜낸 즙을 섞은 물과 함께 지통에 넣어 잘 젓고, 이를 발에 올려놓고 앞뒤 좌우로 여러 번 흔들어 고르게 떠낸 것을 차곡차곡 개어놓은 다음, 둥근 나무토막을 굴려 물기를 빼내고, 이릿대로 한 장씩 떼어내어 방바닥에 놓고 말리는 긴 과정을 거쳤다.

공정이 이렇게 길고 까다로웠을 뿐만 아니라 닥나무 공급도 어렵고, 잿물에 넣는 목회(木灰, 나뭇재)를 수거하는 것도 보통 일이 아니었다. 그래서 조선시대 백성들은 부역 중에서도 종이 부역을 제일 힘들어했다.

대동법(大同法)이 실시된 뒤로 공물 중 종이도 대동미라는 이름의 쌀로 대체되자 농촌에서는 닥나무밭을 갈아엎고 곡식을 심었는데, 그로 인해 한지 원료 조달이 한계에 이르게 되었다. 이때 지방관청에서는 종이 생산을 절에 떠넘겼다. 승려를 천민으로 박대한 탓에 절 주위에는 닥나무를 심을 공터가 많았고 맑은 물도 풍부해서 종이 생산에 적합했기 때문이다. 이에 따라 전국의 사찰이 종이제작소로 탈바꿈했다. 『조선왕조실록』 현종 11년(1670) 10월 7일자에는 사헌부에서 임금에게 다음과 같이 보고하기에 이르렀다.

> 전라도의 큰 사찰은 해마다 80여 권, 작은 사찰은 60여 권을 바치도록 하여 중들은 달아나고 절들은 텅 비었습니다.

돌이켜보건대 우리나라 종이는 고려 때부터 유명해 고려지(高麗紙)라는 이름으로 중국과 일본에서 많이 수입해갔다. 명나라 서예가 동기창(董其昌)의 작품 중에는 고려지를 얻고는 그 종이가 너무 좋아서 글씨를 썼다는 것이 있을 정도였다. 19세기에 이규경(李圭景)이 쓴 『오주연문장전산고(五洲衍文長箋散稿)』라는 일종의 백과사전에 이렇게 증언되어 있다.

> 고려지는 그 이름을 천하에 떨쳤는데 그 이유는 다른 재료를 쓰지 않고 닥나무만을 썼기 때문이다. 그 종이가 하도 반드럽고 질기고 두꺼워서 중국 사람들은 고치종이라고 했다.

지방의 종이 생산지로는 전라도의 남원과 전주를 으뜸으로 쳤는데 이곳에서는 정말로 여러 종류의 종이가 만들어졌다.

> 표전지(表箋紙)·자문지(咨文紙)·부본단자지(副本單子紙)·주본지(奏本紙)·피봉지(皮封紙)·서계지(書契紙)·축문지(祝文紙)·표지(表紙)·도련지(擣鍊紙)·중폭지(中幅紙)·상표지(常表紙)·갑의지(甲衣紙)

안지(眼紙)·세화지(歲畫紙)·백주지(白奏紙)·화약지(火藥紙)·장지(狀紙)·상주지(常奏紙)·유둔지(油芚紙)·유둔(油芚)

종이의 종류가 이렇게 많으냐고 할지 모르지만 『대전회통(大典會通)』 '공전(工典)'에는 그 밖에도 저주지(楮注紙)·백면지(白綿紙) 등 12가지가 더 나오고, 또 「한양가(漢陽歌)」라는 노래에는 종이 가게인 지전에서 파는 종이로 장지·설화지(雪花紙)·시축지(詩軸紙)·능화지(菱花紙)·분당지(粉唐紙) 등 17가지를 더 말하고 있다.

종이의 종류가 이렇게 많고 다양했다는 것은 그만큼 인문이 발달했다는 사실을 방증한다. 그러므로 우리는 금속활자를 비롯한 인쇄술 발달과 함께 한지에도 프라이드를 가져도 좋다. 그런 한지였건만 지금은 질도 옛날만 하려면 어림없고 그 전통마저 희미하다.

나는 문화재청장으로 있을 때 한지를 살리고 싶어 문화재위원회 무형분과위원인 흥선스님을 앞세워 전통 한지를 계승하고 있는 지장들을 조사케 한 바 있다. 문경·춘천·가평·풍산·용인 등지에 어렵사리 이어오는 분들이 있었다. 그중 재료·기법·기술 등을 고려해 일단 가평의 장지방을 인간문화재로 지정했다. 이 과정에서 춘천의 영담스님이 사찰 한지의 맥을 이어오다가 지금은 중단해 여간 아쉽지 않았다.

연산군의 탕춘대

장의사라는 고찰과 조지서라는 수공업 공장이 자리잡고 있던 자문밖은 실로 놀기를 좋아했던 연산군이 세검정 계곡에 탕춘대를 세워 풍광 수려하던 곳을 유흥지로 만들고 질탕하게 놀면서 한차례 크게 바뀌었다. 연산군은 이곳에 아예 이궁(離宮, 별궁)을 지을 요량이었다. 『조선왕조실록』 연산군 10년(1504) 7월 14일자에는 다음과 같은 기사가 나온다.

조지서를 홍제원(弘濟院) 위로 옮겨 짓고, 곁에 있는 민가를 모두 철거하라. 그리고 장의사에 사는 중도 내쫓고, 동리 어귀를 경계로 하여 목책을 설치하라.

그러나 연산군은 왜 마음이 바뀌었는지 이를 실행에 옮기지 않았다. 2년 뒤인 연산군 12년(1506) 1월 27일자를 보면 다음과 같은 기록이 있다.

왕이 장의문(藏義門, 창의문) 밖 조지서 터에 이궁을 지으려다가 시작하지 않고, 먼저 탕춘대를 봉우리 위에 세웠다. 또 봉우리 아래 좌우로 흐르는 물을 가로질러 돌기둥을 세워 황각(黃閣, 옆으로 긴 누각)을 놓고 언덕을 따라 장랑(長廊, 긴 회랑)을 연이어 짓고 모두 청기와를 이으니, 고운 색채가 빛났다. 여러 신하들에게 과시하고자 하여 놀고 구경하기를 명했다.

이것이 그 유명한 탕춘대이다. 탕춘대는 조지서 바로 곁, 지금의 세검정 자리에 있었다. 실록의 기사만 보아도 탕춘대는 그 구조가 장대하고 화려했음이 가히 짐작되는데 돌기둥에 누각을 세웠다고 한 것을 보면 지금의 세검정 정자도 그중 하나였으리라고 추정된다.

이날 연산군은 "승지(비서) 3명은 의정부·육조·대간과 더불어 먼저 새 정자에 가게 하고, 그 나머지 승지들은 선온(宣醞, 임금이 내리는 술)을 가지고 가게 하라" 하고는 "내가 상춘(賞春, 봄놀이)하려고 경들을 내 정자로 보내는 것은 믿음이 중한 까닭이다"라고 했다.

이에 대간이 아뢰기를, "한가한 여가를 타서 때로 가까운 신하들과 즐겁게 사귀는 것이 어진 정치에 어찌 방해가 되겠습니까"라고 아부했다는 것이다. 그러자 연산군은 시를 한 수 지었다.

| 봄바람 붙어서 유수처럼 흘러가고 싶으나 | 欲付春風浮流水 |
| 그래도 하늘가에는 이르지 못할 것이리 | 想應流不到天涯 |

그러고는 유순(柳洵)에게 "이 시구가 어떠하오?"라고 물었다. 이에 유순이 이렇게 아뢰었다.

부인이 멀리 있는 남편에게 부치는 시인 듯하온데 뜻이 흐르는 듯하고 구법(句法)도 아름다워 참으로 가작이옵니다.

이에 연산군은 흥이 나서 칠언절구 2수를 짓고 신하들에게 각각 채단한 필씩을 내려주고는 이렇게 전교했다.

오늘은 실컷 마시고, 뒤에 (시구에) 화답하라.

이것만 보면 연산군은 제법 품위 있게 놀았던 듯싶다. 그러나 널리 알려졌듯이 연산군은 황음(荒淫)에 빠져 종국엔 왕위를 박탈당하고 말았는데 탕춘대에서 질탕하게 논 것이 실록에 자세히 실려 있다.

연산군은 일찍이 조선 팔도에 채홍사(採紅使)와 채청사(採靑使)를 파견해 아름다운 처녀와 건강한 말을 뽑고, 각 고을에서 미녀와 기생들을 관리하게 했다. 그 수가 1천 명을 훌쩍 넘었다고 한다. 명칭도 기생에서 '운평(運平)'으로 바꿨다. 운평이 궁중에 들어가면 명칭이 '흥청(興靑)'으로 바뀌며 지체가 높아졌다. 그리고 임금과 잠자리를 같이하면 천과(天

科)홍청이라 하고 곁에서 시중만 들면 지과(地科)홍청이라고 했다. 연산군은 탕춘대에서 운평이, 홍청이와 이렇게 놀았다.

연산군 12년(1506) 7월 2일, 연산군은 대비(大妃)에게 진연(進宴, 잔치)을 베풀고, 의정부·육조 판서와 재추(宰樞) 1품 이상 및 승정원에 공궤(供饋, 윗분에게 음식을 바치는 것)하도록 하고는 잔치가 파하자 탕춘대에 가서 실컷 놀고 날이 저물어서야 돌아와서는 이렇게 전교했다.

"궐내에 출입하는 운평은 아무리 사소한 일이라도 밖에 전파해서는 안 된다. 만약 누설하는 자가 있으면 마땅히 엄한 법으로 처치하리니, 모두에게 알아듣도록 타이르라."

도대체 어떻게 비밀스럽게 놀았기에 입을 다물라고 했을까. 그때 일은 모두 입을 다물어서인지 알 수 없지만 연산군 12년(1506) 7월 7일자 실록에는 연산군이 홍청과 놀던 일이 이렇게 기록되어 있다.

왕이 미행으로 경복궁에 이르러 대비에게 잔치를 드리고, 잔치가 파하자 내구마(內廐馬) 1천여 필을 들이게 하여 홍청을 싣고 탕춘대에 가 나인〔內人〕과 길가에서 간음했다.

이상이 『조선왕조실록』에 실린 연산군의 탕춘대 이야기다. 탕춘대는 연산군의 퇴장과 함께 역사에서도 사라지고 그 장려했다는 건물들은 언제 없어졌는지 자취도 없다. 오로지 세검정 바로 곁 월드캐슬이라는 빌라의 정문 초입 암벽 아래에 '탕춘대 터'라는 표석이 세워져 있다.

| **탕춘대 터** | 놀기를 좋아했던 연산군은 세검정 계곡에 탕춘대를 세워 풍광 수려하던 곳을 유흥지로 만들었다고 하는데, 조지서 터 건너편에 표석이 세워져 있다.

탕춘대성과 수도 한양의 방어체제

장의사·조지서·탕춘대가 자리잡고 있던 자문밖 골짜기는 임진왜란과 병자호란을 겪으면서 일대 변화를 겪었다. 이 지역이 갖고 있는 국방상의 중요성이 절실하게 부상했기 때문이다.

한양도성은 임진왜란 때 적을 방어하는 데 아무런 구실을 하지 못했다. 이에 국방 체계에 대한 새로운 인식이 일어나 인조는 한양도성과 별도로 남한산성과 강도성을 정비해 남쪽 일본의 침략에 대비했다. 그런데 병자호란이 일어나면서 이번엔 북방에 대한 대비를 절감하게 되었다. 그러나 청나라와 맺은 삼전도맹약에 '조선은 앞으로 기존 성곽을 보수하거나 새로 성곽을 쌓지 않는다'는 조항이 있어 한양도성은 그냥 놓아둘수밖에 없었다.

그러다 70년 가까이 지난 뒤 숙종은 일부 신하들이 반대하는 것을 물리치고 재위 30년(1704) 한양도성을 대대적으로 정비하기 시작해 6년 만에 끝마치고 이듬해인 재위 37년 4월, 곧바로 북한산성 축성을 시작해 6개월 뒤인 10월에 완공했다.

북한산성이 완성되자 이번엔 한양도성과 북한산성을 잇는 성곽을 축조하기 시작했다. 숙종은 탕춘대 곁을 지나는 성곽을 생각하고 있었지만 이전부터 이에 반대하는 의견이 만만치 않았다.『조선왕조실록』숙종 29년(1703) 4월 5일자 사직(司直) 이인엽(李寅燁)의 상소문을 보면 북성(北城)의 동쪽 기슭은 바로 서울 내룡(來龍)의 산맥으로 나라의 도읍을 설치하고 300년 동안 아끼고 보호하던 땅인데 쉽사리 파서 깨뜨려서는 안 되며 해마다 흉년이 들어 백성이 곤궁하고 재물이 고갈되었으니 공사를 중단해야 한다고 했다.

이런 여론을 의식했는지 북한산성 완성 이후 6년간 유보했다가 1718년에 한양도성의 인왕산 동북쪽에서 능선을 따라 내려가다가 북한산 비봉 아래까지 연결하는 총 4킬로미터의 성을 쌓았다. 이 성이 바로 탕춘대성이다. 한성의 서쪽에 있다고 하여 서성(西城)이라고 했으나 성곽이 탕춘대 곁을 지나기 때문에 이런 이름이 붙었다.

아름다운 홍지문을 지나며

탕춘대성 공사는 윤8월 26일부터 시작해 10월 6일까지 40일간 성 전체의 약 절반을 축성하고 이듬해 2월부터 공사를 재개해 약 40일 후에 완성했다. 불과 반년도 안 되어 완공한 것이다. 그리고 홍제천을 가로지르는 성곽 아래에 오간수문을 건립하고 그 곁에 성문을 세웠으니 바로

| 탕춘대성 | 한양도성과 북한산성을 연결하는 총 4킬로미터의 산성을 탕춘대성이라고 한다. 한양도성의 인왕산 동북쪽 능선에서 북한산 비봉 아래까지 연결하는 이 탕춘대성이 완성됨으로써 한양의 북쪽 방어체제가 완성되었다.

| **홍지문** | 탕춘대성이 홍제천을 가로지르는 자리에 오간수문을 건립하고 그 곁에 홍지문을 세웠다. 겸재 정선이 이 아름다운 수문과 성문을 아름다운 진경산수화로 남겼다.

홍지문(弘智門)이다. 한양의 북쪽에 있는 문이어서 한북문(漢北門)이라고도 했으나, 숙종이 친필로 쓴 홍지문이라는 편액을 달면서부터 이것이 공식 명칭이 되었다. 이로써 한양도성의 방어체제가 새롭게 정비되었다.

탕춘대성과 홍지문은 단 한 차례도 전란을 겪지 않은 채 한양도성을 지켜왔지만 1921년 홍수로 홍지문이 붕괴되고 오간수문은 떠내려가버렸다. 전란보다 무서운 것이 자연재해였다.

오늘날 복원된 홍지문은 화강암으로 육축을 쌓고 중앙부를 월단으로 꾸몄으며 그 위에 정면 3칸, 측면 2칸의 단층 문루를 세웠다. 문루 좌우에는 옆문을 내고 전돌로 담장을 둘러 야무져 보인다. 탕춘대성은 한양도성이나 북한산성과 마찬가지로 화강암으로 성벽을 높이 올리고 성벽 위에는 지붕 역할을 하는 성가퀴를 얹었다. 서쪽을 방어하는 성곽인 만

| 겸재 정선의 「홍지문 – 수문천석」 | 홍지문과 주변 경치를 수평 구도 안에 배치하면서 을(乙) 자 모습의 흐름으로 빠르게 변화해 나가도록 속도감을 살려낸 그림이다.

큼 동쪽에서 서쪽을 향해 적을 공격할 수 있도록 일정한 간격으로 총안을 뚫어놓았다.

홍제천을 가로지르는 오간수문은 길이 약 27미터, 폭 7미터, 높이 5미터로 5간 홍예교(虹霓橋)의 수구(水口) 폭은 약 3.8미터, 높이는 2.8미터로 제법 튼실하며 생김새도 잘생겼다.

오늘날 홍지문 옆으로는 자동차길이 나 있고, 오간수문 건너편에는 연립주택들이 들어서 있지만, 겸재 정선이 그린 「홍지문 – 수문천석」을 보면 참으로 장대하다. 이 점에서 겸재가 우리에게 베푼 은혜는 실로 크다고 할 수 있을 것이다. 겸재의 그림을 보고 있자면 그 아름다웠던 곳을 이처럼 경영하고 있는 오늘의 현실이 부끄러워지기도 하지만, 그래도 홍지문·오간수문·탕춘대성의 아름다움과 그윽함은 변함이 없고 풍광 자체가 워낙에 수려해 나를 실망시키지 않는다.

그래서 내 연구실이 있는 남가좌동에서 사간동, 인사동의 화랑가로 나갈 때면 신촌 쪽 빠른 길을 버리고 홍지문을 돌아 자하문 고갯길로 해서 다니기도 한다. 특히나 봄날 산자락에 개나리가 만발하고 깎아지른 벼랑에 연분홍 진달래가 선연하게 피어날 때면 이곳으로 소풍 왔던 어린 시절이 절로 떠오르며 짙은 향수에 젖곤 한다. 여전히 내 고향 서울의 아련한 여운을 이렇게 간직하고 있다.

유주학선 무주학불

홍제천의 개나리 / 총융청 터 / 세검정 / 세초연과 차일암 /
손재형과 석파랑 / 흥선대원군의 석파정 / 석파의 난초 그림

홍제천변의 개나리와 진달래

서울에 봄이 왔음을 알려주는 꽃은 예나 지금이나 개나리와 진달래
다. 그중에서도 화신(花信)의 전령은 개나리다. 지구 온난화와 이상 기후
변화로 올해(2017)는 어느 날 온갖 꽃이 한꺼번에 피고 말았지만 봄꽃의
개화에는 엄연히 꽃차례가 있었다. 남쪽에선 동백이 피고 매화가 꽃망울
을 맺었다는 소식이 올라오는 2월 말에도 서울의 꽃들은 미동조차 하지
않는다. 3월도 중순이 되어야 북한산·인왕산·북악산에 생강나무와 산수
유 노란 꽃이 소리 소문 없이 피어나고 금세 시내 곳곳에 개나리가 피기
시작한다. 서울의 봄은 노란색으로 시작한다.

개나리는 본래 울타리로 많이 심겼지만 단독주택이 드문 오늘날에는
거의 찾아볼 수 없고 묵은 동네 돌축대 아래로 늘어진 개나리가 그 옛날

의 여운을 보여줄 뿐이다. 동숭동 대학천이 복개되기 전에는 개나리꽃이 새 학기를 알리는 전령이었다.

그 대신 야생 개나리는 여전하다. 개나리는 물가에서 잘 자라기 때문에 강변북로와 올림픽대로에 철만 되면 줄지어 피어나는 것이 얼마나 상큼하고 기꺼운지 모른다. 올림픽대로 쪽은 개나리를 가위질로 동그랗게 동글려서 정원수처럼 가꾸었기 때문에 자연미가 적지만 강변북로는 생긴 대로 흐드러지게 피어 제멋을 발하고 있다.

개나리는 원체 생명력이 강하고 잘 번식해 공사 뒤끝에 많이 심는다. 남산 1호 터널, 3호 터널, 금호터널, 옥수터널, 터널마다 뚫린 산의 정수리에 심어놓은 개나리들이 이제는 제법 자라 강북과 강남을 오가는 사람들에게 봄을 알리는 서울의 표정이 되었다.

개나리는 본래 산에서는 물가에서처럼 기운을 쓰지 못해 군락을 이루지 못하는 법이지만 성수대교 건너편 응봉산의 한강변 남쪽 자락은 1980년대부터 헐벗은 비위산을 개나리 동산으로 만들어서 봄이면 정말로 장하게 피어난다. 해마다 4월초에 성동구에서 개최하는 응봉산 개나리축제가 올해(2017)로 20회를 맞이했다.

그러나 개나리는 역시 천변에 있을 때가 제멋이다. 양재천변·중랑천변·탄천변의 개나리는 예나 지금이나 여전하고 특히 홍제천변의 개나리는 옛 순정을 고이 간직하고 있다.

본래 자문밖으로 들어오는 길은 홍제천변을 따라 세검정 계곡까지 나 있었다. 지금은 북악터널과 구기터널이 뚫려 세검정에서 동쪽으로 북쪽으로 길이 뻗어나가고 있지만, 그 옛날엔 여기가 막다른 계곡이었다. 오직 승가사로 오르는 산길밖에 없었고 그 정상이 진흥왕 순수비가 있는 북한산 비봉이다.

비봉에서 내려오는 계류는 세검정 앞을 지나 홍지문 옆 오간수문을

| 홍제천의 개나리 | 봄이면 모래내 홍제천 천변은 천지 빛깔이 개나리다. 그야말로 개나리꽃 축제가 벌어진다.

통해 흘러내리고는 홍제원(弘濟院)을 지나는데 이런 이유로 홍제천이라는 이름이 붙었다. 이 홍제천이 남가좌동을 지날 때 천변에 모래가 많이 쓸려 내려와 사천(沙川) 또는 모래내라고 불렸으며, 맑은 모래내에 가재가 많이 살아 가재울이라 불리기도 했던 것이 가좌동의 유래다. 이것이 지금은 남북으로 나뉘어 남가좌동, 북가좌동이 되었다.

이 모래내 홍제천변은 천지 빛깔이 개나리다. 천변뿐만 아니라 주택가 돌축대 아래로 수양버들처럼 늘어진 개나리가 봄바람에 가볍게 흔들리며 짓는 몸짓이란 가히 환상적이다. 모래내길을 따라 홍제천을 끼고 달리노라면 개나리꽃 터널을 지나게 되고, 홍지문 가까이 다가가면 개울 건너로 높은 산자락을 타고 오르는 탕춘대성 성벽과 그 곁에 무리지어 피어난 개나리를 볼 수 있다. 그 시기의 홍제천은 그야말로 개나리꽃 축제가 한창이다.

| 홍지문의 개나리 | 모래내길을 따라 홍제천을 끼고 달리면 개나리꽃 터널을 지나게 되고 홍지문 가까이 가면 개울 건너 높은 산자락을 타고 오르는 탕춘대성 성벽을 따라 무리 지어 피어난 개나리를 볼 수 있다.

개나리꽃은 오래 가지 않는다. 한 일주일 지나다 보면 이제 막 돋아나기 시작하는 잎사귀와 어우러지면서 샛노랗던 개나릿빛이 연둣빛으로 서서히 변해간다. 그러다 점점 초록이 짙어지면서 꽃이 끝나감을 말해준다.

이때가 되면 꽃차례가 진달래로 바뀐다. 옛날 자문밖에는 진달래가 아주 많았다. 주택들이 산자락을 차지한 뒤로는 솔밭 그늘에서 해맑게 피어나는 진달래를 볼 수 없어졌지만 여전히 먼 산엔 진달래가 아련히 피어난다.

홍지문 쪽으로 바짝 붙어 있는 높은 벼랑 틈에서는 진달래가 순정을 안고 고개를 내민 듯 어렵사리 피어난다. 이 동네 아이들이 코끼리바위라고 부르는 절벽의 진달래는 어찌 보면 수줍은 듯하고 어찌 보면 애잔한데, 이곳을 지나며 아침햇살을 받아 맑은 빛을 발하는 연분홍 진달래를 보고 있자면 그 청순한 아름다움이란 우리들 누구나의 가슴속에 서려 있는 한국적인 미의식의 표상이라는 생각이 든다. 여기까지가 홍제천변에서 맞이하는 봄의 서막이다.

총융청 사령부의 자문밖 이전

자문밖은 숙종 때 한양도성과 북한산성을 연결한 탕춘대성이 축성되면서 수도 방위를 위한 군사적 요충지로 변하더니 영조 때는 수도권 북쪽 방위를 담당하는 총융청(摠戎廳) 사령부가 이곳에 주둔하게 되면서 아예 군사기지로 천지개벽하듯 변했다.

인조 2년(1624)에 설치된 총융청의 군사 수는 2만여 명으로 처음엔 사직단 가까이 사령부를 두었다고 한다. 그러다가 현종 10년(1669)에 삼청동으로 이전했는데 영조 23년(1747)에 군영(軍營)을 탕춘대 자리로 옮겨서 그 한복판에 사령부 건물을 짓고는 '탕춘중성(蕩春中城)'이라고 했다. 이런 사실은 당시 총융청 감관이었던 김상채(金尙彩)의 문집인 『창암집(蒼巖集)』에 수록된 「새로 쌓은 탕춘중성」이라는 즉흥시의 소인(小引, 짧은 머리말)에 명확히 나와 있다.

정묘년(1747) 여름 갑자기 조정에서 논의가 일어 (…) 총융청을 탕춘대로 옮긴 뒤 대장(大將)이 머무는 본영(本營)으로 삼았다. 그리고 이해 초겨울에 임금은 탕춘대 군영으로 어가를 타고 와서 군사를 사열하며 위무하고, 4년 뒤인 신미년(1751) 가을에 또 행차하여 활을 쏘았다. 일찍이 도성 수호의 체계를 이렇게 마련하고는 계유년(1753) 봄에 '탕춘중성'을 새로 쌓기 시작했다.

| 총융청의 옛 모습 | 영조 때 설립된 총융청은 몇 차례 변화를 겪었지만 존속하다가 1884년 폐지되어 지금은 세검 정초등학교 담장 아래에 '총융청 터'라 새긴 표석이 서 있다. 지금 전하는 총융청의 희미한 흑백사진을 보면 본청 건물 옆에 잎이 무성한 느티나무가 있는데 총융청의 자취는 없어지고 빌라 골목에 느티나무만 남아 있어 그 옛날을 말해주고 있다.

　본래 조선왕조는 국초부터 수도방어체제를 5위제(五衛制)로 편성했다. 그러나 전란을 별로 겪지 않아 5위제가 거의 유명무실해진 상태에서 1592년 임진왜란을 맞았다. 이에 이듬해인 1593년(선조 26년), 서애 류성룡의 건의로 나라에서는 5군영(五軍營) 체제를 재확립했다. 도성과 왕실의 방어는 훈련도감(訓鍊都監)·어영청(御營廳)·금위영(禁衛營) 셋이 맡았고 도성 외곽의 방어를 위해 남쪽에 수어청(守禦廳), 북쪽에 총융청을 신설했다.

　남쪽의 수어청은 남한산성에 두었고, 북쪽의 총융청은 사직단 근처에 있었는데 총융청 사령부는 종국엔 탕춘대성으로 오게 되었다. 총융청 사령부가 탕춘대 한가운데 있어 탕춘중성이라 했는데 영조는 '봄날 질탕하게 논다'는 뜻의 탕춘이라는 이름이 군대와는 어울리지 않는다며 연융대(鍊戎臺)라고 고쳐주었다.

임금이 말하기를 "공자가 '반드시 이름은 바르게 해야 한다' 했는데, 탕춘대의 이름은 바르지 않다. (…) 이름을 연융대라고 고치도록 하라" 했다.(『조선왕조실록』 영조 30년(1754) 9월 2일자)

이때 영조의 명을 받은 홍상서(洪尚書, 홍씨 성을 가진 상서)가 '연융대'라는 글씨를 써 총융청 계곡 바위에 새겨놓았다고 한다. 이 바위는 1971년에 세검정길이 나면서 소실되어 지금은 희미한 흑백사진 하나가 전하고 있을 뿐인데, 세검정을 그린 겸재 정선과 혜산 유숙의 그림을 보면 연융대 글씨가 새겨져 있었을 법한 바위가 정자 바로 곁에 있어 그때의 모습을 아련히 그려볼 수 있다.

신영동과 평창동의 유래

총융청이 이렇게 자문밖으로 옮겨오면서 새로 들어선 군영을 신영(新營)이라고 불렀다. 오늘날 신영동이라는 이름의 유래다. 2만 명이 주둔하니 군량미를 보관하는 창고가 어마어마할 수밖에 없었다. 군량미를 보관하는 창고를 평창(平倉)이라 했다. 이것이 평창동이라는 이름의 유래다.

그리고 대동법이 전국에서 시행되면서 대동미를 보관하는 선혜청(宣惠廳)의 여러 창고 중 경기도 서쪽 11개 고을에서 올라온 쌀을 보관하는 상평창(常平倉)도 안전을 위해 총융청의 평창 곁에 두게 되었다. 이를 구별해 총융청 창고를 상창(上倉), 선혜청 창고를 하창(下倉)이라고 했다.

인조 때 설립된 총융청은 인원과 명칭, 그리고 체제가 몇 차례 변화를 겪기는 했지만 존속하다가 1884년(고종 21)에 친군영제(親軍營制)가 성립되면서 폐지되었다. 지금은 세검정초등학교 정문 옆 담장 아래에 '총융청 터'라 새긴 표석이 서 있고 평창동 주민센터 뒤쪽 럭키빌라 입구에는 '평창 터'의 표석이 설치되어 있다.

신영동 총융청 터 근처에는 서울시 보호수로 수령 약 300년 되는 느티나무가 한 그루 있는데 이를 '부군당(府君堂) 신목(神木)'이라고 해 언제부터인지 동네사람들은 해마다 음력 3월 1일이면 동제(洞祭)를 지냈다. 부군당이란 조선시대 각 관아에 모셔진 사당을 뜻하니 이는 총융청 사당 앞 신목이었음에 틀림없다. 지금 어렵사리 전하는 총융청의 희미한 흑백사진을 보면 본청 건물 옆에 잎이 무성한 느티나무가 있어 그 옛날 모습을 상상해보게 한다. 결국 총융청을 증언하는 것은 이 느티나무 한 그루인 셈이다.

이와 같이 자문밖의 역사를 보면 장의사·조지서·탕춘대·총융청 등이 흔적만 남기고 사라져 가시적으로 들어오는 유적이 없기 때문에 허전하게 느껴질 때가 많다. 그런 와중에 계곡가에 있는 세검정(洗劍亭)이라는 잘생긴 정자 하나가 그 모든 역사를 홀로 증언하면서 오늘날 자문밖의 상징이 되었다. 세검정이 있는 덕에 자문밖은 여전히 역사의 고장으로 살아 있다.

세검정 정자는 안타깝게도 1941년 인근 종이공장에서 화재가 일어났을 때 소실되고 말았다. 지금의 정자는 정(丁) 자형의 3칸 팔작지붕 건물인데 1977년에 복원한 것이다. 1900년 무렵에 찍은 사진이 전하기도 하지만 세검정을 그린 겸재 정선의 진경산수가 있어 이를 근거로 복원한 것이다.

세검정

세검정의 유래에 대해서는 엇갈리는 이야기가 있다. 『궁궐지(宮闕志)』

에 따르면 인조반정을 주도한 이귀, 김류 등 반정 인사들이 이곳에 모여 광해군의 폐위를 도모하기로 결의하고는 '세검입의(洗劍立義)', 즉 '칼을 씻으며 정의를 세웠다'는 데서 유래한 것이라고 한다. 그런데 총융청 감관이었던 김상채는 「세검정」이라는 시를 지으면서 "총융청이 탕춘대로 이건된 뒤, 무진년(영조 24년, 1748)에 새로 정자를 세운 것이다"라고 했다. 그렇다면 앞뒤가 맞지 않는다.

추측건대 인조반정 공신들이 칼을 간 시절의 세검정이 큰물에 떠내려 갔다든지 하는 이유로 무너졌고 영조 때 총융청의 사령부가 이곳에 들어오면서 정자를 다시 세운 것이 아닌가 생각된다.

인조반정 이전으로 거슬러 올라가면 연산군 때 "탕춘대 절벽 밑 좌우로 흐르는 물을 가로질러 돌기둥을 세워 옆으로 긴 누각을 지었다"고 했고 더 거슬러 올라가자면 성종 때 문신인 성현(成俔)은 『용재총화(慵齋叢話)』에서 다음과 같이 증언했다.

도성 밖에 놀 만한 곳으로는 장의사 앞 시내가 가장 아름답다. 시냇물이 삼각산 여러 골짜기에서 흘러나오고 골짜기 안에는 여제단(厲祭壇)이 있으며 그 남쪽에는 무이정사(武夷精舍, 무계정사를 말한 듯함)의 옛 터가 있는데 길 앞에는 돌을 수십 길이나 쌓아올린 수각(水閣)이 있다. 또 절 앞 수십 보 앞에는 차일암(遮日巖)이 있는데, 바위가 절벽을 이루어 시내를 베고 있는 것과 같으며 그 바위 위에는 장막을 칠 만한 우묵한 곳이 있는데 바위는 층층으로 포개져 계단과 같다. 흐르는 물소리가 맑은 하늘 아래 천둥 번개가 치는 듯해 귀가 따갑다. 물이 맑고 돌이 희어서 선경(仙境)이 완연하다.

그렇다면 세검정 정자의 역사는 국초까지 거슬러 올라가는 것이다.

| **겸재 정선의 「세검정도」** | 겸재는 위에서 내려다본 부감법으로 계곡가의 세검정 정자를 화폭에 담았다. 영조 때 세검정을 지으면서 이를 기록하기 위해 그린 듯하다. 현재의 세검정이 바로 이 그림에 근거해 복원한 것이다.

현재의 세검정은 영조 때 세워진 정자를 묘사한 겸재 정선의 그림에 근거해 복원한 것인데 겸재가 세검정 실경을 그린 진경산수화 두 폭이 전해지고 있다. 그중 한 폭은 수묵담채로 실경을 그린 것이면서 아주 예외적으로 세검정 정자만 진채(眞彩)로 채색했다. 그렇다면 겸재가 혹 세검정 낙성을 보고 기념으로 그린 것이 아닌가 싶은 생각도 든다. 당시 겸재는 73세로 바로 자하문 안쪽 청운동(오늘날의 경복고등학교 자리)에 살고 있었다. 더욱이 겸재는 중년 시절에 이곳 조지서에서 근무했던 적이 있기 때문에 자문밖에 세검정이 낙성되었다는, 당시로서는 큰 뉴스를 접하고 와봤음 직하다.

그리고 또 한 폭은 부채에 그린 선면화(扇面畵)로 겸재 노년의 명화라

| **겸재 정선의 「선면 세검정도」** | 겸재가 그린 똑같은 세검정 그림이지만 부채에 그린 선면화는 화폭의 조건 덕에 주변 풍광이 훨씬 넓게 펼쳐져 있다.

할 만하다. 스스럼없는 필치와 능숙한 구도의 변형은 과연 70대에 들어서 더욱 원숙한 경지에 이르렀던 겸재 예술의 진면목을 보여준다. 겸재는 세검정 낙성 바로 전인 1746년에는 1천 원권 지폐에 나오는 「계상정거도」를 그렸고, 1751년엔 「인왕제색도」를 그렸다. 이 시기 겸재는 선면화로 「정양사」「금강전도」「해인사」 같은 아름다운 작품을 남겼는데 「선면 세검정도」도 겸재 선면화의 명작 중 하나로 꼽을 만하다.

표암 강세황의 세검정 야유회

영조 23년(1747)에 총융청이 탕춘대로 이전하고 세검정 정자를 세운 뒤 자문밖은 한양의 도성 밖 명소가 되어 상춘객들의 발길이 끊이지 않았다. 세검정 정자가 낙성되고 1년 뒤(1749)에 문인화가 표암(豹菴) 강세황(姜世晃)은 최성대, 임정 등 벗 25명과 세검정에서 봄놀이를 갖고 모두 시 한 수씩 지었다고 하는데 그중 표암의 시는 당시 자문밖과 세검정의 풍광을 생생하게 전해준다.(김종진 외 3인 옮김 『표암유고』, 지식산업사 2010)

한양도성 안의 이삼월(二三月)은
노닐며 구경하려 천만(千萬) 사람이 나오네
거리마다 수레와 말로 먼지 자욱하고
집집마다 피리 소리 노랫가락 끊이질 않네
그 가운데 어느 곳이 제일 번화하던가

창의문 누각의 조망이 빼어나다네
봄 경치를 바라봄에 정말 호탕하니
버드나무와 꽃들이 끝없이 펼쳐 있네
버드나무는 누대를 가렸고 꽃은 오솔길을 덮으니
울긋불긋 현란하여 사람을 황홀하게 하네
빽빽한 궁궐엔 붉은 구름 감돌고
아득한 남산엔 푸른 눈썹 나직하네

말머리를 나란히 하여 탕춘대로 향하니
소나무 회나무 울창하게 산골짜기 굽어도네
아득한 산들 이어져 그림 병풍을 친 것 같고
푸른 시내 콸콸 흘러 천둥이 울부짖듯
아련히 보이는 붉은 정자 세검정이라지
층층바위 위 높이 앉아 깎아지른 절벽을 굽어보네
깨끗한 모래 흰 돌에 골짜기는 깊숙하여
한 점의 먼지인들 어찌 물들일 수 있겠나

새로 지은 총융청 장대하고도 아름다우니
날 듯한 용마루 높이 솟아 구름을 찌르네
물가에서 술 마시며 앉아 시간을 보내노라니
벼랑에 드리운 담쟁이에 그림자 짙게 어리네
술자리 다하고 돌아가는데 아직도 흥이 남아
말에서 내려 천천히 왔던 길을 걸어가네
즐기고 웃느라 붉은 해 지는 것 온통 잊었다가
모두 와서 다시금 붉은 난간에 기대네
(…)
산을 나서는 마음 아름다운 님과 이별하는 것 같아
헤어질 때 머뭇거리며 다시 돌아보고 그리워하네

다산 정약용의 「세검정에서 노닐며」

이처럼 세검정은 연융대의 정자로 세워졌는데 정조는 연융대에 나아
가 활쏘기 시험을 보이고, 돌아오는 길에 세검정에 들렀다가 정자에 걸
려 있는 영조의 어제시(御製詩) 현판을 보고 이를 차운해 시를 지었다고
한다.(『조선왕조실록』 정조 14년(1790) 9월 19일자) 『홍재전서(弘齋全書)』에 실
려 있는 다음 시가 바로 그때 지은 것으로 생각된다.

군사 정돈하는 뜻으로 이 정자에 임어하니　　詰戎餘意此臨亭
북한산 높은 하늘에 뿔피리 소리도 맑구나　　漢北天高畫角清
사랑스럽다 근원 있는 샘물은 매우 힘차서　　可愛源泉深有力
시원한 물 한줄기에 온 산이 쩡쩡 울리네　　泠然一道萬山聲

그리고 『홍재전서』에는 정조가 도성 안팎의 여덟 경치를 읊은 시 「국

도 팔영(國都八詠)」이 실려 있는데 그중에 '세검빙폭(洗劍冰瀑)'이라는 이름으로 겨울날 계곡이 얼어붙은 경관을 노래한 부분이 있다.

그러나 세검정의 자랑은 역시 장대한 계곡과 어우러진 것이었던 만큼 『동국여지비고(東國輿地備攷)』에서는 "장마가 지면 해마다 도성의 사람들이 이곳에 와서 물구경을 했다"고 전한다. 요새 세상에는 온갖 시각적 이미지가 범람하지만 그렇지 않았던 옛날엔 새 건물이 들어섰다거나, 불이 났다거나, 장마로 냇물이 넘치는 유별난 광경이 큰 볼거리일 수밖에 없었는데 장마철 세검정의 큰물이 장관이었던 모양이다. 그래서 다산(茶山) 정약용(丁若鏞, 1762~1836)도 나이 30세 때 세검정으로 물구경을 와서 「세검정에서 노닐며(遊洗劍亭記)」라는 글을 남겼다.

신해년(1791) 어느 여름날 나와 한혜보 등 여러 사람이 명례방(오늘날의 명동)에서 자그마한 술자리를 가졌다. 술잔이 돌고 있는데, 갑자기 하늘이 먹구름으로 까맣게 변하더니 천둥과 번개가 우르르 울리기 시작했다. 내가 술병을 차고 벌떡 일어나 "폭우가 쏟아질 징조일세. 자네들 세검정에 가보지 않겠나? 거기에 가지 않는 사람은 내가 벌주로 술 열 병을 주지"라고 했다. 그러자 모두들 좋아했다. (…)

말을 달려 세검정 아래 이르니 수문 좌우 계곡에서는 암고래, 수고래가 물을 뿜어내는 듯했고 옷소매 역시 빗방울로 얼룩덜룩해졌다. 정자에 올라 자리를 펴고 앉으니, 난간 앞의 나무들은 이미 미친 듯 나부끼고 뿌려대는 빗방울로 한기가 뼈에 스몄다. (…) 곧이어 대동한 하인들에게 술과 음식을 내오게 하니 농지거리가 질탕하게 일어났다. 잠시 있으니 비가 그치고 구름도 걷혀 산골 계곡도 잔잔해졌다. 저녁 해가 나무 사이에 걸려, 울긋불긋 온갖 광경을 연출했다. 우리들은 서로 누워서 시도 읊조리고 농담도 나눴다.

| **혜산 유숙의 「세검정도」** | 혜산 유숙의 「세검정도」는 짜임새와 필치가 약하고 계곡이 강물처럼 너무 과장되게 그려졌다는 인상을 주지만 장마철의 세검정 계곡을 실감나게 그리려고 했던 것 같다.

　이때 다산은 젊은 문사들과 '죽란시사(竹欄詩社)'라는 모임을 만들고 자주 모였다. 그들은 복숭아꽃이 피면 한 번 모이고, 살구꽃이 피면 한 번 모이고, 국화꽃이 피면 한 번 모이고, 겨울에 큰눈이 내리면 한 번 모이던 친구들이다. 이들은 모일 때마다 붓과 종이 그리고 술을 준비하고는 거나하게 한 잔씩 들며 시를 읊조렸다고 한다. 참으로 낭만이 넘치는데 나는 위대한 학자들도 이렇게 신나게 놀았다는 대목을 만나면 놀러 다니는 것을 누구 못지않게 좋아하는 내 행실에 큰 위안을 얻곤 한다.

　겸재에 이어 100년 뒤 등장한 혜산(蕙山) 유숙(劉淑)이라는 화가도 「세검정도」를 그렸는데 이 그림은 짜임새와 필치가 약하고 계곡이 너무 과장되게 강물처럼 그려져 비사실적인 느낌을 준다. 그러나 가만히 이 그림을 보면 아마도 장마철에 장의사로 가는 스님이 조심스럽게 계곡물을 건너는 풍경을 그린 것이 아닌가 하는 생각이 들면서 그림의 제목을 '세검정도'가 아니라 '장마철의 세검정'이라고 해야 맞겠다는 생각이 든다.

실록의 세초

세검정은 비록 연융대의 정자로 지어졌지만 이처럼 도성 사람들이 한때를 즐기는 명소이기도 했던 모양인데, 이 세검정이 조선왕조 국사(國事)에서 중요한 장소적 의미를 갖는 이유는 바로 여기가 『조선왕조실록』의 편찬 때 세초(洗草)를 하는 곳이었기 때문이다. 『동국여지비고』에는 이 사실이 다음과 같이 쓰여 있다.

　　열조(列朝)의 실록이 완성된 뒤에는 반드시 이곳 세검정에서 세초하였다.

조선시대에는 왕이 승하하면 바로 다음 왕 때에 실록청(實錄廳)을 설치하여 전왕 시대의 실록을 편찬했다. 실록 편찬에 이용되는 자료는 정부 각 기관에서 보고한 문서 등을 연월일순으로 정리하여 작성해둔 『춘추관 시정기(春秋館時政記)』와 비서실 일기인 『승정원일기(承政院日記)』, 삼정승이 근무하는 의정부의 기록인 『의정부등록(議政府謄錄)』 등 주요 기관의 자료와 함께 전왕 재위 시의 사관(史官)들이 작성해둔 사초(史草)가 있었다.

그중 사관들이 작성한 사초에는 크게 두 종류가 있었다. 하나는 사관이 기록하여 춘추관에 제출해둔 것이고, 다른 하나는 인물의 어질고 어질지 못한 것과 비밀스러운 일들을 상세히 기록하여 사관의 집에 보관해두었다가 실록 편찬 때 제출하는 가장사초(家藏史草)였다.

사관은 대개 예문관의 봉교(奉教, 정7품) 2인, 대교(待教, 정8품) 2인, 검열(檢閱, 정9품) 4인이 맡았다. 이들은 비록 품계는 낮았지만 항상 궁중에 들어가 입시(入侍)했고 임금의 언행을 비롯해 임금과 신하가 국사를 논의하고 처리하는 과정과 정사(政事)의 득실(得失, 잘잘못) 및 풍속의 미악(美惡, 좋고 나쁨)과 향토(鄕土)의 사정(邪正, 그릇됨과 올바름) 등을 보고 들은 대로 직필하여 사초를 작성했다.

이 기록은 비밀을 요했기 때문에 춘추관에 두지 않고 사관 이외에는 아무도 보지 못하게 했으며 그 내용을 누설할 경우 중죄에 처했다. 사관들은 사초를 각자 간직하고 있다가 실록을 편찬할 때에 실록청에 제출하도록 되어 있었고 이를 어기는 자에게는 큰 벌을 내렸다. 이런 엄중한 장치가 있음에도 사초의 비밀이 누설되어 무오사화(戊午士禍) 같은 무서운 일이 일어나기도 했다.

본격적으로 실록 편찬 작업에 들어가면 초초(初草), 중초(中草), 정초(正草) 세 단계를 거쳐 실록이 완성되었다. 이렇게 완성된 실록은 사고(史庫)에 봉안하고 실록의 초본인 초초와 중초, 그리고 사관이 개인적으로 제출한 사초는 기밀 누설을 방지하기 위하여 종이를 물로 흔적 없이 씻어냈다. 이를 세초라고 했다. 태우지 않고 물로 씻어낸 것은 종이를 재생하기 위한 조처였다. 그 세초가 세검정 계곡에서 이루어졌다. 조지서가 가까이 있는 데다 계곡의 물이 맑고 수량이 풍부했기 때문이다.

차일암의 자취

세초를 한다는 것은 곧 실록의 완성을 의미했다. 이때 왕은 수고한 이들에게 술을 내리고 잔치를 열어주었다. 이를 세초연(洗草宴)이라 했다. 세초연은 세초장이 있는 세검정 계곡가 너럭바위에 차일(遮日, 햇빛을 가리

| **차일암 바위** | 세검정 바로 아래 넓은 바위에는 차일 기둥을 세우기 위해 파놓은 구멍들이 남아 있으며 차일 지붕을 끈으로 고정하기 위해 박아놓은 무쇠고리도 있다.

는 천막)을 치고 벌어졌다. 그래서 이 바위를 차일암(遮日巖)이라고 하는데 이는 성현의 『용재총화』에서도 언급된 바 있으니 그 역사가 오래되었다. 지금도 세검정 정자 바로 아래 있는 넓은 바위에는 차일 기둥을 세우기 위해 파놓은 구멍이 곳곳에 있고 차일 지붕을 끈으로 고정하기 위해 박아놓은 무쇠고리도 남아 있다.

실록을 편찬하는 사관의 육체적·심적 어려움은 말하지 않아도 알 만한데, 세초를 마치고 난 뒤의 시원하면서도 허전한 느낌은 또 어떠했을까 싶다. 실록청 총재관으로 『경종실록』 편찬에 참가했던 학암(鶴巖) 조문명(趙文命)은 실록 편찬을 끝낸 감회를 이렇게 읊었다.

작은 붓이 어떻게 하늘을 다 그리랴
아, 성대한 덕이 뭇 왕보다 앞서셨다네
십 년 만에 마침내 편찬 일을 마치고
한가한 날 비로소 세초연을 열었네

해 저문 뒤에 지은 밥이기에 미식(美食)에 해당하고
비 온 끝에 산과 들은 풍악소리보다 낫구나
옛날에 붓 잡던 일이 이제는 꿈만 같은데
완성된 글 열람하며 다시 눈물짓노라

연산군의 탕춘대와 실록의 세초장이 같은 장소였다는 사실이 아이러
니하기도 한데, 『연산군일기』 편찬을 마치고 벌어졌던 세초연을 그린
「일기세초지도(日記洗草之圖)」(보물 제901호)라는 기록화가 봉화 권충재
가전(家傳) 유물로 남아 있어 더욱 묘한 느낌을 준다.

부암동의 옛 별서들

자문밖 문화유산의 상징은 무엇으로 보나 계곡가의 아름다운 정자인
세검정이다. 명성으로 보아도 그렇고 위치로 보아도 그렇다. 세검정을
중심으로 하여 부암동·평창동·신영동·홍지동·구기동 등이 동서남북으
로 퍼져 있다.

그러나 오늘날 세검정은 대로변 아래쪽에 위치하여 차창 옆으로 비켜
보며 지나다닐 수 있을 뿐이라 자문밖 답사의 중심으로 삼을 수는 없다.

주변에 남아 있는 장의사 당간지주·조지서 터·총융청 터·탕춘대 터 등이 모두 길가에 연립주택 입구에 표석만 있거나 초등학교 운동장에 덩그러니 서 있기 때문에 공부 삼아 찾아가는 역사유적 탐방길은 될지언정 문화유산의 아름다움을 보는 즐거움은 동반하지 못한다.

그럼에도 자문밖이 도성 밖 최고의 답사처이자 문화유산 산책길로 각광받고 있는 것은 부암동에 조선시대 왕가와 사대부들이 지은 아름다운 별서들이 많이 남아 있기 때문이다. 우리들이 흔히 별장이라고 부르는 것은 현대적인 용어이고 옛사람들은 교외에 따로 지은 집을 말할 때 농막 서(墅) 자를 써서 별서(別墅)라고 했다. 농장이라도 갖춘 경우는 별업(別業)이라고 했다. 말하자면 옛사람의 별장이 별서다.

자문밖에서도 부암동에 왕가와 사대부의 별서가 집중된 것에는 두 가지 이유가 있다. 첫째는 같은 자문밖 동네이지만 평창동·신영동·홍지동·구기동 등 세검정 골짜기 일대가 총융청이 주둔하던 수도권 군사지역이었기 때문에 별서는 물론이고 생활 유적이 생길 수 없었다는 것이다. 둘째는 자하문터널이 없던 그 옛날 창의문에서 세검정으로 넘어가는 고갯마루에 있어 자문밖 초입이었던 부암동이 도성과 가까울 뿐만 아니라 별서가 들어설 필요충분조건을 갖추고 있었다는 것이다.

별서의 필요조건은 그윽한 자연 계곡이고 충분조건은 수려한 풍광이다. 이 두 조건을 갖춘 곳을 옛사람들은 동천(洞天)이라고 했다. 동천이란 신선이 사는 별천지를 일컫는 말인데 계곡이 흐르고 풍광이 수려하여 별서가 들어앉을 만하면 인간계(人間界)의 별천지나 다름없다며 너나없이 동천이라는 말을 붙였다. 그래서 전국의 유명한 별서들이 있는 곳은 대부분 동천이라는 이름을 갖게 되었고 무수히 많은 문인들이 구곡동천(九曲洞天)을 경영했다.

창의문을 중심으로 하여 부암동 서쪽 인왕산 자락은 청계동천(靑溪洞

天)이라 했고, 동쪽 북악산 자락은 백석동천(白石洞天)이라는 이름으로 불렸다. 백석동천에는 한때 추사 김정희가 지내던 '백석동천 별서'가 있었고, 청계동천에는 안평대군의 「몽유도원도」와 얽힌 '무계정사'가 있었다. 무계정사 위쪽으로는 대한제국 시절 대신인 반계 윤웅렬의 '부암정'이 있고, 무계정사 아래쪽 삼계동(三溪洞)에는 그 유명한 흥선대원군의 석파정이 있다. 석파정 아래로는 현대서예가인 소전 손재형의 별서가 '석파랑'이라는 이름으로 남아 있다. 그중에서도 부암동의 상징적 별서는 단연코 석파정이다. 명성으로도 그렇고, 규모로도 그렇다.

그러나 지난 세월 우리는 석파정에 들어가볼 수 없었고 비참하게도 세검정 삼거리에 있는 '석파랑'이라는 한정식집을 단서로 자문밖에 옛 한옥이 있었다는 것을 느꼈을 뿐이다.

소전 손재형의 별서, 석파랑

석파랑(石坡廊)은 본래 현대서예가인 소전(素荃) 손재형(孫在馨, 1903~81)이 말년에 살던 별서였다. 소전 손재형은 서예가로 붓글씨를 두고 중국이 서법(書法), 일본이 서도(書道)라고 부르듯이 우리나라는 서예(書藝)라고 부르자고 제창했으며, 국회의원을 지낸 정치가이기도 했다. 소전은 진도의 대지주 아들로 태어나 많은 미술품을 수집한 당대의 수장가로 겸재 정선의 「금강전도」와 「인왕제색도」도 그의 소장품이었으나 정치에 몸담으면서 이를 매각하여 지금은 리움에 있다.

열정적인 미술 애호가인 그가 1945년 태평양전쟁 중에 일본으로 건너가 추사 김정희의 「세한도」를 일본인 학자 후지쓰카 지카시(藤塚鄰)에게 받아왔다는 것은 너무도 유명한 얘기다. 그는 서화뿐만 아니라 도자기도 아꼈는데 그 못지않게 좋아한 것이 한옥이었다.

손재형은 일제강점기 궁궐 건물이나 김옥균 가옥, 박영효 가옥, 기생 나합(羅閤) 양씨(梁氏)의 집, 이완용 별장 등 한양의 유명한 한옥이 헐린 다고 하면 쫓아가 이를 매입하고 그 자재를 한옥 복원에 사용했다. 덕수 궁 돌담이 철거될 때는 트럭 30대분 자재를 옮겨와 석파랑의 돌담과 정 원의 축대를 쌓을 때 사용했다.

지금 석파랑 초입에 있는 문서루는 순정효황후 윤씨의 옥인동 생가를 옮겨온 것으로 중국풍의 호벽(胡壁)을 치고 입구에는 신라와 백제의 와 당(瓦當)을 장식했다. 벽돌 구조에 구름 사이로 불로초를 물고 나는 한 쌍의 학과 박쥐를 장식하고 기와지붕을 얹은 만세문은 고종황제의 즉위 를 기념해 경복궁에 세웠던 것인데 일제가 이를 매각하자 소전이 사들 여 이전한 것이다.

별서 가장 위쪽에 있는 '석파정 별당'은 1958년에 통째로 옮겨놓은 것 이다. 이 건물은 기역자 구조에 맞배지붕을 하고 있으며 지붕이 끝나는 서편에는 붉은 벽돌로 화방벽을 쌓았다. 원형과 반원형의 멋들어진 창을 낸 것에서도 보이듯이 흥선대원군 생시에 유행한 중국풍의 신식 건물이 다. 중앙에 대청이 있고 양옆에 방이 있는 구조로 흥선대원군은 앞쪽으 로 돌출한 큰방을 썼고 건넌방은 손님이 사용했다고 한다.

별서의 정원은 문서루 앞과 석파정 별당으로 오르는 계단 주변에 진 달래·철쭉·단풍나무 등 우리나라 토종 나무를 성글게 배치하여 아기자 기하게 조성했는데 150년 된 감나무 노목과 화려한 만세문이 압권이다. 소전은 이 별서를 1963년부터 짓기 시작해 6년에 걸쳐 공사했다고 하며 1974년에는 석파정 별당이 서울시 유형문화재 제23호로 지정되었다.

이 별서는 1993년에 주인이 바뀌었고 새 주인이 문서루에 한정식집을 내면서 이름을 석파랑이라 했다. 맞은편에 있는 한옥은 효자동의 고옥을 옮겨온 것으로 이 건물은 소유주가 다르다.

| **석파랑** | 현재 세검정 삼거리에 있는 '석파랑'이라는 한정식 집은 본래 서예가인 소전 손재형의 별서였다.

한동안 많은 사람들이 석파랑을 흥선대원군의 석파정으로 오인하곤 했는데, 집 이름이 석파랑인 데다 석파정 별당이 간혹 '대원군 별장'으로도 불렸기 때문이다. 게다가 석파정에 오랫동안 일반인의 출입이 금지되어 들어가본 사람이 드물었기 때문에 더 그랬다. 그러나 지금은 개방되어 누구나 들어가볼 수 있기 때문에 그런 혼동은 더 이상 일어나지 않는다.

흥선대원군의 석파정

1958년에 석파정 별당이 석파랑으로 이전하게 된 것에 대해서는 두 가지 이야기가 전하는데 하나는 당시 석파정이 천주교가 경영하는 콜롬비아고아원과 결핵요양원으로 사용되면서 관리가 부실한 탓에 언제 멸

| **석파랑 위의 석파정 별당** | 본래 흥선대원군의 석파정에 있던 별당 건물을 이곳으로 옮겨지은 것이다. 한옥에 양옥의 형식을 접목한 근대 건축의 좋은 예이기도 하다.

실할지 몰라 소전이 별당만 매입해 옮겼다는 것이고, 또 하나는 당시 국회 문교위원장이었던 소전이 이 건물을 차지했다는 것인데 둘 다 맞는 얘기인지도 모른다.

사람에게 팔자가 있듯이 유물에도 팔자가 있는데 건물의 경우는 반드시 주인이 바뀐다는 사실과 팔자가 오래간다는 것이 사람과 다르다. 유명한 대저택이나 별서는 처음엔 상속하지만 대를 이어가다 보면 어느 대에 가서는 감당하지 못해 그것을 필요로 하는 다른 사람에게 넘기게 된다. 이때 누구를 주인으로 맞이하느냐에 따라 그 집의 팔자가 바뀌게 된다.

흥선대원군 사후 석파정의 소유권은 큰아들이자 고종의 형님인 흥친왕 이재면(李載冕)에게 상속되었고, 그후 손자인 영선군 이준용(李埈鎔), 그다음엔 증손자 이우(李鍝)에게로 이어졌다. 그런데 8·15해방과 한국전

| **석파정 별당의 창호** | 석파정 별당의 외벽은 벽돌로 마감했고 둥근 원창에 화려한 문양의 창호를 내었다.

쟁을 겪으면서 흥선대원군의 후손은 더 이상 이 거대한 별서를 감당하지 못해 매각할 수밖에 없었다. 그때 나타난 주인이 천주교도였고 건물은 전쟁 후유증이 낳은 고아와 결핵 환자들을 보호하는 곳이 되었다. 그러다 1974년 서울시 유형문화재 제26호로 지정되면서 그 팔자가 이제는 나라의 운명과 함께하게 되었다.

그러나 건물 소유주 입장에선 재산권 행사에 제약을 받아 더 이상 건물을 헐고 신축하거나 증축할 수도 없게 되었다. 이에 석파정은 다른 주인에게 넘어갔고 2004년에는 소유주의 부채를 집행하기 위해 법원이 석파정을 경매에 부쳤다. 두 차례 유찰 끝에 새 주인을 만났으나 또 소유주가 바뀌다가 마침내 새 주인이 나타나 조선시대 도성 밖 최고의 별서라는 명성을 지닌 석파정을 후광으로 삼아 인근에 서울미술관을 지어서 2012년 개관과 동시에 석파정도 일반인에게 공개했다.

그래서 나는 이렇게 생각한다. 석파정의 팔자가 사람을 이긴 것이라고. 누구든 자신을 보호할 주인이 나타나기를 기다린 것이라고. 서울미술관 개관식에서 내가 축사를 하면서 기뻐하고 고마워한 것은 흥선대원군의 석파정이 천신만고 끝에 다시 팔자를 펼 수 있게 된 점이었다.

소수운렴암에서 삼계동정사로

석파정을 세운 원주인은 흥선대원군이 아니라 철종 때 영의정을 지낸 김흥근(金興根)이다. 그는 순조 연간부터 반세기 가까이 이어진 안동 김씨 세도정치의 마지막 중심인물로 북악산이 훤하게 조망되고 인왕산의 계류가 아름다운 암반 위로 흐르는 이 자리에 별서를 짓고는 집 뒤쪽 바위에 새겨져 있던 '삼계동(三溪洞)'이라는 글자에서 이름을 따와 '삼계동정사(精舍)'라 했다. 정사라는 말에는 별서보다 규모가 크고 당당한 느낌이 들어 있다.

김흥근이 이 정사를 언제 지었는지에 대해서는 아직 밝혀진 바가 없지만 추사의 제자인 소치(小痴) 허련(許鍊)의 자전적 기록인 『소치실록(小痴實錄)』(김영호 옮김, 서문당 1976)에 허련이 고종 1년(1864)에 여기를 다녀간 기록이 있어 당시의 모습을 생생히 알아볼 수 있다.

작년(1864) 관등날(사월 초파일) 저녁 구경할 때에 김상공(김흥근)이 나를 데리고 삼계동의 산정(山亭)에 들어갔습니다. 동네는 창의문 밖에 있었지요. 시내와 산은 깊숙하고 숲은 울창했으며 정자와 대(臺)의 경치는 흡사 신선의 별장이었습니다.

상공이 휴식하며 거처하는 곳은 바로 현대루(玄對樓)요, 시내 위에서 산책하는 곳은 곧 월천정(月泉亭)이었습니다. 현대루 서쪽에 따로 집 한 채를 지었는데 중국식을 모방한 것이었습니다. 아로새긴 담장과 충충으로 된 난간은 순전히 조각으로 구성되었고, 기화요초(琪花瑤草)가 정원에 가득하여 대문에 들어서기만 하면 물씬한 향기가 하늘을 훈훈하게 만들었습니다.

여기에서 볼 수 있듯이 석파랑으로 옮겨간 중국식 석파정 별당은 김흥근 때부터 있었던 것이다. 그러나 이 자리는 김흥근이 찾아낸 것이 아니라 이미 장안 사대부들 사이에서 아름다운 동천으로 이름나 있었다.

서울미술관을 통해 석파정으로 들어서면 북악산과 북한산이 훤히 내다보이는 수려한 전망에 가슴이 확 트이고 바로 앞에는 얼마만 한 크기인지 가늠할 수 없는 암반 위로 계류가 흐르고 있어 과연 동천이라는 말이 틀리지 않다는 감탄이 나온다.

계류 곁 암반의 한쪽 면에는 물이 흐르는 듯한 유려한 초서로 새긴 '소수운렴암(巢水雲簾菴)'이라는 각자가 보인다. 이는 삼계동정사가 마치 '물로 둥지를 틀고 구름으로 발을 삼은 집' 같다는 뜻이다. 그런데 그 옆에 다음과 같은 문구가 쓰여 있다.

寒水翁書贈 友人定而時　　　　한수옹이 벗 정이에게 바친다.
辛丑歲也　　　　　　　　　　때는 신축년이다.

한수옹은 숙종 때 문신이자 우암(尤菴) 송시열(宋時烈)의 대표 제자인 권상하(權尙夏)이고 정이는 오재(寤齋) 조정만(趙正萬)이며 신축년은 1721년이다. 조정만은 청운동에 살던 임천 조씨로 권상하와 함께 노론에 속한 문신이었다. 그는 훗날 한성부판윤과 공조판서를 지냈다. 이것이 흥선대원군 이전 이 별서의 내력이다.

| **소수운렴암** | 석파정 안으로 들어가면 초입의 거대한 바위 한쪽에 물이 흐르는 듯한 유려한 초서로 새긴 '소수운렴암'이라는 각자가 보인다. 물을 둥지로 삼고 구름을 발로 삼은 곳이라는 뜻이다.

삼계동정사에서 석파정으로

흥선대원군이 삼계동정사를 자신의 소유로 삼는 과정을 매천(梅泉) 황현(黃玹)이 『매천야록』에서 밝히길, 처음에는 흥선대원군이 김흥근에게 별서를 팔라고 했으나 그가 듣지 않자 막 임금에 오른 아들 고종에게 이곳을 다녀오게 했고, 고종이 다녀간 후 김흥근이 '임금이 와서 놀다 간 곳에 감히 신하가 살 수 없다'며 다시는 이 별서를 찾지 않아 결국 흥선대원군이 소유하게 되었다는 것이다.

이 별서를 차지한 흥선대원군이 자신의 호 석파(石坡)를 따서 석파정이라 이름 지었다. 서울역사박물관은 운니동에 있는 운현궁(雲峴宮)의 유물을 꾸준히 조사하여 도록을 펴내고 2007년에 '흥선대원군과 운현궁 사람들'이라는 전시를, 2009년엔 '운현궁을 거닐다'라는 특별전을 열

| **'석파산장' 현판** | 고종이 쓴 '석파산장'이라는 현판이 운현궁에 남아 있다. 폭이 2미터가 넘는 큰 현판으로 고종의 차분한 필치가 잘 살아 있다. 파란 안료를 칠하고 양각한 글씨에는 금니를 입혀 왕가의 현판다운 기품이 넘친다.

었는데 이 전시회 때 고종이 쓴 '석파산장(石坡山莊)'이라는 현판이 처음으로 공개되어 여간 반가운 것이 아니었다. 이 현판은 폭이 2미터가 넘으며 바탕에 파란 안료를 칠하고 양각한 글씨에는 금니를 입혀 왕가의 현판다운 기품이 넘치는데 갑자년(1864) 중춘(仲春, 음력 2월)에 썼다고 쓰여 있어 매천의 증언과 맞아떨어진다.

이후 흥선대원군이 기존의 삼계동정사를 얼마만큼 변형하고 증축했는지 알 수 없으나 기록엔 안태각(安泰閣)·낙안당(樂安堂)·망원정(望遠亭) 등 7채의 이름이 보이는데 현재는 안채·사랑채·별채 등 3채의 살림채와 석파정이라 불리는 '유수성중 관풍루'가 남아 있다. 건축 자재가 아주 우수한 것이 눈에 띄는데 살림채에서 특이한 점은 높은 자리에 위치한 별채와 별채로 진입하는 길에 이색적으로 벽돌을 쌓아 만든 협문이다. 이처럼 별서에 사랑채, 안채 이외에 별채도 있는 경우는 매우 드문 일로 석파정의 규모가 남다름을 말해준다.

석파정은 별서인 만큼 건물 자체보다는 자연 경관과 건축이 어울리는 정원이 볼 만하다. 그중 이 집 정원의 품위를 한껏 올려주는 것은 사랑채 옆에 있는 수백 년 된 반송(盤松, 서울시 지정보호수 제60호)이다. 새 주인도 기존의 석파정에 어울릴 정원 석물로서 반송 아래에 새로 거대한 물확

| **석파정 안채와 별채** | 별서이면서 사랑채, 안채, 별채를 갖고 있는 경우는 매우 드문 일로 석파정의 규모가 남다름을 말해준다. 별서의 주인이 이 공간을 그만큼 자주 사용했다는 것을 뜻한다.

을 설치했는데 흥선대원군도 좋아했을 법할 정도로 호쾌하다. 그리고 주변 경관이 현대로 들어와 많이 변하면서 계류의 핵심이 되는 '소수운렴암' 암반 위 언덕의 지세가 약해진 것을 보완하기 위해 듬직하니 잘생긴 통일신라시대 삼층석탑을 세웠다고 한다.

유수성중 관풍루

사랑채 앞 반송에서 산책길을 따라 걸어 올라가면 계류 위로 각이 지게 멋을 부린 곡교(曲橋)가 놓여 있고 그 너머로 장식이 화려한 전형적인 중국풍의 정자가 나온다. 이름하여 유수성중 관풍루(流水聲中觀風樓)다. '흐르는 물소리를 들으며 풍광을 바라보는 누대'라는 뜻이다. 이 정자에 대해서 소치는 이렇게 말했다.

| **석파정 반송** | 사랑채 옆에 있는 수백 년 된 반송이 석파정의 품위를 한껏 올려준다.

작은 오솔길을 따라 걸어가니 굽은 난간의 작은 정자가 물이 흘러 소리 나는 곳에 떠 걸려 있었습니다. 양쪽 벼랑의 석벽은 이리저리 비단을 수놓은 것 같았습니다. 시내의 근원을 더듬어 올라가니 가뭄에도 마르지 않은 한 샘이 있었습니다. 바위를 파서 홈을 내어 대를 만들었고 돌을 뚫어 만든 도랑을 끌어들여 수각(水閣) 아래에 흐르게 했습니다. 거기에 들인 공을 생각한다면 족히 수천 금을 소비했을 것입니다.

여기에 와본 사람들은 왜 중국풍 정자를 세웠느냐고 이상스럽게 생각하고 또 민족주의적 입장에서 불만을 말하기도 하는데 이는 중국을 숭상한 것이 아니라 신문명·신사조의 하나로 받아들인 것이었다. 19세기는 그런 시대였다. 중국풍만 들어온 것이 아니라 서양풍도 금세 밀려 들

| 석파정의 중국풍 정자 | 사랑채 앞 반송에서 산책길을 따라 걸어 올라가면 계류 건너편에 각이 진 곡교(曲橋)와 함께 난간 장식이 화려한 전형적인 중국풍 정자가 나온다. 흐르는 물소리를 들으면서 풍광을 감상한다고 해서 '유수성중 관풍루'라는 이름을 붙였다.

어왔다. 지금 석파랑에 옮겨간 별당도 중국풍을 따른 당시의 신식 건물이었다. 그런 의미에서 석파정은 수려한 자연경관과 조선 말기의 건축술이 조화된 대표적 별서 건축물일 것이다. 그러면 여기서 사는 맛은 어떠했을까. 소치는 이렇게 말했다.

> 상공이 나를 특별히 사랑하여 서쪽의 별관에 거처하게 했습니다. 이상스러운 새들이 스스로 날아와 맑은 소리를 들려주었고, 겨우 하루저녁을 잤는데 꿈자리가 매우 청쾌하여 신선이 사는 곳에 들어간 것 같았습니다.

석파의 난초 그림

홍선대원군이라고 하면 경복궁 복원과 쇄국정책을 먼저 생각하지만 석파 이하응(李昰應)이라고 하면 으레 그의 유명한 난초 그림을 떠올린다. 석파의 난초 그림에 대해서는 내가 『명작순례』(눌와 2013)에서 해설한 적이 있는데 요약하자면 석파는 추사에게 난을 배웠고 추사는 그의 난초 그림을 높이 평가했다.

석파가 추사를 처음 찾아간 것은 1849년으로 석파 30세, 추사 64세 때였다. 이때 추사는 9년간의 제주도 귀양살이에서 막 풀려나 한강변 강상(江上)의 초막에 머물고 있었다. 그러나 석파가 난초를 배운 지 불과 2년도 안 되어 추사는 다시 함경도 북청으로 유배 가게 되었다. 그리고 1년 뒤인 1852년 여름, 추사가 유배에서 풀려 과천의 과지초당(瓜地草堂)으로 돌아왔을 때 석파는 그동안 익힌 난초 그림을 추사에게 보내어 품평을 부탁했다. 이에 추사는 석파의 난초 그림을 극찬했다.

보내주신 난초 그림을 보니 이 노부(老夫)도 마땅히 손을 오므려야 하겠습니다. 압록강 이동(以東)에는 이만한 작품이 없습니다. 이는 내가 면전에서 아첨하는 말이 아닙니다.

스승에게서 이런 칭찬을 듣자 석파는 자신의 『난화첩』에 글을 써달라고 부탁했다. 이에 추사는 더욱 칭찬하여 세상 사람들은 늙은 자신에게 난초 그림을 부탁하지 말고 석파에게 구하라고도 했다. 그리고 일침을 놓았는데 그 말이 준엄하기만 하다.

아무리 9,999분에 이르렀다 해도 나머지 1분은 원만하게 성취하기 어렵습니다. 마지막 1분은 웬만한 인력으로 가능한 것이 아닙니다. 그

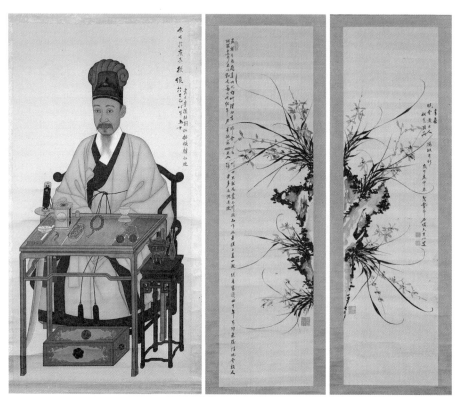

| **흥선대원군과 난초 그림** | 흥선대원군(왼쪽)이라면 경복궁 복원과 쇄국정책을 먼저 생각하지만 석파 이하응이라고 하면 그의 유명한 난초 그림을 떠올리게 된다. 오른쪽은 흥선대원군의 전형적인 「석란도」이다.

렇다고 이것이 인력 밖에서 나오는 것도 아니겠지요.

우리는 2퍼센트 부족한 것을 말하지만 추사는 0.01퍼센트 부족해도 완성이 아니라고 했다. 그런 엄한 가르침을 받은 덕에 석파의 난초 그림은 중국의 명사들까지 받아가기를 원했다. 사람들은 그의 난초 그림을 '석파 난'이라고 불렀다.

석파의 난에는 까슬까슬한 맛도 있고 유려한 리듬도 있다. 난초 잎이 휘어지는 것은 사마귀 머리 같다고 해서 당두(螳頭)라고 하고 끝이 뻗어 나가는 것은 쥐 꼬리 같다고 해서 서미(鼠尾)라고 하는데 석파는 당두에 예서법, 서미에 초서법을 구사했다. 그래서 긴장감과 서정이 동시에 살아난다. 석파가 사용하던 많은 문자도장 중에 난초 그리는 뜻을 강조한 것이 둘 있다. 이 도장에 석파 난의 본색이 담겨 있다.

寫蘭作意　　난을 그리면서 뜻을 일으킨다
喜氣寫蘭　　기뻐하는 기운으로 난을 그린다

유주학선 무주학불

석파는 난초 그림뿐만 아니라 시도 잘 지었고, 글씨도 잘 썼고, 독서도 많이 했다. 그가 즐겨 사용한 문자도장에는 이런 멋진 문구가 있다.

讀未見書 如逢良士　　아직 보지 못한 책을 읽을 때는 어진 선비를 만나듯 하고
讀已見書 如遇故人　　이미 본 책을 읽을 때는 옛 벗을 만나듯 한다

석파는 그 파란만장한 이력이 말해주듯 술도 잘할 수밖에 없었는데 술에 대해서도 높은 경지의 한 말씀을 남겼다. 미국 하버드대학의 아서 M. 새클러(Arthur M. Sackler) 뮤지엄에 소장된 석파 이하응의 「석란도」 10곡 병풍에는 석파가 사용한 문자도장들이 각 폭마다 찍혀 있는데 그 중 제4폭에 찍힌 도장의 문구는 다음과 같다.

有酒學仙 無酒學佛(유주학선 무주학불)

| **'유주학선 무주학불' 도장** | 석파의 「석란도」 중 하버드 대학의 아서 M. 새클러 뮤지엄에 소장된 10곡 병풍 제4폭에는 '유주학선 무주학불'이라는 도장이 찍혀 있다.

술이 있으면 신선을 배우고 술이 없으면 부처를 배운다

인생의 여유와 허허로움을 느끼게 하는 명구가 아닐 수 없다. 석파정에서 동쪽으로 건너다보이는 북악산 아래에는 추사가 지내던 백석동천 별서가 있다. 이제 백석동천으로 발을 옮기자니 사제지간에 이렇게 마주 보고 있는 것이 왠지 예사롭지 않다는 생각을 갖게 한다. 어쩌면 별서의 팔자였는지도 모르겠다는 느낌이 든다.

한양의 옛 향기가 오히려 여기 있네

부암동 산책길 / 무계원 / 이병직의 오진암 /
안평대군 / 몽유도원도 / 현진건 집 터 / 윤웅렬 별서 / 백석동천

부암동의 유래

부암동이라는 동네 이름은 '부침바위'라 불리는 부암(付岩)에서 비롯
되었다. 부침바위는 1970년대까지만 해도 건재했는데 자하문터널이 뚫
리고 새 도로가 생기면서 흔적도 없이 사라졌다. 옛 사진에서도 볼 수 있
듯이 집채만 한 바윗덩이였던 이 부침바위는 창의문과 세검정 사이를
오가는 고갯길 중턱에 있었다. 자하문터널을 빠져나와 세검정 쪽으로 가
는 큰길 오른편(하림각 건너편)에 있는 부암동 경로당 건물 앞(부암동 141-1번
지, 자하문길 262)에 '부침바위 터'라는 표석이 서 있다.

이 부침바위는 소원을 빌면서 돌을 붙였던 기복(祈福) 신앙의 대상이
다. 간절한 마음으로 잔 자갈돌을 계속 비비면 마찰 효과로 돌이 엉킬 수
없었을 것 같은 가파른 면에 달라붙게 된다. 너도 나도 그렇게 소원을 빌

| **부침바위** | 부침바위는 1970년대까지만 해도 건재했는데 자하문터널이 뚫리고 새 도로가 생기면서 흔적도 없이 사라졌다. 집채만 한 거대한 바위였다.

자 이 평범하던 큰 바위에 부침 자국이 벌집처럼 생기면서 주술성을 얻게된 것이다. 흔히는 아들을 낳게 해달라는 기자(祈子) 신앙에서 출발해 나중엔 돈을 많이 벌게 해달라는 만능의 신앙으로 발전·변형되기도 했다.

민속심리학적으로 보자면 길을 가다가 성황당에 돌 하나 얹는 것, 연못에 동전을 던지는 것과 마찬가지로 소원거리가 많은 중생들의 소박하지만 간절한 바람이 그렇게 나타난 것이다.

이런 부침바위는 성황당과 마찬가지로 대개 고갯길 중턱, 한숨 쉬어갈 만한 곳에 있는데 부암동의 부침바위 또한 세검정에서 자하문으로가는 '조석고개'라는 고갯길 길목에 있었다. 그냥 쉬느니 소원을 빌었던것이다.

오늘날 신영동과 부암동을 연결하는 좁은 골목길은 새로 도로명주소를 지으면서 조석고개길로 명명되었고 부침바위의 위치는 '조석고개길 10(부암동 134번지)'이 되었다. 이 조석고개라는 이름은 세검정 쪽에 사는 백성들이 자하문 너머 도성 안으로 품 팔러 가기 위해 이 고개를 조석(朝夕)으로 넘었기에 붙은 것이라며 민초들의 간고한 삶이 서려 있다고 말하지만 실제로는 아랫마을 조지서로 오가던 '조지서 고개'가 음이 변해서 조석고개가 되었다는 것이 정설이다.

메주가마골

조석고개 너머 창의문 거의 다 온 곳에 산자락을 타고 작은 마을이 형성되어 있었는데 이 동네를 메주가마골이라고 불렀다. 자하문터널이 생기기 이전엔 창의문 지나 세검정으로 넘어가는 고갯마루에 자리한 부암동의 첫 동네였다. 오늘날 부암동 주민센터를 중심으로 옹기종기 붙어 있는 작은 가겟방과 주택들은 옛 메주가마골의 묵은 분위기를 보여주고 있다. 근래에 들어와 카페와 예술가의 공방이 들어서면서 디자인 거리로 변신하여 서울의 둘레길로 각광받고 있지만 조선시대엔 가난한 사람들이 모여 사는 도성 밖 달동네였다.

조선시대에 이곳에 모여 살던 사람들의 생활고를 덜어주기 위하여 관에서는 메주를 납품하는 권리를 주어 마을 공동으로 메주를 쑤게 했다고 한다. 성균관 건너 반촌 사람들에게 도축 전매권을 준 것과 같은 천민 구제책이었다. 부암동 주민센터 근처에 그 당시 사용하던 메주가마가 있었는데 지금은 사라지고 자하문터널 위에 그 터(부암동 269번지 일대)만 남아 있다. 그리고 동네 안쪽 산자락에는 옛사람들이 치성을 올리던 동제당(洞祭堂)이 그대로 남아 있어 지금도 매년 음력 8월 초하루면 오색 깃발을 놓고 제를 올린다.

이 메주가마골이 생기기 훨씬 전, 조선 국초 한양도성을 축조했을 무렵엔 창의문을 아예 닫아두고 비상시에만 여닫게 했는데 그런 와중에 세종의 아들인 안평대군은 이곳에 무계정사(武溪精舍)를 지었다. 왕조사회에서 왕자에게는 그런 권세가 허락되었던 것이다. 이를 계기로 사람들이 모여들어 마을도 형성되었으니 부암동의 역사는 안평대군의 무계정사와 함께 시작되었다고 해도 무리가 아니다.

그리고 조선 후기 들어 무계정사 아래쪽에 훗날 석파정으로 바뀐 김흥근의 삼계동정사가 들어섰고, 대한제국 시절엔 무계정사 위쪽에 윤웅렬의 부암정이 들어섰다. 또 건너편 백석동천엔 한때 추사 김정희가 소유했던 별서가 있었다.

이 부암동의 별서들도 근대사회로 들어서면서 온갖 수난을 겪었지만 최근 10년 안팎에 면모를 일신하고 우리 앞에 다시 나타났다. 추사의 백석동천 별서 터는 2010년 무렵에 산책로와 함께 정비되었고, 흉가로 방치되었던 윤웅렬의 부암정은 새 주인이 들어와 2008년에 말끔히 정비 완료되었으며, 흥선대원군의 석파정은 새 단장을 마치고 2012년부터 일반에 공개되고 있다.

조선시대 최고의 별서터였던 부암동의 별서들이 갖고 있는 문화유산적 가치와 의의는 자못 크다. 조선왕조 500년의 수도였던 한양도성 밖 별서로는 성북동의 성락원(城樂園)을 제외하면 부암동의 별서들밖에 남아 있지 않다. 그래서 나는 한양의 옛 향기를 오히려 여기에서 맛볼 수 있다고 말한다.

무계원으로 다시 태어난 오진암

부암동 주민센터 바로 곁에 있는 세탁소 옆 언덕길은 부암동 문화유산답사의 핵심 지역이다. 도로명 주소가 '무계정사길'인 이 길을 따라 올라가다 보면 초입에 웅장하고 멋진 한옥이 돋보이는 전통문화공간 무계

| **무계원** | 무계정사길 초입에 있는 무계원은 종로구 익선동에 있던 유서 깊은 한옥인 오진암을 옮겨와 2014년에 문을 열었다.

원(武溪園)이 나오고 이어 무계정사 터, 현진건 집 터, 반계 윤웅렬 별서로 이어진다.

아무 예비지식 없이 찾아온 사람들은 무계원이 곧 무계정사인 줄로 알지만 이 집은 본래 종로구 익선동에 있던 유서 깊은 한옥 오진암(梧珍庵)을 옮겨 2014년 개원한 곳이다. 2010년 오진암 자리에 호텔이 들어서면서 이 유서 깊은 한옥이 헐려나가게 되자 김영종 종로구청장은 오진암을 부암동 마을 주차장으로 옮겨 짓는다는 조건을 달아 호텔 건립을 허가했고 호텔 측이 전액 부담하여 이전했다. 그리하여 요정으로 쓰이던 오진암이 여기 와서는 전통문화공간 무계원으로 다시 태어난 것이다.

오진암은 삼청각·대원각과 함께 서울의 3대 요정 중 하나로 1970년대 군사독재 시절 요정 정치의 산실 중 한 곳이었다. 특히 이후락 중앙정보부장의 단골집으로 유명했다. 그가 1972년 서울에 온 북한의 박성철 부

수상과 7·4남북공동성명을 논의
했던 곳이기도 하다. 주인이 종
업원들에게 늘 강조한 영업 원칙
중 하나가 '봐도 못 본 척, 들어
도 못 들은 척'이었다고 한다.

오진암이라는 이름은 마당에
큰 오동나무가 있다고 해서 붙은
것이며 1953년 서울 음식점 제
1호로 등록된 한정식 요정이었
지만 원래는 조선왕조의 마지막
내시로 화가이자 미술애호가였

| 오진암의 옛 모습 | 오진암은 서울 음식점 제1호로 등
록된 한정식 요정이었지만 본래는 조선의 마지막 내시로
미술애호가였던 이병직의 집이었다.

던 송은(松隱) 이병직(李秉直, 1896~1973)이 짓고 살던 집이었다.

사실 오진암이 헐린 것은 너무도 아쉬운 문화유산의 상실이었다. 비
록 문화재로 지정되지는 않았지만 본래 오진암은 바로 곁에 있던 흥선
대원군의 운현궁, 안국동의 윤보선 가옥, 가회동의 휘겸재, 백인제 가옥
등과 함께 서울의 멋진 전통한옥 지구를 형성할 수도 있었다.

옛날 익선동의 오진암은 대지 700평에 번듯한 한옥 건물들이 크고 작
은 마당에 둘러싸여 있어 단번에는 전체 구조를 알 수 없을 정도였기에
구중궁궐은 아니어도 '소대궐'은 된다는 명성을 갖고 있었다. 오진암의
한옥들은 한 번에 다 지어진 것이 아니라 100년 전에 처음 지어진 이래
50여 년을 두고 증축한 것이라고 하는데 그 자재들이 상당히 고급이어
서 무계원으로 이전하면서 정비하자 더 빛을 발하고 있다.

무계원은 오진암의 건물 배치대로 복원한 것이지만 평지에 있던 건물
을 경사진 부지로 옮겨야 한다는 입지조건의 차이 때문에 어쩔 수 없이
변형되기는 했다. 그러나 경사진 부지를 활용하여 진입마당·정원마당·

| **오진암의 옛 모습** | 오진암은 마당에 큰 오동나무가 있다고 해서 얻은 이름인데 소궁궐이라고 할 정도로 한옥들이 빼곡히 지붕을 맞대고 있었다. 기본적으로는 마당을 셋으로 나누고 안채, 사랑채, 행랑채로 둘러싸인 안마당에 큰 오동나무가 있었다.

안마당 등 마당을 셋으로 나누고 안마당이 안채·사랑채·행랑채로 둘러싸이게 한 것은 옛 오진암의 건물 배치를 그대로 따른 것이다.

안채는 홑처마 팔작지붕의 검박한 멋을 살렸고, 사랑채는 경사면을 활용하여 누(樓) 형식을 도입했으며, 사랑채는 안마당과 정원마당을 동시에 누릴 수 있게 배치했다. 그 결과 무계원은 옛 오진암보다 훨씬 공간이 트인 시원한 분위기를 갖게 되었고 뒤뜰로 나가면 멀리 북한산 보현봉이 바라다보이는 시원한 전망도 누릴 수 있다. 무계원에 들어서면 누구나 사랑채의 넓은 툇마루에 걸터앉아 정원을 바라보며 한옥의 맛을 한껏 누려보는데 나는 작은 모임이 자주 열린다는 안채에 정이 더 많이 간다.

이렇게 오진암은 다시 태어났고 옛 주인 이병직을 기억할 수 있는 계기도 생겼다. 송은 이병직에 대해서는 내가 『안목』(눌와 2017)에서 '애호가 열전'의 세번째 인물로 자세히 소개한 바 있지만 여기에 온 이상 간략하게라도 이야기할 수밖에 없겠다.

송은 이병직

송은 이병직은 1896년 경기도 양주에서 태어났다. 나이 7세 때 사고로 '사내'를 잃은 뒤 내시인 유재현(柳在賢)의 양자로 들어가 궁내부 내시가 되었다. 유재현은 7천 석의 큰 부자였는데 고종의 신임이 두터웠던 것으로 알려져 있다. 그렇게 이병직은 내시의 적통을 이어받았는데 13세 때이던 1908년에 내시제도가 폐지되어 궁에서 나왔다. 그는 조선왕조의 마지막 내시였다.

이병직은 학문에도 열중했고 20세 때인 1915년에는 해강(海岡) 김규진(金圭鎭)의 서화연구회에 입학하여 그림과 글씨를 배워 제1회 졸업생이 되었고 조선미술전람회 사군자부에 8차례 입선했다. 그러나 1931년 사군자부가 폐지되어 동양화부에 흡수되면서 더 이상 출품하지 않았다. 해방 이후 이병직은 국전의 초대작가를 지내기도 했지만 적극적으로 화단 활동을 하지는 않았다. 난초와 매화를 주로 그렸으나 뛰어난 화가는 아니었다.

그러나 이병직은 그림을 보는 안목이 높은 데다 7천 석 부자여서 고서화 수집에 전념했다. 당시 대중지인 『삼천리』 1940년 9월호에서는 연간 개인 소득 순위를 발표하기도 했는데 1위는 광산왕 최창학 24만 원, 2위는 화신백화점의 박흥식 20만 원이고, 간송 전형필이 10만 원, 인촌 김성수가 4만 8천 원이며, 송은 이병직은 3만 원 내외라고 했다.

이병직의 수집품은 정말로 대단했다. 일제강점기에 총독부에서 발행한 우리나라 최초의 문화재 도록인 『조선고적도보』(전15권) 중 조선시대 회화 편에 9점, 조선 도자 편에 6점이 이병직 소장으로 명기되어 있을 정도다. 그가 소장했던 작품 중 가장 잘 알려진 것은 지금 간송미술관에 소장된 변상벽의 「닭」과 평양의 조선미술박물관에 소장된 김두량의 「낮

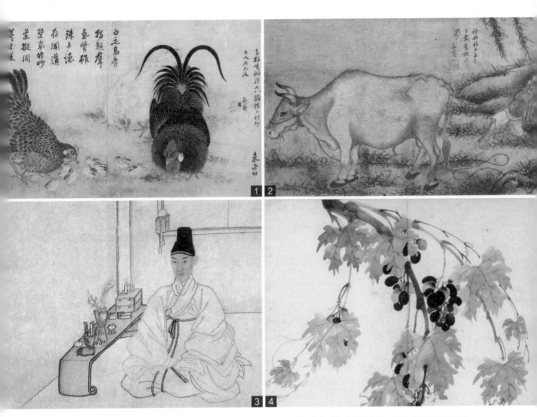

| **이병직의 구장품들** | 송은 이병직은 그림을 보는 안목이 높은 데다 7천 석 부자여서 고서화 수집에 전념했다. 1. 변상벽의 「닭」(간송미술관 소장) 2. 김두량의 「낮잠」(조선미술박물관 소장) 3. 김홍도의 「자화상」(조선미술박물관 소장) 4. 이계호의 「포도」(개인 소장)

잠」이라는 풍속화, 그리고 김홍도의 「자화상」 등이다. 이병직은 자신의 소장품에는 '송은 진장(珍藏)' '이병직 가진장(家珍藏)'이라는 소장인을 찍어두곤 해 작품을 감정하는 데 아주 중요한 입증 근거가 되고 있다.

이병직은 1937년과 1941년 소장품을 미술품 경매회사인 경성미술구락부에 두 차례에 걸쳐 자신의 이름을 걸고 내놨다. 여기서 모은 돈을 고향의 양주중학교(오늘날의 의정부고등학교) 설립을 위해 기부했다. 『동아일보』 1939년 9월 9일자는 '40만 원을 혜척(惠擲)한 이병직'이라는 제목으로 이 미담을 자세히 소개했다.

이병직은 1973년에 78세로 세상을 떠났다. 우리 화랑계의 원로인 동산방 박주환 회장이 젊을 적에 오진암으로 이병직 선생을 자주 찾아갔는데, 내시들이 다 그렇듯이 7척 장신에 얼굴이 아주 희고 맑은 조용한 분이었다고 한다. 그런데 사랑방 두껍닫이에는 흰 종이만 발려 있어 "왜 아무것도 바르지 않으셨냐?"고 물었더니 이렇게 대답하시더란다.

| 조선시대 마지막 내시인 이병직의 모습 |

"아무것도 없다니. 여보게, 박군, 여기에 얼마나 많은 그림이 들어 있는지 아오."

인생을 달관한 대안목의 허허로운 경지는 이런 것이다.

낭만의 귀공자 안평대군

무계원 위로는 개인주택이 하나 있고 그 집 위쪽 골목길 건너엔 30여 그루의 소나무가 심겨 있는 빈터가 있다. 이 솔밭 위쪽에 있는 한옥이 바로 안평대군의 무계정사 터로 그 뒤편 바위에 '무계동(武溪洞)'이라는 글씨가 새겨져 있다(부암동 319-4번지, 무계정사2길 12-1). 오랫동안 다 허물어져가는 집 한 채만 남아 있어 흉가를 면치 못했는데 2015년 10월 13일 법원 경매에 부쳐져 어느 개인이 낙찰받았고, 미술관 건립을 구상했지만

| **무계동** | 무계원 위쪽 30여 그루의 소나무가 심겨 있는 솔밭 위에 있는 한옥이 바로 안평대군의 무계정사 터로 뒤편 바위에 '무계동'이라는 글씨가 새겨져 있다.

허가를 받지 못하자 이렇게 일단 솔밭으로 가꾸어놓은 것이란다.

안평대군(安平大君) 이용(李瑢)은 세종의 셋째 아들로 친형인 수양대군의 정치적 야욕에 휘말려 불과 36세에 죽임을 당한 비운의 왕자였지만 당대의 명필이었고 그림도 잘 그렸으며 용모도 뛰어났던 낭만의 귀공자이기도 했다. 안평대군의 모습은 단종 즉위년(1452)에 이현로라는 대신이 안평대군을 사신으로 추천하면서 "공(안평대군)의 용모와 수염과 시문과 서화는 북경에 가서 가히 명예를 날릴 것입니다"라고 한 말에 잘 드러나 있다.

안평대군은 학문을 좋아하여 시와 문장으로 집현전 학사들과 두루 교류했고, 뛰어난 안목을 지닌 대수장가로 당대 학예를 이끄는 패트론(patron)이었다. 이런 안평대군의 면모는 그의 나이 30세 때인 1447년 4월, 꿈속에 거닐던 무릉도원을 안견에게 그리게 하고 자신이 제발(題

| **안견의 「몽유도원도」** | 안평대군은 30세 때인 1447년 4월, 꿈속에 거닐던 무릉도원을 안견에게 그리게 하고 자신이 제발을, 21명의 학자·문신에게 찬시를 짓게 하여 기념비적인 문화유산을 남겼다.

跋)을 앞뒤에 쓴 다음 박팽년·김종서·성삼문 등 21명의 학자·문신에게 찬시(讚詩)를 지어 쓰게 한 저 유명한 「몽유도원도(夢遊桃源圖)」 장축이 증언하고 있다.

안평대군은 도성 안 누상동의 수성동(水聲洞) 계곡가에 비해당(匪懈堂)이라는 저택, 용산 남호(南湖)에 담담정(淡淡亭)이라는 정자를 갖고 있었는데 창의문 밖에 또 무계정사를 지었다.

안평대군의 무계정사

안평대군이 무계정사를 세운 것은 「몽유도원도」를 제작한 지 4년 후인 1451년 가을이었다. 안평대군은 무계정사를 지은 뒤 다섯 편의 시를 지어 노래하면서 그 서문에 이렇게 말했다.

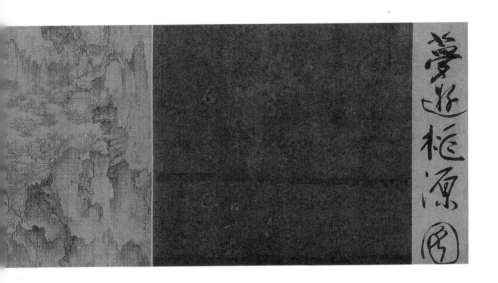

　내가 정묘년(1447) 4월에 도원의 꿈을 꾼 적이 있는데 지난해(1450) 9월에 우연히 시간을 내어 유람하다가 국화가 떠내려오는 것을 보고는 다래덩굴과 석벽(石壁)을 잡고 올라가서 비로소 이 자리를 잡았다. 그리고 꿈에서 보았던 곳과 비교해보니, 풀과 나무가 우거진 모습과 냇물과 산세의 깊숙하고 한적한 모습이 조금은 흡사했다. 금년(1451) 에야 그곳에 두어 칸의 집을 짓고 무계(武溪)의 뜻을 취하여 '무계정사'라는 편액을 걸었는데 실은 정신을 휴양하면서 은거하기 위한 곳이었다. 이어 잡영(雜詠)이라는 제목으로 다섯 편의 시를 지어서 찾아와 묻는 자의 질문에 대비키로 했다.

　간혹 안견의 「몽유도원도」가 무계정사에서 본 실경을 그린 것이라는 주장이 있는데 이는 앞뒤가 안 맞는 얘기다. 도원경 같은 무계정사를 지은 안평대군은 문신·학자들을 초대하여 이 아름다움을 함께 즐겼다. 그중 사육신의 한 명인 이개(李塏)는 낙성한 지 얼마 안 되는 그해 가을에 와보고는 다음과 같은 「무계정사기(武溪精舍記)」를 지었다.

> 한양 북문(창의문)을 벗어나 우거진 소나무 숲길을 2리쯤 가다가, 샛마루로 올라가 서쪽으로 조금 꺾어져서 골짜기를 굽어보면 눈앞에 펼쳐진 모습이 툭 트여서 자못 사람이 사는 곳과는 다르게 여겨지는 곳이 있는데, 이곳에 안평대군의 정사가 있다. (…)
> 올라가서 한번 돌아다보니 풀과 나무는 무성하고 연기와 구름은 뭉게뭉게 피어올라서 비어 있는 듯도 하고 그윽한 듯도 하여 완연히 도원동의 기이한 운치가 있었다.

이 글은 지금과는 사뭇 다른 당시 무계정사의 경관을 생생하게 설명해주는데 세월이 흐르면서 예전의 자취를 잃은 것이 아쉽기 그지없다. 그래도 '청계동천'이라는 바위 글씨 곁에 '무계동'이라는 글씨가 남아 있어 이곳에 대한 안평대군의 사랑과 자랑을 증언해주고 있는 것은 부암동을 위해 다행한 일이 아닐 수 없다.

현진건의 집 터에서

얼마 전까지만 해도 솔밭 자리에는 허름한 주택 하나가 있었는데 이 집이 빙허(憑虛) 현진건(玄鎭健, 1900~43)이 살던 옛집으로 지금은 길가에 '현진건 집 터'라는 작은 표석이 있다.

현진건은 1900년 대구 계산동에서 태어나 두 살 연상의 이순득과 결혼하고 1915년 11월에 보성고등보통학교에 입학했다가 이듬해 7월 자퇴했고 일본으로 건너가 1917년 세이조(成城)중학에 편입했지만, 이듬해

| **현진건 집 터** | 얼마 전까지만 해도 솔밭 자리에는 허름한 빙허 현진건의 옛집이 있었는데 지금은 헐려 나가고 길가에 작은 표석만 남아 있다.

3월 중퇴하고 귀국했다. 그후 셋째 형 정건이 활동하던 중국 상하이로 건너갔다가 3·1독립만세운동 직전에 귀국, 서울 관훈동 양아버지 집에서 살았다.

1917년 대구에서 이상화 등과 습작 동인지 『거화(炬火)』를 발간한 데서 보이듯, 문학에 뜻을 둔바 1920년에 처녀작 「희생화」를 『개벽』에 발표하며 등단했다. 1921년 조선일보사에 입사하면서 기자와 작가를 겸했는데, 암울한 식민지 현실에 고뇌하는 젊은 지식인의 내면을 절실하게 그린 「빈처」(1921) 「술 권하는 사회」(1921) 등으로 문단에서 두각을 나타내는 한편, 1921년 이상화·홍사용·박종화·나도향·박영희 등과 「백조」 창간 동인으로 참여하니 모두 20대 초반의 일이었다.

「운수 좋은 날」(1924) 「B사감과 러브레터」(1925) 「고향」(1926) 등을 발표하면서 단편문학의 기린아로 확고한 위치를 다진 현진건은 기자로서도 민완이어서 1925년 동아일보사로 옮겨갔다.

그가 1920년대에 창작한 단편소설들은 우리 근대문학사에서 리얼리즘의 새 지평을 연 명작들로 지금도 여전히 독서인의 사랑을 받고 있으며 나 또한 학생 시절부터 그의 소설들을 두루 읽어본 애독자이기도 하다.

현진건의 삶과 문학에 한 전기가 된 것은 베를린 올림픽 마라톤에서 금메달을 차지한 손기정 선수의 사진에서 유니폼의 일장기를 지워버린 '일장기 말소 사건'(1936)이었다. 당시 동아일보 사회부장이었던 현진건은 정간 사태 속에 구속되었다.

1937년 동아일보사를 그만둔 현진건은 부암동 325-5번지, 바로 이곳으로 이사 온 뒤 닭을 치면서 역사소설에 몰두하여 이듬해(1938)에 불국사 석가탑을 세우는 아사달의 이야기를 그린 『무영탑(無影塔)』을 『동아일보』에 연재했다. 현진건은 자신이 역사소설로 돌아선 이유에 대해 『문장』 1939년 12월호에 「역사소설문제」를 기고하며 이렇게 말했다.

사실을 위한 소설이 아니오. 소설을 위한 사실인 이상 그 과거가 현재에 가지지 못한, 구하지 못한 진실성을 띄었기 때문에 더 현실적이라고 믿습니다. 현재의 사실에서 취재한 것보담 더 맥이 뛰고 피가 흐르는 현실감을 줄 수 있다고 믿습니다. 이렇게만 된다면 비현실적이라는 둥 도피적이라는 둥 하는 비난의 화살은 저절로 그 과녁을 잃을 것입니다.

현진건은 그런 자세로 역사소설에 전념하여 1939년 10월부터 백제 부흥 운동을 벌인 『흑치상지』를 『동아일보』에 연재했는데 총독부의 검열 탓에 1940년 1월 강제로 중단되었다. 일제는 역사소설로 우회하는 길마저 통제했는데 총독부는 이어 그의 작품집인 『조선의 얼굴』(1926)도 '금서'로 지정해 판금했다.

정신적 고통뿐만 아니라 물질적으로 궁핍했던 현진건은 1940년, 친구의 권유로 미두(米豆) 사업에 투자했다 실패하여 파산했고 부암동 집과 양계장을 처분하고는 제기동의 조그만 초가집으로 이사했다.

이 궁핍 속에서 현진건은 결국 1943년 4월 25일, 지병이었던 장결핵으로 세상을 떠났다. 향년 44세였다. 공교롭게도 그와 동향의 문우였던 시인 이상화도 같은 날 대구에서 별세했다.

현진건은 단 한 편의 친일 글을 남기지 않을 만큼 식민지 시대 지식인으로서 지조를 굳게 견지하며 에둘러서라도 저항의 빛을 역사소설에 담아내려 했지만 현실이 더욱더 '술 권하는 사회'에로 몰아가면서 해방을 눈앞에 두고 세상을 떠났다. 그의 고향인 대구 두류공원에 있는 현진건 문학비에는 이렇게 쓰여 있다.

빙허 현진건은 1900년 음력 8월 9일 대구 계산동에서 태어나 1943년 4월 25일 생을 마친 한국 사실문학의 대표적인 작가이다. 그가 일제 치하에 살면서 극명하게 묘사한 암담한 현실들은 그대로 '조선의 얼굴'이었다. 43년 생애를 통하여 끝내 불의와 타협하지 않은 빙허의 굳은 지조와 그 철저한 문학정신은 우리 가슴속에 길이 살아 숨쉴 것이다.

최원식 교수의 현진건론

나의 현진건 이야기는 여기서 끝낼 수도 있다. 그러나 독자들을 위해서는 현진건 문학에 대한 전문가의 견해를 소개하는 것이 바람직하다는 생각에 석사학위 논문으로 「현진건 연구」를 발표한 최원식 교수에게 독자를 대신하여 몇 가지를 물어보았다. 최교수는 나와 대학 동창이다. 그는 국문과 68학번이고 나는 미학과 67학번이어서 거리가 있었지만, 그가 수강생이 10명도 안 되는 미학과 수업을 많이 듣는 바람에 학창 시절에 같은 책상에서 공부했고 그 덕에 옛 친구로 편하게 대할 수 있어 스스럼없이 물었다.

"최교수, 순수 독자 입장에서 나는 춘원 이광수의 소설을 읽으면 마치 훈육주임한테 야단맞는 기분이 드는 반면에 현진건의 소설은 현실이 피부에 닿는 정도가 아니라 폐부를 찌르는 것 같은 느낌을 받거든. 특히 현진건 단편을 보면 「빈처」고 「운수 좋은 날」이고 안 우는 주인공이 없어. 이것이 작가의 차이인가 시대사조가 변한 것인가?"

"그게 바로 한국문학사에서 말하는 계몽주의 문학에서 리얼리즘 문학에로의 전환이라는 것이지. 그리고 그 계기는 3·1운동이야. 그때 우리는 역사상 처음으로 계몽의 대합창 또는 자유라는 것을 경험했던 거예요. 꽉 막혀 있던 감성의 절제가 자유를 만나면서 봇물 터지듯 쏟아져나온 거지. 1960년대 문학이 4·19혁명의 아들이듯이 1920년대 문학은 3·1운동의 자식이라고 할 수 있어요."

"그 시대에 시도 그랬나?"

"시는 더했어요. 율격적 구속으로부터 해방된 산문시, 자유시가 폭발하잖아요. 이상화의 「나의 침실로」로 대표되는 폭포수처럼 쏟아지는 언어의 질주가 낭만주의로 구가되었어요.

아르놀트 하우저가 『문학과 예술의 사회사』에서 유럽인들이 '자연스러운 독서의 상한선'으로 삼는 게 1830년 7월혁명 이후의 문학, 즉 스탕달, 발자크의 소설이라고 했어요. 아마 그들에게도 그보다 이전 문학은 우리 고문(古文) 비슷한가 봐. 우리의 경우는 3·1운동 이후의 문학이 딱 거기에 해당되는데요. 3·1운동 세대가 만든 문학 양식을 지금도 우리가 향유하고 있으니 대단하지요."

"현진건의 「빈처」는 작가, 즉 지식인의 자기 독백이라는 성격이 강하다고 생각하는데, 이내 「운수 좋은 날」에서는 김첨지가 주인공으로 등장하더군."

"그렇지요. 「운수 좋은 날」은 한국 근대문학에서 민중이 소설의 주인공으로 당당히 대접받기 시작하던 초창기 작품이지. 현진건은 말로는 프로문학에 주저했지만 실제 작품 실천에서는 프로문학을 선도했어요. 방화로 끝나는 「불」은 더해. 민중이 직접 주인공이 되는 소설과 함께 지식인과 민중의 만남을 그린 일군의 작품이 있는데, 경부선 차중을 그린 「고향」이 대표작이고요. 한중일 세 나라 옷을 걸치고 세 나라 말을 지껄이는 껄렁한 노동자에 처음에는 불편해하다가 그 이산의 비극에 공감하며 결국엔 붙잡고 함께 아리랑을 부르잖아. 그렇게 현진건은 식민지의 비극을 온몸에 두른 민중을 만났어요."

그런 문학사적 의의 때문이었을까. 대구 두류공원에 있는 현진건 문학비의 앞면에는 「고향」의 한 대목이 이렇게 새겨져 있다.

그는 한숨을 쉬며 그때의 광경을 눈앞에 그리는 듯이 멀거니 먼 산을 보다가 내가 따라준 술을 꿀꺽 들이켜고 "참! 가슴이 터지더마. 가슴이 터져" 하자마자 굵직한 눈물 두어 방울이 뚝뚝 떨어진다. 나는 그 눈물 가운데 음산하고 비참한 조선의 얼굴을 똑똑히 본 듯싶었다.

그런 현진건이 살던 집터라면 길바닥에 표석을 놓을 것이 아니라 최소한 길가 한쪽에 현진건 문학비라도 세워야 마땅한 것이 아닐까.

반계 윤웅렬 별서

현진건 집 터에서 산길을 타고 계속 올라가면 이내 길이 세 갈래로 갈라지며 모서리에 예쁜 한옥 대문이 나타난다. 가파른 산자락에 지은 집이라 담장 위쪽으로 본채에 들어가는 문이 보이고 앞마당에서는 고목들이 연륜을 자랑하고 있다. 이 집은 서울특별시 민속문화재 제12호로 지정된 '반계(磻溪) 윤웅렬(尹雄烈) 별서'다.

윤웅렬은 윤치호(尹致昊)의 아버지이고, 윤보선(尹潽善) 대통령의 큰할아버지이다. 윤웅렬은 무관 출신으로 새로 창설된 신식 군대인 별기군을 운영했고, 개화파의 고참 인사로 갑신정변에 참여했으며, 대한제국이 선포된 뒤 군부대신을 비롯한 요직을 지내며 해평(海平) 윤씨 집안을 현대 정치사의 명문가로 자리잡게 한 입지전적 인물이다.

시내 한복판 정동에 살던 윤웅렬은 나이 65세 되던 1904년, 서울에 성홍열(猩紅熱)이 유행하자 도성 가까이에 별서 하나를 갖고자 이곳에 터를 잡았다. 윤웅렬의 별서는 1905년 6월에 착수해 이듬해 3월 이전에 완공되었는데 그때는 서양식 2층 벽돌집 건물만 지었다. 윤웅렬은 신식 문화에 익숙해서 별서를 양옥으로 지었던 것으로 생각된다.

부암동 별장 공사가 한창이던 1905년 11월 을사늑약이 체결되자 윤웅렬은 고종에게 체결 무효를 건의했으나 불가항력임을 알고 사직서를 낸 다음 국민교육회에 100원을 기부하고 관직에서 은퇴했다.

윤웅렬은 1907년의 국채보상운동에 참여하기도 했다. 그러나 나중엔 일제의 사주를 받아 오히려 보상금 반환청구서를 제출했고 이후 고향인 아산에 칩거하다가 1910년 국권피탈 후 일제로부터 남작 작위를 받았고 이듬해 9월 서울 정동의 자택에서 향년 72세로 세상을 떠났다. 남작 작위는 큰아들 윤치호에게 승계되었다.

| 반계 윤웅렬 별서 | 현진건 집 터에서 산길을 타고 계속 올라가면 예쁜 한옥 대문이 보인다. 가파른 산자락에 지은 집이라 담장 너머로 본채에 들어가는 문이 보이고 앞마당에서는 고목들이 연륜을 자랑하고 있다.

윤웅렬 사후 부암동 별서는 셋째 아들인 윤치창(尹致昌)이 상속받아 안채 등 한옥 건물을 지으면서 살림이 가능한 집이 되었다. 이것이 현재의 반계 윤웅렬 별서다.

이 집의 당호는 '부암정'

윤웅렬 사후 부암동 별서는 도심에 살고 있는 윤씨 일가족이 즐겨 머무는 공간이 되었다. 특히 해외유학을 마치고 돌아온 윤치호는 이 별서를 자주 찾았다. 윤치호가 1883년부터 1943년까지 60년간 쓴 『윤치호 일기』에는 이 집 이야기가 가끔 나오는데 1927년 6월 17일자를 보면 이 별서의 당호를 '부암정(傅巖亭)'이라 지은 이야기가 나온다. 친구 이종원(李鍾元)이 부암정에서 오후를 보냈는데 그가 이 집 이름을 짓고 싶다며 중국 고사에 한 선비가 축우부암(築于傅巖)이라는 건물을 짓는 동안 최고통치자로서 부름을 받았다는 것이 있으니 이 동네 이름인 부암(附巖)의 발음은 유지하면서 뜻만 바꾸면 어떠냐고 했다는 것이다. 윤치호는 이 이름이 마음에 들었는지 "역시 한국인들은 이런 종류의 이름 짓는 일에 영리하다"고 했다. 이리하여 이 집 당호는 '부암정'이 되었다.

부암정은 해방 이후 주인이 여러 번 바뀌었다. 그러나 문화재로서 건축물의 가치는 여전하여 1977년에 서울특별시 민속문화재 제12호 '부암동 윤웅렬 대감가(家)'로 지정되었다.

그러나 1980년대 말부터는 도쿄에 거주하는 집주인이 세를 놓아 집이 망가지기 시작했고 관리가 제대로 되지 않아 거의 폐허 수준이 되었다. 지금 이 집 정원의 얼굴인 방형(方形) 연못에 연탄재와 폐기물이 가득 차서 연못이 있는 줄도 몰랐다고 하니 가히 알 만하다. 그러다 2006년 새 주인을 만나면서 지금의 모습으로 완벽하게 복원·정비되었다. 새 주인은 건축 관계 사업을 하는 분으로 한옥에 애정이 있어 훼철된 고건축물을 복원한다는 마음으로 문화재 복원을 전문으로 하는 업체들에 맡겨 수년에 걸쳐 정비했다.

후대에 조악하게 설치한 가설 지붕을 철거하고 안채·사랑채·문간채를 명확히 복원했다. 그리고 생활에 불편함이 없도록 주방과 화장실을 실내로 들였고 분리되어 있던 세 건물을 신발을 신지 않고도 오갈 수 있게 연결했다. 한옥의 가장 큰 문제인 단열은 새로이 개발된 한식 시스템 창호로 해결했다. 석파정에서도 보았듯이 역시 집은 주인을 잘 만나냐 잘못 만나냐에 따라 팔자가 달라진다.

| **부암정 앞마당** | 가파른 경사면에 별서를 앉히면서 아래쪽에는 방형 연못을 만들어 계곡물을 모아 흘러내리게 했다. 해방 이후 주인이 여러 번 바뀐 부암정은 마침내 문화재로서 가치를 인정받아 1977년 서울특별시 민속문화재 제12호로 지정되었다.

| **부암정 내부** | 부암정은 전형적인 서울·경기 지방의 양식으로 바깥채와 사랑채에 니은자형의 안채가 연결되어 있다.

양옥과 한옥이 어우러진 부암정

부암정은 산자락의 가파른 비탈에 올라타고 있어서 대문에서 뒤뜰까지 표고 차가 18미터나 된다. 그래서 안쪽을 들여다보면 문간채 가운데로 안대문까지 보인다. 사람이 살고 있는 살림집에 멋대로 들어갈 수는 없는 일이라 담장을 따라 올라가보면 한옥 맨 뒤로 들어가는 뒷문이 나오는데 여기서 이 집의 그윽한 후원이 훤히 들여다보인다.

나는 이 집의 돌기와 지붕을 얹은 긴 콩떡 담장에서 우리나라 한옥 담장의 미학을 본다. 중국의 담처럼 바깥과 철저히 차단하는 것이 아니라 주변의 환경과 함께 어우러지는 것이다. 비탈을 오르는 돌담의 기와 지붕이 계속 높이를 달리하는 것도 즐겁다. 이 돌담이 있음으로 해서 이 동네 거리가 얼마나 고상해지고 품격이 높아지는가 생각하면 내 주장에 수긍할 것이다. 돌담도 사괴석(四塊石)으로 권위 있게 쌓은 것이 아니라 막

돌을 얼기설기 쌓고 흰 강회로 마감한 콩떡 담장인지라 더 정감이 간다.

이 집의 구조를 설명하자면 대문을 열고 안으로 들어서면 마사토가 깔린 반듯한 작은 마당이 있고 석축이 가파른 경사면을 몇 개의 단으로 나누고 있다. 맨 아랫단 왼쪽에는 잘생긴 바위를 낀 네모난 연못이 있고 그 윗단에 잔디밭이 있는데 양끝에는 은행나무 한 쌍이 파수꾼처럼 공간을 지배하고 있다. 그리고 맨 윗단엔 안채로 들어가는 돌계단이 역시 콩떡 담장을 두르고 있는 바깥채(행랑채) 가운데의 대문으로 인도한다.

한옥 건물은 전형적인 서울·경기 지방의 양식으로 바깥채와 사랑채에 니은자형의 안채가 연결되어 있다. 그리고 사랑채 뒤편으로 서양식 2층 벽돌집이 연결되어 있다. 벽돌집 2층에는 테라스가 있어 한여름을 시원하게 즐길 수 있다. 부암정은 이처럼 아늑한 한옥과 당대의 최신 서양식 벽돌집이 기능적으로 어우러지면서 대한제국기 전통가옥의 변천과 서양식 건축의 도입을 잘 보여준다.

부암정은 2006년 7월에 문화재 명칭이 '반계 윤웅렬 별서'로 변경되었다. 사실 문화재로 지정할 때는 당호를 쓰는 것이 원칙이니 '석파정'이나 '양진당'처럼 '부암정'이라고 명명했어야 했는데 그때는 이 별서에 대한 연구가 이뤄지지 않아 당호가 부암정인지 몰랐다. 복원이 끝난 뒤에 이 별서의 건축적·조경적 요소가 재평가되어 2008년엔 건물 이외에 바위·연못·작은 폭포까지 추가하여 문화재로 지정되었다.

복원된 부암정을 보러 찾아갔을 때 새 주인께 얼마나 자주 오시느냐고 여쭈었더니 처음엔 이따금 오는 별서로 생각했는데 정비가 완료된 뒤엔 내외분이 아예 여기에서 살고 있다고 했다. 불편하지 않느냐고 물으니 부인분도 일이 많아 문화재 지킴이가 된 것 같다고 하면서도 더 좋아한다.

근래에 어느 집에서 닭을 키워 아침마다 닭 우는 소리와 함께 일어나

| 부암정의 2층 벽돌집 | 사랑채 뒤편으로는 서양식 2층 벽돌집이 연결되어 있는데 2층에는 테라스가 있다. 한옥과 서양식 벽돌집이 기능적으로 어우러져서 대한제국기 전통가옥의 변천과 서양식 건축의 도입을 잘 보여준다.

는데 한번은 그 집 주인이 찾아와 주위를 시끄럽게 해서 죄송하다고 하길래 오히려 청취료를 내야 할 판이라고 했단다. 그래서 옛날엔 현진건이 아랫집에서 양계장을 한 적이 있다고 알려드렸더니 그것도 "전통인가 보죠"라며 웃었다.

역시 집은 주인을 잘 만나야 하고 한옥은 사람이 거주할 때 비로소 살아 있다는 것을 여실히 보여준다. 다 허물어져가던 부암정이 좋은 집주인 덕에 이렇게 완벽히 복원되어 부암동이 도성 밖 최고의 별서 지역이었음을 웅변해주고 있으니 한양의 옛 향기를 오히려 여기에서 느낀다는 것이 헛말이 아님을 알 수 있다. 현재 부암정은 살림집이기 때문에 일반 관람객들에게는 공개되지 않고, 1년에 한 번 '오픈하우스 서울' 행사를 통해 공개된다.

백석동천

이제 나는 자문밖 답사의 마지막 여정을 위해 백석동천(白石洞天)으로 떠난다. 백석동천은 청계동천의 반대편 북악산 기슭 깊숙한 곳에 있다. 북악스카이웨이 아래쪽이고 부암동 산동네 위쪽이다. 창의문 쪽에서 가자면 환기미술관으로 가는 방향에서 산모퉁이 카페가 있는 살구나무 길을 따라 한참 가다가 뒷골마을이라는 곳에서 숲길로 내려가면 나온다. 세검정이나 하림각 건너 조석고개에서 가자면 산자락을 타고 건물들이 다닥다닥 붙어 있는 산동네로 가다가 현통사라는 새 절을 지나 벼랑길을 타고 조금 더 올라가면 된다.

어느 쪽으로 가든 백석동천 별서 터에 도착하면 눈을 의심할 정도로 환상적인 폐허의 미학을 경험하게 될 것이다. 오솔길 따라 벼랑길 타고 어렵사리 다다른 이곳에 이처럼 넓은 터가 나올 줄은 누구도 상상치 못할 것이다. 석축을 두른 둥근 연못가에 정자를 잃어버린 긴 돌기둥 초석만이 여전히 발을 담그고 있고, 냇물을 가로지르는 돌다리를 건너면 낮은 돌계단 위에 백석동천 별서의 건물이 앉았던 주춧돌이 열 지어 있다.

별서가 기대고 있는 동쪽 벼랑에는 '백석동천'이라는 글씨가 새겨져 있고, 하늘이 열린 서쪽을 바라보면 바위에 새겨진 '월암(月巖)'이라는 글씨가 초승달만큼 커 멀리서도 분명히 읽힌다. 주위를 온통 야산의 잡목이 뒤덮고 있어 푸르름이 가득하고 인간의 간섭을 받지 않은 계곡엔 아직도 버들치와 도롱뇽이 살고 있다.

인간계의 별천지라는 동천(洞天)은 바로 이런 곳이리라. 이런 곳을 찾아 별서를 세우는 이유는 세상사에 지친 마음을 달래기 위함 이외엔 아무것도 없을 것이다. 그런데 그 별서는 사라져서 집도 정자도 사라진 자리에 주춧돌만 제자리를 지키고 있으니 이 폐허가 된 별서 터에서는 폐

| **백석동천 별서 터** | 이 별서 터는 환상적인 폐허의 미학을 보여준다. 냇물을 가로지르는 돌다리를 건너면 낮은 돌계단 위로 백석동천 별서의 건물이 앉았던 주춧돌이 열을 지어 있다.

사지에서나 느끼던 아련한 감상이 절로 일어난다. 정호승 시인은 '마음이 울적하거든 폐사지로 떠나라'고 했지만 한적하고 스산한, 센티멘털한 감정이 새삼 그리운 분이라면 백석동천 별서 터로 가라고 알려주고 싶다. 서울에 이런 곳이 남아 있다는 것은 기적에 가까운 일이다.

이렇게 그윽한 아름다움을 간직한 백석동천 별서 터가 세상에 남아 있고, 그것이 아직도 잘 알려져 있지 않은 데에는 사연이 있다.

대통령이 안내해준 백석동천

백석동 별서를 제대로 조사하고 정비한 것은 불과 10여 년 전 일이다. 내가 문화재청장이 되고 얼마 안 된 2004년 가을 어느 날이었다. 노무현 대통령께서 구경시켜줄 곳이 있으니 등산할 준비를 하고 청와대로 들어오라고 했다. 그리고 대통령의 안내를 받아 간 곳이 이곳 백석동천이었다. 그때는 지금처럼 산책길이 정비되어 있지도 않았다.

오솔길 따라 숲속을 헤치고 나가자 갑자기 하늘이 열리더니 넓은 별서 터에 주춧돌이 아무렇게나 나뒹굴고 있어 깜짝 놀랐다. 집터가 이렇게 크고 당당한 규모였다는 것이 놀라웠고, 이처럼 멀쩡히 남아 있는 것이 신기했고, 세상에 알려지지 않았다는 것이 의아했고, 문화재청장도 모르는 유적지를 대통령이 안내해준다는 것이 기이했다.

그저 모든 것이 놀랍고 신기해 두리번거리며 서성이는 나에게 노대통령은 차분히 앉아 이렇게 말을 꺼냈다.

"내가 어떻게 여기를 알게 되었냐 하면 말이에요, 내가 탄핵을 받았잖아요. 그리고 헌법재판소 판결을 받을 때까지 6개월이 걸렸잖아요. 청장님도 그 바람에 6개월 지난 9월에 임명되셨죠. 그때 난 사실상 청와대 안에 유배되어 있었어요. 무슨 국사를 보는 것도 아니고 그렇다고 밖에 나갈 수 있는 것도 아니고. 그래서 독서로 시간을 보내다가 무료함을 달래고 싶으면 북악산에 올라가곤 했어요.

그런데 그것도 한두 번이지 매번 똑같은 곳만 가니 내키지 않더군요. 그래서 평소 안 가보던 청와대 인근 곳곳을 구경하며 산책을 다녔는데 신기하게 이런 곳이 있었어요. 집사람을 데리고 오니 놀라고, 비서를 데리고 오니 그도 놀라더군요. 그래서 좀 알아보라고 했더니 옛날에 누가 살던 별장 터라는 거예요. 그래서 청장님은 전문가이시니까 아실 것 같아 보여드리는 겁니다."

그래서 나는 청와대에 오기 전에 자료를 찾아보았지만 백석동천 별서가 있었던 것은 확실한데 1·21사태 이후 청와대 경호구역에 들어가버렸

| '백석동천' 암각 글씨 | 별서가 기대고 있는 동쪽 벼랑에는 '백석동천'이라는 글씨가 새겨져 있다.

고, 개방된 뒤에도 누구도 조사하지도 연구하지도 않아 옛날 자료밖에 없다고 대답했다. 그리고 이곳은 무계정사가 있던 인왕산 자락의 청계동천과 대를 이루는 곳으로, 부암동이 조선시대 최고의 별서 터였던 이유를 이제 알겠다고 했다. 그러자 노대통령은 어조를 바꾸어 내게 이렇게 말했다.

"이곳이 문화재로서 가치가 있다면 문화재청이 가져가십시오."

그리하여 나는 곧바로 문화재 전문위원에게 지표조사를 위촉했고 그 조사에 근거하여 2005년 3월 25일 사적 제462호 '서울시 부암동 백석동천 유적'을 지정·고시했다. 이후 박상표·최규성·차경선·이재근 등 건축과 조경 연구자들의 논문이 속속 발표되면서 백석동천 별서의 베일이

| **'월암' 암각 글씨** | 별서 자리에서 서쪽을 바라보면 큰 바위 위에 '월암'이라고 새긴 각자가 보인다. 아마도 달빛이 비칠 때 바위가 더욱 선명히 드러났던 모양이다.

하나씩 벗겨지기 시작했다.

이런 연구가 3년 동안 이뤄졌는데 백석동천 별서 터는 자연경관과 어우러진 것이 중요하다는 점에서 문화재 성격이 사적에는 맞지 않다는 결과가 나왔다. 그래서 2008년 1월 8일 명승 제36호로 변경하고 명칭은 '서울 부암동 백석동천'으로 했다. 이렇게 백석동천 별서 터는 세상에 뒤늦게 알려지게 되었고 지금까지 잘 남아 있게 되었다.

백석동천 별서의 유래

백석동천 별서는 오랫동안 조사가 이뤄지지 않았기 때문에 유래에 대해서는 학설이 아니라 이런저런 추측들이 무성하다. 백석동천의 다른 이름이 '백사실(白沙室)'인 것을 두고 엉뚱하게 백사(白沙) 이항복(李恒福)

| 정비 후의 백석동천 별서 터 | 백석동천 별서는 규모가 제법 큰 ㄴ은자 건물이었다. 지금은 초석만 남아 있는데 이렇게 정비해놓고 보니 오히려 폐허의 미학이 깃드는 느낌이다.

이 살던 곳이라고 오랫동안 오해되기도 했다.

백석동천 별서에 대한 가장 오래된 기록은 영·정조 때 문인인 월암(月巖) 이광려(李匡呂)의 시다.

춘대의 수석은 스스로 해마다 있었건만   春臺水石自年年
산 계곡에 별천지가 있다는 것은   始見溪山有別天
이제 처음 알았네
동쪽에서 흐르는 물의 근원을 찾아   探到東源高瀑處
폭포 높은 곳에 이르니
허씨(許氏)의 정자 앞에는 산단화가 만발했네   山丹花發許亭前

이 시의 제목은 아주 긴데 거기에 백석동천 별서의 유래를 알아볼 수 있는 글귀가 있다.

비 온 뒤 북한산에서 계곡을 따라 내려오다가 폭포수를 보았다. 세검정으로 빠지려고 하는 계곡 위쪽에 근원을 알 수 없는 높은 곳에서 내려오는 가는 폭포가 있는데 그 위에 허씨의 모정(茅亭)이 있다. 편액은 간정료(看鼎寮)라고 했다. 시를 한 수 짓지 않을 수 없었다.

'간정료'란 '솥을 보는 집'이라는 뜻으로 차를 끓이는 다조(茶組)를 말한다. 허씨가 지은 초옥(草屋) 정자가 있었다는 증언이다. 그러면 그 허씨는 누구인가? 이에 대해 이광려가 달리 말한 것은 없지만 연객(烟客) 허필(許佖)로 생각된다. 그는 담배를 좋아하여 늘 물고 다니며 스스로 호를 연객이라 했다. 허필은 진사시에 합격했으나 관직에 나가지 않고 시문과 그림, 글씨에 몰두했으며 특히 손가락으로 그리는 지두화(指頭畵)에 능해 도사풍의 그림을 많이 그렸고 유독 강세황과 친하여 그의 그림에 화평을 많이 썼다.

허필은 1737년, 그의 나이 29세 때 「북한산 남쪽 백석 별업에서 정윤, 강세황과 함께 짓다」라는 제목의 시를 지은 바 있는데 그는 이 시에서 자신의, 또는 허씨 집안의 별서가 북한산 남쪽, 북악산 북쪽 기슭의 백석동천에 있다고 구체적으로 밝혔다.

이광려는 표암을 통해 허필을 간접적으로만 알고 만나지는 못해 아쉬워했는데 「표암 강세황에게 드리다」라는 시에서 아쉬움이 드러난다.

표옹과는 늘그막에 알게 되었으나
연옹과는 끝내 연이 닿지 않았네
애달프다, 같은 성안에 살면서

| 연객 허필 지두화 | 백석동천의 원 주인이었다는 허도사는 영조시대 초야의 문인이었던 연객 허필이었던 것 같다. 연객 허필은 표암 강세황의 절친으로 손가락으로 그리는 지두화를 잘 그렸다.

인사를 하고 보니 우린 다 백발
많은 이가 말하길 허생은
사람 가운데 참 신선이라네…

그리고 세월이 많이 지나 1820년, 환재(瓛齋) 박규수(朴珪壽)는 불과 14세 때 외종조를 따라 도성 북쪽을 노닐면서 20수의 시를 지었는데 백석정의 아름다움을 노래하면서 그 시에 다음과 같은 주석을 달았다.

석경루 북쪽은 경치가 매우 기이했다. 그 위에 백석정의 옛터가 있다. 세상에서 말하기를 허씨 성을 가진 진인(眞人)이 살았던 곳이라고 한다. 진인이 어느 시대 사람인지는 알 수 없으나 대개 도연명, 환공의 류(流)였을 것이다.

그리고 박규수가 다른 시에 단 주석을 보면 "백석정은 세상에서 전하기를 허도사가 단약(丹藥)을 달이던 곳"이라고 쓰여 있다. 그러니 이 무렵에 이미 백석정은 폐허였다는 얘기다.

추사 김정희의 북서

이후 백석동천 별서가 어떻게 되었는지에 대해서는 따로 밝혀진 바가 없었는데 2012년 문화재청 소속 국립문화재연구소가 '명승 경관자원 조사연구사업'을 추진했고, 거기에 참여한 한국전통문화대학교 최영성 교수가 「'백사실' 별서에 대한 고찰」이라는 논문에서 추사(秋史) 김정희(金正喜, 1786~1856)가 백석동천 별서를 구입해 소유하고 있었다는 놀라운 사실을 발표했다.

최영성 교수는 추사의 문집인 『완당전집(阮堂全集)』제9권에 수록된 「금헌(今軒)이라는 친구와 함께 읊은 10수의 시」에서 다음 구절을 찾아냈다.

    하찮은 문자에도 정령이 배었으니   區區文字有精靈
    선인이 살던 백석정을 예전에 사들였다네   舊買仙人白石亭

그리고 이 시에 추사는 다음과 같은 주석을 달았다.

    나의 북쪽 별서를 말한다.   謂余北墅
    백석정의 옛터가 있다.   有古白石亭舊址

나는 『완당 평전』을 쓰면서 전집을 대략 읽어보았는데 이 시구를 놓쳐 까맣게 모르고 있었다. 많이 부끄러웠다. 그리고 『완당 평전』을 보완하여 다시 쓰기 위해 절판시킨 것을 다행으로 생각했다. 추사가 백석동천 별서를 북서(北墅)라고 한 것은 동쪽의 금호동과 남쪽의 과천에도 별서가 있었기 때문이었을 것이다. 그런데 추사가 옛 백석정이라고 하고 구지(舊址)라고 강조한 것을 보면 이때는 별서가 없었다는 얘기가 된다.

그러나『완당전집』에 수록된, 추사가 황산(黃山) 김유근(金逌根)에게 보낸 편지에 이 별서와 관련된 구절이 있는데 이때는 산루(山樓)라는 표현을 썼다.

노친(아버님)께서는 엊그제 잠깐 북서(백석동 별서)로 나가셔서 며칠 동안 서늘한 바람을 쐬실 생각이었습니다. 일기가 이와 같으니 산속의 누대(山樓)는 도리어 너무 서늘할 염려가 있어 마음이 놓이지 않습니다.

이 편지가 언제 쓰였는지는 확실치 않지만 황산은 세도가 안동 김씨 집안의 차세대 주자로 추사와 아주 가까워서 1820년 추사 나이 35세 때 추사의 금호동 별서에서 하룻밤을 함께 지낸 적이 있고 40세까지 한창 교류했으니 그 무렵으로 추정된다. 그렇다면 최영성 교수가『동명연혁고(洞名沿革攷)』에서 백석동천 별서가 1830년대에 지어졌다고 한 것은 바로 추사가 백석정 터를 사서 정자를 지은 것일 수밖에 없다고 결론지은 데 수긍이 간다.

북악산 개방을 기다리며

추사 이후 조선시대 문인들의 문집에는 백석동천에 대한 언급이 이따금 나온다. 심암(心庵) 조두순(趙斗淳)은 「백석정 주인을 찾아서」라는 시

| 백석동천 정자 터와 연못 | 별서 아래쪽에는 둥근 연못에 정자가 있었다. 지금은 연못에 발을 담근 정자 기둥만 남아 있지만 여전히 그윽한 정취를 자아내고 있다.

를 남겼고, 미산(眉山) 한장석(韓章錫)은 「홀로 백석실에 가서 사흘 밤을 자고 왔다」는 시를 남겼다. 그러나 백석동천 별서의 주인이 누구인지에 대한 언급은 없다. 어찌 되었건 당시에 이 별서는 건재했다.

그리고 근대로 들어와서는 청계동천 부암정에 기거하던 윤치호가 다녀가기도 했다. 『윤치호 일기』 1926년 11월 23일자에는 다음과 같이 쓰여 있다.

점심을 먹은 뒤, 백석실 별서를 보기 위해 창의문 밖에 나갔다. 이 별서는 좋은 곳에 자리잡고 있기는 하지만 창의문에서 멀리 떨어져 있고, 차가 다니는 길이 없다.

백석동천 별서의 마지막 기록이자 처음 만나는 사진 자료는 1930년

7월 19일자『동아일보』에서 '북악8경'으로 '백석곡 팔각정'의 사진을 실은 것이다. 큼지막하게 실린 사진 아래에는 다음과 같은 캡션이 달려 있다.

오늘은 창의문을 나서 백석곡을 찾아 안윽한 산골작에 드니 조고마한 팔각정이 잇다. 이 정자에 앉어 녹음새로 흘러오는 뫼ㅅ새소리를 듯노라니 이마에 구슬땀도 간 곳 없고 마음조차 시원하다.

희미하나마 별서의 육각정 모습이 완연한데 기자는 이를 팔각정으로 잘못 보았다. 그리고 '서울특별시사 편찬위원회'가 1967년부터 간행해온『동명연혁고』에는 백석동천 별서가 1967년경까지 건재하다가 1970년경에 허물어졌으며 연못의 정자는 한국전쟁 때 없어졌다고 쓰여 있다.

그리고 오랫동안 빈터로 남은 채 방치되어왔던 것이다. 이곳이 조사되어 나라의 명승으로 지정되었고 서울의 아름다운 명승지 중 하나로 국민들이 즐길 수 있게 정비되었다.

백석동천 별서 터가 정비되면서 종로구청은 산책길을 마련했고 적지 않은 사람이 다녀갔다. 특히 창의문에서 들어오는 코스는 북악산과 북한산을 모두 바라볼 수 있는 빼어난 경관을 자랑해 작고 예쁜 찻집도 생겼고 한번 와본 사람은 광팬이 되어 즐겨찾는 비장처가 되었다. 2013년 아르코미술관에서 처음 공개된 독립영화감독 안건형의 에세이영화「이로 인해 그대는 죽지 않을 것이다」는 바로 이 백석동천에서 촬영한 것이다.

백석동천이 이렇게 새로운 모습으로 우리에게 돌아온 지 10년이 지나고 우리는 문재인 정부를 맞이하게 되었다. 문재인 대통령은 취임 전부터 북악산 전체를 국민에게 돌려주겠다고 선언했다. 그렇다면 이제는 북

第五千二百五十五號　朝2　(第三種郵便物認可)

北岳八景　④

白石谷八角亭

| 백석동천에 대한 『동아일보』 기사 | 백석동천 별서의 마지막이자 첫 사진 자료는 1930년 7월 19일자 『동아일보』에 '북악8경'으로 '백석곡 8각정'이라는 화보가 실린 것이다. 이때까지 별서의 정자가 남아 있었음을 알 수 있다.

악산의 뒤쪽이 아니라 앞쪽, 옛 그림으로만 보아오고 문헌으로만 접해본 명승을 우리들이 직접 가볼 수 있게 되리라는 기대가 생긴다.

겸재 정선이 즐겨 그린 아름다운 취미대(翠微臺), 연암 박지원이 젊은 시절 즐겨 올랐다는 남곤 대감 집 뒤쪽의 대은암(大隱岩), 공신들이 모여 나라에 충성을 맹세한 공신회맹단(功臣會盟壇), 천하제일복지천(天下第一福地泉)이라는 샘과 암각 글씨, 고종황제가 거닐었다는 오운각(五雲閣)과 옥련정(玉蓮亭), 일제강점기에 경주에서 옮겨왔다는 석조여래좌상 등.

그때 나는 다시 북악산 답사기를 써야 할 것 같다.

제3부
덕수궁과 그 외연

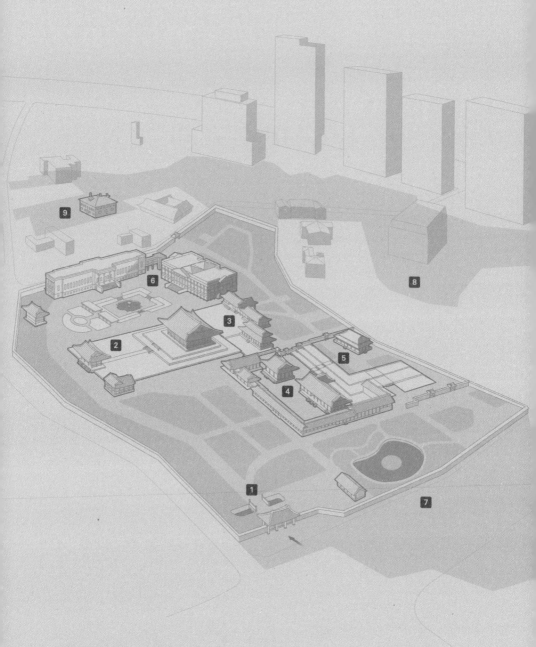

1 대한문 **2** 중화전 **3** 즉조당 **4** 함녕전과 덕홍전 **5** 정관헌 **6** 석조전 **7** 궐내각사 터와 환구단
8 선원전 터 **9** 중명전

시청 앞 광장은 이렇게 변해왔다

궁궐 공원인 덕수궁 / 신덕왕후의 정릉 / 흥천사 /
3층 사리전의 역사 / 태평관 / 흥천사 범종 / 자격루 / 신기전

덕수궁의 약사

덕수궁은 조선왕조 마지막에 등장한 궁궐로 격동의 왕조 말기와 13년
만에 막을 내린 대한제국의 역사만큼이나 갖은 수난과 변화를 겪었다.
덕수궁이라고 하면 대개는 고종황제가 일제에 의해 강제로 퇴위당한 뒤
에나 머물던 곳으로 알고 근대식 궁궐 건축인 석조전을 떠올리지만, 덕
수궁이라 불리기 훨씬 전에 이미 이곳엔 경운궁(慶運宮)이라는 궁궐이
있었고 경운궁의 역사는 임진왜란 때로 거슬러 올라간다.

한양도성 건설 당시 원래 이 자리엔 태조의 계비인 신덕왕후의 정릉과
흥천사라는 원당(願堂) 사찰이 있었으나 태종이 도성 밖으로 정릉을 이
장한 뒤에는 왕가와 권세가의 저택들이 들어서 있었다. 그러다 임진왜란
때 경복궁·창경궁·창덕궁이 모두 불에 타 소실되는 바람에 1593년 의주

에서 돌아온 선조가 이곳에 있던 월산대군(月山大君) 후손의 저택에 머물면서 경운궁의 역사가 시작되었다. 그 당시 선조가 머물던 건물이 석어당(昔御堂)이다. 석어당이란 '옛날에 임금이 머물던 집'이라는 뜻이다.

선조의 뒤를 이은 광해군은 이곳을 이궁(離宮)으로 삼기 위해 공사를 벌였으나 1623년 반정으로 정권을 장악한 인조가 공사를 중단시키면서 왕가의 작은 별궁으로 남게 되었다. 반정 직후 인조가 임금으로 즉위한 즉조당(卽阼堂)이 지금도 남아 있어 그 옛날을 말해준다.

그런 경운궁이 다시 역사의 주무대에 등장한 것은 1897년 2월로, 명성황후가 시해되는 을미사변(1895)을 겪은 고종이 일제의 감시를 피해 러시아공사관으로 피신한 지 1년 뒤에 경복궁이 아니라 경운궁으로 환궁하면서 조선왕조의 마지막 법궁으로 다시 태어났다. 그리고 그해 10월 고종이 대한제국을 선포하면서 경운궁은 황궁이 되었다.

당시 경운궁 주위는 러시아, 미국, 영국, 독일 공사관 등이 둘러싸고 있었고 배재학당, 이화학당, 정동교회, 성공회 성당 등 근대적 건축물들이 포진되어 있었다. 고종황제는 이런 시류에 맞추어 경운궁에 돈덕전, 정관헌, 중명전, 석조전 등 서양식 건물들을 속속 세웠다. 이때가 경운궁의 전성기였다.

1907년 고종이 강제로 퇴위되고 뒤를 이은 순종황제가 창덕궁으로 이어하면서 경운궁에 상황(上皇)으로 남은 아버지께서 덕에 의지해 장수하시라는 뜻으로 덕 덕(德) 자, 목숨 수(壽) 자, 덕수(德壽)라는 이름을 지어 바쳤고 이후 덕수궁이라 불리게 되었다.

1910년 국권을 강탈한 일제는 조선왕조의 상징인 궁궐을 철저히 파괴하기 시작해 경복궁에 총독부 건물을 짓고, 덕수궁은 궁궐이 아니라 공원으로 꾸몄다. 훗날 경기여고와 덕수초등학교가 들어선 선원전 구역을 매각하고 덕수궁과 오늘날의 미국대사관저 사이에 길을 만들면서 궁궐

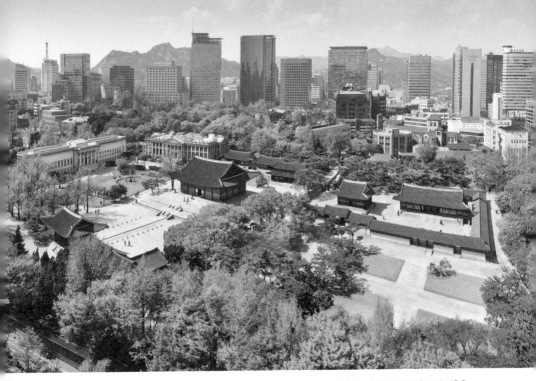

| **덕수궁 전경** | 덕수궁은 유기적인 궁궐의 체제가 사라진 채 마치 '궁궐 공원'처럼 남아 있다. 덕수궁을 보면 건축은 공간예술인 동시에 시간예술이기도 하다는 생각이 든다.

의 일부 영역이 도로 서쪽으로 떨어져나갔다.

8·15해방 후에는 태평로 도로가 확장되면서 동쪽 담장과 대한문이 궁 안쪽으로 옮겨졌다. 이렇게 덕수궁은 계속 줄어들어 오늘날엔 기존 궁역의 3분의 1인 약 1만 8천 평에 중화전 권역, 함녕전 권역, 석조전 권역 등이 여기저기 별도의 공간인 양 흩어져 있다.

이로 인해 덕수궁은 경복궁, 창덕궁, 창경궁 같은 유기적인 궁궐 체제가 거의 갖춰지지 않은 채 여전히 궁궐 공원처럼 남아 있다. 세상이 바뀌면 건축이 바뀌게 마련이고, 건축이 바뀌었다는 것은 세상이 바뀌었다는 뜻이기도 하다. 덕수궁을 보면 확실히 건축은 공간예술인 동시에 시간예술이기도 하다는 생각이 든다.

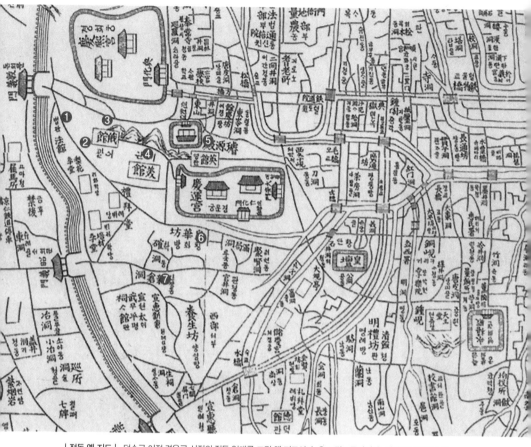

| 정동 옛 지도 | 덕수궁 이전 경운궁 시절의 정동 일대를 그린 옛 지도이다. ❶ 프랑스공사관 ❷ 벨기에영사관 ❸ 러시아공사관 ❹ 미국공사관 ❺ 영국공사관 ❻ 독일공사관 ❼ 이탈리아공사관

궁궐 공원으로서 덕수궁

오늘날 덕수궁은 궁궐 체제가 파편화되었지만 연간 입장객 수가 100만 명을 훨씬 넘을 정도로 서울시민뿐 아니라 전국민의 사랑을 받고 있다. 10배 가까이 넓은 창덕궁 입장객 수에 크게 뒤지지 않는다. 그 이유는 궁궐이 풍기는 엄숙한 분위기가 옅어서 궁궐의 향기가 있는 공원에 온 기분으로 마음 편하게 거닐 수 있다는 점이 오히려 덕수궁의 매력이 되었기 때문이다. 서울 시내 중심가 중에서도 중심가인 시청 앞에 자리잡고 있는 데다 상시 야간 개장을 하여 시민들의 느긋한 휴식처가 되어주고, 덕수궁미술관(국립현대미술관 덕수궁관)에서 계속해서 열리는 특별 전시회 덕에 또 갈 만한 계기가 끊이지 않는다.

게다가 덕수궁 돌담길은 호젓한 분위기와 거기서 풍기는 인상이 너무도 낭만적이어서 이 길을 걸으면 헤어진다는 속설과 관계없이 연인들의 데이트 코스로 여전히 사랑받고 있다. 가만히 생각해보건대 덕수궁 돌담길만큼 우리 역사의 근대적 풍광을 말해주는 곳도 없을뿐더러, 덕수궁마저 빌딩 숲에 침식당했다면 서울의 도시 공간은 정말로 답답했을 것이다. 내가 영남대에 있을 때 대구 학생들과 서울 이야기를 하다 보면 그들은 서울엔 덕수궁 같은 곳이 있는 점이 가장 부럽다면서 서울에 가면 덕수궁 돌담길을 한번 가보고 싶다고 말하곤 했다.

한편 덕수궁이 이처럼 공원화되었기 때문에 관람객들은 조선의 5대 궁궐 중 하나라는 문화유산의 가치와 역사적 의미를 잊어버리는 경우가 많다. 미술관과 석조전 때문에 그 연륜이 짧은 줄로만 알고 진짜 궁궐 건축엔 눈길도 주지 않고 지나치기 일쑤다. 주의 깊게 바라보면 건물 하나하나가 다 의미 있는 역사의 현장이고, 또 전통 건축의 멋과 근대 건축의 신기함이 새록새록 다가오겠건만.

나는 덕수궁을 찾는 분들에게 당신이 걷고 있는 그 길 안쪽에 들어선 건물들의 유래와 거기에 서린 역사의 빛과 그림자를 이야기해 어떤 마음으로 여기를 찾아왔건 간혹 발걸음을 이쪽으로 돌리기를, 또는 간혹 문화유산의 향기를 맡으러 일부러라도 찾아오기를 기대하며 이 글을 쓴다.

덕수궁 답사기 자체는 임진왜란 후 경운궁 시절부터 시작할 수도 있다. 그러나 '서울 답사기'에서 덕수궁을 이야기하자면 그보다 훨씬 전으

| **덕수궁 길** | 덕수궁 길은 호젓하고 분위기가 너무도 낭만적이어서 연인들의 데이트 코스로 사랑받고 있다.

로 올라가 한양이 조선왕조의 수도가 된 이래 이 자리가 변해온 과정과 함께 돌담길의 외연까지 언급하지 않을 수 없다. 그래야 덕수궁을 찾아 왔을 때도, 덕수궁 돌담길을 걸을 때도, 대한문 앞 서울광장을 지날 때도 서울 한복판의 풍광이 어떻게 변해왔는가를 그려볼 수 있기 때문이다. 그래서 나의 덕수궁 답사기는 길고 긴 덕수궁 전사(前史)부터 시작한다.

신덕왕후 강씨의 정릉

덕수궁의 개정 전 주소는 중구 정동(貞洞) 5-1번지(세종대로 99)이다. 이 일대가 정동이 된 것은 태조 이성계의 계비이자 조선왕조 최초의 왕비인 신덕왕후 강씨의 정릉(貞陵)이 이곳에 있었던 데서 유래한다. 한양도성 건설 당시 덕수궁 일대는 구릉 지역으로 세종로 네거리에서 덕수궁에 이르는 언덕길엔 유난히 진흙이 많아 황토마루(황토현 黃土峴)라 불렸다.

정도전이 한양을 설계할 때 궁궐(경복궁)과 남대문(숭례문) 사이에 당연히 있어야 할 주작대로를 일직선으로 내지 않고, 광화문 앞 육조거리가 세종로 네거리에서 종각(보신각)으로 꺾였다가 거기서 다시 숭례문으로 이어진 것은 이 황토마루의 자연지형을 거스르지 않았기 때문이었다. 그 언덕에서 경복궁이 마주 보이는 북쪽 자락(서울시의회에서 경향신문사에 이르는 곳)은 취현방(聚賢坊)이라 했고, 숭례문이 바라다보이는 남쪽 자락(상공회의소 부근에서 배재학당 역사박물관에 이르는 곳)은 황화방(皇華坊)이라 했다. '황화'란 '중국 사신'이라는 뜻으로 황화방은 그곳에 중국 사신이 머물던 태평관(太平館)이 있었기 때문에 생긴 이름이다.

한양도성의 건설이 본격적으로 진행되던 태조 5년(1396) 8월 13일, 신덕왕후 강씨가 41세 나이에 갑자기 세상을 떠났다. 신덕왕후는 호랑이 사냥을 나간 이성계가 우물가에서 물을 얻어 마실 때 그릇에 버들잎을 띄워 천천히 마시게 했다는 바로 그 슬기로운 여인이다.

이성계는 스무 살 넘게 어린 강씨와 유달리 사랑이 깊었다. 고려시대 풍습에 따라 이성계는 향처(鄕妻, 고향의 부인)와 경처(京妻, 개경의 부인)를 따로 두었는데 강씨를 경처로 삼아 방번, 방석 두 왕자와 경순공주를 낳았다. 태조의 향처이자 원비인 신의왕후 한씨가 태조 즉위 바로 전해인 1391년에 사망했기 때문에 강씨는 조선왕조의 최초 왕비가 되었으며 정치력도 대단해 자신 소생의 막내아들로 불과 11세이던 방석을 왕세자로 앉혔다. 이 일이 전처(신의왕후 한씨) 소생으로 훗날 태종이 된 이방원의 불만을 사 제1차 왕자의 난을 일으키는 계기가 되었다.

태조는 신덕왕후의 묫자리를 물색하기 위해 상복 차림으로 지금의 안암동, 행주 등지에 행차하기도 했지만 도성 안에 묘를 쓰는 것은 법도에 어긋난다는 사실을 잘 알면서도 왕비를 가까이 두고 싶은 마음에 경복궁과 마주한 취현방 언덕에 왕비의 능지를 정했다. 이 사실이 『조선왕조실록』 태조 6년(1397) 1월 3일자에 다음과 같이 기록되어 있다.

신덕왕후를 취현방 북녘 언덕에 장례하고 정릉이라 이름했다.

정릉의 정확한 위치에 대해서는 한동안 영국대사관 자리나 경향신문사 근처로 추정해왔으나 취현방 북쪽 언덕이라면 덕수궁 후문과 미국대사관저 사이를 말하는 것으로 옛 경기여고 뒤편이다. 지금도 미국대사관저 영내 북쪽 숲에서는 능묘 주위에 있었던 것으로 추정되는 석물들이 일부 발견되고 있다. 정릉을 이장할 때 태종이 문신상·무신상 등 석인(石人)은 그대로 묻어두라고 명했다는 실록의 기록이 있으니 언젠가 발굴 조사를 하면 정릉의 정확한 위치를 알 수 있을 것이다.

원당 사찰 흥천사

태조는 정릉을 만들면서 능침 우측에 자신의 분묘도 마련하게 하여 사후에 나란히 합장하기를 원했고, 능 주위에는 소나무를 심어 묘역을 제대로 정비하게 하고는 아울러 왕후의 영혼을 위한 원당 사찰로 흥천사(興天寺)를 건립하도록 지시했다. 태조는 흥천사에 공을 많이 들였다. 공사 현장을 직접 살피기 위해 "흥천사에 거둥하여 공장(工匠)들에게 음식을 주었다"고 한다.(『조선왕조실록』 태조 5년(1396) 12월 1일자)

태조는 1396년 말에 흥천사를 창건하기 시작해 그 이듬해에 낙성을 보았다. 흥천사의 규모에 대해서는 양촌(陽村) 권근(權近)이 지은 기문(記文)에 자세히 나와 있다.

| **정릉** | 태조의 계비인 신덕왕후를 모신 정릉의 현재 모습이다. 원래 정릉의 정확한 위치는 옛 경기여고 뒤편 언덕으로 지금도 미국대사관저 영내 북쪽 숲에서는 능묘 주위에 있었던 것으로 추정되는 석물들이 일부 발견되고 있다.

태조 5년(1396) 가을 8월 무술일에 현비(顯妃) 강씨께서 돌아가심에 임금께서는 왕궁 서남쪽 몇 리 안 되는 가까운 곳에 장사 지내니 산세가 감아돌아 풍수가 길하게 호응되었다. 그 이듬해 정축년 정월 갑인일에 정릉에 안장하고 또 묘역 동쪽에 흥천사를 창건하여 1년이 지나지 않아 일이 끝나니 불당·승방·대문·행랑·부엌·욕실 등 무릇 칸수가 170여 칸인데, 서까래와 기둥에 금빛 채색이 찬란했다.(『양촌선생문집』 제12권 「정릉원당 조계종본사 흥천사 조성기」)

이 기문에 의하건대 흥천사는 170칸이었고 위치는 능묘의 동쪽이라고 했으니 아마도 지금의 영국대사관과 성공회 성당 언저리에 세워진 대찰이었을 것이다. 흥천사가 작은 원당 사찰이 아니라 대찰이 된 경위에 대해서는 실록에 다음과 같이 실려 있다.

（태조가) 정릉에 거둥하여 흥천사 공사 현장을 살폈다. 임금이 처음에 정릉에 절을 세운 것은 아침저녁으로 향화(香火)만을 받들기 위함이었는데, 환관인 김사행이 잔재주와 잔머리를 굴려 (임금에게) 예쁘게 보이려고 사치와 화려한 것을 극진히 했다.(『조선왕조실록』태조 6년(1397) 2월 19일자)

흥천사 3층 사리전

흥천사가 이렇게 완공되고 그해(1397)에 왕비의 1주기가 되자 태조는 소상을 지내며 법석(法席)을 베풀어 밭 1천 결(結)을 내려 공양하는 비용에 충당하게 하면서 조계종 본사로 삼아 승당(僧堂)을 설치하고 참선 공부 하는 것을 영구한 규정으로 했다고 기문에 전한다.

아울러 태조는 이듬해 5월 1일에는 흥천사의 북쪽에 3층 누각 건물로 사리전(舍利殿)을 세우도록 명령해 군부대 부대장과 부관 중 공사를 맡겠다고 자원하는 사람 50명을 모집했다. 그리고 보름 조금 지난 5월 18일에는 사리전 터를 시찰하고 나서 건축 책임자인 감역제조(監役提調) 김주(金湊)에게 다음과 같이 지시했다.

（내가) 이 사리전 세우기를 원한 지가 오래되었는데 지금 일을 마치지 않으면 후일에 이를 저지할 사람이 있을까 염려되니 마땅히 빨리 성취하여 나의 소망에 보답하라.

실록을 보면 이 사리전에 봉안한 사리는 신라 때 자장율사가 가져와 양산 통도사에 봉안한 사리였다고 하며 그중 일부는 세종 때 내시를 시켜 궁궐 내 내불당(內佛堂)에도 두었다고 한다.(『조선왕조실록』세종 1년 (1419) 8월 23일자 및 9월 8일자)

그런데 사리전 공사가 시작되고 몇 달 뒤인 8월 26일, 1차 왕자의 난이 일어났다. 이방원은 사병을 동원해 정도전, 남은 등을 살해하고 세자 방석을 폐위시킨 뒤 귀양길에 죽였으며 강씨 소생의 또 다른 아들(방번)과 사위(이제)도 살해했다. 강씨의 딸인 경순공주는 여승이 되었다.

병중이던 태조는 진노했지만 친아들과 계모 사이의 갈등을 어찌하지 못한 채 상심해 왕위를 내놓고 정치에서 물러났다. 이방원은 한씨 소생의 둘째 형(방과)을 왕위에 앉혔다. 이가 조선왕조 2대 왕 정종이다. 이방원은 부왕을 생각해서 흥천사 사리전 공사를 계속 진행했고, 정종 1년 (1399)에는 태조가 사리전 낙성식에 참여했다. 이듬해 태조는 여기에서 불사(佛事)를 벌이고 사리를 안치하기도 했다.

태상왕(태조)이 흥천사 사리전에서 7일 동안 불사를 베풀고 유동(楡洞)에 불당을 지어 사리 4매를 안치했다.(『조선왕조실록』정종 2년(1400) 4월 18일자)

이렇게 건립된 사리전은 3층 누각 형식의 목탑이었다고 하니 아마도 화순 쌍봉사 대웅전의 3층 목조건물과 비슷하지 않았을까 생각한다. 그렇다면 제법 위용을 갖춘 건물로서 한양도성 안에 우뚝 솟은 당시의 고층건물이었을 것이다.

태종의 정릉 천장

사리전이 낙성되고 2년이 지난 1400년, 제2차 왕자의 난에서 승리한 이방원이 마침내 왕위(태종)에 오르면서 정릉과 흥천사는 수난을 겪게 된다. 태종 3년(1403)엔 흥천사의 노비와 밭을 감하더니 재위 6년 4월에 는 다음과 같은 대대적인 조치를 내렸다.

> 의정부에서 아뢰기를, "정릉이 서울 한가운데에 있으면서 영역이 너무 넓으니 청컨대 능에서 100보(步) 밖에는 사람들에게 집을 짓도 록 허락하소서" 하니 이를 윤허했다. 이에 세력 있는 집안에서 너도나 도 다투어 좋은 땅을 점령했는데, 좌정승 하륜이 여러 사위를 거느리 고 이를 선점했다.(『조선왕조실록』 태종 6년(1406) 4월 7일자)

이 조치가 내려지고 한 달이 지난 5월, 태조는 흥천사에 행차했다가 여기저기서 집 짓는 광경을 보고 눈물을 흘렸다고 한다.

> 태상왕이 흥천사에 가서 내시(中官)에게 명하여 정릉에 제사(奠)를 올리게 하고 사리전에 들어가 분향하고 부처에게 배례하고서 신덕왕 후 강씨의 묘소를 돌아보면서 그칠 줄 모르고 눈물을 줄줄 흘렸다. 그 때는 바야흐로 공경(公卿) 이하 대신들이 정릉 100보 밖에 집터를 다 투어 점령하고, 소나무를 베어서 집을 짓는 것이 한창이었다.(『조선왕조 실록』 태종 6년(1406) 5월 2일자)

그러다 태종 8년에 태상왕인 태조가 죽자 이듬해 2월, 태종은 정릉을 도성 밖으로 옮기게 해 오늘날 정릉이 있는 사을한(沙乙閑)의 산기슭으

로 천장(遷葬)했다.(『조선왕조실록』 태종 9년(1409) 2월 23일자)

그리고 같은 해 4월엔 중국 사신이 머무는 태평관(오늘날의 상공회의소 건물 안쪽)에 3칸짜리 북루(北樓)를 새로 짓는 공사에 정릉의 정자각(丁字閣)을 헐어서 쓰게 했다. 또 태평관 북루 동쪽과 서쪽에 헌(軒)을 지으면서 정릉에 있던 돌을 운반해 쓰게 하고, 정릉은 봉분까지 자취를 없애 사람들이 알아볼 수 없게 했다. 다만 정릉에 있던 석인상(石人像)만은 땅을 파서 묻게 했다.

그리고 2년이 지난 태종 10년 8월에 큰 홍수가 나서 흙다리였던 광통교가 무너지고 물에 빠져 죽은 사람이 나왔다. 이에 광통교를 돌다리로 만들자는 논의가 일어나자 태종은 옛 정릉 터에 남아 있던 석물들을 돌다리 수축에 사용하게 했다.(『조선왕조실록』 태종 10년(1410) 8월 8일자)

이 광통교는 1958년 청계천이 복개될 때 창경궁과 창덕궁 등으로 난간만 이전하고 다리 본체는 그대로 묻혔는데 2003년부터 시작된 청계천 복원 공사 과정에서 다시 드러나 광통교에 사용된 돌들이 실제로 정릉에 있던 석물들이었다는 사실이 밝혀졌다. 이미 파편화된 상태였지만 조각의 정교함과 세련됨이 돋보이는, 조선왕조 초기 석조미술을 대표할 만한 걸작들이었다.

이를 두고 사람들은 혹 말하기를 태종이 계모인 신덕왕후에 대한 원한이 깊어 사람들이 석물을 밟고 다니게 했다고 하지만 실록의 기록을 보면 단지 석물의 재활용 차원이었지 원한에 의한 일은 아니었던 것 같다. 오히려 태종은 봄가을 중월(仲月)인 2월과 8월에 천장한 정릉으로 2품관을 보내 제사를 지내게 했으며 그 뜻을 이렇게 말했다.

정릉(신덕왕후 강씨)은 내게 조금도 은의(恩義)가 없었다. 내가 어머니(신의왕후 한씨) 집에서 자랐고 장가를 들어서는 따로 살았으니, 어찌 은

| **정릉의 석물** | 태종 10년 큰 홍수가 나서 흙다리였던 광통교가 무너지자 돌다리를 만들면서 옛 정릉 터에 있던 석물들을 사용했다. 2003년 청계천 복원 공사 때 정릉에 있던 석물들로 확인되었다.

의가 있겠는가? 다만 부왕이 애중(愛重)하시던 의리를 생각하여 재제(齋祭)를 어머니와 다름없이 하는 것이다.(『조선왕조실록』 태종 16년(1416) 8월 21일자)

그리고 태종은 1410년 홍수가 나기 몇 달 전에 오히려 공조판서 박자청에게 명해 흥천사 사리전을 수리하게 하면서 이렇게 말했다.

흥천사는 태조께서 지으신 것으로 평소에 내게 보수·관리를 잘하여 만세에 전하게 하라고 하신 말씀이 아직도 귀에 쟁쟁하다. 지금 형세가 장차 기울어져 무너지게 되었으니 내 어찌 감히 앉아서 볼 수 있겠는가? 장마가 지기 전에 기와를 수리하는 공역을 끝내는 것이 내 소망이다.(『조선왕조실록』 태종 10년(1410) 5월 14일자)

| **정릉의 석물 디테일** | 석물들은 이미 파편화된 상태였지만 조각의 정교함과 세련됨이 돋보이는, 조선 초기 석조미술 장식을 대표할 만한 걸작들이었다.

흥천사 사리전과 태평관

이리하여 정릉은 도성 밖으로 옮겨갔지만 흥천사는 한양도성 안의 대찰로 건재했다. 우리는 조선왕조가 숭유억불 정책으로 불교를 탄압했다고 역사책에서 배우기에 막연히 도성 안에 절이 없었다고 생각하기 쉽다. 그러나 조선왕조가 아무리 이데올로기 혁명으로 건국했다 해도 1천 년을 내려온 불교를 하루아침에 청산할 수는 없는 노릇이었다. 유신(儒臣)들은 불교 배척을 계속해서 주장했지만 왕으로서는 이미 백성들의 생활관습 속에 녹아 있는 불교를 단호히 금지할 수도 없었던 것이다. 그런 사정은 세종 7년(1425) 1월, 사간원에서 올린 상소문 중 다음과 같은 구절에서도 엿볼 수 있다.

신 등이 생각하건대, (…) 불씨(佛氏)의 법을 뿌리 뽑고, 불상은 녹여 동전을 만들고, 중은 머리를 길러 군병에 충당하는 것이 가할 것입니다. 다만 불씨의 도(道)를 행한 지 이미 오래되어 갑자기 다 도태할 수 없으므로, 이에 오교(五敎)·양종(兩宗)을 줄여, 도성 안의 흥천사를 선종에 속하게 하시고, (연희동의) 흥덕사를 교종에 속하게 하시고는, 거기에 거주하는 승려의 정원을 120명으로 하고, 지급된 밭〔給田〕이 100여 결이요, 노비가 40인인 데다가 작위까지 더했으니 그 덕과 은혜 또한 지극히 후하신 것이었습니다.(『조선왕조실록』 세종 7년(1425) 1월 25일자)

이처럼 흥천사는 장안 한복판에 위치하면서 나라에서 밭과 노비까지 내려준 선종사찰이었다. 세종 연간엔 흥천사 사리탑의 보수 공사가 두 차례 있었다. 11년(1429) 2월 3일 예조에서 사리전과 종루 보수를 건의해 따랐고, 17년(1435) 5월 20일에는 세종의 둘째 형인 효령대군으로 하여금 영건(營建)을 주관하게 하면서 다음과 같은 교서를 내렸다.

이 건물이 처음에 지은 이래로 40년이 못 되어 두 번이나 수리를 했는데 이제 비록 고쳐 수리한다 하더라도 또한 오래가지는 못할 것이니 지금 탑 위의 각(閣)을 없애고 앞에 새 전각을 지으면 자주 수리하는 폐단도 없을 것이다.

그리하여 흥천사 사리전은 구조를 개조해 맨 아래층은 처마를 보태고, 벽을 조금 물려 안을 넓히고 층계〔階〕·축대〔臺〕·난간〔欄〕·원장〔墻〕도 모두 전보다 좋게 한 뒤 항상 근무자 두 사람을 두고 각문 자물쇠를 지켜 외인의 출입을 금하도록 했다.(『조선왕조실록』 세종 20년(1438) 3월 16일

자) 그리고 대궐로 들어왔던 사리도 셋째 아들인 안평대군을 시켜 사리전에 봉안케 했다. (『조선왕조실록』세종 29년(1447) 9월 24일자)

그리하여 『세종실록지리지』에서는 한성부(서울)에 3개의 절이 있어 연희동에 흥덕사(興德寺), 창의문 밖에 장의사(壯義寺), 도성 안에 흥천사가 있다고 했고 흥천사에 대해서는 다음과 같이 기록했다.

흥천사는 황화방(皇華坊)에 있는데 선종에 속한다. 태조가 세우고 밭 250결을 주었다. 3층 탑(사리전)이 있고 탑 안에 석가여래의 사리를 안치했다.

이 사리전은 낙성 이후 약 100년 뒤 중종 연간에 유생들의 방화로 소실될 때까지 그 자리에서 장안의 랜드마크 역할을 했다. 사리전의 위치는 흥천사 북쪽이라고 했으니 오늘날의 세종대로 사거리 언저리가 된다. 요즘은 사월 초파일 부처님 오신 날이 되면 서울광장 한쪽에 상징탑을 세우곤 하는데 나는 이를 볼 때마다 그 옛날 사리전이 저렇게 서 있었겠거니 생각하며 '땅의 인연이라는 것이 이렇게 이어지는구나'라는 역사적 감회에 젖곤 한다.

흥천사 옆에는 중국 사신들이 묵는 태평관이 있었다. 태평관은 지금의 대한상공회의소 건물 북쪽(중구 세종대로9길과 서소문로12길 일대)에 위치해 그 앞을 지나는 길을 태평로라 부르게 되었다. 중국 사신은 태평관에 머물면서 한양의 명소인 흥천사에 들러 시를 짓기도 하고 참배를 올리기도 했다고 실록에 기록되어 있다.

(명나라) 사신이 흥천사를 구경하고 법당에 들어가 세 번 절하여 예불을 올리고, 사리각에 나아가서도 세 번 절했다. 높은 데 올라 경복궁

을 바라보고 말하기를, "산세나 물 흐름이 모두 음양의 이치에 맞으니 참으로 하늘이 만든 도읍이라" 했다. 중 60여 명이 가사를 입고 사신을 영송하니, 사신도 읍(揖)하여 예했다.(『조선왕조실록』 세종 5년(1423) 4월 18일자)

불타는 흥천사

조선왕조 사회의 유교 이데올로기가 점점 강화되면서 흥천사는 비참한 최후를 맞이하게 된다. 서울 장안의 명물이던 흥천사는 창건된 지 100년이 조금 지난 연산군 10년(1504) 12월 9일에 화재를 입었다. 그 전해에는 연희동의 흥덕사도 불에 탔다.

한 차례 화재에도 흥천사 사리전은 남아 있었으나 6년 뒤인 중종 5년 3월 28일 밤에 유생들이 불을 질러 사리각도 전소되었다. 중종이 대로해 의금부에 방화범을 잡아들이라고 명하자 유신(儒臣)들이 유생을 보호하고 나섰다. 그러자 중종은 불교라는 이단을 두둔하려는 것이 아니라 백주에 도성 안에서 벌어진 방화 사건은 조정을 업신여긴 짓이기에 용서할 수 없을 뿐이라고 했다. (『조선왕조실록』 중종 5년(1510) 3월 30일자)

이런 시대적 분위기 때문에 중종은 흥천사를 복원할 엄두도 내지 못하고 다만 "불에 탄 흥천사 터의 흙을 파다가 압사한 사람이 매우 많다 하니 시신을 거두어서 장사 지내게 하고 장사할 친족이 없는 자는 해당 부서가 나서서 장사하게 하라"는 명을 내리는 데 그쳤다.(『조선왕조실록』 중종 10년(1515) 윤4월 28일자)

그렇게 소실된 흥천사는 선조 2년(1569) 왕명으로 정릉 골짜기 함취정(含翠亭) 터에 정릉의 원찰로 다시 지어지면서 명맥을 이어가게 되었다. 이렇게 새로 건립된 흥천사는 정조 18년(1794), 이 절 승려들의 발원을 들어 돈암동으로 옮기면서 절 이름을 '새로 지은 흥천사'라는 뜻의 신흥사(新興寺)라 바꿨다. 이후 신흥사는 다시 흥천사로 이름을 바꾸었고 오늘까지 이르고 있다. 이것이 돈암동에 있는 조계사 말사인 흥천사이다.

광명문 안의 국보와 보물

오늘날 덕수궁에는 흥천사의 자취가 하나도 남아 있지 않다. 불에 탄 절터에는 왕가와 권세 있는 대신들의 저택이 들어섰고 뒤이어 경운궁이 세워졌으며 나중엔 덕수궁이 세워졌으니 그 옛날 가람 배치의 상황을 알아볼 길이 없다. 그러나 흥천사에 걸려 있던 범종만은 화마 속에서도 살아남아 우여곡절 끝에 옛터로 돌아와 지금은 덕수궁 한쪽 구석에 있다. 그래서 나의 덕수궁 답사는 이 흥천사 범종에서 본격적으로 시작한다.

덕수궁 대한문으로 들어와 남쪽 담장을 따라 나 있는 넓은 길을 따라가다 보면 석조전으로 꺾어 들어가기 직전 서남쪽 모서리에 자리한 3칸짜리 건물 안에 유물 셋이 진열되어 있다. 관람객들은 좀처럼 눈길조차 주지 않지만 여기엔 자랑스러운 국보와 보물이 전시되어 있다.

건물 한가운데에는 보물 제1460호인 흥천사 범종이 있고, 그 오른쪽에는 국보 제229호인 보루각 자격루, 왼쪽에는 다연발 화살을 쏘는 신기전기 화차라는 무기가 있다. 이 유물들은 1938년 석조전 서관에 이왕가미술관이 들어선 이후 옥외 전시 유물로 진열되었던 것들이 여태껏 그대로 있는 것이다. 당시 이왕가미술관은 함녕전의 대문이었던 광명문(光明門)을 헐어 이 위치로 옮겼는데 그후로 석조전 안에 들여놓을 수 없는 거대한 유물들은 광명문 아래에 두고 옥외 전시해왔다. 그래서 건물 기둥머리에 광명문이라는 현판이 그대로 달려 있는 것이다.

흥천사 범종

본래 흥천사에는 창건과 함께 주조된 범종이 있었다. 그 종은 세종 7년(1425) 4월에 남대문이 중건되면서 문루로 옮겨졌다. 그리고 세조 8년(1462)에 다시 주조된 것이 지금의 흥천사 범종이다.

흥천사 범종은 높이 282센티미터의 대종으로 조선 전기의 대표적인 범종 중 하나다. 종의 명문은 당대의 문장가인 한계희가 짓고 글씨 또한 명필인 정난종이 썼다. 명문에 의하면 흥천사 범종은 효령대군을 비롯한 왕실 인사들의 발원으로 만들어졌으며 제작에는 감역 김덕생, 주성장 정길산, 야장 김몽룡 등 여러 장인들이 참여했는데 이들은 종루 종(1468), 봉선사 종(1469), 낙산사 종(1469) 등의 명문에도 등장한다. 이 명장들이 있음으로 해서 세조 연간에 큰 종들이 집중적으로 주조될 수 있었다.

본래 우리나라에는 우수한 범종의 전통이 있어 에밀레종을 비롯한 통일신라 범종과 수십 점의 고려 범종은 그 아름다운 형태와 맑은 종소리로 음향학에서 '한국종'(Korean Bell)이라는 별도의 학명으로 불린다. 그 범종의 전통을 그대로 이어받아 조선적인 형식으로 변형한 종의 하나가 이 흥천사 범종이다.

통일신라와 고려의 범종 형식은 비천상과 보상당초문으로 장식되고 종뉴(鍾紐)라는 젖꼭지 같은 돌출문양대와 음통이 있으며, 종고리는 한 마리 용으로 장식되어 있는 것이 특징이다. 형체는 유연한 곡선을 이루고 화려한 문양으로 장식되어 있는 것이 자랑이다.

이에 반해 흥천사 범종은 형태가 엄정하고 문양이 간소화된 채로 몸체 위·가운데·아래, 세 군데에 두른 굵은 선이 두드러진다. 불교적인 성격이 약화되고 그 대신 유교적 엄격성이 느껴진다. 그런데 문화재 안내문과 해설서를 보면 한결같이 이 종이 중국의 영향을 받은 것임을 강조하고 있다. 그래서 간혹 이 범종의 문화적 가치를 덜 중요하게 보는 요인이 되기도 한다.

항시 겪는 문제이지만 문화재를 이해하면서 '중국의 영향'이라고 말할 때는 좀 더 치밀한 설명이 필요하다. 흥천사 종이 통일신라·고려의 전통 형식이 아니라 중국 종의 형식을 따른 것은 맞다. 그러나 이는 외래 양식을 그냥 받아들인 것이 아니라 불교국가에서 유교국가로 전환하면서 형식에 변화가 일어난 것이다. 극락세계를 찬미하는 듯한 전통 불교 범종에 유교적 엄숙성을 담으면서 새로운 형식이 나온 것이다. 이것이 흥천사 범종을 비롯한 조선 전기 범종의 특징이다.

흥천사 범종이 이 자리에 오기까지

흥천사 범종이 지금 이 자리에 놓인 과정에 대해서는 한번 잘못 알려진

| 흥천사 범종 | 흥천사 범종은 조선 초기 범종의 대표작으로 흥천사가 폐사로 된 후 여러 곳을 옮겨다니다가 지금은 석조전 옆 광명문 안에 전시되어 그 옛날을 이야기해주고 있다.

사실이 그대로 전해져왔다. 여러 해설서와 안내문에 "1747년(영조 23년) 경복궁의 광화문으로 옮겼다가 창경궁을 거쳐 현재의 위치에 보관되었다"고 적혀 있으나 이것은 큰 오류다. 당시엔 광화문이 있지도 않았다. 가장 신뢰할 만한 글은 『조광』1938년 8월호에 청오(靑吾) 차상찬(車相瓚)이 쓴 「덕수궁으로 온 흥천종의 내력」이다. 이 글은 범종을 주인공으로 삼아 유전(流轉) 과정을 진술하는 형식이어서 글쓴이가 스스로를 필자라 하지 않고 대언자(代言者)라고 칭한 점이 아주 재미있고 독특하다.

이 글에 의하면 흥천사 범종은 중종 때 흥천사가 훼철된 후 동대문 문루로 옮겨졌고 언제부터인지 문루에서 내려져 오랫동안 그 부근에 방치되어 있었다. 아마도 동대문을 수리하면서 내려놓았다가 다시 걸지 못하고 있었던 모양이다. 그러다 흥선대원군의 경복궁 복원으로 고종 3년(1866)에 광화문이 신축되자 그 문루의 종으로 걸리게 되었다. 그때 광화문에 걸려 있던 이 종의 사진이 1902년에 간행된 세키노 다다시의 『한국건축조사보고』에 실려 있다.

일제가 국권을 강탈하면서 전횡이 난무하던 1910년 9월, 마키노 쓰토무라는 일본인 골동품상이 광화문에서 종을 떼어다 창경원에 건립한 이왕가박물관에 거금을 받고 팔아먹었다. 아직 광화문이 헐리기 전인데도 이런 만행이 일어났다.

그리하여 이왕가박물관에 소장되었던 종은 1938년 박물관이 창경원에서 덕수궁 석조전 서관으로 이전된 후 지금 보는 바와 같이 옥외 전시품으로 광명문 안에 놓이게 된 것이다. 워낙에 크고 무거워서 옮기는 데 1939년 5월 29일부터 6월 3일까지 6일이나 걸렸다고 한다.

지금도 이 종은 종루에 걸리지 못하고 돌받침대 위에 놓여 있는데 그나마도 1946년 5월 20일 미군 기술자의 도움을 빌려 설치했다고 한다. 이왕가미술관 유물은 1969년 국립박물관에 일괄 귀속되었고, 국립박물관이 1972년 지금의 국립민속박물관 자리로 이전하면서 흥천사 범종을 비롯한 이 유물 3점을 두고 갔다. 그래서 지금도 이 자리에 그대로 남아 있는 것이다.

덕수궁 입장에서는 그야말로 굴러들어온 국보와 보물인 셈이다. 그러나 나라의 국보와 보물을 이렇게 궁색하게 전시할 것이 아니라 언젠가는 제자리에 제대로 모셔야 할 것이다. 그런 후에야 우리는 문화유산을 지키고 사랑한다고 말할 수 있을 것이다.

보루각 자격루

광명문 안에는 흥천사 범종과 함께 보루각 자격루와 신기전기 화차가 전시되어 있다. 보루각 자격루는 세종대왕 때 장영실(蔣英實)을 시켜 제작했다는 그 유명한 물시계를 중종 때 다시 만든 것으로, 지금 전해지는 것은 몸체에 있던 5개의 물통이다. 이 물시계는 일정한 양의 물이 떨어지면서 시각을 알려준다고 해서 '보루각(報漏閣)'이라고 했고, 일정한 시각이 되면 종·북·징이 저절로 울리도록 한 자동시보 장치가 있다는 데에서 '자격루(自擊漏)'라고 했다.

자격루는 교과서에도 실려 있고, 몇 해 전에 드라마 「장영실」이 방영되면서 널리 알려진 편이지만 그 구조가 얼마나 정밀하고 아름답고 신기한가는 국립고궁박물관에서 2007년 복원한 전체를 보아야 실감할 수 있다. 지금 여기 진열된 것은 거대한 구조 중 물받이 구조의 뼈대를 이루는 3개의 파수호(播水壺, 물 넣는 통)와 2개의 수수호(受水壺, 물받이 통)이다.

세종 시절의 자격루는 "모든 기계는 보이지 않고 속에 들어 있어서 겉에 나와 있는 것은 의관을 갖춘 목인형뿐이다"라고 했지만 지금은 그 신기한 구조는 다 없어지고 물통 5개만 남은 셈인데, 이것이 있음으로 해

| **자격루 물기둥** | 자격루는 세종대왕 때 장영실 등이 제작했다는 그 유명한 물시계를 중종 때 다시 만든 것으로, 지금 전해지는 것은 몸체에 있던 5개의 물통이다. 규모가 상당히 크고 기둥의 용 조각 솜씨가 뛰어나다.

| **자격루의 모습** | 국립고궁박물관에는 자격루가 복원되어 있다. 자격루는 전체 크기가 가로 6미터, 세로 2미터, 높이 6미터로 방대하다. 지금 덕수궁에 남아 있는 물기둥은 가운데 부분에 세워져 있던 5개의 물통이다.

서 자격루가 허구가 아니었음이 증언된다.

본래 자격루의 크기는 가로 6미터, 세로 2미터, 높이 6미터로 물받이와 자동시보 장치 2개의 구조물로 이루어져 있다. 『세종실록』에는 자격루의 구조가 아주 자세히 설명되어 있는데 파수호에 담겼다가 새어나오는 물이 수수호로 흘러들어가면 막대〔淨箭〕가 점차 떠올라 일정한 시각에 왼쪽 구리판 구멍의 장치를 튕기면서 작은 쇠구슬들이 떨어져나와 구리통으로 굴러들어간다. 이런 식으로 계속 작동하다가 2시간마다 12지상 목인형이 종·북·징을 울리는 정말로 신기한 장치였다.

세종대왕은 자동시보 장치가 달린 물시계를 제작하기 위해 동래현의 관노 출신인 장영실을 중국에 파견해서 연구하게 했고, 장영실은 천문학자 김조 등과 함께 자격루를 정밀하게 설계해 세종 16년(1434) 6월에 완성했다. 세종은 경복궁에 3칸짜리 보루각을 지어 자격루를 설치하고 그해 7월 1일 새로운 표준시계로 공식적으로 사용했으며 장영실은 이 공으로 호군(護軍)의 관직을 받았다.

자격루가 가동된 지 21년 만인 단종 3년(1455)에 자동시보 장치가 고장났다. 장영실이 이미 세상을 떠났고 공동 설계자인 김조도 고령이어서 고장난 장치를 고칠 수 없어 사용이 중지되고 보루각도 폐지되었다. 그후 자격루는 예종 1년(1469)에 복설되었다가 연산군 11년(1505)에 창덕궁으로 이전되었다. 현재 덕수궁에 남아 있는 자격루 물통은 중종 31년(1536) 6월에 장인 박세룡(朴世龍)이 다시 제작한 것이다.

자격루와 연관해서는 몇 해 전에 해프닝이 있었다. 2015년 4월 12일 대구에서 열린 제7차 세계 물포럼 개막식에서 '자격루 줄당기기' 퍼포먼스가 있었는데, 주최 측이 개막식에서 우리 조상들이 물을 얼마나 슬기롭고 정교하게 사용했는지를 선보이기 위해 자격루의 원리를 그대로 이용해 줄을 당기면 구조물 상단에 있는 항아리에 담긴 물이 여러 과정을 거쳐 아래로 흘러내려 마지막에 개막을 알리는 북소리가 울려퍼지게 기획한 것이다. 그러나 막상 개막식에서 대통령과 각국 주요 참가자들이 줄을 당기는 순간 높이 2미터짜리 나무 구조물이 넘어지는 소동이 일어나 경호원들이 놀라서 무대로 뛰어올랐고 북소리는 울리지 않았다.

로켓 추진 화살, 신기전

광명문 보호각 안에 있는 또 하나의 유물인 '신기전기(神機箭機) 화차(火車)'라는 이상한 이름의 수레는 세종 30년(1448) 만들어진 로켓 추진식 화살인 '신기전'을 발사하기 위해 문종 1년(1451)에 만든 '기계(機)'인 '화차'다. 한 시대의 과학기술 수준은 그 시대의 무기를 보면 안다고 하

| 신기전기 화차 | 광명문 보호각 아래에 전시 중인 신기전기 화차는 조선왕조의 무기 중 하나로 로켓 추진식 화살 발사체라고 할 수 있다.

는데 세종 연간의 과학기술이 얼마나 발달했는가를 이 신기전기 화차가 여실히 증언하고 있다. 2008년 개봉된 정재영과 한은정 주연의 「신기전」이라는 영화는 바로 이 무기를 소재로 한 것이다.

신기전은 고려시대 최무선에 의해 발명된 '달리는 불'이라는 뜻의 '주화(走火)'를 바탕으로 개량한 것인데 대·중·소 신기전 세 가지와 산화(散火) 신기전이 있었다. 화차의 구멍 난 곳에 화약이 담긴 원통형 약통(藥筒)을 단 화살을 꽂고 끈을 연결해 불을 붙이면 약통 속 화약의 연소가스가 뒤로 분출되며 로켓처럼 화살이 스스로 날아간다. 신기전기 화차는 한 번에 100발을 장전해 차례로 발사할 수 있었으며, 사정거리는 대신기전이 1,000미터 이상이었고, 중신기전이 150미터, 소신기전이 100미터가량이었다.

『조선왕조실록』에 기록된 바에 따르면 세종 때 대신기전이 제조되어 의주성에서 사용했다고 하는데, 압록강과 두만강 중류 지역에 있던 4군

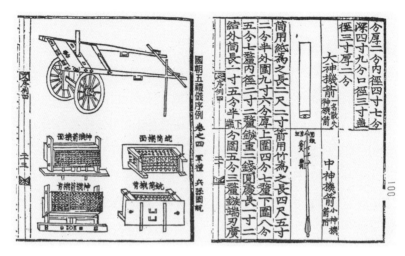

| **『국조오례의 서례』에 실린 신기전** | 신기전에 대해서는 성종 5년(1474)에 편찬된 『국조오례의 서례』의 '병기도설'
이라는 항목에 자세히 실려 있다.

6진에서 여진족의 침략을 막기 위해 주로 사용한 것으로 보인다. 또한
1592년 임진왜란 당시 거북선과 함께 비장의 무기로 활용되었다고 한
다. 하지만 신기전은 화약의 사용량이 너무 많아 실용성은 떨어졌기 때
문에 오래 사용되지는 않았다.

신기전과 화차에 대해서는 세종 때 착수해 성종 5년(1474)에 편찬된
『국조오례의 서례(國朝五禮儀序例)』의 '병기도설(兵器圖說)'이라는 항목
에 자세히 실려 있다. 이 기록은 로켓 병기에 관해서는 세계에서 가장 오
래되고 자세한 것으로, 신기전과 화차는 영국의 콩그리브(W. Congreve)
가 450여 년 뒤인 1804년에 제작한 6파운더(6-Pounder) 로켓을 넘어서
는 크기의 다연발 종이통 로켓 무기였다.

신기전은 1975년 채연석 박사의 연구에 의해 처음 존재가 밝혀졌다
(『경향신문』 1975년 11월 22일자). 채연석 박사는 1993년 대전 엑스포 기간에
소·중신기전과 화차를 복원해 4월 29일 대전의 갑천변에서 처음 공개

발사 실험을 했다. 이 발사 실험에서 50그램의 흑색 화약을 넣고 60도 각도로 신기전을 발사했을 때 약 250미터를 비행했다.

2009년 11월 27일 산화신기전 발사 실험에서는 비행 중 2단 로켓에 해당하는 지화통에 불을 붙이는 데 성공했다. 산화신기전은 발사하면 포물선을 그리며 500~600미터를 비행해 내려가다 지화통에 불이 붙고 지화통은 소발화통이라는 폭탄과 함께 빠르게 날아가 폭발한다.

자격루와 신기전기 화차는 비록 덕수궁과 직접 관련된 것은 아니어도 위대한 문화유산들로 조선시대 과학사의 명작이자 큰 자랑이다. 귀중한 국보와 보물을 이렇게 뜻밖에 만날 수 있다는 것은 덕수궁 답사에서 얻는 망외의 '득템'인 셈이다. 그럼에도 이 중요한 유물을 이렇게 옥외에 전시하고 스포트라이트 한번 비추는 일 없이 덕수궁을 찾아온 관람객들도 무심히 지나치는 것은 참으로 미안한 일이 아닐 수 없다.

선조, 인목대비, 광해군의
역사 단막극

덕수궁의 유래 / 월산대군 / 선조의 행궁 / 석어당과 즉조당 /
『계축일기』 / 광해군과 궁궐 / 아관파천과 경운궁

오늘의 덕수궁

2011년 12월 14일 문화재위원회 사적분과의 회의 안건은 덕수궁(德壽宮) 명칭 변경 문제였다. 그해 4월 "덕수궁의 본래 이름인 경운궁(慶運宮)으로 명칭을 회복해야 한다"는 민원이 제기되었다. 이에 12월 2일에 한 차례 공청회가 열렸는데 '덕수궁은 고종황제가 1907년 일제의 강압으로 퇴위한 후부터 불린 이름이므로 원래의 이름인 경운궁으로 불러야 한다'는 주장과 '창덕궁으로 이어한 순종이 태조 이성계와 중국 명나라의 예를 따라 상황(上皇)으로 물러난 광무황제께서 장수하시길 바라며 덕수(德壽)라는 궁호(宮號)를 내린 것이니 반드시 일제의 잔재라고는 할 수 없다'는 반론이 팽팽히 맞섰다. 결국 문화재위원회는 충분한 시간을 두고 덕수궁에 대한 광범위한 학술 연구를 거친 후에 결정하기로 하고 안건 심의를 보류했다. 덕수궁은 이처럼 명칭부터 논란이 일 정도로 그 역사가 복잡하다.

사람들은 덕수궁이라고 하면 석조전 건물과 분수대를 먼저 떠올리겠지만 석조전이 완공된 것은 순종 3년(1910)으로 고종황제는 가끔 드나들었을 뿐 여기에 기거한 적은 없다. 또 하나의 석조건물인 서관 역시 1933년 덕수궁을 공원으로 바꾼 일제가 이왕가미술관으로 지어 1938년에 완성한 것이며 분수대도 그때 만들어졌다.

덕수궁의 전신인 경운궁은 1897년 아관파천에서 환어한 고종이 심기일전해 대한제국을 선포한, 자주적인 근대국가의 황궁으로 궁궐 체제를 두루 갖추고 있었다. 궁궐의 상징인 정전은 중화전(中和殿)이고 침전은 함녕전(咸寧殿)이다. 국가 의식을 행한 곳은 중화전이었고 고종이 줄곧 기거하다 세상을 떠난 곳은 함녕전이다. 그 때문에 덕수궁을 답사해보면 문화재 해설사는 덕수궁의 정문인 대한문에서 출발해 정전인 중화전에서 안내를 시작한다.

그러나 덕수궁 중화전에서는 대한제국의 위용은커녕 경복궁 근정전이나 창덕궁 인정전 같은 장엄함이 보이지 않는다. 난층 건물인 데다 월대도 낮아 궁궐의 정전다운 위엄이 전혀 없다. 같은 단층 건물이라도 창경궁 명정전은 회랑으로 둘러 있어 품위를 잃지 않은 데 반해 덕수궁 중화전은 바로 곁에 분수대가 바짝 붙어 있어 외려 생뚱맞아 보이기만 한다. 그래서 사람들은 중화전 앞을 지나면서 다 무너져가던 조선왕조의 마지막 궁궐 모습을 쓸쓸히 되새겨볼 뿐이다.

덕수궁의 전신 경운궁의 시원

그러나 고종이 이어할 당시 중화전의 모습은 이렇지 않았다. 당당한 중층 건물을 회랑이 반듯하게 감싸고 있었다. 그러나 세월은 여러 가지로 고종 편이 아니었다. 1904년 4월 14일, 불행히도 경운궁에 대화재가 일어나 중화전, 함녕전 등 주요 전각들이 모두 소실되었다. 이에 황급히 복구사업을 벌이게 되었는데, 때는 조만간 을사늑약을 당하고 마는 시절인지라 국력을 경운궁 복원에 쏟을 수 없어 단층 건물로 지었던 것이다. 그런 어려운 환경에서도 궁궐의 명맥과 명색이 유지되었던 것은 왕조를 끝까지 지키려던 고종의 의지 덕이었다.

덕수궁을 답사하자면 이처럼 건물 곳곳에서 가슴 저리게 하는 역사의 기억들이 되살아난다. 궁궐 공원으로서 덕수궁을 편안히 즐기자면 때로는 오붓하고 정겨운 서정이 일어나기도 하지만, 답사하는 마음으로 임하면 거부할 수 없는 역사의 우수를 떠올리게 된다. 그것이 덕수궁이라는 궁궐의 중요한 성격이기도 하다.

덕수궁의 전신인 경운궁의 역사를 거슬러 올라가자면 중화전 곁에 있는 석어당(昔御堂)에서 시작해야 한다. 덕수궁 안에서 유일하게 단청이 칠해지지 않은 이 건물은 임진왜란 때 의주로 피란했던 선조가 한양으로 돌아와 임시 행궁(行宮)으로 삼아 기거하다 세상을 떠난 곳이라 옛 석(昔) 자, 어거할 어(御) 자를 써 석어당이라는 이름을 갖게 되었다.

석어당 또한 1904년 경운궁 대화재 때 소실되었는데, 사실 궁궐 체제에 꼭 필요한 건물은 아니었지만 선조가 전란 중에 임어했다는 역사적 의의를 저버리지 않고 이듬해에 바로 복원했다. 그런 사연이 깃든 석어당 뜰 앞에는 지금도 늠름하게 잘생긴 살구나무 한 그루가 마치 역사의 상처를 보듬듯 봄이면 어김없이 하얀 꽃송이를 소담하게 피워내고 있으니, 덕수궁에 와서 석조전, 미술관만 관람하고 무심히 발길을 돌리는 사람들이여, 살구꽃 피는 4월 어느 날 이 석어당 노목 아래에서 나의 경운궁 이야기를 한번 들어보지 않으시려는가.

| **석어당** | 덕수궁 안에 유일하게 단청이 없는 건물인 석어당은 임진왜란 때 의주로 피란했던 선조가 한양으로 돌아와 행궁으로 삼은 곳이라 옛 석(昔), 어거할 어(御)를 써 석어당이라는 이름을 갖게 되었다.

월산대군의 저택

한양도성 건설 당시 황토마루 언덕배기이던 덕수궁 일대는 신덕왕후의 정릉이 조성되었을 때까지도 여전히 도심 속 녹지 같은 곳이었다. 그러나 태종이 등극해 능역 100보 밖으로 주택 짓기를 허락하고 나중에 정릉을 도성 밖으로 이장하면서 덕수궁 일대는 왕족과 권세가들의 집들이 차지하게 되었다. 그때 지금의 덕수궁 자리에 왕가의 저택 한 채가 들어섰으니, 월산대군 이정(李婷, 1454~88)의 집으로 훗날 덕수궁의 기원이 된 석어당이다.

월산대군은 세조의 장손이다. 아버지는 세조의 장남으로 훗날 덕종으로 추존된 의경세자인데 일찍 세상을 떠나는 바람에 왕통이 세조의 둘째 아들인 예종에게로 넘어갔고 의경세자의 부인인 한씨는 궁을 떠나게 되었다. 이때 세조가 남편을 잃고 출궁하는 며느리와 두 손자가 함께 살도록 마련해준 저택이 바로 지금의 석어당이다.

1469년, 예종이 즉위한 지 14개월 만에 죽으면서 왕통이 다시 이쪽으로 넘어오게 되었다. 이때 왕위를 계승한 이는 장손인 월산대군이 아니라 그 동생인 성종이었다. 이는 세조의 유언을 받든 조치로 알려졌지만 실제로는 성종의 장인으로 당시 최고의 권신이었던 한명회(韓明澮)의 작품이었다고 한다. 성종이 왕으로 등극하면서 어머니 한씨와 함께 경복궁으로 들어가자 세조가 마련해준 저택은 자연히 월산대군의 집이 되었다.

월산대군은 이런 조치에 불만을 드러내지 않고 대인다운 모습을 보여주었다. 그 점 덕분에 월산대군은 두고두고 인품을 칭송받게 된다. 성종 2년(1471) 3월, 월산대군은 좌리공신(佐理功臣) 2등에 책봉되어 많은 전답과 노비를 받았다. 좌리공신이란 성종이 즉위한 후 왕을 잘 보필한 공을 치하해 한명회·신숙주·정인지·노사신·강희맹·서거정·양성지 등 권세가 75명에게 내린 것으로 훈구대신들에게 정치·경제적인 특권을 가져다준 조치였다. 월산대군에게는 2등급이 내려져 전답이 30결(당시 1결은 약 3천 평), 노비가 4명, 수행원 격인 구사(丘史)가 4명, 호위병 격인 반당(伴倘)이 8명 주어졌다.

월산대군은 이런 재력으로 저택을 가꾸었고, 양화진 북쪽 언덕의 한강이 바라다보이는 곳에 있던 희우정(喜雨亭)을 개축해 망원정(望遠亭)이라 이름 짓고는 낭만적인 생활을 이어갔다. 미술사를 전공하는 사람들에겐 그의 인품만큼이나 고고하고 아름다운 '분청사기 인화문 태항아리'가 전하고 있어 그 이름이 친숙하기만 한데, 월산대군은 일찍부터 학문을 좋아해 문사철을 두루 섭렵했고 뛰어난 문장력을 갖추어 여러 편

| **석어당 옆모습** | 석어당은 성종의 큰형인 월산대군이 살던 집으로 당시에는 보기 드문 2층집으로 규모도 상당하고 생기기도 늠름하다.

의 시문이 『속동문선(續東文選)』에 실렸으며 매사냥도 즐긴 풍류의 왕자였다. 그러나 그는 불과 35세에 요절하고 말았고 이 저택엔 대대로 월산대군의 후손들이 살게 되었다.

그로부터 100년이라는 세월이 흘러 1592년 임진왜란이 일어났을 때 한양에 쳐들어온 왜군이 경복궁·창덕궁을 모두 불태우고 정릉동 주택가에 주둔했기 때문에 이 저택은 전란을 피해갈 수 있었다. 이듬해 왜군이 남쪽으로 퇴각하고 오늘날의 평안북도 의주(義州)인 용만(龍灣)으로 피란했던 선조가 다시 한양으로 돌아오면서 임시 거처로 삼은 곳이 바로 이 월산대군의 고택이었다. 이와 같은 사실은 실록에 다음과 같이 기록되어 있다.

임금이 서울(京師)로 돌아와서 정릉동에 있는 고(故) 월산대군 집

을 행궁(行宮)으로 삼았다.(『조선왕
조실록』 선조 26년(1593) 10월 1일자)

행궁이란 임시 궁궐이라는 뜻으로
덕수궁의 전신인 경운궁의 역사는
이렇게 시작되었다.

| **월산대군 태항아리** | 조선시대 왕자와 공주
가 태어나면 태항아리에 태를 넣어 지석과 함께
묻었다. 월산대군 태항아리는 분청사기 인화문
항아리로 대단히 곱고 아름답다.(높이 36센티미
터. 오사카동양도자관 소장)

선조의 행궁

임진왜란 당시 이 저택엔 월산대
군의 증손자로 종친부의 정3품 당상
관인 양천도정(陽川都正) 이성(李誠)이 살고 있었다. 선조는 이 집을 침
전으로 하고 곁에 있는 저택들을 임시 궁궐 건물로 삼았다. 지금 성공회
성당 자리에 있던 계림군(桂林君, 성종의 손자)의 후손 집을 정전으로 하고,
인순왕후(명종의 비)의 동생으로 서인의 우두머리인 심의겸(沈義謙)의 집
을 동궁의 거처로 삼았으며, 명종 때 영의정을 지낸 심연원(沈連源)의 집
은 임시 종묘로, 세종 때 예조참판을 지낸 한혜(韓惠)의 후손이 살던 집
은 궐내각사로 사용했다.

정릉동 행궁은 이처럼 민가의 여러 건물들을 그대로 이용했을 뿐 궁궐
체제를 갖춘 것이 아니었고 여전히 전쟁 중이었기 때문에 처음에는 목책
을 두르는 데 그쳤다. 환어한 지 2년이 지난 선조 28년(1595)에 가서야 동
쪽과 서쪽에 행궁의 대문을 냈을 뿐이다. 그런 상태에서 선조 33년(1600)
정비인 의인왕후 박씨가 여기에서 세상을 떠났고 선조는 왕비의 3년상
을 치른 뒤 『계축일기(癸丑日記)』의 주인공인 인목왕후를 후비로 맞이했
으며 인목왕후는 여기서 정명공주와 비운의 왕자 영창대군을 낳았다.

임진왜란으로 입은 피해는 실로 엄청나서 전란으로 불에 탄 창덕궁을 복구하기 위해 영건도감(營建都監)을 설치한 것도 정유재란이 끝나고 10년이 지난 1606년의 일이었다. 그 때문에 선조가 이 행궁에 새로 지은 건물이라곤 세상을 떠나기 1년 전 석어당 서편에 편전(便殿)으로 사용하려고 지은 별채 한 채뿐이다. 편전이란 임금이 업무를 보는 곳을 말하는데 훗날 인조의 즉위식이 여기서 열리면서 나아갈 즉(卽), 자리 조(祚)자를 써서 즉조당(卽祚堂)이라 불리게 되었다.

선조는 결국 창덕궁의 완공도 보지 못하고 재위 41년(1608) 음력 2월 1일, 이 석어당에서 향년 57세로 세상을 떠났다.

석어당과 즉조당

이런 내력이 있는 석어당은 조선시대 사가(私家) 건축물로는 드물게 자못 당당하고 품위 있는 건물이다. 조선시대에는 많지 않았던 2층집으로 1층은 정면 8칸, 측면 3칸이고, 2층은 정면 6칸, 측면 1칸으로 이뤄져 있다. 건물이 품도 넓고 높이도 높아 대단히 당당하고 기품에 넘친다. 이 정도 규모라면 월산대군 시절엔 장안에서 가장 큰 저택 중 하나였을 것이고 행궁의 임금 처소로 삼을 만했다는 생각이 든다. 계단을 통해 2층으로 올라가보면 6칸 누각 공간이 칸막이 없이 아주 널찍하고 사방으로 창이 나 있어 여름철 더위를 피하는 데 제격이며 창문을 열고 밖을 내다보면 시야가 확 트인다.

특히 남쪽 창가로는 고목이 된 살구나무가 있어 봄이면 살구꽃이 함박눈에 덮인 듯 눈부시게 피어난다. 우리가 꽃나무를 볼 때는 대개 아래에서 위로 올려다보게 마련이지만 여기서는 위에서 아래를 내려다보게 되어 더욱 환상적이다.

| **석어당 옆 살구나무** | 석어당 옆에는 살구나무 고목이 있어, 봄이면 살구꽃이 눈부시게 피어난다. 석어당 2층 남쪽 창가에서 내려다보면 만발한 살구꽃이 더욱 환상적이다.

석어당은 궁궐 건물로 지어진 것이 아니기 때문에 단청이 칠해져 있지 않다. 덕수궁 안에서 유일하게 단청이 없기 때문에 '백골집'이라는 별명을 얻었다. 안타깝게도 1904년 대화재로 소실되었으나 곧바로 복원된 덕분에 선조 시절 정릉동 행궁의 자취만은 변함없다.

즉조당은 정면 7칸, 측면 4칸의 옆으로 긴 건물인데 오른쪽과 뒤쪽에 각각 툇마루를 덧달아 면적을 넓혔다. 전통 건축에선 이를 가퇴(假退)라고 한다. 의젓한 기품이 돋보이며 팔작지붕의 날개를 편 듯한 곡선미가 아름답다. 1897년 고종이 경운궁으로 옮겨온 뒤 즉조당은 다시 법전(法殿)으로 사용되었는데 후에 그 곁에 준명당(浚明堂)을 지어 두 건물을 복도로 연결했다. '준명'은 '밝게 다스린다'는 뜻이다.

즉조당과 준명당은 돌기둥 복도로 연결되어 자못 길면서도 당당한 위

| **준명당**(왼쪽)**과 즉조당**(오른쪽) | 석어당 옆의 즉조당은 의젓한 기품이 돋보이고 팔작지붕의 곡선미가 아름다운 건물로 인조가 여기서 즉위했다. 고종은 즉조당 곁에 준명당을 짓고 두 건물을 돌기둥 복도로 연결했다. 두 건물이 어우러져 자못 길면서도 당당한 위용을 보여준다.

용을 보여준다. 그만큼 앞마당도 아주 넓게 펼쳐져 있어 다른 궁궐에서는 예를 찾아볼 수 없는 근대적인 감각이 느껴진다. 즉조당과 준명당은 비슷한 형태와 비슷한 크기로 서로 대칭을 이룬 듯 보인다. 그러나 자세히 보면 대칭이 아니다. 정확한 대칭을 피해 평면은 대칭을 이루나 입면은 대칭을 피하는 우리나라 전통 건축의 특징인 '비대칭의 대칭'을 여기서도 볼 수 있다. 그래야 단조로움을 벗어나면서도 다양의 통일을 이룰 수 있기 때문이다.

행궁에서 경운궁으로

1608년 2월, 선조의 뒤를 이어 광해군이 이곳 '행궁의 서청(西廳)'에서 즉위했다. 행궁의 서쪽 건물이라면 즉조당밖에 없는데 실록의 편찬자들은 인조가 즉위하면서 얻은 이 거룩한 이름을 광해군의 기사에 쓰기 싫었던지 그냥 '서청'이라고 기록했다.

광해군은 선조와 마찬가지로 석어당에 기거하고 즉조당에서 '청정(聽政)'했다. 청정이라! 창덕궁 선정전 답사 때도 말한 바 있지만 조선시대 임금의 정무를 '보는 것'이 아니라 '듣는 것'이라 한 것은 재삼 음미해볼 필요가 있다. 청정이라는 말의 뉘앙스 때문에 대리청정, 수렴청정이라 하면 마치 왕이 주변에서 자문이나 받은 것으로 생각하기 쉽지만 왕이 독단으로 일을 처리하지 않고 대신들의 의견을 들어 업무를 보았다는 뜻이다. 국무위원의 대면보고도 받지 않는 통치자가 있었던 것을 떠올리면 이 말뜻이 가슴에 깊이 와닿는다.

광해군 3년(1611) 10월, 마침내 창덕궁이 완공되자 광해군은 창덕궁으로 이어했다. 이때 광해군은 창덕궁으로 떠나면서 정릉동 행궁을 경운궁이라 이름 짓고 다음과 같이 명했다.

경복궁을 복원하기 전에는 경운궁이 하나의 이궁(離宮)이 되어야 할 것이니, 각사를 설치했던 곳은 마땅히 선례에 따라 그대로 대기하게 해야 할 것이다. 허물어버리지 말고 다시 수리하게끔 할 일을 각 해당 기관에 알려라.(『조선왕조실록』 광해군 3년(1611) 11월 21일자)

이를 통해 조선왕조의 궁궐 체제가 만약을 위한 또 하나의 궁궐인 이궁을 갖추었다는 사실을 명확히 확인할 수 있다. 광해군은 창덕궁으로 이어한 지 불과 두 달 뒤인 12월에 다시 경운궁으로 돌아왔다. 이를 두고 사헌부와 사간원이 연계해 법궁인 창덕궁을 떠나지 말 것을 청하니 광해군은 이렇게 대답했다.

내 본디 추위를 두려워하는 병이 있어서 날씨가 매우 추울 때에는 출입할 수가 없다. (…) 한 달간 갔다가 돌아오는 것이 무슨 해로움이 있겠는가. 속박하지 말지어다.(『조선왕조실록』 광해군 3년(1611) 11월 13일자)

말은 그렇게 했지만 사실 광해군이 그때 창덕궁에 살기 싫어한 이유는 따로 있었다. 실록은 이를 다음과 같이 기록했다.

왕이 일찍이 지관(地官) 이의신(李懿信)에게 슬며시 물어 말하기를 "창덕궁은 큰일을 두 번이나 겪었기 때문에 나는 거처하고 싶지 않다" 했는데, 이는 단종과 연산군이 폐위되었던 일을 가리키는 것이다. 이에 이의신이 답하기를 "(…) 도성의 기운이 빠졌기 때문이니 빨리 옮기시는 것이 좋겠습니다"라고 했다. 이로 말미암아 왕이 창덕궁에 거처하지 않았고 군신들이 (법궁으로) 옮기기를 여러 차례 청했으나 따르지 않았다.(『조선왕조실록』 광해군 5년(1613) 1월 1일자)

그렇게 경운궁에 계속 머물고 있던 1613년 3월 광해군이 영창대군을 죽이고 마는 계축옥사(癸丑獄事)가 일어났다.

계축옥사

계축옥사는 당쟁의 산물이었다. 선조 말엽부터 왕위 계승을 둘러싸고 광해군을 지지하는 대북파와 영창대군을 지지하는 소북파 간에 암투가 심각했다. 1608년 선조가 죽고 광해군이 즉위하자 대북파는 소북파의 영수인 영의정 유영경을 사사케 하고 소북파를 축출하는 한편, 영창대군과 그 측근에게도 박해를 가하고자 했다. 그런데 1613년 3월 문경새재에서 강도들이 상인을 죽이고 은 수백 냥을 약탈한 사건이 일어났다.

범인은 영의정을 지낸 박순의 서자 박응서를 비롯한 명문가의 서자 7명이었다. 그래서 이 사건을 칠서지옥(七庶之獄)이라고도 부른다. 이들은 양반인 허균과 여러 서얼 명사들과 사귀면서 1608년에 서얼금고(庶孼禁錮)의 폐지를 주장하는 상소문을 연명으로 올렸다. 그러나 이 상소가 받아들여지지 않자 나무꾼과 소금장수로 위장하고 전국에 출몰하며 화적질을 했다. 그러던 중 광해군 5년인 계축년(1613)에 문경새재에서 상인을 죽이고 재물을 약탈한 것이다.

포도청은 이들을 일망타진해 국문하는 과정에서 주범인 박응서로부터 이 일을 성공시킨 뒤 영창대군을 옹립하고 인목대비가 수렴청정을 하도록 하는 거사를 계획했고, 그 자금을 마련하기 위해 약탈을 했다는 거짓 자백을 받아냈다. 내막인즉 대북파의 이이첨과 그 심복들이 자백을 강요한 것이다. 그리고 일당들에게서 모의의 배후에 인목대비의 아버지인 김제남(金悌男)이 있고 인목대비 또한 여기에 가담했다는 진술을 받아냈다.

그리하여 김제남이 사사되고, 그의 세 아들도 죽임을 당했다. 영창대군은 서인(庶人)으로 강등되어 강화도에 유배되었다가 이듬해 방에 가두고 불을 때어 죽이는 증살을 당했다. 이 사건을 계기로 영의정 이덕형, 좌의정 이항복을 비롯한 서인과 남인들은 유배되거나 관직을 삭탈당하고 쫓겨났으며 이이첨, 정인홍 등 대북파가 권력을 장악했다. 인목대비는 이렇게 아버지, 형제, 아들, 조카들을 비참하게 잃었고 광해군은 인목대비와 대비전 궁녀들을 엄하게 감시했다.

『계축일기』

계축옥사가 일어난 지 5년이 지난 1618년(광해군 10년), 광해군은 마침내 인목대비의 칭호를 삭탈하고 그녀를 경운궁에 유폐시키면서 경운궁을 서궁(西宮)이라고 낮추어 부르게 했다. 이것이 인목대비의 '서궁 유폐'이며, 인목대비가 5년간 서궁에 유폐되어 겪은 일을 비롯해 광해군으로부터 박해받았던 이야기를 담은 것이 작자 미상의 『계축일기』다.

『계축일기』는 사도세자의 부인인 혜경궁 홍씨의 『한중록』, 장희빈 사건을 다룬 『인현왕후전』과 함께 3대 궁중문학으로 꼽힌다. 내용을 보면 인목대비라는 착하고 가련한 여주인공이 광해군이라는 악당에게 유폐당한 채 괴롭힘을 당하며 느끼는 서러움이 절절하게 묘사되어 있다.

설움을 조금만 견뎌라. 나는 나라의 어른으로서 남에게 잡힌 바 인질이 되어 하루에 두 번씩 본가의 안부나 알고 있으니 (…) 어찌 분하고 서러우며 답답하지 않으랴. 그러나 어지럽게 내관더러 통사정을 하지 말아 다오. 행여 알 길이 있으련만 (…) 조심하여 살고, 틈을 보아 소식을 알릴 생각은 말라. 너무 그러다가 도리어 화를 입을까 두렵기 때문이니라.

『계축일기』는 아직 소설이 발달하지 않은 시절에 이런 이야기책이 나왔다는 점에서 높은 문학사적 가치가 있고 궁중의 생활과 풍속을 속속들이 보여준다는 점에서 아주 흥미롭다. 이 책의 저자는 누구인지 확실치 않으나 책 맨 마지막에 "옛이야기 삼아 내인들이 잠깐 기록하노라"라고 쓰여 있어 인목대비를 모시던 나인이 지은 것으로 추정하고 있다.

이 계축옥사 때문에 광해군은 '살제폐모(殺弟廢母)', 즉 동생인 영창대군을 죽이고 계모인 인목대비를 유폐한 폭군이 되었고 인조반정 세력도 이를 첫번째 죄목으로 지목했다.

그러나 실록을 보면 광해군은 그토록 심하게 인목대비를 박해하지 않

| **『계축일기』** | 『계축일기』는 착하고 가련한 인목대비가 광해군에게 유폐당한 채 괴롭힘을 당하며 느끼는 서러움이 절절하게 묘사된 일기체 기록으로 '서궁일기'라고도 불린다. 혜경궁 홍씨의 『한중록』, 장희빈 사건을 다룬 『인현왕후전』과 함께 3대 궁중문학으로 꼽힌다.

았고, 자신보다 나이는 어렸지만 대비로서 예를 갖추어 찾아뵈었던 일도 여러 번이었다. 당하는 사람 입장에서는 억울함과 서러움이 있었겠지만 광해군에 대한 평가에는 그를 폭군으로 몰아가려는 정치적 입장이 반영되었다고 후대의 역사가들은 해석하고 있다.

광해군의 경운궁 수리 지시

계축옥사의 광풍이 지나간 뒤에도 광해군은 여전히 경운궁에 머물면서 좀처럼 창덕궁으로 갈 생각을 하지 않았다. 이에 대신들은 계속 법궁인 창덕궁으로 이어할 것을 간했다.

승정원에서 아뢰기를, "경운궁은 민가 사이에 끼어서 좁고 누추하니 진실로 오래 머물 곳이 아닙니다. 법궁을 이미 중건했는데 아직도 이어하지 않으시니 대소 신민으로서 바라지 않는 사람이 없습니다.

(…) 이제 역적의 옥사(계축옥사)도 거의 끝나가는데 예정한 날짜가 이미 지났으니, 일관(日官)에게 다시 길일을 잡도록 하여 빨리 이어를 명하심으로써 여론의 기대에 부응하시면 크게 다행이겠습니다" 했다.

(『조선왕조실록』 광해군 5년(1613) 10월 27일자)

이때 광해군은 담이 심해 날이 따뜻해지면 가겠다는 둥 이 핑계 저 핑계를 대며 창덕궁으로 가지 않고 계속 경운궁에 머물렀는데, 사실 그 무렵 광해군은 풍수가 이의신의 말을 듣고 파주 교하(交河)로 천도하고자 궁궐터를 물색하며 여러 구상을 하고 있었다.

광해군의 교하 천도 계획은 아주 구체적이었다. 그가 대신들의 강력한 반대에 부딪쳐 결국 천도를 포기하고 창덕궁으로 돌아간 것은 광해군 7년(1615) 4월이었다. 마지못해 창덕궁으로 돌아온 광해군은 "꽃을 가꾸고 돌을 장식하면서" 정을 붙이려고 했지만 여전히 창덕궁을 떠나고만 싶어했다. 그리하여 창덕궁으로 이어한 지 두 달도 안 되어 광해군은 다음과 같이 지시했다.

대조전은 어둡고 불편하여 오래 머물 형편이 못 되므로 창경궁으로 옮기고자 한다. (…) 경운궁의 무너진 곳도 빨리 수리해서 몇 달 안에 경운궁으로 옮겨갈 수 있도록 하라.(『조선왕조실록』 광해군 7년(1615) 5월 23일자)

광해군이 창경궁으로 이어한 뒤 경운궁 공사도 본격적으로 진행되었다. 광해군이 구상한 경운궁의 규모는 실로 방대했다. "선수(繕修)도감에서 목수와 편수를 시켜서 경운궁 건물의 칸수를 헤아려보니, 무려 600여 칸이나 된다"고 할 정도였다.(『조선왕조실록』 광해군 9년(1617) 5월 8일자)

그러나 이 공사는 순조롭지 못했다. 마음이 변한 광해군이 인왕산 자락에 인경궁(仁慶宮)이라는 거대한 새 궁궐을 짓고 그 곁에 오늘날의 경희궁인 경덕궁(慶德宮)을 짓는 공사를 벌였기 때문이다.

인경궁과 경덕궁 공사

경운궁 공사가 시작된 지 거의 1년이 되어 한창 목재들을 마련하고 있던 광해군 8년 3월 어느 날이었다. 승려인 성지(性智)와 시문룡(施文龍)이 풍수지리설을 들어 인왕산의 바위가 굳세고 인왕(仁王)이라는 두 글자가 상서로우니 여기에 궁전을 지으면 태평성대가 온다고 주장하자 이 말에 홀린 광해군이 사직단 북쪽, 지금의 배화여고 주변을 궁궐터로 잡고 곧바로 인경궁 건설 공사를 시작했다.(『조선왕조실록』 광해군 8년(1616) 3월 24일자) 광해군이 건설을 추진한 인경궁은 실로 방대했다.

인왕산을 휘감고 있어서 토목공사의 장대함과 장식의 사치스러움이 예전에 없던 바였다. 거기에 소용되는 재정은 먼저 각 도에서 부조한 쌀과 포목을 쓰고 또 군량미를 가져다가 썼다.(『조선왕조실록』 광해군 9년(1617) 4월 27일자)

실제로 인경궁의 규모는 당시 법궁이던 창덕궁을 능가했고 예전의 경복궁보다도 컸다. 궁궐의 전각들 대부분에는 값비싼 청기와를 올렸다. 필운대가 인경궁의 후원이었으며 그 아래쪽에는 연못을 파 경회루 같은 누각을 지을 계획이었고 더 나아가서 경복궁도 복원하여 각도(閣道)를 만든 다음 두 궁궐을 연결할 작정이었다.

인경궁 공사가 1년여 동안 진행된 광해군 9년(1617) 6월, 이번에는 술

| **필운대** | 백사 이항복이 어린 시절을 보낸 필운대는 훗날 인경궁의 후원이 되었다. 광해군 창건 당시 인경궁의 규모는 어마어마하여 창덕궁과 경복궁보다도 컸다고 한다. 그러나 인조반정 이후 다 헐리고 지금은 후원의 자취만 남아 있을 뿐이다.

사(術士) 김일룡(金馹龍)이 나타나 새문동(塞門洞)에 왕기(王氣)가 서렸다고 하자 광해군은 배다른 동생인 정원군(定遠君)의 옛집을 빼앗아 또 하나의 궁궐로 오늘날의 경희궁인 경덕궁 공사를 시작했다. 실록의 사관은 이에 대해 다음과 같은 논평을 달았다.

왕이 궁궐을 크게 지으려고 (…) 인경·경덕 양궁을 창립했는데, 공역이 9년이 되어도 끝나지 않았다. 인가를 헐어버린 것이 거의 1천여 채에 이르렀고 벌목하는 조도관(調度官)이 사방으로 나뉘어 나갔다. 이 때문에 팔도가 분주했고 민력은 탕진되었다.(『조선왕조실록』 광해군 7년(1615) 4월 6일자)

신하들이 계속 만류했지만 광해군은 자신이 교하로 천도하는 것은 신하들의 반대 탓에 포기했으니 궁궐을 짓는 것은 막지 말라며 막무가내로 밀어붙였다. 광해군이 이처럼 새 궁궐 건축에 집착했던 것은 왕의 지위에 대한 불안 때문이었던 것으로 짐작된다.

광해군이 궁궐에 집착한 이유

본래 광해군은 자질이 뛰어나고 왕세자로서 임진왜란에 적극 복무해 함경도, 전라도 등지에서 의병을 모집하고 군량미를 조달하는 등 직접 전쟁을 치렀다. 그런 경험이 있어서 광해군은 왕이 된 후 외교·국방에서 남다른 수완을 보여주었다.

명나라와 후금(청나라)이 힘겨루기를 하던 당시 광해군은 두 나라 사이에서 등거리를 유지하며 관계를 적당히 조율하는 '주선(周旋) 외교'로 전쟁에 휘말리지 않으려 했다. 이 때문에 친명(親明) 사대주의 입장이었던 서인 세력이 반기를 든 것이 인조반정이고, 인조 때 외교의 균형이 명나라로 기울면서 청나라가 쳐들어온 것이 병자호란이었다.

그런 광해군이었지만 서출인 데다 둘째 아들로 적통이 아니었고 왕이 되는 과정도 험난했기 때문에 정통성에 위협을 느껴 '살제폐모'를 저질렀고 왕의 권위를 한껏 보여주고자 무리하게 궁궐 신축을 감행했던 것이다. 그가 술사들의 유혹에 민감하게 반응하고 쉽게 현혹되었던 것도 그런 정서적 불안 때문이었다. 어머니 공빈 김씨가 해산 후유증으로 일찍 세상을 떠난 것도 그가 정서적으로 안정되지 못한 원인이었다. 치유되지 않는 콤플렉스와 불안한 정서는 광해군 개인과 나라의 불행이 되었다.

이리하여 경운궁, 인경궁, 경덕궁 세 궁궐 공사가 벌어지게 되었으니 나라가 온통 공사판이었다. 인력도 달렸고 자재도 턱없이 부족했다. 어느 한 곳을 포기하지 않으면 안 될 지경에 놓았다. 그리하여 마침내 광해군은 재위 10년(1618) 4월 22일, "경운궁 누각의 재목, 기와 등을 경덕궁으로 이송하라"고 명했다. 그리고 2년 뒤에는 아예 이미 지은 건물까지 헐라고 다음과 같이 명했다.

경운궁을 헐고 생긴 목재와 기와를 내수사(內需司, 왕실의 재물을 관리하는 부서)로 보내라.(『조선왕조실록』 광해군 12년(1620) 10월 3일자)

이로써 광해군의 경운궁 건설은 중단되었고 더 이상 진행되지 않았다.

인조반정과 경운궁의 운명

경운궁을 포기한 뒤 광해군은 인경궁과 경덕궁 건설에 박차를 가했다. 그러나 1623년 3월, 광해군이 어느 궁궐도 완공을 보지 못한 상태에서 인조반정이 일어났다. 쿠데타(반정)에 성공한 능양군(인조)이 인목대비가 있는 서궁(경운궁)으로 찾아가 국새를 바치니 인목대비는 내 눈으로 똑똑히 보아야 알겠다며 광해군을 석어당 뜰아래 무릎 꿇리고 36가지 죄목을 하나씩 들어가며 꾸짖어 맺힌 한을 풀었다고 한다. 그러고는 곧바로 즉조당에서 인조의 즉위식이 거행되었다. 광해군은 즉각 강화도로 유배되었고, 제주도로 이배된 뒤 1641년에 향년 67세로 세상을 떠났다.

술사의 점술이라는 것이 묘해서, 새문동에 왕기가 서렸다고 하여 광해군이 배다른 동생 정원군의 옛집을 빼앗아 경덕궁을 지은 것인데 바로 그 정원군의 아들이 인조였으니 참언이 맞아떨어진 셈이다.

인조는 광해군이 벌인 궁궐 신축을 정리하고자 했다. 인경궁과 경덕궁 공사는 그 상태로 마무리 작업에 들어갔다. 즉위한 지 넉 달 뒤인 7월

| **창덕궁의 선정전** | 본래 인경궁에는 청기와 건물이 많았다. 인조반정 때 창덕궁의 선정전이 불타자 인경궁 건물을 헐어 옮긴 것이다. 그래서 선정전은 창덕궁에서 유일한 청기와 건물이 되었다.

에는 경운궁 건설을 위해 근 30년간 궁역으로 묶어두었던 여러 가옥과 대지를 모두 본주인에게 돌려주라고 했다.(『조선왕조실록』 인조 1년(1623) 7월 12일자) 이로써 경운궁에는 석어당과 즉조당 두 채만 남게 되었다.

인경궁의 폐궁

인조반정 때 외전을 제외한 창덕궁의 대부분이 불타버려 이를 복원하면서 인경궁과 경덕궁은 정반대의 운명을 맞게 된다. 인경궁의 주요 전각들은 헐려 창덕궁 복원에 사용되었다. 정전 건물(홍정전)은 창덕궁 경훈각, 편전(광정전)은 창덕궁 선정전, 침전(경수전)은 창덕궁 대조전이 되었다. 훗날 경훈각과 대조전은 화재로 소실되었다가 재건되면서 인경궁에서 옮겨올 때의 모습을 잃었지만 선정전만은 옛 모습 그대로여서 지금도

| **경희궁의 숭정전** | 숭정전은 경희궁의 정전이다. 서울고등학교를 이전하고 궁궐의 상징인 정전과 회랑을 지으면서 경희궁 복원이 시작되었다.

유일한 청기와 집으로 인경궁 시절 전각의 화려함을 보여주고 있다.

인경궁은 워낙에 큰 궁궐이어서 주요 전각들이 옮겨진 뒤에도 별궁으로 남아 인목대비의 말년 거처가 되었다. 인목대비가 1632년 세상을 떠난 곳도 인경궁의 흠명전(欽明殿)이었다. 그러나 병자호란 뒤인 1648년(인조 26년)에 청나라가 홍제원에 역참을 만들라고 요구하여 청나라 사신들의 숙소를 새로 짓는 데 인경궁의 건물들을 헐어 옮겨갔다. 이렇게 전각들이 여기저기 이건되고 철거되면서 인경궁은 자연스레 역사 속에서 흔적도 없이 사라지게 되었다.

경덕궁에서 경희궁으로

이에 반해 경덕궁은 이궁(離宮)으로 당당한 지위를 얻어 창덕궁·창경

| 밖에서 본 경희궁 풍경 | 숭정전 일원만 복원해 일반에게 궁궐 공원으로 개방한 것이 오늘날의 경희궁이다. 사적 제271호인 경희궁을 어디까지 어떻게 복원할 것인지는 여전히 숙제로 남아 있다.

궁의 동궐(東闕)에 대비하여 서궐(西闕)이라 불렸다. 지금도 남아 있는 「서궐도안(西闕圖案)」 초본을 보면 그 스케일이 대단하며 인조는 창덕궁이 복원될 때까지 이곳 서궐에 기거했다. 인조는 어려서 살던 집이 궁궐이 되어 여기서 국왕으로서 정무를 본 셈이다.

경덕궁은 서궐로서 이궁 역할을 단단히 했다. 숙종은 경덕궁에서 태어나 재위 19년(1693)에는 궁궐을 대대적으로 수리하고 『궁궐지』를 편찬했으며, 영조는 재위 36년(1760) 이곳으로 이어한 뒤 16년 가까이 기거했다. 그때 영조는 궁궐 이름인 '경덕(慶德)'이 원종(元宗, 인조의 아버지)의 시호인 '경덕(敬德)'과 음이 같다며 '경희궁(慶熙宮)'으로 고쳤고 이곳 집경당에서 세상을 떠났다. 정조는 왕세손 시절 이곳에서 할아버지인 영조와 함께 지내며 경희궁에 대한 체계적인 글인 「경희궁 지(誌)」를 지었다. 영조와 순조가 이곳에서 승하했기 때문에 정조와 헌종은 자연히 경희궁

| **경희궁 전경을 그린 그림들** | 고려대박물관에 소장된 「서궐도안」 초본(위)과 이 초본에 근거해 「동궐도」 양식으로 복원한 「채색 서궐도」이다.

숭정문에서 즉위했다.

이런 경희궁이었건만 고종 때 경복궁 중건 과정에서 상당 부분 훼손되었고, 나머지는 일제가 의도적으로 파괴해 1915년 경성중학교가 여기에 설립되었으며 해방 후에는 서울중·고등학교가 이어받게 되었다. 그 넓은 궁역이 잘려나가 서쪽에는 서울시 교육청, 기상청 등이 들어섰고 도심지 방향인 동쪽은 민간에 매각되어 훗날 성곡미술관, 일조각 출판사, 내수동교회, 구세군회관 등이 들어섰다. 이 모두가 다 그 옛날 경희궁 터였다.

1980년 서울고등학교가 강남으로 이전하면서 현대건설이 경희궁 터를 매입해서 사옥을 지으려 했지만 시민들의 반발로 1985년 서울시에서 이 터를 사들여 서울역사박물관을 세웠다. 경희궁의 정전 구역인 숭정전 일원만을 복원해 일반에게 궁궐 공원으로 개방한 것이 오늘날의 경희궁이다. 사적 제271호인 경희궁을 어디까지 어떻게 복원할 것인가는 여전히 숙제로 남아 있다.

임진왜란 300주년, 고종의 경운궁 참배

한편 경운궁은 아주 쇠락해 19세기에 문신 유본예가 쓴 『한경지략』에는 한양의 명소를 열거하면서 왕가의 작은 별궁인 명례궁(明禮宮)이라고 소개할 정도로 그 이름조차 잊혀졌다.

그러나 왕가에서 아주 잊힌 것은 아니었다. 숙종은 재위 5년(1679) 5월 경운궁을 수리하라고 명했고, 영조는 선조가 임진왜란 때 환어한 지 3주갑(180년)이 되는 1773년에 즉조당에서 국란을 치른 선조의 어려움을 생각하며 추모식을 가졌고, 선조의 기일에 왕세손(정조)과 함께 즉조당에서 사배례(四拜禮)를 올렸다.

1893년 10월 4일, 고종은 선조가 환어한 지 5주갑(300년) 되는 때를 맞아 왕비와 왕세자, 대신들을 대동하고 경운궁 즉조당을 찾아가 참배했다. 을미사변이 일어나기 바로 2년 전의 일이었다.

그때 고종이 경운궁을 찾아간 것에는 외세에 시달리는 자신의 처지를 선조대왕에 빗대 전란에서 어려움을 겪으면서도 이를 극복해낸 의지를 배우겠다는 비장한 뜻이 서려 있었다. 이날 고종은 김홍집 등 대신들에게 즉조당 댓돌이 궁궐의 전각답지 않게 흙으로 세 계단밖에 안 되는 비좁은 공간인 것은 옛 모습을 그대로 살려두자는 뜻이며 그 뜻을 살려 이번 수리 때도 종전대로 한 것이라고 했다. 아픔의 역사를 그대로 보존하려는 마음이 그렇게 서려 있었다.

이날 고종은 "숙종대왕은 네 차례 이 당(堂)에 왔고, 영조대왕은 모두 여덟 번 왔는데, 계사년(1773)에만 두 번 왔었다"는 사실을 상기시키면서 다음과 같은 비장한 교서를 반포했다.

생각건대 선조대왕이 다시 회복하신 것은 비로소 양(陽)이 소생하는 계사년(1593) 10월의 일이다. (…) 그해가 육십갑자로 다섯 번 돌아와 300년이 되었다. (…) 공손히 당우(堂宇)를 바라보노라니 어찌 지난 날을 슬퍼하는 마음을 금할 수 있겠는가? 기꺼이 신민들과 더불어 선조대왕의 덕을 계승하는 뜻깊은 조치를 행하는 바이다. (…)

묵은 때를 깨끗이 씻어내고 모두 함께 새로워지도록 은혜를 베풀어 인(仁)에 의지함을 곧바로 시작하고자 한다. 이달 4일 새벽 이전의 죄인으로 죽을 죄(死罪)를 지은 자를 제외하고 모두 죄를 용서한다.

아! 아름다운 본성을 공경히 따라 큰 국운을 열어야 할 것이다. 길이 아름다운 명에 부합되게 하면 하늘도 큰 복을 내릴 것이다.

이때만 해도 고종은 국란 극복의 기대를 버리지 않았고, 자신이 조만

간 이 경운궁에 들어와 살 것이라고는 꿈에도 생각지 않았다. 그러나 대사면령을 내린 지 불과 두 달 뒤, 해가 바뀌자마자 농민군이 봉기하는 갑오농민전쟁이 일어났고 뒤이어 청일전쟁이 벌어졌다.

아관파천

고종이 왕이 된 것은 개인적인 행운이었지만 세월은 그의 편이 아니었다. 때는 서구 열강들의 제국주의 침략으로 끝내는 조선왕조 500년 사직이 종말을 고하고 마는 서세동점의 세월이었다.

병인양요, 제너럴셔먼호 사건, 신미양요 등 열강들의 개항 요구에 맞섰던 흥선대원군의 쇄국정책은 결국 1875년 운요호 사건을 계기로 일본과 불평등조약을 맺으면서 무너졌고, 이후 미국·러시아·독일·프랑스가 이권을 노리고 한반도에 밀어닥쳤다. 이들과 함께 들어온 교회, 병원, 신식 학교, 각국의 공사관과 주재원들의 저택이 시내 중심지인 정동 일대에 경운궁을 포위하듯 들어섰다.

지금도 덕수궁 돌담길을 둘러싸고 있는 정동교회, 성공회 성당, 영국대사관, 독일공사관(오늘날의 서울시립미술관), 배재학당, 이화학당 등 서구식 건물들은 신문명의 시대가 도래했음을 말해주고 있다.

이 변혁의 세월을 이겨내야 할 정치 지도자들의 생각은 수구파와 개화파로 나뉘어 날카롭게 대립했는데, 1884년 김옥균의 개화당이 쿠데타인 갑신정변을 일으켜 집권했다. 그러나 이 정변이 삼일천하로 끝나고 정권이 다시 수구파에게 돌아가면서 정국은 말할 수 없는 혼돈으로 빠져들어갔다. 수구파는 수구파대로 권력을 다투었고 개화파는 친일파와 친러파로 나뉘면서 정쟁이 극에 달할 정도로 혼미했다.

임오군란(1882) 때만 해도 여전히 조선에 우월적 지위를 유지하고 있

| **옛 러시아공사관** | 고종은 일제의 감시와 압력을 피하기 위해 1896년 2월 11일, 극비리에 궁녀의 교자를 타고 경복궁을 빠져나가 러시아공사관으로 피신하는 아관파천을 감행했다. '아관'은 러시아공사관이고, '파천'은 피란한다는 뜻이다.

던 청나라는 1894년 청일전쟁에서 일본에 패하며 여지없이 무너졌다. 새로 들어선 김홍집의 친일내각은 단발령을 비롯한 갑오개혁을 단행하고 청나라의 연호를 버리고는 건양(建陽)이라는 독자적인 연호를 사용했다.

친일내각의 등장으로 일본의 영향력이 거세지자 고종과 왕비의 지원을 받은 대신들은 러시아·독일·프랑스의 3국 간섭을 통해 이를 제어하려고 했다. 이에 일제는 1895년 8월 20일(양력 10월 8일) 경복궁 건청궁에서 왕후 민씨를 시해하는 을미사변의 만행을 저질렀다.

이에 국왕인 고종조차 신변의 위협을 느끼게 되었다. 고종은 일제의 감시와 압력을 피하기 위해 1896년 2월 11일 새벽, 러시아 공사 베베르(K. I. Veber)의 도움을 받아 궁녀의 교자를 타고 왕세자와 함께 극비리에 경복궁을 빠져나가 러시아공사관으로 피신하는 아관파천(俄館播遷)에 성공했다. '아관'은 러시아공사관이라는 말이고, '파천'은 피란한다는 뜻이다.

| **오늘날의 러시아공사관 모습** | 1885년 러시아인 사바틴의 설계로 착공되어 1890년 준공된 건물이다. 지금은 첨탑(사적 제253호) 부분만 남아 있지만 당시 서울에서 가장 큰 서양식 건물이었다.

러시아공사관과 아관파천 길

러시아공사관은 조로(朝露)수호통상조약이 체결된 이듬해인 1885년에 러시아인 사바틴(A.I.S.Sabatin, 1860~1921)의 설계로 착공되어 1890년에 준공된 건물이다. 지금은 옛 건물의 첨탑(사적 제253호) 부분만 남아 있지만 당시 서울에서 가장 큰 서양식 건물로 규모나 대지 면적이 미국·영국·프랑스·독일의 공사관보다 훨씬 컸다.

러시아공사관의 위치는 경향신문사 뒤편 정동의 언덕배기로 여기에서는 경복궁, 경희궁, 경운궁은 물론 서울의 사대문 안이 넓게 조망된다. 동쪽 언덕자락으로는 경운궁의 선원전 터(옛 경기여고)와 미국대사관저가 맞닿아 있었다.

1981년 러시아공사관 터 발굴 때 말로만 전해지던 '아관파천 길'이 확인되었다. 미국대사관저 북쪽 경계선에 있는 이 길고 좁은 통로는 미국

| **아관파천 길** | 러시아공사관 터 발굴 때 '아관파천 길'이라는 좁은 통로가 확인되었다. 미국대사관저 북쪽 경계선에 있는 이 길고 좁은 통로는 미국 측 지도에 '왕의 길'이라고 표시되어 있다.

측 지도에 '왕의 길'(King's Road)이라고 표시되어 있다.

문화재청은 이 길이 있는 부지를 미국대사관 측으로부터 인수하여 2016년 아관파천 120주년을 맞이해 복원·정비했고 2017년부터는 일반 공개를 추진하고 있으며 1950년 한국전쟁 때 파괴된 러시아공사관 건물도 2021년까지 원형대로 복원할 계획을 갖고 있다.

고종의 경운궁 복원 지시

아관파천은 단지 고종이 일제로부터 몸을 피한 사건만은 아니었다. 러시아공사관에 도착한 고종은 즉시 친일내각의 총리와 대신들에 대한 포살령을 내렸고, 총리대신 김홍집과 탁지부대신 어윤중은 군중에게 타살되었으며 내무대신 유길준 등은 일본으로 망명했다. 이로써 친일내각은 붕괴되고 박정양, 윤용구, 윤치호, 이완용, 이범진 등의 친러내각이 들어섰다. 신정부는 의병항쟁을 불문에 부치고 사면령을 내리면서 민심 수습에 나섰다.

대신들은 고종에게 하루빨리 경복궁으로 환궁할 것을 계속 건의했다. 그러나 고종은 왕후가 살해당한 경복궁으로 돌아갈 뜻이 없었다. 경운궁으로 이어할 생각이었다. 외국 공사관으로 둘러싸인 경운궁이 신변 안전에 유리할 뿐만 아니라 근대국가의 새 궁궐로 적합하다고 판단했다.

그런 생각에서 고종은 진작부터 자신이 러시아공사관으로 피신할 때 왕실 최고 어른인 헌종의 계비(명헌태후)와 왕태자비(순종의 비)의 거처를 경운궁으로 옮기게 했다. 같은 해 8월 31일에는 고종의 어진과 왕태자의 초상을 경복궁 집옥재에서 경운궁으로 옮겨왔다. 고종은 경운궁을 수리하도록 명하고 공사 현장을 직접 둘러보기도 했다.

러시아공사관으로 피신한 고종은 외세에 시달리지 않기 위해서는 나라가 독립국가로 나아가야 함을 절감했다. 1896년 4월, 갑신정변 실패 후 미국에 망명해 서구 시민사회를 경험하고 돌아온 서재필이『독립신문』을 창간하자 이를 지원했고, 7월에 창립한 독립협회도 후원했다. 그해 11월 독립협회가 모금 형식으로 영은문을 헐고 그 자리에 독립문을 세우는 사업을 진행하자 이 역시 지원했다. 이 독립문은 사바틴이 파리의 개선문을 본떠 설계한 것이었다. 청나라 사신을 접대하던 모화관도 독립관으로 고쳤다. 청으로부터의 자주독립 의지를 그렇게 나타낸 것이었다. 고종은 경운궁으로 이어하고 '대한제국'을 선포할 구상을 구체적으로 그리고 있었다.

한편 고종은 민영환을 러시아에 특사로 파견해 재정과 군사에 관한 교섭을 추진했고, 러시아 정부에서 파견한 군사 교관의 힘을 빌려 왕궁을 경비할 우리 군사 800명을 양성해 이들의 경호를 받을 준비를 갖추었다.

| 즉조당과 석어당 | 고종이 러시아공사관에서 경운궁으로 이어할 때 건물은 석어당과 즉조당 두 채밖에 없었다. 이 두 건물이 덕수궁의 뿌리이다.

경운궁의 공사도 순조롭게 진행되었다. 기존에 있던 석어당과 즉조당 곁에 침전으로 사용할 함녕전과 서재인 보문각(寶文閣), 태조의 어진을 모시는 사성당(思成堂) 등 당장 필요한 건물들을 세웠다.

궁궐, 특히 법궁이라면 반드시 정전과 선원전(璿源殿)이 있어야 한다. 정전은 국가 통치의 상징적 공간이고, 역대 제왕의 어진을 봉안한 선원전은 왕가의 정통성을 말해주는 곳이다. 고종은 즉조당 건물에 임시로 태극전(太極殿)이라는 현판을 달아 정전을 대신했고 선원전은 지금의 석조전 자리에 착공했다.

고종의 경운궁 이어

그리고 마침내 1897년 2월 20일 고종은 신식 훈련을 받은 우리 군인들의 경호를 받으며 경운궁으로 환궁했다. 아관파천 후 꼭 1년 만이었다. 그때 고종은 환궁하면서 다음과 같은 조령(詔令)을 내렸다.

지난번에 (러시아공사관으로) 거처를 옮긴 후 덧없이 한 해가 지나갔다. (⋯) 실로 부득이한 형세에서 나왔음을 신민(臣民)들이 모두 알 것이다. (⋯) 아! 내가 정사를 잘못해 (⋯) 오늘과 같은 상황을 야기하고 말았다. 이제부터 모든 일을 맡은 관리들은 한결같이 몸과 마음을 다하라. (⋯) 비유하건대 배를 같이 타고서 건너갈 때 상앗대로 노를 젓는 것처럼 각각 그 힘을 써야 쉽게 건널 수 있다. 한 사람이라도 해이해지면 곧 빠지게 되는 경우와 같다. (⋯) 나의 신하들 역시 함께 건너는 의리를 생각해서 조금도 해이해지지 말지어다.(『조선왕조실록』 고종 34년(1897) 2월 20일자)

엿새 뒤인 2월 26일 고종은 온 국민이 심기일전하는 마음으로 나아가자며 대사면령을 내렸다.

이리하여 덕수궁의 전신인 경운궁은 조선왕조의 법궁으로 역사의 무대에 다시 등장하게 되었다.

대한제국 '구본신참(舊本新參)'의 법궁
대한문 / 환구단 / 함녕전 / 정관헌 / 석조전 / 중명전

덕수궁의 어제와 오늘

현재의 덕수궁은 1만 8천 평을 둘러싼 돌담 안에 10여 채의 전각들이 크게 두 구역으로 나뉘어 있다. 하나는 서양식 건물들이 모인 석조전 구역이고 또 하나는 정전인 중화전, 침전인 함녕전 등이 있는 전통 궁궐 구역이다. 그러나 원래의 덕수궁은 현재보다 3배 이상 넓어 돌담 밖 북쪽의 옛 경기여고 터에는 역대 임금의 초상을 모신 선원전 구역이 있었고, 서쪽 정동극장과 예원학교 자리에는 황실의 생활 공간인 수옥헌 구역이 있었다. 전통 궁궐 공간은 회랑과 행각들이 전각을 감싸고 있어서 위용과 품위가 있고, 새로 지은 양관들은 덕수궁이 전통과 근대가 어우러진 '구본신참(舊本新參)'의 근대식 궁궐임을 보여준다.

덕수궁은 지금부터 약 120년 전에 중건되었던바, 때는 근대사회로

돈덕전　　　중화전　　　　　　함녕전　　　　　　광화문
　　　　중화문　　　조원문　　　　　　　　　대안문

| **경운궁 옛 모습** | 중화전이 불타기 전의 경운궁 모습을 담은 사진으로 북악산과 북한산을 배경으로 한 경운궁의
모습을 생생히 보여준다.

들어서던 시점인지라 당시 모습을 보여주는 사진들이 여러 점 전하고
있다.

　석조전 뒤편에 있던 벽돌로 지은 양관인 돈덕전을 보면 근대 궁궐로
서 덕수궁의 모습이 아련히 살아난다. 또 다른 사진으로 덕수궁 북쪽과
경희궁 남쪽을 연결하던 석조 구름다리를 보면 왕조 말기 서울에 이런
곳이 다 있었던가 싶은 감회가 일어난다. 1901년에 오늘날의 서울역사
박물관 언저리에서 옛 경기여고 자리까지 가로질러 세웠던 것으로 추정
되는 이 구름다리는 훗날 새문안로가 확장되면서 철거되었다.

　고종이 경운궁으로 이어하며 바로 지은 환구단(圜丘壇)은 사실상 덕
수궁과 함께 어우러져 대한제국의 당당한 출발을 보여주는 상징적 공간
이었다.

| **경운궁과 경희궁을 잇는 석조 구름다리** | 1901년에 지금의 서울역사박물관 부근에서 경기여고 터를 잇던 석조 구름다리를 보면 20세기 초 서울에 이런 구조물이 있었다는 것이 새삼스럽게 다가온다.

환구단과 대한제국 선포

아관파천 했다가 경운궁으로 환어한 고종은 곧바로 나라 안팎에 독립된 근대국가임을 선포하기 위해 대한제국 수립에 들어갔다. 조선이 독자적인 황제국임을 선포하기 위해서는 환구단이라는 공간이 필요했다.

환구단은 제천(祭天)의식을 행하는 곳으로 여기에서 하늘로부터 국가의 정통성을 확인받는다. 중국 북경의 천단(天壇)에 해당하는 곳이다. 중국은 외교·국방 정책상 황제만이 하늘에 제사를 지내고 달력을 만들 수 있다며 주변 국가들로 하여금 해마다 한 해의 시작인 동짓날에 맞추어 동지사(冬至使)를 연경(燕京)에 보내 달력을 받아가게 했다. 본래 우리나라도 고려시대엔 환구의식을 따로 치렀으나 조선왕조가 명나라는 황제국, 조선은 제후국(諸侯國)임을 용인하면서 1464년 폐지했다.

고종이 경운궁으로 환어한 1897년 9월부터 환구단 건설이 논의되었고 10월 11일 건물이 완공되자 전·현직 대신들을 모두 불러놓고 환구단의 첫 제사와 국호(國號)를 다시 정하는 것에 대해 논의하고는 다음과 같이 결정했다.

우리나라는 곧 삼한(三韓)의 땅이다. (…) 지금 국호를 '대한(大韓)'이라고 정한다고 해서 안 될 것이 없다. 또한 매번 각국의 문자를 보면 조선이라고 하지 않고 한(韓)이라 했으니 (…) 세상에 따로 설명하지 않아도 모두 다 '대한'이라는 칭호를 알고 있을 것이다.

이로써 조선왕조는 505년 만에 막을 내리고 대한제국이 개국되었다. 이튿날인 10월 12일 고종은 황제로 즉위하고, 왕후를 명성황후로 책봉했으며 13일에는 국호를 대한이라 공포했다. 연호는 건양(建陽)에서 광무(光武)로 바꾸었다. 사실 갑오개혁으로 들어선 김홍집 내각 때 일련의 관제 개혁을 추진하면서 태양력과 함께 건양이라는 독자적인 연호를 사용했다. 건양 2년이 곧 광무 원년이 된 것이다.

10월 14일 대한제국은 이 사실을 각국 공사관과 영사관에 통보했다. 서양 외교관들은 대한제국 수립의 의의를 간취하고 있었다. 당시 주한 미국공사관 1등 서기관이었던 W. F. 샌즈는 1930년 미국에서 간행된 『조선비망록』(신복룡 옮김, 집문당 1999)에서 다음과 같이 말했다.

왕은 황제의 신하가 될 수 있으나 황제는 누구의 신하가 될 수 없기 때문에 황제에 즉위하면 중국, 일본, 러시아 황제와 동등해진다는 전통적 이론에 근거했던 것이다.

| 황궁우(왼쪽)와 환구단(오른쪽)의 옛 모습 | 현재는 조선호텔 옆에 황궁우 건물만 전하지만 원래는 하늘에 제를 올리는 환구단과 신들의 위패를 모시던 황궁우가 이와 같이 장엄하게 있었다.

환구단과 황궁우

환구단은 지금의 조선호텔 자리에 있었다. 이곳은 태종의 둘째 딸(경정 공주)이 개국공신 조준의 아들인 평양군(조대림)과 살던 곳이어서 소공주 댁(小公主宅)이라 불렸다. 이것이 오늘날 소공동의 유래다.

약 200년 지나 선조는 이 집을 대폭 수리해 셋째 왕자인 의안군(義安君)에게 주었으나 임진왜란 때는 명나라 장수 이여송이 이곳에 머물렀다. 서울로 돌아와 석어당에 머물던 선조가 이곳에서 자주 명나라 장수들을 접견했기에 남별궁(南別宮)이라는 이름으로 불리게 되었다. 그후에도 남별궁은 역대 왕들이 중국 사신을 접견하는 장소로 쓰였다. 이런 연유로 오늘날까지 소공동 일대에 중국인이 많이 거주해왔다.

환구단은 화강암으로 쌓은 3층 단에 금색으로 칠한 원추형 지붕을 얹은 제단이었다. '천원지방(天圓地方)' 관념에 따라 하늘의 단은 둥글게 땅의 단은 모나게 쌓았고, 내부엔 하늘의 신, 땅의 신을 비롯해 산·바다·

| **오늘날의 황궁우** | 일제가 1913년 환구단을 헐고 이듬해 그 자리에 총독부의 조선철도호텔을 지으면서 현재는 황궁우 3층 전각만 외롭게 남아 있다.

별·강·바람·비 등 천지자연의 신위(神位)들을 모셨다.

환구단이 조성된 지 2년 후에는 단 북쪽에 지금도 남아 있는 팔각 3층 전각인 황궁우(皇穹宇)를 세우고 태조, 하늘, 땅 세 신위를 모셨다. 황궁우의 건물 내부는 통층으로 개방하고 각 면에 3개씩 창을 냈으며, 천장엔 발톱이 7개인 칠조룡(七爪龍)을 조각해 황제를 상징했다.

일제는 1913년 환구단을 헐었고 이듬해 그 자리에 총독부의 조선철도호텔이 들어섰다. 이것이 조선호텔의 내력이다. 이리하여 대한제국의 존엄한 공간인 환구단은 자취를 찾아볼 수 없게 되었고 현재는 황궁우 3층 전각만 남아 있다. 환구단의 대문은 1960년대에 해체되어 어디론가 사라졌는데 2007년 우이동 옛 그린파크호텔 대문으로 사용되고 있음이 확인되어 2009년 12월에 지금은 도로가 된 제자리의 근처에 복원해놓았다.

| **석고** | 황궁우 옆 3개의 석고는 1902년 고종황제의 즉위 40년을 기리며 세운 것이다. 돌북은 제천의식 때 사용되는 악기를 본뜬 것이고, 몸체에는 황제를 상징하는 용이 조각되어 있다.

황궁우 곁에 있는 3개의 석고(石鼓, 돌북)는 1902년(광무 6년)에 고종황제의 즉위 40주년을 기리며 만들어 세운 것이다. 이 석고의 실제 용도는 고종황제의 공덕을 기록하기 위한 일종의 비석이었다고 한다. 석고는 제천의식 때 사용되는 악기를 본뜬 것이고 몸체에는 황제를 상징하는 용이 화려하게 조각되어 있다. 그 시절에 이처럼 멋진 설치미술품이 있었다는 것은 대한제국의 문화 능력이 만만치 않았음을 보여주는 것이다.

명성황후 장례식

대한제국 선포 후 고종황제가 제국의 의지를 가장 먼저 과시한 행사는 명성황후의 장례식이었다. 일제의 만행으로 시해된 뒤 3년간 미루어 왔던 명성황후 장례식을 거행한 데에는 국모(國母)의 국장을 통해 황제

| **「명성황후 국장도감 의궤」** | 고종황제는 명성황후의 장례식을 통해 대내외적으로 황제의 존엄과 대한제국을 과시하고자 했다. 장례식을 자세히 기록한 「명성황후 국장도감 의궤」가 당시 성대했던 장례 모습을 보여준다.

의 존엄과 대한제국을 대내외적으로 과시하려는 목적도 있었다.

고종황제는 대한제국 선포 불과 이틀 뒤인 10월 15일 장례 일정을 확정하고 한 달 뒤인 11월 21일에 장례식을 거행했다. 장례식 전 과정을 그림과 함께 자세히 기록한 「명성황후 국장도감 의궤」를 보면 그 광경이 대단히 장엄하다. 발인 행차 모습을 그린 '발인 반차도'만 78면에 걸쳐 그려져 있다.

새벽에 발인을 해서 정오에 홍릉(청량리 소재)에 이르렀다. 길 양편엔 횃

불이 밝혀졌고 상여를 따라가는 수행원이 약 4,800명이었다. 명복을 비는 수많은 깃발, 시신을 모신 가마, 위패를 담은 노란색 작은 가마 등 6대의 가마와 악귀를 쫓는 방상시(方相氏), 부장품으로 저승길에 탈 흰색, 회색, 자주색 나무로 만든 말 6마리, 황후가 입었던 궁중예복을 실은 붉은 수레가 뒤따랐다.

장례식에 참석한 외교관도 60여 명이었다고 한다. 대한제국 정부는 장례식 사흘 전에 각국 공사와 영사에게 관원을 대동해 참석해달라고

| **고종황제 초상** | 고종황제의 초상은 여러 폭 전하는데 그중 석지 채용신이 그린 것이다. 대한제국 선포와 함께 황제에 오른 고종이 황색 곤룡포를 입고 있다. 고종은 아관파천으로 중단된 근대적인 개혁에 박차를 가했다. 그것이 '광무개혁'이다.

통지하고 당일 새벽에 6인교 가마와 순검을 보냈다고 한다.

고종의 최측근이었던 호머 헐버트(Homer Hulbert, 1863~1949) 박사는 『샌프란시스코 크로니클』 1898년 1월 9일자에 명성황후의 장례식 참관기를 기고하면서 "시해된 명성황후의 유해를 엄청난 비용을 들여 장대한 의식으로 매장하는 장례가 시작됐는데 능묘 조성과 장례 의식의 총

비용은 100만 달러 가깝게 추산된다"라고 하며 다음과 같이 증언했다.

　도성 밖의 시골길을 따라 한참을 가다 보니 모두 9,000명쯤 되어 보이는 병사들과 일꾼들의 야영지가 눈에 들어왔다. 이틀간 초 값만도 6,500달러가 들었다고 한다. 언덕배기는 불빛으로 타올랐다. 임시 주방 여러 곳에서 일꾼들과 문상객들에게 음식을 날랐다. 마치 중세의 대회의장이나 군대의 원정을 위한 모임을 보는 것과 같았다.

광무개혁

　대한제국 선포와 함께 고종황제는 아관파천으로 중단된 근대적인 개혁에 박차를 가했다. 이것이 이른바 '광무개혁'이다. 광무개혁의 기본 정책 노선은 구본신참, 즉 전통을 기본으로 하면서 새 것을 추구한다는 것이었다. 이를 기조로 국방·경제·산업·교육 등 많은 분야에서 독자적인 근대화의 길을 강력히 개척해나갔다.

　경제개혁을 위해 미국인 측량사를 초청해 근대적인 토지조사사업을 실시하고, 토지 소유 증서인 지계(地契)를 발급했다. 식산흥업(殖産興業)이라는 이름으로 추진된 상공업 진흥 정책도 광무개혁의 성과 중 하나였다. 상공학교, 외국어학교 등이 설립되고 황실 스스로 방직·제지·유리 공장 등을 세우며 산업 발전의 기반을 조성했다. 철도와 전차, 전화 등 교통과 통신 시설도 설치했다.

　나아가서 1899년 8월 17일 고종은 대한제국 헌법이라 할 수 있는 '대한국(大韓國) 국제(國制)' 9개 조항을 발표했다. 제1조는 다음과 같다.

　대한국은 세계 만국에 공인되어온바 자주독립한 제국이니라.

EXPOSITION DE 1900
Pavillon de la Corée

| 1900년 파리만국박람회 포스터 |　고종황제는 대내외에 황제이자 군사 통수권자로서의 권위를 과시하고자 했다. 대한제국은 1900년 파리에서 열린 만국박람회에도 참가하는 등 국제사회와 긴밀히 교류하는 데에도 힘을 기울였다. 당시 프랑스 잡지에 실린 한국관의 모습이다.

'대한국 국제'의 핵심 내용은 육해군의 통수권·입법권·행정권·관리 임면권·조약 체결권 등 주요 권한을 모두 황제에게 집중시킨 것이었다. 고종황제는 프러시아식 군복을 착용한 대원수로서 대내외에 황제이자, 군사 통수권자로서의 권위를 과시했다. 1900년 파리에서 열린 만국박람회에도 참가하는 등 대한제국은 국제사회와 긴밀히 교류하는 데에도 힘을 기울였다. 1902년에는 에케르트(F. Eckert, 『조선미술사』를 쓴 에카르트와는 다른 인물)에게 작곡을 의뢰해 국가(國歌)를 제정하고, 어기(御旗, 태극

기)도 제작했다.

광무개혁에는 많은 한계가 있었다. 특히 독립협회와 만민공동회가 주장한 입헌군주제가 아니라 전제군주제로 나아감으로써 정치적으로 봉건성을 면치 못했던 것은 시대의 한계였다. 그러나 광무개혁은 혹자들이 말하듯 '일제에 의해 우리나라가 근대화된 것'이 아니라 일제의 강탈 탓에 우리의 독자적인 근대화가 좌절되었을 뿐이라는 사실을 말해준다. 그리고 단명했을지언정 대한제국의 꿈과 좌절을 구체적으로 보여주는 곳이 바로 덕수궁이다.

경운궁의 첫 모습

고종이 경복궁이 아니라 경운궁으로 환어할 마음을 먹은 것은 명성황후가 시해된 경복궁으로 가기 싫었던 사정도 있고 신변의 안전을 위한 선택이라고 볼 수도 있지만, 경운궁이야말로 근대국가 대한제국의 황궁으로 삼기 적합했기 때문이었다.

당시 경운궁 주위 정동 일대는 개화의 상징적 공간이었다. 배재학당, 이화학당은 이미 오래전에 세워졌고 경운궁 서북쪽으로는 러시아공사관과 러시아정교회, 서남쪽으로는 미국공사관과 정동교회, 동쪽으로는 영국공사관과 성공회 성당, 그리고 남쪽으로는 독일공사관(오늘날의 서울시립미술관)이 경운궁을 둘러싸고 있었다. 그리고 그 주변에는 각국의 공사관 직원, 선교사, 외국상사 주재원들의 저택이 퍼져 있었다.

본래 경운궁은 한낱 별궁이었기 때문에 터가 넓지 않았다. 궁역의 확장을 위해 주변의 주택을 매입해야 했는데 동쪽은 이미 태평로가 닦여 확장할 수 없었고, 남쪽은 언덕인 데다 독일공사관이 바짝 붙어 있었다. 열려 있는 곳은 오직 북쪽의 영국공사관과 서쪽의 미국공사관 사이 공간밖에 없었다. 덕수궁의 터가 반듯하지 못하고 북쪽의 선원전 구역과 서쪽의 중명전 구역이 담장 밖으로 떨어져 있게 된 것은 이 때문이다.

1897년 2월 20일 고종이 환어할 당시 경운궁엔 기존의 석어당과 즉조당 외에 침전인 함녕전, 서재인 보문각, 역대 왕들의 어진을 모신 사성당 정도가 새로 지어졌다. 법궁이라면 당연히 정전과 선원전이 있어야 하는데 정전은 즉조당을 임시로 사용하면서 태극전이라는 현판을 걸었고 나중엔 이름을 중화전(中和殿)으로 바꾸었다. 선원전은 그해 6월, 포덕문(布德門) 안쪽에 짓게 해 이듬해 4월에 완공했다.

이와 동시에 고종은 경운궁을 근대식 궁궐로 만들고자 영국인 건축가 하딩(G. R. Harding)에게 석조전 설계를 의뢰해 2년 뒤인 1900년에 기공식을 가졌다. 양관(洋館)이라 불리는 근대식 서양 건축물도 여러 채 세워졌다. 구성헌, 돈덕전, 정관헌, 중명전 등이 이 무렵에 건립되었다. 석조전 뒤편에 있었던 구성헌은 세관 건물로 사용되던 양관을 개축한 것이었고, 석조전 북서쪽에 있었던 2층 벽돌 건물인 돈덕전에서는 외국 사신들을 접견하거나 많은 연회를 열었으며, 지금도 남아 있는 정관헌은 파빌리온(pavilion)식 정자로 고종이 커피를 마시며 쉬던 공간이다. 그리고 미국대사관 건너편 쪽으로 떨어져 있는 중명전은 황실 도서관이었다.

1900년 1월 28일엔 경운궁 담장 공사를 마쳤다. 그리고 같은 해 봄에는 발전소 설비가 완성되어 경운궁 내에 전기 공급이 시작되었다. 이로써 경운궁은 전통과 근대가 어우러진 구본신참의 황실 모습을 갖추었다.

휴버트 보스의 「고종황제 초상」

경운궁 시절 고종황제는 아주 특이한 외국인을 한 분 맞이했다. 네덜란드 출신 미국인 화가 휴버트 보스(Hubert Vos, 1855~1935)다. 그는 브뤼

| **돈덕전** | 고종은 경운궁을 근대식 궁궐로 만들고자 했으며, 양관이라 불리는 근대식 서양 건축물도 여러 채 세웠다. 석조전 북서쪽에 있었던 2층 벽돌 건물인 돈덕전에서는 외국 사신들을 접견하거나 많은 연회가 열렸다.

셸의 왕립미술학교를 졸업하고 영국에서 초상화가로 활동했다. 1893년 시카고만국박람회에 네덜란드 왕실의 커미셔너로 참가했다가 미국으로 귀화했는데, 당시 보스는 박람회에서 인종관을 보고 인종학에 관심을 갖게 되어 여러 인종의 표준 인물상을 그려야겠다는 생각을 품었다고 한다.

그리하여 보스는 사라져가는 순수 혈통을 기록할 목적으로 인도네시아·자바·중국·일본 등지를 여행하면서 각 민족의 초상화를 그렸다. 훗날 그는 서양화가로서는 처음으로 중국 서태후의 초상도 그릴 정도로 높은 명성을 얻었다.

보스는 1898년 조선에 들어와 이듬해 봄까지 미국공사관에 머물면서 러시아공사의 소개로 고위 관리들의 만찬에 참석하게 되었고 그곳에서 고종의 외척이자 고관이었던 민상호(閔商浩)를 만나 초상을 그려주었다. 이것이 계기가 되어 그는 고종황제와 황태자의 초상화를 그리게 되

| 휴버트 보스의 「고종황제 초상」 | 미국인 화가 휴버트 보스가 그린 고종의 초상에는 황제로서의 늠름한 품위가 잘 나타나는데 한편으로는 외세에 시달리던 우수 어린 분위기도 느껴진다.

었다.

1899년 7월 12일 『황성신문』은 이 사실을 기사로 전하면서 보스가 받은 작품료가 당시 기와집 몇 채 값에 해당하는 1만 원이라고 했다. 보스는 고종의 초상을 두 점 그려 하나는 황실에 제출하고 나머지 하나는 1900년 6월 파리만국박람회에 민상호의 초상화와 함께 조선인의 표준 인물상으로 출품했다.

보스가 그린 고종황제와 황태자의 초상은 덕수궁 흠문각에 모셔져 있었는데 불행히도 1904년 덕수궁 대화재 때 불타 소실되었다. 그런데 1979년 미국 코네티컷 주에 있는 스탠포드 박물관에서 열린 '휴버트 보스의 유작전'에 보스가 파리만국박람회에 출품했던 「고종황제 초상」 「민상호 초상」 「서울 풍경」이 전시되었다. 보스 사후 유족이 소장하고 있던 작품들이다. 이를 계기로 1982년 국립현대미술관에서는 이 작품들을 국내에 소개했고 그중 「서울 풍경」을 매입했다. 그래서 이 작품은 현재 국립현대미술관에 소장되어 있다.

보스의 초상화에는 인물의 성격과 분위기가 잘 나타나 있다. 「고종황제 초상」에도 황제로서의 늠름한 품위가 잘 느껴지는데 어딘지 모르게 외세에 시달리던 우수 어린 분위기가 서려 있다. 보스는 훗날 지인에게 쓴 자전적 편지에서 "황제와 그 백성들의 미래에 대해 슬픈 예감을 갖고 떠났다"고 했다.

경운궁의 화재와 재건

대한제국의 황궁으로서 경운궁은 모처럼 근대 궁궐의 모습을 갖추었건만 1900년 10월 선원전에 화재가 일어나 7개실에 모신 어진들도 모두 소실되었다. 고종은 사흘간 상복을 입고 조상님께 사죄한 뒤 즉시 복구에 나섰다.

이때 고종은 이를 전화위복의 기회로 삼고자 새 선원전은 옛 경기여고 자리에 별궁으로 짓게 하고 불탄 자리에는 설계가 완성된 석조전을 기공했다. 새 선원전은 이듬해 7월 준공해 어진들도 새로 봉안했고 석조전은 10년 뒤인 1910년 완공되었다.

새 선원전 공사가 끝나자 고종은 미루어두었던 정전인 중화전 공사에 착수했다. 그해 9월에 착공해 1902년 10월 완공했다. 선원전과 정전이 완공되어 궁궐의 격식을 완전히 갖추자 나라의 경사를 축하하는 뜻에서 대사면령을 내렸다. 이때가 경운궁의 전성기였다.

그러나 세월은 대한제국과 고종에게 불리하게 돌아갔다. 운까지 따르지 않았다. 경운궁이 규모를 갖춘 지 채 2년도 지나지 않은 1904년 4월 14일, 영선사(營繕司)에서 함녕전의 온돌을 수리하던 중 실수로 경운궁에 대화재가 발생했다.

함녕전에서 일어난 불은 중화전, 즉조당, 석어당 등 대부분의 전각을 태웠고, 명성황후의 신주(神主)를 모셨던 경효전(景孝殿), 어진(御眞, 왕의 초상)과 예진(睿眞, 왕자의 초상)을 봉안한 흠문각(欽文閣)도 불에 탔다. 멀리 떨어져 있던 중명전, 가정당, 돈덕전, 구성헌, 정관헌만이 화재를 면했다. 고종은 본궁에서 떨어져 있는 중명전으로 거소를 옮겨 집무를 보았고 1년 7개월 뒤 거기에서 을사늑약이 강제되었다.

화재 이튿날 고종은 곧바로 경운궁 중건도감을 설치하고 윤용선을 도제조로 임명해 복구에 들어갔다. 가장 먼저 착공한 것은 경운궁의 뿌리인 석어당과 즉조당이었다. 그리고 명성황후의 혼전(魂殿)인 경효전을 상량했다. 이어서 편전인 준명당, 침전인 함녕전을 복원했고 정전인 중화전은 1905년 1월에 착공했는데 당시 나라의 재정이 넉넉지 못해 이전처럼 중층으로 짓지 못하고 지금 남아 있는 것처럼 단층의 단출한 규모

돈덕전　　구성헌　　중화전　　중화전 회랑　　조원문

| 화재로 불타기 전의 중화전 | 경운궁의 정전인 중화전은 1904년 4월 14일 함녕전의 온돌을 수리하던 중 실수로 발생한 대화재로 즉조당, 석어당 등 대부분의 전각과 함께 불에 탔다. 이 사진은 중화전 남쪽 담장을 공사할 때 모습을 담고 있다. 안창모가 쓴 『덕수궁』(동녘 2009)에 수록된 사진이다.

로 축소했다. 이때 고종황제가 쓴 '경운궁' 현판이 국립고궁박물관에 전하고 있다.

　경운궁 복원 공사는 1906년 12월 30일에 끝났다. 이에 관례에 따라 공사의 전 과정을 도면과 함께 기록한 『경운궁 중건도감 의궤(慶運宮重建都監儀軌)』(전2권)가 전하는데 당시에 중건한 건물은 현재 남아 있는 중화전·즉조당·석어당·함녕전·준명당 외에도 흠문각 11.5칸·경효전 20칸·영복당 19.5칸·함유재 12칸·함희당 21칸·양이재 24칸과 시강원·궁내부·태의원·비서원·공사청·내반원·남여고 등의 모든 황실 부속 건물들이었다. 그 힘든 상황 속에서도 경운궁은 대한제국의 황궁으로 어엿한 면모를 잃지 않고 있었다.

| **중화전** | 정전인 중화전은 1905년 1월 복원 공사에 착수했는데 당시 나라의 재정이 넉넉지 못해 전처럼 중층으로 짓지 못하고 지금의 모습처럼 단층의 단출한 규모로 축소했다. 그래서 궁궐의 위용이 아니라 대한제국의 쓸쓸한 최후를 느끼게 한다.

퇴위한 태상황 고종의 덕수궁

경운궁을 겨우 복원한 고종이었건만 1907년 헤이그 특사 사건을 빌미로 그해 7월 18일 강제로 퇴위되어 황태자 대리청정을 발표하고 태황제로 물러나게 되었다. 8월 27일에는 순종이 석조전 뒤에 있던 양관인 돈덕전(惇德殿)에서 즉위식을 가졌다.

이 돈덕전은 1902년에 총해관 터에 지은 양식 건물인데, 고종이 외교 사절들을 접견하는 공간으로 사용했고 수많은 연회도 열었던 테라스가 있는 예쁜 2층 벽돌집이었다. 1930년대 일제가 덕수궁을 공원으로 만들면서 헐려나간 것으로 보이는데 근래에 목수현 박사가 돈덕전의 1층 평면도를 찾아내어 문화재청에서 바야흐로 복원을 준비하고 있다. 돈덕전이 복원되면 근대국가의 궁궐로서 덕수궁의 면모가 더 확연히 드러나게

| **'경운궁' 현판** | 1905년 경운궁의 복원 공사가 진행될 때 고종황제가 쓴 '경운궁' 현판이 국립고궁박물관에 소장 중이다. 경운궁 복원 공사는 1906년 12월 30일에 끝났다.

될 것이다.

순종황제가 창덕궁으로 이어하면서 경운궁은 법궁의 지위를 내주게 되었다. 이때 순종이 태황제로 물러난 고종에게 '덕수'라는 칭호를 올림으로써 고종이 기거하는 경운궁은 덕수궁으로 불리게 되었다.

고종이 태황제로 머물고 있던 1910년 대망의 석조전(石造殿)이 완공되었다. 그러나 바로 그해 8월 29일 일제는 대한제국의 국권을 피탈하고 고종의 칭호를 '덕수궁 이태왕(李太王)'으로 격하했다. 이 때문에 석조전은 황실의 궁궐로는 사용되지 못했다.

덕수궁에서 쓸쓸히 지내고 있던 고종에게 즐거운 일이란 없었다. 1911년 7월 귀비 엄씨(순헌황귀비)가 즉조당에서 세상을 떠났고, 9월엔 고종이 육순을 맞이했으나 순종이 그를 알현하러 왔을 뿐이었다.

그런 가운데 1912년 덕수궁 궁인(宮人) 양씨가 고종의 딸을 낳았다. '복녕당(福寧堂) 아기씨'라 불린 이 늦둥이 덕혜옹주를 고종은 무척 귀여워했다. 고종은 옹주가 행여 다칠까 준명당 기단에 구멍을 내고 난간을 둘렀다. 그 난간 기둥 구멍 자리는 지금도 남아 있다. 1916년엔 준명당에 유치원을 설치해 덕혜옹주를 교육시켰다.

1919년 1월 21일 고종은 향년 68세로 세상을 떠났고 3월 3일에 있을 고종의 인산(因山, 장례식)을 계기로 3·1독립만세운동이 들불처럼 일어나 결국 상해에 대한민국 임시정부가 수립되었으니, 그 격동의 사반세기 역사가 모두 덕수궁 시절이었다.

덕수궁 수난사

1919년 고종황제가 세상을 떠나자 일제는 기다렸다는 듯이 이듬해 1월 석조전을 제외한 덕수궁 대부분을 철거할 계획을 밝히고 이후 수많은 전각들을 헐어 매각했다. 선원전 구역은 조선은행, 식산은행, 경성일보사에 팔려 나갔다.

1922년에는 덕수궁과 오늘날의 미국대사관저 사이에 도로가 생기면서 귀비 엄씨의 혼전(魂殿) 등이 도로 건너편으로 떨어져나가게 되었다. 1926년 순종이 세상을 떠나자 일제는 옛 궁궐의 훼철에 박차를 가했다. 1931년에는 덕수궁 부지 1만 평을 대공원으로 건설한다는 계획을 발표했다. 석조전은 일본 미술품을 전시하는 미술관으로 사용되었고, 1933년 일제는 마침내 덕수궁을 공원으로 만들어 일반에게 공개했다.

석조전에 일본 작품만 전시된 것에 대해 불만이 일어나자 1936년 이왕직(李王職)에서는 석조전 서관을 짓고 창덕궁에 있던 이왕가미술관을 옮겨왔다. 그해 9월에 서구식 정원을 본뜬 분수대를 설치하면서 옛 궁궐의 이미지는 완전히 퇴색되었다.

해방이 되어 국권을 되찾았어도 덕수궁 입장에선 광복이 아니었다. 1946년 3월, 한국의 신탁통치와 완전 독립 문제를 토의하기 위한 미소공동위원회가 석조전에서 열리면서 덕수궁은 다시 한번 세상의 주목을 받았다. 그러나 정부 수립 후에도 덕수궁은 여전히 일제가 꾸며놓은 공원 상태 그대로 남아 있었을 뿐이었다. 게다가 날로 팽창하는 서울시의 도시계획에 따라 궁궐의 영역은 오히려 더 좁아지게 되었다.

세종로 네거리에서 남대문에 이르는 태평로의 도로 폭을 확장하기 위해 1968년엔 덕수궁 담을 안쪽으로 들여쌓게 되었다. 원래 덕수궁 동쪽 담장은 오늘날의 서울광장까지 닿아 있었다. 덕수궁의 이런 수난의 역사를 가장 잘 보여주는 것이 대한문이다.

경운궁의 정문, 대안문으로

1897년 중건 당시 경운궁의 정문은 남쪽 대문인 인화문(仁化門)이었다. 본래 궁궐의 정문은 남문이고 그 이름에는 될 화(化) 자가 쓰인다. 경복궁은 광화문, 창덕궁은 돈화문, 창경궁은 홍화문, 인경궁은 명화문, 경희궁은 흥화문이듯이 경운궁엔 인화문이 있었다. 고종이 아관파천에서 경운궁으로 환어할 때 입궐한 문도 인화문이었고, 명성황후의 상여도 이 인화문을 통해 청량리에 있던 홍릉으로 나아갔다.

인화문은 정전인 중화전으로 들어가는 중화문과 남북 일직선상에 있었다. 지금의 서울시립미술관과 마주 보는 돌담 부근인데 한동안 그 자리엔 휴게 의자가 놓여 있었다. 경운궁에는 남문인 인화문 외에도 사방으로 대문이 세워져서 북쪽에는 영성문(永成門), 서쪽에는 평성문(平成門), 동쪽에는 대안문(大安門)이 있었다.

그중 동문인 대안문이 경운궁의 정문이 된 데에는 두 가지 계기가 있었다. 하나는 1896년 9월에 내부대신 박정양의 이름으로 공포된 '한성 내 도로의 폭을 규정하는 건(내부령 제9호)'에 따라 시행된 대대적인 도시

| **대안문** | 경운궁에는 남문인 인화문 말고도 사방으로 대문이 있어 북쪽에는 영성문, 서쪽에는 평성문, 동쪽에는 대안문이 있었다. 그중 동문인 대안문이 경운궁의 정문이 되었다.

계획으로 서울의 메인 도로가 바뀐 것이다.

건축가 안창모가 밝힌 바에 따르면 이때 세종로 네거리에서 동대문에 이르는 종로와 광교에서 남대문에 이르는 남대문로의 폭을 55척(16.7미터)으로 확장했다. 그리고 이듬해엔 세종로 네거리에서 남대문을 잇는 태평로길이 열렸다. 이어 경운궁 앞 동쪽으로는 구리개길(을지로)이 정비되면서 한양의 도심이 광화문 앞 육조거리에서 경운궁 대안문 앞으로 급격히 이동했다.(『덕수궁』, 동녘 2009)

그리고 또 하나의 계기는 1897년 10월 대한제국 선포를 위해 대안문 맞은편 소공동에 환구단을 건설한 것이다. 이로써 소공동길도 생기게 되어 마침내는 대안문을 중심으로 방사상의 도로망이 퍼져나갔고 나중에는 광장까지 생겼으니 오늘날 서울의 도심은 이때 기본 골격을 갖춘 셈이다.

| 대한문 | 1906년 4월 고종은 대안문의 수리를 지시하면서 이름을 대한문으로 변경하도록 했다. 대한은 '큰 하늘'이라는 뜻으로 새로 태어난 대한제국이 하늘과 함께 영원히 창대하라는 염원을 담았다.

대한문의 뜻

1906년 4월, 고종은 대안문의 수리를 지시하면서 이름을 대한문(大漢門)으로 변경하도록 지시했다.(『조선왕조실록』 고종 43년(1906) 4월 25일자) 그 이유에 대해서는 여러 가지 설이 난무했다. 매천 황현(黃玹)은 『매천야록』에서 "대안문을 대한문으로 고치고 안동에 천도하면 나라가 계속 번창(國祚延昌)하리라"는 참언 때문에 이름을 바꿨다고 했고, 시중에서는 대안의 '안(安)' 자가 갓을 쓴 여인 모양을 닮아 이를 피한 것이라는 속설도 돌았다.

그런가 하면 대한문의 한(漢) 자를 중국을 의미하는 것으로 해석해 중국을 숭상하는 뜻이 있다는 주장, 혹은 조선도 중국처럼 큰 나라라는 뜻이라는 설도 나왔다. 반대로 이 글자를 놈이라는 뜻으로 해석해 이토 히로부미가 '큰 놈이 드나드는 문'이라는 뜻으로 바꾸도록 강요했다는 주장도 생겼다.

그러나 이 모든 것이 낭설이다. 1907년에 편찬된『경운궁 중건도감 의궤』에 실려 있는 이근명(李根命)의「대한문 상량문」에 그 내력이 소상히 밝혀져 있는바, 대한은 '큰 하늘'이라는 뜻으로 새로 태어난 대한제국이 하늘과 함께 영원히 창대하라는 염원을 담은 것이다. 이 상량문은 대단히 난삽해 직역해서는 뜻을 전하기 어려워 그 내용을 다듬어 옮기면 다음과 같다.

황제는 천명을 받아 유신(維新)을 도모하여 법전인 중화전에 나아가시고, 다시 대한(大漢) 정문(正門)을 세우셨다. 대한은 소한(霄漢)과 운한(雲漢)의 뜻을 취한 것이니, 덕이 하늘에 합하고 무지개가 구름 사이에 나온다. 대한문의 동쪽은 아침 햇살이 처마 위를 푸르고 붉게 물들인다. 대한문의 북쪽에 솟아오른 삼각산〔三峰山〕은 빼어난 빛을 보내고, 대한문 아래로는 마을이 하늘의 문〔天門〕을 열고 온 사방으로 뻗었다. (…) 국운이 길이 창대할 것이고, 한양이 억만년 이어갈 터전에 자리했으니 문 이름을 (대한문이라) 특별히 건다.

1906년, 을사늑약을 당한 바로 그다음 해 정월에 고종은 이런 염원을 담아 덕수궁의 대문 이름을 대안문에서 대한문이라 고쳤던 것이다. 대한문의 현판은 남정철(南廷哲)의 글씨다.(『조선왕조실록』 고종 43년(1906) 5월 1일자)

계속되는 대한문의 이전

대한문에는 이런 염원이 담겨 있었지만 이름을 바꾼 지 불과 5년 뒤에 나라를 강탈당하고 만다. 그러나 대한문은 대한제국 황궁의 정문이라는 상징성을 잃지 않아서 1919년 3·1독립만세운동을 비롯해 일제에 항거하는 수많은 집회와 시위의 장소로 그 역사를 이어왔다.

그렇게 역사의 한을 안고 있는 대한문이건만 세월의 변화를 이기지 못해 1968년, '불도저 시장'으로 불린 김현옥 시장이 서울시 도시계획을 마구 밀어붙이면서 태평로 도로 확장을 위해 덕수궁 동쪽 담장을 16.5미터 안쪽으로 물려 넣는 바람에 도로 한가운데에 섬처럼 남겨지게 되었다. 그리고 2년 뒤인 1970년 8월에는 대한문도 22미터 안쪽 현재의 위치에 다시 세우기 시작해 이듬해 1월에 준공했다.

당시 대한문의 이전은 당대 최고의 대목장이던 조원제 편수와 그의 제자 이광규 대목, 그리고 최고의 드잡이공인 김천석 장인이 맡았다. 이때 대한문을 해체하지 않고 기와를 다 걷어낸 다음 결구를 단단히 묶고는 마치 뒷걸음치듯 통째로 밀어가며 옮겨놓았다. 구경꾼들이 인산인해를 이루었고 사람들은 "대한문이 걸어서 간다"며 신기해했다.(신영훈 『조선의 궁궐』, 조선일보사 1998) 이전 작업을 지휘한 김천석은 장안의 화제 인물이 되었다(전설적인 드잡이공인 김천석 장인이 천려일실한 사건이 1966년 불국사 석가탑 해체 때 2층 옥개석을 떨어뜨린 것이었다).

대한문은 이렇게 갖은 사연을 갖고 수리와 복원을 거듭해 오늘에 이르고 있다.

함녕전과 덕홍전

대한문을 들어서면 간신히 복원한 금천교가 있고, 금천교를 건너면 오른편으로 덕수궁의 전통 건축 공간이 펼쳐진다. 여기가 고종황제의 침전이 있던 함녕전 구역이다. 현재 함녕전 구역은 회랑으로 둘러진 안쪽에 함녕전과 덕홍전(德弘殿) 두 건물이 있고 뒤편의 화계 너머로 서양식

| 서울시 도시계획에 따라 섬처럼 남았던 대한문 | 1968년 '불도저 시장'이 도시계획을 밀어붙이면서 태평로 도로 확장을 위해 덕수궁 동쪽 담장을 16.5미터 안쪽으로 물리는 바람에 대한문은 도로 한가운데에 섬처럼 남게 되었다.

정자 건물인 정관헌이 있다. 함녕전은 고종의 침전으로 쓰였는데 화재 탓에 3년간 중명전에 있었던 기간을 제외하면 줄곧 여기서 기거하다 세상을 떠났으니 덕수궁에서도 고종의 체취가 가장 잘 느껴지는 공간이다.

덕홍전은 덕수궁에서 가장 늦게 지어진 건물로 원래는 명성황후의 혼전인 경효전이 있던 자리였으나 화재 후 이 건물을 지어 귀빈들을 접견했다. 한때는 고종황제가 덕홍전을 쉽게 드나들도록 함녕전까지 복도를 놓았다고 하는데 현재는 흔적만 남아 있다.

함녕전 건물(보물 제820호)은 정면 9칸, 측면 4칸이며 서쪽 뒷면에 4칸이 더 붙어 짧은 기역자 형인데 제법 장중한 멋이 있다. 이에 반해 덕홍전은 정면 3칸, 측면 4칸으로 측면의 폭이 정면만큼이나 넓은 것이 특징이다. 이는 전통 한옥에서 보기 힘든 형태인데 아마도 정면을 더 넓게 펼칠 수 없는 입지 조건 때문에 필요한 공간을 확보하기 위해 변형한 게 아

| **함녕전** | 고종의 침전으로 쓰였으며 화재 탓에 3년간 중명전에 있었던 기간을 제외하면 고종은 줄곧 여기서 기거하다 세상을 떠났다. 고종의 체취가 가장 많이 느껴지는 공간이다.

닐까 짐작한다. 덕홍전은 측면이 넓은 만큼 팔작지붕의 세모꼴 합각이 유난히 커졌다. 그래서 이 빈 공간을 아름다운 꽃무늬로 장식한 것이 하나의 볼거리이다.

1960~70년대엔 이 행각에서 해마다 국화전시회가 열려 가을이면 좋은 구경거리가 되기도 했다.

함녕전의 실내장식

함녕전은 2016년 실내장식을 옛 모습대로 재현함으로써 안팎의 면모를 일신했다. 도배와 장판을 새로 하고 햇빛 차단을 위한 주렴(珠簾)과 방풍을 위한 우리식 커튼인 무렴자(無簾子)를 동실과 서실 모두에 설치했다.

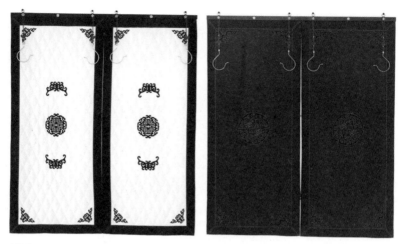

| **함녕전 실내장식** |　함녕전에는 커튼인 방장과 무렴자를 제작하여 설치했는데 특히 무렴자는 아주 품위 있고 무늬도 아름답다. 오행의 상징색에 맞추어 동쪽 방에는 청색에 가까운 수박색, 서쪽엔 흰색 무렴자를 설치했다.

　　흔히 발이라 불리는 주렴은 댓살로 엮어 실내에 치는 것이 보통이지만 대갓집과 궁궐에서는 대청마루 위에도 설치했다. 이를 외주렴(外珠簾)이라 하는데 궁궐 건축에 사용한 외주렴에는 붉은빛 주칠을 했다. 가구 중에서도 주칠장을 내사(內司)장이라 부르는 것은 주칠이 궁실 전용이었기 때문이다.

　　전통 실내장식 중에는 방장(房帳)과 무렴자가 있다. 방장은 방풍과 방한을 위해 사면 벽에 두른 것이고, 무렴자는 창문과 출입문에 설치한 솜을 누빈 커튼이다. 방장은 나무로 만든 틀에 천을 발라 만들었고 무렴자는 지지대 없이 천으로 만드는데, 위쪽에 금속 고리를 달아서 사용하지 않을 때는 말아서 올려둘 수 있게끔 되어 있다. 대개는 쌍으로 대칭을 이룬다.

　　재단법인 아름지기가 함녕전에 설치한 방장, 외주렴, 무렴자는 『조선왕조실록』의 기록과 각종 의궤에 나오는 그림을 바탕으로 무형문화재

| **함녕전 나전상** | 얼마 전 한 경매에 대단히 정교한 나전상이 출품되었는데 바닥에 '함녕전'이라는 글씨가 붙어 있어 여기에 놓였던 것임을 알 수 있었다.

제114호 염장 조대용을 비롯해 나전장, 소목장, 두석장의 기능 보유자와 이수자들이 참여해 제작한 것이다.

앞으로는 함녕전에 가구도 재현해놓을 계획이라고 하는데 몇 해 전에 한 경매에 함녕전에서 사용되었던 용무늬 교자상이 출품된 바 있어 이를 재현할 방법도 강구 중이라고 한다. 이제 우리나라 궁궐도 유럽의 궁궐처럼 높은 수준의 실내장식을 구현해가고 있다.

함녕전 송별회 시축

함녕전을 아무리 아름답게 꾸민다 해도 고종이 을사늑약 후 일제의 강압 속에 우울한 나날을 보낸 곳이라는 사실은 지워지지 않는다. 일제 강점기에 함녕전 뒤편에는 흰 대리석에 칠언절구를 새긴 시비(詩碑)가 서 있었다. 사진으로만 전해지는 이 시비에는 초대 통감 이토 히로부미

| **함녕전 송별연 시비** | 일제강점기 함녕전 뒤편에는 1907년에 쓰인 함녕전 시축의 칠언절구를 새긴 흰 대리석 시비가 있었다. 해방 후 철거했는데 어딘가에 묻혀 있을 것으로 생각된다.

(伊藤博文), 이토 히로부미의 수행원 모리 다이라이(森大來), 2대 통감 소네 아라스케(曾禰荒助), 친일 대신 이완용 등 국권피탈의 주역 4명의 이름이 각 행 아래 쓰여 있다.

甘雨初來霑萬人 博文(박문)　　마침내 단비 내려 뭇 사람을 적시니
咸寧殿上露華新 大來(대래)　　함녕전 이슬 머금은 꽃이 새롭네
扶桑槿域何論態 荒助(황조)　　부상(일본)과 근역(조선)이 무엇이 다르겠는가
兩地一家天下春 完用(완용)　　두 땅이 한집안을 이루어 천하가 봄인 것을

이완용이 지은 마지막 구가 씁쓸하고 괘씸하기만 하다. 이 시비는

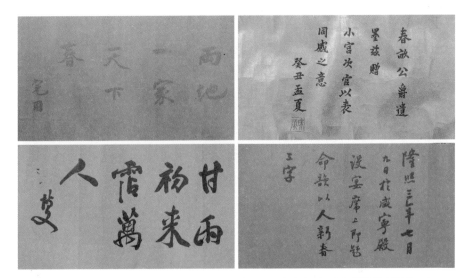

| 함녕전 송별연 시첩 | 1907년 7월 함녕전에서 벌어진 초대 통감 송별연 때 이토 히로부미, 이완용 등이 연작시로 지은 시축이 남아 있어 을사늑약 후 일제가 강제합병을 도모하던 시대 분위기를 증언하고 있다.(명지대 LG연암문고 소장)

8·15해방 뒤 마땅히 철거되었는데 함녕전 뒤뜰 어딘가에 묻혀 있을 것으로 추정된다. 그런 아픔이 서린 함녕전이다.

시의 원본은 『함녕전 시첩(詩帖)』으로 현재 명지대 LG연암문고에 소장되어 있는데 발문(跋文)을 보면 1907년 7월 함녕전에서 벌어진 초대 통감 송별연 때 연작시로 지은 것이었다.

동양과 서양이 만난 정자, 정관헌

함녕전과 덕홍전 뒤쪽 높은 지대엔 널찍한 화계가 쌓여 있고, 이 꽃계단에는 아담한 자태의 소나무와 장식 무늬가 새겨진 굴뚝이 설치 작품처럼 서 있어 조선 궁궐 정원의 품격을 한껏 자랑한다. 봄이면 모란이 흐드러지게 피어나 그 또한 볼거리인데 화계 옆으로는 꽃담이 지형에 따라 높낮이를 달리하며 감싸주고 있다. 꽃담 사이에는 유현문(惟賢門)이라는 그윽한 이름의 아름다운 근대식 벽돌 기와 나들문이 나 있다. 여기가 아마도 덕수궁에서 가장 사랑스러운 공간이 아닐까 싶다.

화계 맨 위쪽 평평한 언덕바지에는 정관헌(靜觀軒)이라는 근대식 정자 건물이 있다. '조용히 관조하는 집'이라는 뜻의 이 양관은 러시아 건축가 사바틴(A. I. S. Sabatin)이 설계한 것으로 1900년경 건립되었으리라 추측되며 덕수궁에 일찍 지어진 근대식 건축의 하나이다.

서양 파빌리온풍이지만 북쪽은 벽으로 막히고 궁궐이 내다보이는 동서남 3면은 열린 개방형 구조이다. 3단의 넓은 돌축대 위에 정면 7칸, 측면 5칸의 나무기둥 열주(列柱)가 날개를 펴고 있는데 그 안쪽에 로마네스크 양식의 인조석 기둥을 세움으로써 넓은 베란다가 생겨 안쪽 공간을 보호하고 있다. 경운궁 대화재 때 정관헌은 다행히 화마를 피했는데 그뒤에는 임시로 안쪽에 벽을 치고 태조의 어진을 봉안하기도 했다. 그런 가변성이 있는 공간이다. 안쪽 주두(柱頭)엔 코린트식 꽃무늬가 장식되어 있고 바깥 기둥 위쪽에는 청룡, 박쥐, 꽃병 등의 전통 문양이 새겨져 있다.

고종은 여기에서 외교관을 맞이하기도 했고 화가를 불러 자신을 그리게도 했으며 음악을 감상하면서 다과와 커피도 즐겼다고 한다. 생활이 근대적으로 바뀌면서 서양식 건물이 자연스럽게 들어온 것인데 서양식에 우리 전통 양식이 가미되어 있다는 점에서 '구본신참'의 동도서기(東道西器)가 아니라 오히려 서도동기의 건축이라고 할 만하다.

서구 문화에 관심이 많았던 고종은 아관파천 때 러시아공사관에서 커피를 즐겼다고 하는데 당시 커피는 양탕(洋湯)이라고 했단다. 고종은 커피 맛을 잘 알았다. 1898년에는 커피 독살 미수 사건도 있었다. 김홍륙이 고종에게 앙심을 품고 커피에 독을 탄 것이다. 고종은 평소와 맛이 다르

| **유현문** | 함녕전과 덕홍전 뒤쪽 높은 지대엔 널찍한 화계가 있고 그 옆으로는 꽃담이 지형에 따라 높낮이를 달리하며 감싸고 있다. 꽃담 사이에는 유현문이라는 그윽한 이름의 아름다운 근대식 벽돌 기와 나들문이 있다.

자 곧장 뱉어버렸다. 황태자인 순종은 한 모금 삼킨 탓에 오랜 시간 여독으로 고생했다고 한다.

이렇게 커피와 인연이 깊은 건물인지라 근래에는 스타벅스가 지원하여 '정관헌에서 명사와 함께'라는 이야기 한마당이 열리고 있다.

러시아 건축가, 사바틴

정관헌을 설계한 사바틴은 우리나라 근대 건축의 개막을 알려준 러시아인 건축기사이다. 서재필은 『독립신문』에서 그를 스위스 건축기사로 소개했지만 실은 우크라이나 귀족 출신이었다. 사바틴은 상트페테르부르크 왕립예술아카데미에서 일반인을 대상으로 하는 1년짜리 코스를 수료하고 러시아 해군 양성소에 입교해 항해사가 되어 블라디보스토크의

| 정관헌 | 화계 맨 위쪽 평평한 언덕에는 근대식 정자인 정관헌이 있다. '조용히 관조하는 집'이라는 뜻의 이 양관은 러시아 건축가 사바틴이 설계한 것이다. 고종은 여기서 조용히 커피를 즐겼다고 한다.

극동 함대로 임관하게 됐다. 1883년 24세 때 조선의 외교 고문이던 묄렌도르프(P. G. Möllendorff)에게 토목기사로 고용되어 조선에 온 그가 처음 맡은 역할은 영조교사(營造敎士)로서 벽돌을 만드는 가마를 짓는 임무였다.

이후 제물포에 정착한 그는 인천해관청사(1883)를 지은 후 인천항 부두(1884), 인천 만국공원(오늘날의 자유공원, 1888), 러시아공사관(1890), 독립문(1897), 경복궁 관문각(1892), 덕수궁의 정관헌 등 수많은 서구식 근대건축물을 설계했다.

그는 고종의 지우를 얻은 뒤 조선의 유력 인사들과도 친분을 쌓았으며 1895년 을미사변 당시 명성황후가 쓰러지는 모습을 직접 보았던 증인 중 한 사람이다. 그는 영어를 익혀서 영국 신문의 극동 특파원을 겸임하기도 했고 중국 심양의 북대하(北戴河) 등지에서 주택 개발사업을 벌

| **정관헌의 인조석 기둥과 베란다** | 서양 파빌리온풍이지만 북쪽은 벽으로 막고 궁궐이 내다보이는 동서남 3면이 열린 개방형 구조이다. 로마네스크 양식의 인조석 기둥을 세움으로써 넓은 베란다가 생겨 안쪽 공간을 보호한다.

이기도 했다. 그러다 1905년 러일전쟁 직후 신경쇠약에 걸려 처자를 놔둔 채 홀로 블라디보스토크로 떠났다. 이후에는 시베리아와 우랄 지방 곳곳을 방랑하다 1921년 사망했다고 한다. 그의 사망지는 확실치 않으나 대략 돈(Don)강 유역의 로스토프나 볼가(Volga)강 유역의 볼고그라드일 것으로 보고 있다.

사바틴은 말년을 이렇게 쓸쓸히 끝냈지만 그가 이 땅에 남긴 건축물들은 대부분 대한민국 국가 사적으로 지정되어 오늘날 한국의 근대를 알려주는 문화유산이 되었다.

석조전의 건립

정관헌에서 화계를 내려와 꽃담을 낀 유현문을 나오면 왼편은 석어당 뒤쪽이고 오른편에는 동그만 숲이 있으며 그 사이로 난 호젓한 오솔길이 석조전까지 이어진다. 덕수궁에서 내가 가장 좋아하는 길이다.

석조전은 누가 뭐라 해도 덕수궁의 상징이다. 더 정확히는 대한제국의 상징적 건물이다. 묘하게도 대한제국을 선포한 1897년 구상되어 일제에 나라를 강탈당한 1910년 준공되었으니 대한제국과 운명을 같이한 셈이다.

대한제국을 선포하고 얼마 안 되어 당시 총세무사였던 영국인 브라운(J. M. Brown)이 고종에게 석조전 건립안을 내놓은 것이 그 출발이었다. 이에 고종은 브라운이 소개한 영국인 건축가 하딩(J. R. Harding)에게 설계를 의뢰했고 그는 1898년에 설계도를 완성했다.

정면 54미터, 너비 31미터의 장대한 3층 석조건물인 석조전은 그리스 신전처럼 정면에 열주가 강하게 드러나고 좌우가 정확히 대칭을 이루는 신고전주의 양식 건축물이라 할 수 있는데, 더 정확히 말하자면 18세기에 영국 식민지 여러 곳에 총독 관저로 세워진 이른바 '콜로니얼 스타일(식민지 양식)'이다. 편전과 침전이 따로 있는 전통 궁궐과 달리 황제의 침실과 집무실, 외국 사신을 접견하는 응접실이 한 건물에 있는 서양식 궁전으로 지층은 시종들의 대기 공간, 1층은 황제의 접견실, 2층은 황제의 침실과 응접실 등으로 구성되었다.

1900년 기공식을 갖고 터 닦기를 시작해 1903년부터 벽체와 골조를 올리는 공사를 1906년까지 3년간 계속했다. 외형상으로는 석조건물이지만 안쪽은 벽돌을 쌓은 조적조(組積造)로, 외벽을 돌로 마감했다. 이 공사에는 한국인 건축가 심의석과 설계자 하딩, 일본인 기술자 등이 공사 감독으로 참여했다.

1907년부터는 실내장식에 들어갔는데 이 인테리어 공사는 석조전에 사용할 가구를 납품한 영국의 메이플사(Maple Co.)가 맡았다. 이리하여

| **석조전** | 석조전은 덕수궁의 상징이다. 정확히는 대한제국의 상징적 건물이다. 대한제국을 선포한 1897년 구상되어 일제에 나라를 강탈당한 1910년 준공되었으니 제국과 운명을 같이한 셈이다.

1910년 마침내 석조전이 준공되었으나 그때 고종은 이미 태상황으로 물러나 있었고 이내 일제에게 국권을 피탈당하는 바람에 애초의 목적대로는 한 번도 사용해보지 못했다. 석조전에는 이렇게 대한제국의 꿈과 좌절이 함께 서려 있다.

석조전 그후

석조전은 완공 후 간혹 이왕직의 연회장으로 이용되기도 했으나 사실상 빈집이었고 일본으로 강제 유학한 영친왕이 일시 귀국하면 임시 숙소로 사용했다. 1922년 이후 덕수궁이 방치되면서 석조전은 더 이상 사용되지 않는데 1933년 덕수궁 공원화 계획에 따라 일본인들의 소장품 중 영친왕이 선별한 것들을 전시하는 덕수궁미술관이 되었다. 이에 반

| **석조전 실내** | 현재 석조전 실내에는 총 133점의 가구가 배치되어 있는데 그중 응접탁자, 옷장, 세면대, 책장, 화장대 등 41점은 준공 당시의 것으로 국립고궁박물관과 창덕궁에 100년 이상 보관되어왔던 것이다.

발이 일어나자 일제는 1938년 나카무라 요시헤이(中村與資平)의 설계로 서관을 짓고 창덕궁에 있던 이왕가박물관을 옮겨왔다. 이렇게 설립된 이왕가미술관은 서관에는 창덕궁에서 옮겨온 조선 미술품, 동관에는 일본 근대미술품을 전시하게 되었다.

석조전 앞 정원은 하딩의 설계 당시엔 바로크식 정원이었으나 외국 수종(樹種)들이 오래가지 못해 이내 망가졌고, 1938년 서관 준공 때 지금까지 남아 있는 분수대가 설치되었다.

석조전은 해방 후 한때 미소공동위원회의 회의장으로 사용된 뒤 한국전쟁의 전화에 휘말려 그 구조만 남기고 전부 소실된 것을 1953년 수리하여 국립박물관, 국립현대미술관, 궁중유물전시관 등으로 사용했다. 서관은 지금도 국립현대미술관의 분관으로 사용되고 있으며, 본관은 궁중유물전시관이 2007년 국립고궁박물관으로 발전해 경복궁으로 이전함에 따라 2009년부터 5년간 내부를 원형대로 복원하여 2014년 대한제국 포고일인 10월 13일에 준공 당시의 모습을 재현하여 일반에게 공개하기에 이르렀다.

현재 석조전 실내에는 총 133점의 가구가 배치되어 있는데 그중 응접탁자, 옷장, 세면대, 책장, 화장대 등 41점은 준공 당시의 것으로 그동안 국립고궁박물관과 창덕궁에 100년 이상 보관되어왔던 것이다.

사진으로만 남아 있는 가구들을 메이플사에 재주문하고자 했지만, 1990년대까지만 해도 클래식 명품가구로 이름 높았던 메이플사가 1997년 도산해 제작이 불가능했고, 1905년과 1910년 간행된 그 회사의 카탈로그를 참조해 제작했다. 이것이 오늘의 석조전이다.

잊힌 제국, 대한제국

이리하여 나는 비로소 경운궁과 덕수궁의 한 많은 역사의 여정을 마친다. 덕수궁 답사기를 쓰면서 내가 이렇게 장광설을 늘어놓은 것은 덕수궁이 대한제국의 황궁이었던바 덕수궁 답사기를 통해 대한제국의 실체를 가슴 깊이 새기기 위해서였다.

대한제국은 1897년 10월 선포되었으니 이 글을 쓰고 있는 2017년은 개국 120주년, 옛날식으로 말하면 2주갑에 해당한다. 그러나 이날 이때까지 이를 기리는 사업을 볼 수 없고 이를 각별히 기억하는 이도 많지 않다. 고종이 1893년에 선조가 임진왜란 때 의주로 피란 갔다가 한양으로

| **석조전 서관과 분수대** | 1938년 석조전 서관이 완공되면서 창덕궁에 있던 이왕가미술관이 옮겨왔고 그때 분수대도 만들어졌다.

환어한 지 5주갑, 즉 300주년이 된 것을 기린 데 비하면 우리가 너무 무심한 것이 아닌가 하는 생각이 든다.

대한제국이 불과 13년 만에 막을 내리고 일제강점기로 넘어갔기 때문에 사람들은 조선왕조의 쓸쓸한 마지막만 떠올릴 뿐 대한제국의 실체를 역사의 기억으로 거의 간직하지 못한 채 흔히 구한말(舊韓末)이라고 칭하면서 조선왕조는 1910년 일제의 국권피탈로 막을 내렸다고 생각한다. 그러나 엄밀히 말하면 조선왕조는 1897년 대한제국의 선포와 함께 끝났고 그때부터 대한제국의 13년 역사가 이어졌다.

대한제국은 결코 맥없이 쓰러진 나라가 아니었다. 비록 일제의 강압으로 꿈을 이루지 못했지만 외세에서 독립된 근대국가로 나아가고자 안간힘을 썼던 그 몸부림을 덕수궁이 이렇게 증언하고 있다.

석조전을 복원하면서 지층은 대한제국 역사관으로 꾸며 그 옛날 사진과 동영상으로 우리에게 잊힌 제국, 대한제국의 옛 모습을 보여주고 있으니 덕수궁을 찾아온 답사객은 이곳을 잊지 말고 다녀갈 일이다.

수옥헌 구역의 중명전

덕수궁 답사를 본격적으로 하자면 돌담길 바깥쪽도 동서남북으로 한 바퀴 돌아야 한다. 예를 들면 덕수궁과 성공회 성당의 성가수녀원 사이에는 황실 교육기관으로 쓰이던 양이재라는 옛 건물이 남아 있고, 옛 경기여고 자리는 빈터로 남아 선원전 복원을 기다리고 있다. 여기에는 선원전 외에도 사성당·흥덕전·흥복전·의효전 등이 있었다.

덕수궁 바깥에서 우리가 절대로 놓쳐서는 안 될 곳이 하나 있으니 미국대사관을 사이에 두고 떨어져 있는 중명전(重明殿)이다. 덕수궁의 후문으로 불리는 서쪽 대문을 나와 미국대사관저를 마주하고 난 정동 언덕길을 따라 남쪽으로 내려오면 정동 로터리가 나온다. 이 인근은 우리나라 근대 유산의 고향으로, 배재학당, 이화학당, 옛 독일공사관(오늘날의 서울시립미술관), 정동교회, 옛 러시아공사관, 경운궁의 후원이었던 상림원 터까지 이 로터리를 중심으로 사방으로 퍼져 있다. 로터리에서 예원학교와 경향신문사 방향으로 들어서면 오른편에 바로 정동극장이 나오고 그 곁 추어탕으로 유명한 남도식당 골목길 안쪽에 붉은 벽돌 2층집인 중명전이 나온다. 중명전과 마주하고 있는 담장 너머는 곧 미국대사관저다.

앞뒤 사정을 잘 모르는 사람은 미국대사관이 경운궁 터를 차지하는 바람에 중명전이 돌담 밖으로 떨어져나온 것으로 지레짐작하곤 하는데 사실 중명전은 경운궁을 확장하면서 서양 선교사들이 세운 정동여학당 부지를 인수하여 궁역으로 편입시킨 것이었다.

| 중명전 | 중명전은 황실 도서관 용도로 쓰였는데 경운궁 내에서 가장 오래된 양관이다. 1901년 화재로 전소되었다가 이듬해 지금과 같은 2층 벽돌 건물로 다시 지어졌으며 지하 1층, 지상 2층으로 동서남 3면에는 아치형 회랑이 꾸며져 있다.

    중명전은 황실 도서관 용도로 쓰였는데 정관헌과 함께 경운궁 내에서 가장 오래된 양관이다. 애초에 당호는 '수옥헌(漱玉軒)'이라고 했고, 그 주위로 북쪽에 만희당(晩喜堂)과 흠문각, 서쪽에 양복당(養福堂)과 경효전 등 10채의 건물이 들어서 이 일대를 수옥헌 구역이라고 불렀다. 수옥헌이 중명전으로 이름을 바꾼 것은 1906년 무렵이다.

    이 중명전은 지은 지 몇 년 안 된 1901년 화재로 전소되었다가 이듬해 지금과 같은 2층 벽돌 건물로 다시 지어졌으며 지하 1층, 지상 2층으로 1층과 2층의 동서남 3면에는 아치형 회랑이 꾸며져 있다.

헤이그 특사 파견 100주년

수옥헌은 1904년 경운궁 대화재 후 고종황제가 여기를 편전으로 사용하면서 세상에 크게 부각되었는데 1905년 11월 17일 을사늑약이 바로 이곳에서 강제되었다. 고종은 을사늑약의 부당함을 국제사회에 알리고자 1907년 4월 20일 여기에서 이상설, 이준, 이위종을 제2회 만국평화회의가 열리는 헤이그(Hague)에 특사로 파견했다. 이를 빌미로 고종황제는 결국 일제에 의해 강제 퇴위되었으니 이곳이 고종의 마지막 집무실이었던 것이다. 중명전은 그런 역사적 아픔의 현장이다.

중명전 건물은 1912년경 일제가 의도적으로 덕수궁을 훼철하면서 경성구락부(서울클럽Seoul Club)에 임대했다. 1925년 화재로 외벽만 남기고 소실되었는데 경성구락부가 공사비를 부담하여 고친 뒤 계속 사교 클럽으로 사용되었다.

해방 후 정부가 들어서면서 중명전은 다시 국유재산으로 편입되었고 1963년 영구 귀국한 영친왕과 이방자 여사에게 이 중명전을 돌려주었다. 그러다 1977년 중명전이 민간에 매각되었는데 관리 소홀과 개조 탓에 원형을 짐작할 수 없을 정도로 훼손되었다. 그후 2003년 정동극장에서 매입한 뒤 2006년에는 문화재청으로 관리 전환했고, 2007년 2월 7일 사적 제124호로 덕수궁에 다시 편입되었다.

내가 문화재청장을 지내면서 했던 가장 보람 있는 일 중 하나는 이 중명전을 복원하고 2007년 11월에 헤이그 특사 파견 100주년을 맞이해 '대한제국 헤이그 특사' 특별전을 연 것이었다. 을사늑약의 현장으로만 기억되던 중명전을 고종황제가 국권 회복을 위해 헤이그에 특사를 보낸 역사의 현장으로 각인하여 열사의 순국에 보답하고 싶었다. 개막식에는 많은 독립 기념 단체 회원들과 외교부 장관, 네덜란드 대사, 그리고 검사 출신이었던 이준 열사를 기리기 위해 검찰총장 등이 참석해 성황을 이루었다.

이후 중명전은 몇 차례 복원 공사를 거쳐 현재 2층은 문화유산국민신

| 2007년 '대한제국 헤이그 특사' 특별전이 열린 중명전 |

탁이 들어와 있고, 1층은 을사늑약과 헤이그 특사 등 역사적 사건을 보여주는 역사교육관으로 꾸며져 대한제국의 그 모든 아픔과 불굴의 사투를 증언하고 있다.

제4부

동관왕묘

자주동샘

낙산길

보문로13길

창신역 6호선
지봉로17길

정업원 터와 청룡사

동망봉

낙산5길
지봉로13길

숭인동1나길

지봉로11길

숭인근린공원

숭인동1길

동망정

창신5길

백남준기념관

동묘앞 역 1호선

종로

동대문

종로

동관왕묘 앞
벼룩시장

동관왕묘

동묘앞 역 6호선

종로58길

여인시장 터

지봉로4길

동대문디자인플라자

박수근 살던 집

영도교

청계천로

관왕묘의 기구한 역사

동묘 / 남관왕묘 / 동관왕묘 / 숙종·영조·정조의 동관왕묘 참배 /
고종시대 관왕 숭배 / 성주·안동·남원의 관왕묘 / 고금도 충무사

동묘라는 준말

우리나라 사람들의 언어 습관에서 준말의 사용법은 아주 특이하다.
예를 들어 슈퍼마켓을 줄여서 말할 때 슈퍼라고 하지 마켓이라고 말하
는 사람은 없다. 따지자면 말이 안 되는 것이지만 그렇게 말해도 잘 통한
다. 광주에서는 5·18민주화운동 후유증으로 고생하는 분들을 위해 올해
(2017) '광주트라우마센터'가 문을 열어 오수성 교수가 센터장을 맡고 있
다. 내 친구가 이 센터에서 열린 행사에 갔다가 주민 대표가 하는 인사말
을 들으면서 배꼽을 잡고 웃지 않을 수 없었단다.

"우리는 트라우마가 생겨서 얼마나 좋은지 몰라요. 와서 쉴 곳도 있고.
기왕이면 트라우마에 목욕탕 같은 것도 있었으면 좋겠어요."

그런가 하면 반대로 두 단어 중 앞쪽을 생략하는 경우도 있다. 엊그제 부여 시골집에서 옆집 아주머니와 나눈 대화다.

"아주머니 현무 할아범 어디 갔슈?"
"하우스에 있는데유."

집에 있다는 것이 아니라 비닐하우스에서 일하고 있다는 것이다. 영남대 교수 시절 대학 입시 예비고사에 감독으로 들어갔다가 문제지에 "다음 중 하우스 작물이 아닌 것은?"이라는 문제가 있어 놀란 적이 있다. 알고 보니 실과 교과서에서 비닐하우스를 아예 하우스라고 가르친다는 것이다.

슈퍼든 하우스든 트라우마든 도시와 농촌에서 생활 단어로 굳어서 내남이 다 그렇게 줄여 부른다면 그럴 수도 있지만 영 알아들을 수 없고 의미도 변질된 경우가 있다. 동대문 밖 창신동과 숭인동의 경계에 있는 서울 지하철 1호선과 6호선의 역 이름은 '동묘앞'이다. 동묘라니! 여론조사하듯 물어보면 열에 하나 정도가 그 의미를 정확히 알 뿐, 대개 모른다면서 '종묘 비슷한 거 아닌가요?'라고 답한다. 그래서 관우(關羽)를 모신 사당이라고 알려주면 의아해하면서 그런데 왜 동묘라고 했느냐고 되묻는다.

동묘는 '동관왕묘(東關王廟)'의 준말이다. 『삼국지』의 영웅인 관우가 사후에 점점 신격화되어 관왕(關王)으로 받들어지면서 사당보다 격이 높은 묘(廟)가 된 것이다. 본래 조선왕조엔 관왕묘가 없었다. 그러다 임진왜란이 끝나갈 무렵 조선에 파병 온 명나라 장수들이 주둔지에 관왕묘를 세우면서 등장했다. 서울엔 1598년에 명나라 장수 진인(陳寅)이 남대문 밖에 남관왕묘를 세운 것이 처음이었고 그뒤를 이어 1601년 명나라의 요청을 받아들여 나라에서 동대문 밖에 건립한 것이 동관왕묘이다.

그러다 조선왕조 말기가 되어 신흥종교와 미신이 횡행하면서 관우 신앙은 일대 붐을 이루었다. 고종이 서울에 북관왕묘와 서관왕묘를 지었고, 경향(京鄕) 각지에 관왕묘가 우후죽순처럼 세워졌다. 그러나 일제가 관왕묘는 임진왜란 때 항왜(抗倭) 유적으로 세워진 것이라며 폐묘시키면서 1908년 동관왕묘만 남겨두고 북관왕묘와 서관왕묘를 폐묘한 뒤 여기에 있던 신상과 유물을 동관왕묘에 옮겨오게 했다. 더 이상 국가적으로 제례를 지내지 않았고 문도 굳게 닫아두었다. 그런 상태에서 총독부는 1936년 동관왕묘를 보물 제237호로 지정하고 문화재 명칭을 '동묘'라고 명명했다.

해방 후 1963년, 동관왕묘는 대한민국의 보물 제142호로 다시 지정되었지만 명칭은 여전히 동묘였다. 1973년 공원화 사업이 추진되며 만든 '동묘공원'이라는 푯말이 지금도 서 있고 인근에 동묘 파출소, 동묘상회가 들어서며 지하철역 이름도 동묘앞이 된 것이다. 논리학에서 말하기를 형식은 내용을 규정하고 구속한다. 동묘라는 이름이 '서울 동관왕묘'로 제 이름을 되찾은 것은 2010년에 와서의 일이다.

동관왕묘의 복원과 현재적 가치

2011년 문화재청의 지원을 받아 종로구청이 '동관왕묘 종합정비계획'을 마련하고 2012년 한서대 장경희 교수가 종로구청의 의뢰를 받아 처음으로 『동관왕묘』라는 학술조사 보고서를 펴내면서 동관왕묘 문화재에 대한 전수조사가 이루어졌다. 동관왕묘가 폐쇄된 지 무려 100여 년만의 일이었다.

그 결과는 엄청난 것이었다. 동관왕묘 건물 자체가 무려 400년이 넘은 것으로 중국 본토에서도 볼 수 없는 오래된 관왕묘 건축물이다. 여기에 소장되어 있는 유물을 보면 관우상을 비롯한 조각이 16점,「일월오봉도」와「운룡도」를 비롯한 회화 작품이 7점, 석물이 9점, 숙종과 영조의 글씨가 새겨진 현판을 비롯해 각종 현판과 주련이 50점, 숙종·영조·사도세자·정조의 글이 새겨진 비석이 2점이다. 기타 복식과 장식조각도 여러 점이다. 보존 상태도 양호한 편이었다. 이런 보물들이 100여 년간 방치되었다는 것이 놀랍고 부끄러울 뿐이었다.

이에 김영종 종로구청장은 동관왕묘 정비사업을 적극 추진했고 2015년 박원순 서울시장의 현지 시찰을 계기로 대대적인 복원사업에 들어가 이 글을 쓰고 있는 2017년 6월 현재 동관왕묘의 원형을 찾아가는 발굴·정비 공사가 한창 진행 중이며 11월에 1차 공사를 마칠 예정이다. 공사를 마치면 동관왕묘는 원형대로 복원되고 순종 때 합사되면서 옮겨진 북관왕묘와 서관왕묘의 유물들과 관우 신앙 관련 자료들은 별도의 유물전시관에 전시될 것으로 기대된다. 나는 그런 기대 속에 지금 동관왕묘 답사기를 쓰고 있다.

현재 진행 중인 동관왕묘 정비를 보면서 나는 이와 관련된 어제의 일과 내일의 일을 동시에 떠올렸다. 어제의 일은 영조대왕이 동관왕묘를 찾아와 신하들에게 이렇게 말한 것이다.

"내가 무(武)를 숭상해서 예를 올리는 것이 아니라 그의 충절을 기리고 우리 선조들이 그렇게 해온 것이기에 이를 지키는 것이다."

우리도 관우를 숭상해서가 아니라 이런 자세에서 동관왕묘를 보존해야 한다. 이는 이 시대를 살고 있는 우리들의 의무이기도 하다.

| **동관왕묘** | 동묘는 '동관왕묘'의 준말이며 관왕묘는 『삼국지』의 영웅인 관우가 사후에 관왕(關王)으로 신격화되어
모셔진 사당이다. 공자를 모신 문묘에 대한 무묘이다. 해방 전 촬영한 동묘의 옛 모습이다.

　　그리고 내일의 일이란 밀려들어오는 중국인 관광객 유커(遊客)들이
동관왕묘에 열광할 것이라는 기대다. 관왕묘는 중국인을 상대로 할 때
더없이 훌륭한 관광자원이다. 관우는 오늘날 중국인들의 삶과 마음속에
가장 깊이 자리잡고 있는 최고의 신이다. 중국인들이 행복과 재물을 다
가져다주는 신으로 모시는 분은 부처님도, 예수님도, 모택동도 아니고
관왕이다. 중국 어느 도시, 어느 마을을 가나 관왕묘가 있다. 어떤 통계에
따르면 약 30만 개가 있다고 한다. 그뿐만 아니라 가정집과 상점에 관우
사당을 따로 두고 매일 치성을 드릴 정도다. 새해를 맞이하는 춘절(春節)
때 집집마다 붙이는 연화(年畵) 중 가장 인기 높은 것도 관우 초상이다.
중국인들은 절대로 관왕묘 앞을 그대로 지나치지 못한다. 그들은 관왕에
게 올릴 향 다발부터 찾을 것이다.
　　더욱이 유커들은 이처럼 연대가 오래되고 품위 있는 동관왕묘와 관우
상이 있음에 놀라고 크게 감동하며 한국문화에 친밀감도 느낄 것이다.

| 동관왕묘의 옛 모습 | 1. 낙산을 배경으로 한 동관왕묘 2. 어막대에 올라 앉아 쉬고 있는 노인 3. 나무를 진 지게꾼이 동관왕묘 앞을 지나는 모습 4. 동관왕묘의 정전

우리가 중국을 답사하면서 우리 조상의 자취가 있으면 반가운 마음으로 찾아가는 것 그 이상이다. 중국이 한국인 관광객을 유치하기 위해 없었던 최치원 사당, 정몽주 사당을 새로 지었듯이 서울에도 중국인들이 감동할 만한 당당한 역사유적을 정비하는 것이다. 이것이 동관왕묘라는 문화유산이 갖고 있는 또 하나의 현재적 가치다.

관왕묘의 등장

『삼국지』의 영웅 관우(?~219)는 실존 인물로 사후에 촉나라에서 받은 정식 시호는 장목후(壯繆侯)이다. 그래서 관후(關侯)라 불리며 일찍부터 역사상 가장 위대한 장수로 존경받아왔다. 그러다가 사후 900년이 지난 12세기에 만주의 금나라로부터 끊임없이 침입을 받던 북송의 휘종황제는 1107년 관우를 무안왕(武安王)으로 봉하고 무신(武神)으로 모셨다. 이때부터 관왕(關王)으로 불렸다.

그리고 14세기에 나관중의 『삼국지연의』가 나오면서 관우는 대중의 높은 인기를 누리며 점점 더 신격화되어갔다. 명나라 말기인 16세기에는 만주의 누르하치가 후금(後金, 훗날의 청나라)을 세우고 명나라 침공을 호시탐탐 노렸다. 이에 명나라 신종황제(만력제)는 관우를 관왕에서 황제로 격상해 관제(關帝)로 불렀다. 1593년엔 관우의 고향인 해주(解州, 제저우)의 관제묘와 관우의 수급이 묻혀 있다고 하는 낙양(洛陽, 뤄양)의 관림(關林)을 공자의 문묘(文廟) 수준으로 조영했다.

바로 이런 시점에 임진왜란 때 조선에 출병한 명나라 장수들이 주둔지인 고금도·성주·안동·남원 등에 관왕묘를 세우고 치성을 올리면서 조선왕조에 관왕묘가 등장하기 시작했다. 임진왜란 중에는 사당을 지을 겨를이 없었지만 정유재란 때는 여전히 조선에 머물러 있던 명나라 장수들이 그네들의 관습에 따라 관왕묘를 짓고 치성을 드리기 시작한 것이었다.

완도의 고금도(古今島) 관왕묘는 선조 30년(1597)에 명나라 장수 진린(陣璘)이 세웠다. 고금도는 진린이 이순신 장군과 함께 왜적을 크게 물리친 곳으로 이곳의 관왕묘는 지금 이순신 장군을 모신 충무사(忠武祠)라는 사당으로 남아 있다. 성주의 관왕묘 역시 1597년에 명나라 장수 모국

| 전국 각지의 관왕묘들 | 1. 성주 관왕묘 2. 성주 관왕묘 내부 3. 안동 관왕묘 4. 남원 관왕묘

기(茅國器)가 세웠고, 안동의 관왕묘는 1598년에 명나라 장수 설호신(薛虎臣)이, 남원의 관왕묘는 1599년에 명나라 장수 남방위(藍芳威)가 세웠다고도 하고 유정(劉綎)이 휘하 장병 500명을 거느리고 동문 밖에 한 달만에 지은 것이라고도 한다. 이 지방의 관왕묘들은 후대에 장소와 이름에 변동이 있었지만 모두 지금도 남아 있다.

남관왕묘의 건립

명나라 장수 진인(陳寅)은 선조 31년(1598) 울산 전투에서 부상당해 한양으로 올라오게 되자 숭례문 밖 주둔지에 관왕묘를 지었다. 서애(西厓) 류성룡(柳成龍)은 이 사실을 다음과 같이 증언했다.

명나라 유격대장 진인이 있었는데 힘써 싸우다가 적의 탄환을 맞고 실려 서울에 돌아와 병을 조리했다. 그는 우거하고 있던 숭례문 밖 산 기슭에 묘당 한 채를 창건하고 가운데에 관왕과 제장(諸將)의 신상을 봉안했다.(『서애선생문집』 제16권 「잡저」 '관왕묘에 대하여 적음')

이것이 숭례문 밖의 남관왕묘이다. 실록에는 그 건립 과정에 대해 다음과 같이 기록되어 있다.

(승정원에서 아뢰기를) 전일에 진인이 머무는 후원 위쪽의 헌 집을 그대로 이용해 관왕묘를 세우고 조소상을 설치했는데 공역은 아직 완료되지 않은 상태입니다. 그런데 조금 전에 진인이 신에게 말하기를 (명나라 파견 군대의 군무를 총괄하는) 경리장수(經理將帥) 양호(楊鎬)가 이를 보고 "묘전(廟殿)이 너무 낮고 좁으니 전각을 새로 짓고 좌우에 장묘(長廟)를 세울 것이며, 앞뜰에는 중문(重門)을 세워 영원히 존속되도록 해야지 이렇게 초라하게 해서는 안 된다"고 하면서 은(銀) 50냥을 내놓고 갔다고 합니다. (…)

그리고 또 말하기를, "다른 나머지 공역들이야 의당 우리 명나라 군사들을 시킬 것이나 목수(木手), 이장(泥匠) 등은 귀국의 솜씨 좋은 자들을 불러 써야 할 것이다. 이 일은 우리를 위해 하는 것이 아니라 바

| 사당동으로 옮겨지기 전의 남관왕묘 |

로 귀국의 대사(大事)를 위해 한 것이므로 그 뜻을 국왕께서도 꼭 아
셔야 할 것이다"라고 했습니다.(『조선왕조실록』 선조 31년(1598) 4월 25일자)

승정원은 이렇게 보고하면서 유격대장 진인이 임금께서 좀 도와주었
으면 하는 바람을 은근히 돌려 말한 것 같다고 했다. 그 결과 선조도 도
와주었는데 이에 대해서 류성룡은 『서애선생문집』에 다음과 같이 증언
했다.

경리장수 양호 등이 은 냥을 각출해 그 비용을 돕고 우리나라도 은 냥
을 도와서 묘를 완성시켰다. 임금께서 몸소 가보실 때 내가 비변사의 여
러 막료들과 더불어 수행해 묘정에 나가 그 상에 두 번 절했다.

이것이 한양에 처음 지어진 관왕묘로 훗날 남관왕묘라 불리게 된다.

원래 남관왕묘 자리는 서울역 맞은편인데 현재 남묘파출소라는 이름으로 남아 있다.

동관왕묘의 건립

숭례문 밖에 관왕묘가 세워진 이듬해인 선조 32년(1599)에는 경리장수 양호의 후임으로 와 있던 만세덕(萬世德)이 명나라 황제가 하사한 돈으로 관왕묘를 짓도록 권유해 나라에서도 관왕묘 건설을 시작하게 된다. 이에 대해 유본예는 『한경지략』에서 다음과 같이 전하고 있다.

중국 (신종)황제가 4천 금을 신 만세덕에게 주면서 조서를 내려 말하기를 "관공(關公)의 신령은 중국에서 크게 이름이 났는데 왜적을 평정할 때도 현저한 공험이 있었으니 조선에서도 마땅히 모시도록 하라"고 했다. 이에 선조가 예조에 분부하여 흥인문(동대문) 밖에 관왕묘를 세우게 했고 2년 뒤에 준공했다.

전후 복구사업으로 겨를이 없던 때였지만 황제가 돈까지 보내주며 권한 것이기에 선조는 할 수 없이 윤근수에게 새 관왕묘 자리는 서울의 풍수가 동쪽이 약하니 훈련원(訓鍊院) 근처나 청계천 영도교(永渡橋) 가까이에 자리를 잡으라고 명했다.(『조선왕조실록』 선조 32년(1599) 6월 22일자) 이것이 지금의 동관왕묘이다. 그러나 동관왕묘 건립에 대한 여론은 좋지 않아서 실록의 사관은 이를 비판해 다음과 같은 코멘트를 달았다.

관왕묘의 역사(役事)는 매우 허무맹랑한 일로 한 번 짓는 것도 그릇된 일인데 금지하지 못했고 이제 또 동쪽 교외에 토목공사를 크게 일으키니 전쟁에서 겨우 살아남은 백성들이 어떻게 살아갈 수 있겠는가.

당시 조정에 이런 분위기가 있었기 때문에 실록에는 이 관왕묘 공사의 진척이 부진했고 신하들이 인력 동원에 무리가 있다고 문제를 제기하는 내용이 계속 나온다. 그러다 결국 공사가 완료된 것은 선조 34년(1601) 8월이었다. 동관왕묘가 낙성되자 명나라 신종황제는 '현령 소덕 무안왕묘(顯靈昭德武安王廟)'라는 친필 현판을 내려주었다. 그러나 명나라가 쇠락하고 청나라 군대가 쳐들어왔을 때, 동관왕묘를 본부로 사용하던 청나라 군대의 장수들이 이 현판이 명나라 신종황제 글씨임을 알고는 없애버려 전하지 않는다.

정전에 모셔진 신상에 대해서는 『한경지략』에서 지금은 없어진 『열조통기(列朝通記)』를 인용해 다음과 같이 전한다.

동관왕묘의 주조상을 만들 때 만세덕과 여러 장수가 10개 풍로에 구리 3,800근을 다 녹여 부어도 상이 되지 않았다. 명나라에서 나온 한빈(韓斌)과 우리나라 동장(銅匠, 주물 장인)들이 울부짖으며 종을 깨어 헌 구리 300여 근을 더 끌어모아 녹여서 만들었다.

이렇게 만든 관우상은 무게 2.4톤, 높이 2.5미터의 거상으로 지금도 온전히 남아 있다. 이처럼 선조 연간에 준공된 동관왕묘에 대해서는 명확히 쓰인 기록이 따로 없지만 후대의 증언과 여러 정황으로 볼 때 오늘날까지 제 모습 그대로 전하는 것으로 보인다.

| **동관왕묘 정전** | 선조 연간에 준공된 동관왕묘의 정전은 벽체를 벽돌로 쌓은 중국 사당 형식을 취하면서 열주가 둘려 있어 사당으로서의 무게감이 있다.

동관왕묘의 중국 사신 현판

동관왕묘는 국가에서 건립한 사당이었지만 명나라의 요구에 응한 것이지 우리가 필요하여 자발적으로 지은 것이 아니었기 때문에 선조가 친히 임어했다는 기록이 없다. 제례에 대한 확실한 규정이 없었고 관리도 철저하지 못했다. 그러나 명나라 사신이 오면 관왕묘에 들르는 것이 관례여서 이들이 남긴 수십 개의 현판과 주련이 지금도 여전히 남아 있다.

홍윤기 교수의 조사에 따르면 현재 동관왕묘에 걸려 있는 22개 현판 중 정전 안 정면에 있는 '현성전(顯星殿)' '현성보번(顯聖保藩)' '만고표명(萬古標名)' '천고완인(千古完人)' 등이 모두 17세기 전반기, 선조와 인조 연간에 조선에 온 명나라 사신이 쓴 것이다.

한편 광해군 때 와서 관왕묘를 수리해야 하자 광해군은 '국가에서 묘

| **동관왕묘 내부** | 동관왕묘 내부의 관우상은 무게 2.4톤, 높이 2.5미터의 거상으로 지금도 온전히 남아 있고 시자와 관평, 주창의 조각상도 남아 있다.

를 세우지 않았으면 모르되 이미 창건했으니 신을 모독하는 데까지 이를 수는 없다'며 동관왕묘의 수리를 명하고 매년 봄가을로 경칩(驚蟄)과 상강(霜降)에 제례를 지내도록 제도로 정했다. 그리고 수직 군사를 보내 잡인의 출입을 금하게 하고 제례 때는 반드시 장신(將臣, 무관 대신)이 제관을 맡도록 했다.(『조선왕조실록』 광해군 4년(1612) 6월 1일자)

하지만 광해군 이후 인조와 현종 대 실록에 나오는 동관왕묘 기사는 제례에 대한 것이 아니라 대개 국상을 당해 동대문 밖으로 가는 능행 때 여기에 막차(幕遮, 의식에 쓰던 임시 장막)를 설치했다는 것이다. 지금도 동관왕묘 내삼문 앞에는 막차를 설치하던 자리인 어막대(御幕臺)가 남아 있다.

나라에서는 큰 관심을 보이지 않았지만 민간에서는 관우 신앙이 점점 퍼져나가며 주술적이고 미신적으로 변질되기도 했다. 한 예로 인조

10년(1632) 인목대비가 사망한 뒤 대비를 저주하는 흉물이 발견되어 관련자를 심문하던 중 궁궐 나인 일부가 관왕묘에 가서 치성을 드린 것이 밝혀져 처형되기도 했다. 이후 관왕묘는 평상시에는 문을 닫아두고 수직관을 두어 관리케 했다고 한다.

동관왕묘에 온 숙종대왕

처음 관왕묘에 관심을 보인 왕은 숙종이었다. 숙종은 재위 17년(1691) 선대의 왕릉에 능행을 하고 환궁하던 중에 우연히 동관왕묘에 들러보고는 다음과 같은 비망기(備忘記)를 내렸다.

아! 관왕의 충의는 참으로 천고에 드문 것이다. 이제 한번 들러서 유상(遺像)을 본 것은 (…) 무사(武士)를 격려하기 위함이지 한차례 놀며 구경하자는 뜻이 아니었다. 아아, 너희 장사(將士)들은 모름지기 이 뜻을 본받아 충의에 더욱 힘써 왕실을 지키도록 하라. 이것이 바라는 바이다. 또 동·남관왕묘에서 파손된 곳은 해당 부서로 하여금 모두 고치게 하고, 관원을 보내어 제례를 지내게 하되, 제문 가운데에는 내가 멀리 생각하고 경탄하는 뜻을 갖추도록 하라.(『조선왕조실록』 숙종 17년 (1691) 2월 27일자)

숙종은 신하들에게 충절을 심어주기 위해 관왕묘에 정성을 보였던 것이다. 그리고 이듬해 9월에는 시 두 수를 지은 뒤 목판에 새겨서 동쪽과 남쪽 두 관왕묘에 걸어두게 했다. 그중 현판 하나가 지금도 전해지고 있다.

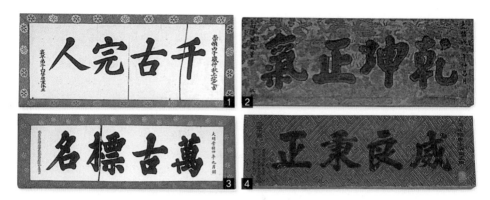

| **동관왕묘의 현판들** | 현재 동관왕묘 정전 안팎에 22개 현판이 걸려 있다. 모두 조선에 온 중국의 장수나 상인이 쓴 것이다. 1. 천고완인(千古完人, 천고의 완벽한 사람) 2. 건곤정기(乾坤正氣, 하늘과 땅의 바른 정기) 3. 만고표명(萬古標名, 만고에 이름을 남긴 징표) 4. 위량병정(威良秉正, 어짐과 바름을 겸비한 위엄)

有事東郊歷古廟	동쪽 교외의 옛 사당에 들러
入瞻遺像肅然淸	관공의 초상을 우러러보니 마음이 숙연해지누나
今辰至敬思逾切	이 아침에 삼가 인사드리니 사모하는 마음 더욱 절실하다
願佑吾東萬世寧	우리나라 만년토록 안녕하도록 도와주옵소서

또 숙종은 재위 21년(1695) 10월에 관왕을 칭송하는 「무안왕묘 비명」을 지었다. 이것이 지금 동관왕묘 동무(東廡) 한쪽에 세워져 있다. 숙종이 관왕묘에 관심을 가진 것을 계기로 고금도·안동·성주 등 전국에 있는 관왕묘들도 시설을 정비하고 서울과 마찬가지로 경칩과 상강에 제를 올리도록 했으며 향과 축문은 서울에서 직접 내려보내게 했다. 특히 고금도 관왕묘의 축문 말미에는 진린 도독(都督)과 이순신 장군을 배식(配食)한다는 뜻을 첨부케 했다.

영조의 비문과 현판

관왕묘를 통해 충의를 기리려 했던 숙종의 뜻은 영조에게도 그대로 이어졌다. 영조는 재위 기간 중 무려 17차례나 관왕묘에 친림(親臨)했다. 숙종은 두 손을 모아 읍하는 것에 그쳤지만 영조는 재배를 올리고 이를 제도화해『속대전(續大典)』에 명문화했다.

영조는 재위 19년(1743) 정릉에 참배하고 돌아오는 길에 동관왕묘에 들러 숙종이 지은 시를 차운해 짓고는 목판에 새겨 걸게 했다. 그리고 22년(1746)에는 '현령 소덕왕묘(顯靈昭德王廟)'라는 글씨를 써서 걸게 하고, 관왕묘의 내력을 자세히 밝힌 장문의 비문을 지었다. 지금 서무(西廡)에 있는 영조대왕의 '동묘비'는 영조가 이 비석을 세운 이유를 다음과 같이 전하고 있다.

아! (비석을 세우는) 일은 비록 한 가지이지만 추모하는 감회는 세 가지이다. 그 하나는 과거에 명나라가 내린 현판을 후세에까지 인멸(湮

滅)되지 않게 하고, 임진왜란 때에 나라를 재건해준 은혜를 생각하며 멀리 중국을 바라보노라니 눈물이 흘러 옷깃을 적셨던 것이고, 또 하나는 관왕의 일월처럼 빛난 충의에 감동하고, 또 옛날 명나라의 장수를 도와 우리나라를 보호해준 것이고, 또 하나는 몇백 년이 지난 뒤에 선조대왕의 고사에 따라 다시 그 예를 행하고서 나의 부덕함을 뒤돌아보며 선조를 추모하는 마음이 더욱 간절한 가운데 두려운 마음이 들어 불안한 것이다.(『조선왕조실록』 영조 22년(1746) 8월 23일자)

그러면서 비문에는 "후세 사람이 오늘 나의 이 일을 가지고서 만약 '내가 무(武)를 숭상하기 위해서 그런 것이다'라고 말한다면 그것은 내가 감동을 일으킨 본뜻이 아니다"라는 것을 부기(附記)하여 강조했다.

그리고 지금도 동관왕묘 정전 안 정면 위쪽에는 영조가 재위 37년 (1761) 8월에 써서 내려준 '만고충절 천추의열(萬古忠節 千秋義烈)'이라는 아름다운 현판이 걸려 있다.

한편 1752년에는 사도세자(思悼世子, 1735~62)도 동관왕묘에 와서 숙종의 「무안왕묘 비명」에 실린 시를 보고 차운하여 시를 지었다. 왕이 지은 글은 어제(御製)라 하고 세자가 지은 글은 예제(睿製)라 하는데 사도세자 예제의 이 시는 정조가 자신의 글과 함께 비석에 새겨 동무에 세웠다. 이때 사도세자는 나이 18세로 1749년 이래 대리청정하던 때였으니 사실상 국왕 자격으로 동관왕묘에 온 것이었다.

천지의 영기 모여 / 큰 기운 당당도 해라 / 그 공로 만년토록 압도하고 / 그 위엄 팔용에까지 빛나네 / 눈 치켜뜨고 온 서적 뒤져봐도 / 관공과 같은 이 없어라

우리 선조대왕께서 / 처음으로 도성 안에서 제사하니 / 구장을 수

놓은 곤룡포 / 위엄 있는 얼굴 / 사당 기둥에 새겨진 글은 / 선대의 두 임금의 공을 적은 것 / 소자도 경의를 표해 / 선대의 뜻 따르리라 / 내 이 뜻을 노래로 새겨 / 영원히 전하노라

거룩하고 높은 신령 / 큰 은덕 가슴에 새기고 / 해마다 한 번 제사하니 / 머리에 띠 매고 갑옷 입은 채 / 신령이시여 지하의 물이 / 수시로 만나듯이 / 관공의 영령 나리시어 / 우리나라 복 주소서

동관왕묘에 와서 비운의 왕자 사도세자의 몇 안 되는 글 중 하나를 이렇게 만날 수 있다는 사실이 신기하다.

정조의 비석 건립

영조의 뒤를 이은 정조는 관왕묘 참배를 더욱 체계화했다. 정조는 거의 매년 궁궐 밖으로 나갈 때마다 관왕묘 참배를 거행했다. 재위 3년(1779) 8월, 여주의 효종대왕 영릉(寧陵)에 참배하러 가면서 동관왕묘에 들러 재배를 올렸고, 재위 9년에는 관왕묘에 숙종, 영조, 사도세자, 그리고 자신의 글을 비석으로 세울 뜻으로 비각을 세우도록 지시했다. 이때 역대 임금의 글씨를 담당하는 어필비역소(御筆碑役所)에서 "동관왕묘와 남관왕묘의 비석을 세울 월랑 각 한 칸은 높이와 너비를 약간 늘려서 고쳐 세우는 것이 어떻겠습니까"라고 물어오자 이를 윤허하고 날짜를 잡아서 터를 잡으라고 했다.(『일성록』 1785년(정조 9년) 10월 23일자)

정조는 비석을 세우도록 다음과 같이 지시했다.

동묘와 남묘에 장차 2개의 비를 각각 세우려 한다. 숙종대왕과 영조대왕의 글을 한 비에 합하여 새기고, 경모궁(景慕宮, 사도세자)과 내가 지

| 정조가 세운 비석 | 정조는 역대 임금의 어필을 세워 놓음으로써 관왕묘의 위상을 높이고자 했다. 자신이 지은 글도 비로 세워놓았다.

은 것을 한 비에 합하여 새겼다. 대체로 숙종조의 어제는 곧 도상명(圖像銘)으로서 족자를 동묘에 봉안했었다. 그러므로 받들어 가져다가 새기게 했고, 영조대왕의 묘기(廟記)는 어필을 집자했으며, 경모궁의 글은 숙종대왕의 글을 차운한 것으로서 역시 예필을 집자한 것이고, 나는 원운(原韻)을 차운하여 묘비명(廟碑銘)을 지은 것으로서 규장각으로 하여금 베껴 올리게 했다.(『조선왕조실록』 정조 9년(1785) 11월 15일자)

정조는 역대 임금들이 동관왕묘에 대해서 쓴 어필을 비석으로 세워놓음으로써 관왕묘의 위상을 높이고 이듬해에는 제례 때 사용할 음악으로 관묘악장(關廟樂章)을 따로 짓게 했다.

동관왕묘를 조사하며 북 3개를 보존 처리하던 중 가장 작은 북의 안쪽에서 명문이 나왔는데, 정조 때 군기시(軍器寺)에서 제작한 것으로 밝혀졌다. 이에 종로구청에서는 정조가 동관왕묘에서 거행한 군례(軍禮) 의식을 복원할 계획이라고 한다. 중국에서는 매년 관우를 기리는 의례가 거행되고 있어서 이를 참고해 관왕 의례나 국왕이 참여하던 군례를 복원하면 정조대왕을 기리는 동시에 유커 대상의 관광 활성화 및 이 지역

의 재생사업에도 기여할 것으로 기대
하고 있다.

정조가 세운 이 두 비석은 무슨 이
유에서였는지 고종황제 때인 광무 4년
(1900) 다시 세워졌는데 서무에는 영조
의 글을 새긴 동묘비가 서 있고 동무에
는 숙종의 「무안왕묘 비명」과 이 비명
을 차운한 사도세자와 정조의 시를 한
비석에 새겨 세웠다.

정조가 지은 시를 보면 맨 마지막 구
절에 "땅도 끝이 없고 하늘도 가 없듯
이 영원토록 제사하리라 우리 동방에
서도"라고 했는데, 실제로 정조 이후에
도 역대 국왕들의 동관왕묘 참배는 계
속 이어졌다. 실록에 나오는 기사를 보
면 순조가 십여 차례, 헌종이 한 차례,
철종이 네 차례 동관왕묘에 친림했다.

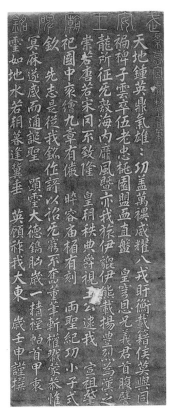

| **사도세자의 비문 탁본** | 정조가 세운 비석
뒷면에는 사도세자의 글이 새겨져 있다.

고종의 관왕 숭배

이처럼 동관왕묘는 사직단·선농단·선잠단 등과 같이 국가에서 관리
하며 철따라 제를 올리는 사묘(祠廟)의 하나였다. 그러다 고종 대에 오면
갑자기 관우 신앙이 확산되면서 관왕묘가 전성기를 맞는다. 고종은 관우
신앙 숭배자였다. 고종은 선왕들의 예에 따라 관왕묘 치제(致祭)를 거르
지 않고 거행했다. 1866년 동관왕묘를 처음 방문해 전배를 올린 후 평생

수없이 관왕묘를 방문했는데, 1893년 한 해에만 4회나 관왕묘를 찾았다.

그뿐만 아니라 재위 20년(1883)에는 한양도성 북쪽 숭교방 흥덕사 터에 '북관왕묘'를 준공했고 1904년엔 서대문 밖 천연동에 '서관왕묘'를 세우고 숭의묘(崇義廟)라고 이름 지었다. 또 고종은 관우 신앙 관련 경전인 『삼성훈경(三聖訓經)』『과화존신(過火存神)』 두 책을 국문으로 번역하는 작업을 명했다.

나라에서 관우 신앙을 적극 보급하자 지방에서도 관왕묘 건립 붐이 일어나 동래·인천·강화도·평양·전주·개성 등에 속속 관왕묘가 세워졌다. 1897년에는 국가에서 공인한 관왕묘만 10곳이었다고 한다. 민간에서도 관우 신앙이 퍼져 서울에서는 육의전·방산시장·동대문시장 등의 상인들이 재복을 빌기 위해 방산동·장충동·보신각 옆에 관왕묘를 세웠다. 보신각 옆 관왕묘는 중묘(中廟)라는 이름으로 불렸다. 대도시뿐만 아니라 전라도에서는 김제·태인·마이산에 관왕묘가 들어섰고 섬으로까지 확대되어 전라도의 완도와 지도에도 생겼다. 고종은 대한제국 황제로 등극하고 나서는 1902년 관왕을 관제(關帝)로 승격시켰다.

관우 신앙이 이처럼 급속하게 퍼진 것은 조선왕조 말기, 유교가 주도적인 이데올로기로서 자기 기능을 하지 못하게 되면서 신흥종교가 등장한 것과 궤를 같이한다. 동학의 천도교, 증산교, 금강대도, 선음즐교 등이 일어나 의지할 데를 잃은 민중을 대상으로 교세를 확장해가던 시점에 관왕묘가 우후죽순으로 세워진 것이다.

시대적 상황으로 인한 정신적·사회적 불안이 온갖 사교와 미신을 낳으면서 믿거나 말거나 하는 별의별 얘기들이 생겨났다. 관우 신앙에 대해서도 『한경지략』에서는 "도성 선비 집 부인들이 기도하면 영험이 나타나므로 향화의 공양이 사철 끊이지 않았다"고 했고, 『매천야록』은 북관왕묘에 대한 다음과 같은 얘기를 전하고 있다.

임오군란 때 중궁(명성황후)은 충주에 숨어 있었는데 한 무당이 복위할 때를 날짜까지 틀리지 않고 맞추자 그녀를 북관제묘(北關帝廟)에 거하도록 하고 굿이나 제를 주관하게 했다. 중궁이 병이 있을 때 치료하면서 머리가 아프면 머리를 만지고 배가 아프면 배를 만지는데 손이 닿자마자 병세가 호전되었다. 그래서 그녀를 잠시도 곁에서 떠나지 못하게 하고 언니라 부르거나 북묘부인이라 일컬었다.

이런 일들이 민간에서도 횡행해 당시 언론에는 이 문제를 다루는 기사가 적지 아니 등장한다.

3년 전에 삼개 사는 임공리라는 사람은 각 궁의 나인과 문안 부잣집 여인들을 유인하여 돈 수십만 냥을 거두어 삼개 망재산 밑에 관공(關公) 사당을 설치해 이번에 마쳤다.(『독립신문』 1896년 5월 26일자)

대평동에 사는 차소사라는 여인이 자기 집에 관왕의 화상을 걸어놓고 기도하면서 어리석은 사람들을 속여 재물을 뺏기에 순검이 단속해 관공 화상을 남묘로 옮겼다.(『독립신문』 1899년 4월 10일자)

삼청동 사는 최윤봉의 처가 관왕의 제자를 사칭하고 신상으로 부녀자들을 유혹한다.(『황성신문』 1899년 10월 23일자)

관왕묘의 폐사와 합사

관왕묘의 난립과 관우 신앙의 붐은 국권의 상실과 함께 낼녀락을 맞고 급속히 막을 내리게 된다. 관우 신앙의 패트론이었던 고종황제가 1907년 강제로 퇴위되면서 이듬해인 1908년 동관왕묘를 제외한 서울과 지방의 관왕묘들은 훼철·폐사·불하 등의 수순을 거쳐 사라지고 몇몇만이 민간에 의해 겨우 명맥을 이어가게 되었다.

1908년 7월 순종황제는 나라의 제례를 간소화하는 「향사이정(享祀釐正)에 관한 안건」이라는 칙령을 반포하면서 종묘 제례는 1년에 4번, 사직단 제사는 2번으로 줄이고 어진은 창덕궁 선원전에 모아서 제사지내며, 후궁들의 신위는 육상궁에 합사하고, 대보단과 만동묘의 제사는 폐지하면서 관왕묘에 대해서는 다음과 같은 조치를 취했다.

숭의묘(서관묘), 동관묘, 남관묘, 북관묘 및 지방 관묘의 제사를 폐지하고 숭의묘와 북관묘는 국유로 이속시키며 동관묘, 남관묘 및 지방 관묘는 해당 관청에 넘겨 백성들의 신앙에 따라 관리할 방법을 정한다.

이에 따라 서관왕묘와 북관왕묘는 폐사되었고 1910년엔 전각 내부의 감실(龕室)과 조각상을 비롯한 각종 의물들을 모두 동관왕묘로 옮겼다. 1913년 북관왕묘는 민간에게 매각되었고, 그보다 앞서 서관왕묘 자리에는 고아원이 들어섰다. 다만 남관왕묘는 민간단체가 낙찰받아 오랫동안 관리했는데 지금은 사당동으로 옮겨져 존속하고 있다.

관왕묘가 이처럼 급속히 쇠퇴하게 된 것은 고종황제의 퇴위와 서거로 후원자를 잃어버린 것이 하나의 이유였고, 또 하나의 이유는 총독부가 식민 통치를 위해 관왕묘를 비롯한 신흥종교에 탄압을 가했기 때문이었다.

특히 관왕묘는 임진왜란 때 일본군과 전쟁하면서 세우기 시작한 사당이라 반일감정을 상징했기 때문에 일제는 도심에 있는 관왕묘를 폐쇄

하고 관우 초상과 관련 유물들을 소각하는 등 더욱 심한 탄압을 가했다. 그러나 이미 관우를 숭배하는 단체와 무당이 적지 않아서 1920년에 박기홍, 김용식 등이 관성교(關聖敎)라는 교단을 조직하고는 동관왕묘에 본부를 두고 숭인동을 중심으로 포교했지만 그 교세는 아주 미미했다. 1973년 동묘공원이 만들어질 때 관성교의 무허가 건물들은 모두 철거되었다. 여기까지가 동관왕묘의 내력이다.

성주·안동·남원의 관왕묘

그렇다면 지방에 있던 관왕묘들은 어떻게 되었을까. 서울의 관왕묘들은 이처럼 많은 시련을 겪으며 오직 동관왕묘만 남게 되었지만 지방에 세워진 초기 관왕묘들은 지방에 소재한다는 이점 덕분에 위치와 명칭의 변경을 겪으면서도 지금까지 건재하고 있다.

1597년에 모국기가 세운 성주의 관왕묘는 성주읍 경산리 관운사 경내에 있다. 건물에는 관성전이라는 현판이 달려 있고, 그 곁에 표지석과 하마비(下馬碑)도 있다. 관성전 안에는 근래에 국가무형문화재 제108호 박찬수 보유자가 제작한 목조 관우상을 중심으로 창을 들고 있는 주창과 관인함을 들고 있는 관평이 시립해 있다.

1598년 설호신이 세운 안동의 관왕묘는 본래 성내의 북산 정상에 있었는데 선조 39년(1606) 또는 인조 14년(1636)에 안동 유림들이 관왕묘 자리는 향교가 있던 곳이라 문묘(文廟) 앞에 무묘(武廟)를 둘 수 없다고 반발하여 서악사 옆으로 옮겼다. 숙종이 왕명으로 제례 절목(節目)을 정할 때 국가 공인 사묘로 인정받은 후 안동의 대부분 문화재가 그렇듯이 지금까지 400년간 그대로 잘 보존되고 있다.

1599년에 명나라 장수 남방위가 세웠다고도 하고, 유정이 휘하 장병

500명을 거느리고 한 달 만에 지었다고도 하는 남원의 관왕묘는 원래 동문 밖에 있었으나 숙종 때(1716) 동문 안으로 들어왔고, 영조 때(1714) 현 위치인 광한루 북쪽 왕정동으로 옮겨져서 지금까지 그때 모습 그대로 잘 보존되고 있다. 외삼문 안에는 창건비가 있고 정전 안에는 소조로 만든 관우·주창·관평의 상과 북도 있으며 적토마를 그린 벽화도 있다. 비록 보존 상태가 나쁘지만 어설프게 복원한 것이 아니어서 문화재적 가치는 오히려 더 높다.

고금도 충무사에서

선조 30년(1597)에 명나라 장수 진린(陳璘)이 세운 고금도의 관왕묘는 우여곡절 끝에 지금은 이순신 장군을 모시는 '충무사(忠武祠)'로 변신해 있다. 이곳 고금도는 13척의 배로 명량대첩(鳴梁大捷)을 승리로 이끈 이순신 장군이 퇴각하는 왜군을 무찌르기 위해 1598년 2월에 조선군 2천 명을 거느리고 진영을 세운 곳이다. 이순신 장군의 진지는 덕동리에 있었다. 그리고 그해 7월에는 명나라 구원군 진린 도독이 전함 수백 척과 2만여 명의 군사를 이끌고 고금도 곁의 묘당도(廟堂島)에 주둔하면서 이곳에는 조선과 명나라의 해군 본부가 함께 있게 되었다. 이때 진린 도독은 관왕묘를 세우고 전쟁의 승리를 기원하며 제향을 받들었다. 이것이 고금도 관왕묘의 유래다.

그리고 그해 11월 퇴각하는 왜군을 상대로 한 노량해전에서 조선과 명나라 수군은 대승하며 마침내 전쟁을 끝내는 전과를 거두었으나 11월 19일 이순신 장군이 날아오는 총탄에 맞아 순직하고 말았다. 이순신 장군의 시신은 고금도 월송대에 안치되었다가 83일 뒤 아산의 묘소로 운구되었다.

| 충무사 | 선조 30년에 명나라 장수 진린이 세운 고금도의 관왕묘는 여러 사연을 겪으며 지금은 이순신 장군을 모시는 '충무사'로 변해 있다.

　　진린 도독은 고금도를 떠나면서 남은 재물들을 섬사람들에게 주며 관왕묘를 잘 지켜달라고 부탁했고 이 약속은 지켜졌다. 이후 현종 때(1666)에는 관왕묘를 동무와 서무를 거느린 품(品) 자형 사당으로 중수하고 동무에 진린 도독, 서무에 이순신 장군을 모셨다. 숙종 때(1710)에는 이이명(李頤命)이 이순신은 벼슬이 비록 정2품에 그쳤지만 그 공로는 건국 이래 없던 것이었으니 해마다 두 번 관원을 보내 숭배하는 것이 은혜에 보답하는 도리라고 건의한 것이 받아들여져 향사가 국가적 제향이 되었다. 이때 이이명이 쓴 '고금도 관왕묘비(古今島關王廟碑)'가 지금도 남아 있다.

　　정조는 이순신 장군을 존경하여 『이충무공전서(李忠武公全書)』를 편찬하면서 고금도에 관왕묘가 있다는 사실을 알고는 명나라가 구원군을 보내준 은혜에 보답하는 사당(묘)이라는 뜻으로 1791년 '탄보묘(誕報廟)'라는 사액을 내려 묘격을 올렸다. 이와 함께 1792년에는 노량대첩 때 전

| 진린과 이순신의 사적이 섞여 있는 충무사 | 1. 충무사 입구의 홍살문 2. 충무사 사당 3. 숙종 때 이이명이 세운 고금도 관왕묘비의 비각 4. 충무사 바깥의 비석과 재실

사한 명나라 부총병 등자룡(鄧子龍)도 함께 향사케 하여 동무에 진린과 등자룡, 서무에 이순신을 모시게 했다.

그러나 일제강점기 들어 일제가 1922년 관유(官有) 재산 처분령을 내려 훼철 위기를 맞았는데, 고금도 유림이 계를 조직하여 관왕묘와 그 부지 1,550평을 공동명의로 매입하여 보존하게 되었다. 그럼에도 태평양전쟁이 한창이던 1940년 무렵에는 총독부의 항왜 유적 파괴 시책 때문에 관왕묘에 있던 관우상이 파괴되어 바다에 던져졌다. 관왕묘 또한 훼철될 위기를 맞았으나 이때에도 섬사람들이 기지를 발휘해 관왕묘를 사찰로 쓰겠다며 불상을 모셔놓아 옥천사라는 이름으로 보존했다.

8·15해방 후 1947년 11월 19일 이순신 장군 기일을 맞아 다시 제향을 올리게 되었고 1953년에는 '충무사'라는 현판을 걸고 옥천사를 경외로 옮겼다. 1959년에는 정전에 이순신 장군의 영정을 모시고 동무에는 이순신 장군을 보필했던 이영남(李英男) 장군을 배향했으며, 충무사는 1963년 국가 사적 제114호로 지정되었다. 진린 도독이 세운 관왕묘는 이렇게 이충무공 유적지로 변신하게 된 것이다.

고금도 관왕묘의 복원을 기다리며

이리하여 지금의 고금도 관왕묘는 더 이상 관왕묘도, 정조가 내려준 탄보묘도 아니게 되었다. 내 의견을 말하자면 사당인 묘당도는 원래대로 관왕묘로 복원하여 정전에 관왕, 동무에는 진린 도독, 서무에는 등자룡 장군을 모시고, 여기서 200미터 떨어진 곳에 있는 덕동리의 옛 이순신 장군 진지에 이순신 장군의 새 사당을 세워 그곳을 충무사로 모시는 것이 옳다고 생각한다. 이와 함께 이 시대의 정신을 담은 멋진 추모시설도 갖추어 고금도가 임진왜란 극복이라는 역사적 사건을 기억할 수 있는 유적지로 다시 태어나게 했으면 하는 바람이다. 이렇게 역사적 현장이 갖는 공간의 진정성과 원형성을 지키는 것이야말로 문화유산 보존의 기본 방향에 맞다.

지난여름 '합수 윤한봉 선생 10주기'를 맞아 강진 생가에 갔다가 추모객들과 함께 연륙교(連陸橋)가 놓인 고금도 충무사를 찾아갈 기회가 있었다. 이때 우리의 국란을 도와주기 위해 목숨을 바치며 싸웠던 진린 도독 이하 명나라 군사의 자취와 그에 대한 감사의 흔적이 아무 데에도 남아 있지 않은 것에 놀랐다.

진린 도독은 『난중일기』와 『징비록』에 공적에 욕심을 부리고 퇴각하는 왜군을 쫓는 데 소극적이었다고 기술되어 있고, 춘원 이광수의 소설 『충무공 이순신』에서 진린이 이순신 장군의 공을 가로챈 나쁜 사람으로 묘사된 이래 지금도 많은 사람들이 그렇게 알고 있다. 그러나 연구자들은 지금까지 진린 도독에 대한 우리의 평가가 가혹할 정도로 왜곡되었다며 객관적 자료에 의해 재평가되어야 함을 강조하고 있다.

대국의 지원군으로 온 진린이 처음에는 술잔을 집어던지는 등 고압적인 태도를 취했던 것은 사실이다. 하지만 이내 이순신 장군의 인품과 전술에 탄복하여 힘을 합쳐 왜적을 물리쳤고, 이순신 장군의 사망 소식을 듣는 순간 놀라 의자에서 떨어져 가슴을 치며 크게 통곡했다고 한다.

진린은 명나라 황제에게 보낸 편지에서 이순신이 조정 대신의 모함을 받아 통제사 지위를 빼앗기고 백의종군한 바 있는데 전란이 끝난 뒤 또다시 이런 일이 벌어질까 걱정했다. 아울러 통제사 이순신의 목숨을 구하여 황제의 신하로 삼아달라고까지 했다. 명나라 황제가 이순신에게 팔사품(八賜品, 보물 제440호)을 내려주었다는 것이 400년 전부터 지금까지 정설이었는데, 장경희 교수는 최근에 이 팔사품 또한 진린 도독이 주고 간 것으로 이후 제1대 통제사 이순신을 기억하는 상징이 되었음을 밝혔다.

정조대왕은 「충무공 이순신 신도비명(神道碑銘)」을 쓰면서 다음과 같이 말했다.

진린은 충무공의 뛰어난 책략과 인간적 도량에 마음으로 탄복하고는 군사의 모든 기밀을 충무공의 자문을 받아 결정했으며 우리 선조대왕께 말하기를, "이순신은 경천위지(經天緯地)의 재능이 있고, 보천욕일(補天浴日)의 공로가 있는 사람입니다"라고 했다.

여기서 말한 '경천위지'와 '보천욕일'이란 중국 신화의 여와와 복희 이야기에 나오는 말인데 나는 이 구절을 이렇게 풀어서 옮겨본다.

이순신은 하늘과 땅을 경영하는 재능이 있었고,
찢어진 하늘을 꿰매고 흐린 태양을 목욕시킨 공로가 있습니다.

이순신 장군을 이처럼 한없이 칭송했던 진린 도독이었다. 진린은 귀국하고 얼마 안 되어 1607년 광동 도독 재임 중 향년 64세로 세상을 떠났다. 1644년 끝내 명나라가 망하자 광동성에 살고 있던 진린의 손자 진영소(陳泳溸)는 수하의 수병 5명과 함께 오랑캐에 짓밟힌 조국 명나라를 떠나 조상의 얼이 살아 있는 조선으로 건너와 고금도 관왕묘에 있는 조부 진린 도독의 영전에 절을 올렸다.

진영소는 고금도의 경주 이씨와 결혼하여 그곳에서 살다가 해남으로 이사했다. 이후 조선에 정착한 진린의 후손들은 스스로를 광동 진씨라고 했고 지금도 해남군 산이면 황조마을에는 광동 진씨가 60여 가구의 집성촌을 이루고 있으며, 전국에는 약 2천여 명(2015년 기준 2,397명)의 광동 진씨가 살고 있다. 진린 도독은 이 땅에 살고 있는 광동 진씨의 시조가 된 것이다.

2014년 시진핑(習近平) 중국 국가주석이 서울대 강연에서 이순신 장군과 진린 도독의 특별한 인연을 언급했을 때 많은 사람들이 놀랐다. 진린이라는 역사적 인물이 한·중 외교의 다리가 된 것이다. 이어 추궈훙(邱國洪) 주한 중국대사가 해남을 방문한 것 또한 진린 도독이 400년 만에 한국인들에게 재조명받는 계기가 되었다. 해남과 진도를 잇는 명량(울돌목)에서 벌어지는 축제에선 매년 중국에서 진린의 후손들을 초청하여 이순신과 진린의 후손이 손을 잡아오고 있다.

　서울 동관왕묘와 고금도 관왕묘의 원형 복원에는 한·중 관계사의 원만한 복원이라는 뜻도 내포되어 있다. 이 두 유적의 존재는 400년 전 국란 극복의 역사적 실체인데, 이것들이 제대로 보존되어 있음을 중국인들이 보고 알게 된다면 양국의 역사적 현재성과 친선관계를 증명할 상징이 될 것이다. 서울의 동관왕묘와 고금도의 관왕묘 복원이 지니는 역사적 가치와 현재적 의의가 여기에 있는 것이다.

관왕묘의 부활과 도시 재생을 위하여

동관왕묘 앞 벼룩시장 / 6070 홍대 앞 / 동관왕묘의 건축 /
동대문역사문화공원 / 이간수문 / 박수근 살던 집 / 백남준 살던 집

동관왕묘 앞 벼룩시장

각별한 사연의 긴 역사를 갖고 있는 동관왕묘를 답사하자면 그곳으로 가는 길이 만만치 않다. 동묘앞 지하철역에서 남쪽으로 진입하거나 동대문디자인플라자(DDP)에서 동쪽으로 질러가거나 청계천 영도교 건너 북쪽 길로 들어가야 한다. 버스를 타고 종로에서 신설동 방향으로 가다 보면 긴 돌담을 맥없이 지나치는데 그게 동관왕묘다. 어느 쪽에서 가든 동관왕묘 가까이 다다르면 유명한 동관왕묘 앞 벼룩시장을 통과하지 않을 수 없다.

동관왕묘가 오랫동안 문화재 당국과 세인으로부터 외면당했던 큰 이유 중에는 이처럼 시내가 아니라 도성 밖에 있고 주변 환경이 낙후되어 사람들의 눈에 잘 띄지 않은 탓도 있다.

| 1980년대 **동관왕묘 앞 모습** | 동관왕묘 주변은 오래전부터 주변 환경이 낙후되었다. 1983년 3월 19일자 『경향신문』에는 쓰레기 적치장이 되어버린 동묘 정문 사진이 실려 있다.

동관왕묘 앞 벼룩시장엔 귀한 물품은 거의 없고 생활의 흔적이 남아 있는 값싼 물건이 가득하다. 이 벼룩시장은 지저분하다면 지저분하지만 오늘의 시점에선 발상을 전환하여 재미있게 볼 수도 있다. 먹고살기 힘들던 시절엔 가난이 미웠지만 국민소득 3만 달러를 내다보는 지금의 시점에선 어느 정도 생활에 여유가 있기에 편한 마음으로 가난했던 시절의 유산을 추억으로 삼을 수 있다.

입을 옷이 없어 구제품 시장에 가는 것이 아니라 구제품을 구경하면서 그 시절을 떠올리고 지난 시절의 삶과 서정을 환기하는 일은 즐겁다. 이곳에서는 토요일과 일요일이면 노점상 좌판이 크게 벌어지고 인파로 만원을 이루는데, 젊은이들이 없지는 않지만 주로 나이 지긋한 어르신들이 추억의 유물들을 구경하며 한나절을 즐기고 있다. 그래서 이 거리를 사람들은 '6070 홍대 앞'이라고 한다.

| **동관왕묘 앞 벼룩시장** | 동관왕묘 근처에는 유명한 벼룩시장이 있다. 귀한 물품은 거의 없고 생활의 흔적이 남아 있는 값싼 물건이 가득해 추억의 유물들을 구경하며 한나절을 즐길 수 있다.

    이 답사기를 쓰기 위해 근래에도 몇 차례 다녀왔는데 갈 때마다 내가 이제까지 살아오면서 보아온 것, 기억에서 사라졌던 물건들이 여기에 다 모여 있는 듯했다. 타임머신을 타고 어린 시절, 젊은 시절로 돌아간 듯 정말로 즐겁게 추억의 구경거리들을 보았다.

    헌 옷 가게에 들러보니 군대 야전 점퍼도 있고 한때 유행했던 뽀뿌링, 인조견, 사지 즈봉, 홍콩 양단 옷가지가 즐비하다. 헌책방에 들어가보니 내가 초등학교 시절에 보았던 '라이파이' '깨막이' '약동이' 시리즈, 그리고 젊은 시절에 본 고우영의 『삼국지』도 있다. 가히 살아 있는 현대 민속박물관이다.

    세상만사 모든 물건이 여기에 다 있다. 그중에는 미술품과 공예품 가게도 있다. 대부분 지난 시절의 생활 장식품들인데 그 옛날 집집마다 있었던 유리 박스 안의 프랑스 인형도 있고 밀레의 「만종」 모사품, 푸시킨의 「삶이 그대를 속일지라도」를 새긴 액자, 이발소에서 보던 물레방아 돌아가는 초가집 풍경 그림, '가화만사성(家和萬事成)'을 쓴 서예 액자 등 그야말로 키치(kitsch, 싸구려 미술품) 전시관이다.

지난 5월 9일 제19대 대통령선거 후에 가보니 이 벼룩시장도 시류를 타는 것에 놀랐다. 불상 조각, 인어공주 누드 조각, 못난이 인형 등을 파는 조각품 가게 앞쪽에, 전에는 박정희 대통령 흉상과 육영수 여사의 사진이 있더니 선거 후에는 김대중·노무현 대통령의 작은 브론즈 흉상이 있었다. 값을 물어보니 7만 원인데 6만 원에 준다며 하는 말인즉 미술품인지라 좀 비싸다는 것이다.

이렇게 벼룩시장의 분위기에 묻혀보면 재미도 있고 낭만도 있고 의미도 있다. 사람에 따라서는 여전히 이 거리가 지저분하다고 흉볼지 모르지만 정비해야 할 것은 도로와 주변의 허름한 건물이지 벼룩시장이 아니다.

해외여행에서 가장 즐거운 관광 아이템 중 하나가 그 동네 벼룩시장 구경이다. 만약에 유커들을 이곳으로 안내한다면 모두들 환상적이라고 환호성을 지를지도 모른다. 나는 언제나 그런 기대를 갖고 동관왕묘에 간다.

동관왕묘의 외삼문과 내삼문

벼룩시장 거리 한가운데 있는 샛길로 들어서 담장을 끼고 동관왕묘 앞에 서면 분위기가 확 바뀐다. 유적지에 온 것 같다. 정문은 남문 또는 외삼문(外三門)이라 불리는데 그 규모가 제법 당당하다. 어느 건축에서나 정문은 그 건물의 품격을 나타낸다. 동관왕묘의 정문은 외삼문이라고 하지만 실제로는 양옆의 협간을 더해 정면이 5칸이며 한쪽에는 쪽문

| 동관왕묘 정문 | 남문 또는 외삼문이라 불리는데 규모가 제법 당당하다. 외삼문 양 옆에 협간을 더해 정면이 5칸이며 한쪽에는 쪽문이 달려 있다. 협간의 지붕이 낮아서 외삼문이 솟을대문처럼 권위 있어 보인다.

이 달려 있다. 협간의 지붕이 낮아서 솟을대문처럼 권위를 더해준다. 정문의 측면도 외칸이 아니고 두 칸이다. 추측건대 협간 안에는 적토마 조각이 있었을 성싶다. 이 문만으로도 동관왕묘의 당당한 위상을 엿볼 수 있다.

지금 외삼문 위에는 흰 바탕에 검은 글씨로 '동묘(東廟)'를 새긴 현판이 걸려 있다. 누구의 글씨이며 언제적 유물인지도 모르지만 이제 이 현판은 유물전시장으로 옮기고 '동관왕묘' 혹은 '관왕묘'라고 쓴 현판으로 바꾸는 것이 마땅하다고 생각한다. 쪽문 한쪽에 서 있는 '동묘공원'이라는 제법 큰 빗돌도 치우는 것이 맞을 것 같다.

외삼문을 들어서면 멀찍이 중문인 내삼문(內三門)과 마주하게 되는데 이와 같이 안팎에 이중으로 대문을 낸 것 역시 동관왕묘의 위상을 말해준다. 넓게 빈 공간 한쪽에는 '금잡인(禁雜人)'이라 새겨진 비석이 있어

| **동관왕묘 내삼문** | 외삼문 들어가면서 바로 마주하는 내삼문은 외삼문에 비해 규모도 크고 지붕도 팔작지붕이어서 화려해 보인다. 이 안쪽이 정전이 있는 성역이다.

이제 성역으로 들어섰음을 알려주고 있다. 오른쪽에 석수 세 마리가 배치된 건물 터는 국왕이 행차했을 때 쉬어가던 어막대(御幕臺)인데 현재 이 자리엔 화장실이 있다. 동관왕묘에서 국왕의 숨결이 가장 많이 머문 어막대의 복원을 가장 먼저 고려해야 할 것이다.

내삼문은 정면 3칸, 측면 4칸에 팔작지붕을 얹었다. 외삼문에 비해 규모도 크고 지붕도 맞배가 아니라 팔작이어서 화려해 보인다. 이제 바야흐로 정전으로 들어서게 됨을 은연중에 그렇게 드러낸다. 그러나 현재의 내삼문은 양옆에 있었을 담장이 없고 휑하게 터져 있어 내삼문 같지가 않고 중정의 외딴 건물 같다. 『해동성적지(海東聖蹟誌)』의 「동관왕묘도」를 보면 내삼문 양 옆이 담장으로 감싸여 있고 협문도 달려 있다. 그래야 이름 그대로 내삼문이 된다.

| 어막대(왼쪽)와 '금잡인' 비석(오른쪽) | 정문을 들어서면 임금이 행차 시에 잠시 쉬어가던 어막대와 일반인들의 출입을 통제하는 '금잡인' 비석이 세워져 있다.

무묘다운 기상의 정전

동관왕묘의 건물 배치는 정문(외삼문), 중문(내삼문), 정전(正殿)이 일직선상에 놓이고 정전 양 옆으로 동무(東廡)와 서무(西廡)가 배치된 아주 간명한 구조다. 흔히는 동관왕묘가 중국의 관왕묘 제도를 따랐다고 설명하지만 많은 부분에서 조선식으로 변용한 것이지 그냥 베끼듯 모방한 것이 아니다. 아마도 중국인들이 보면 조선식이라는 점이 더 두드러질 것이다.

남북 일직선상의 중심축에 좌우 대칭으로 부속 건물을 배치하는 것은 어느 나라에서나 보이는 건축의 기본 공식이고, 우리나라의 전통 건축 중 신성한 공간에 공통된 형식이다. 공자를 모신 문묘(文廟)를 비롯한 사묘(祠廟)의 기본 구조도 그렇고, 서원에 동재·서재가 있는 것도 그렇고, 남문·중문·탑·금당·강당으로 가람 배치가 이어지는 것도 마찬가지다.

| **동관왕묘의 정전** | 정전 건물이 특이하게 느껴지는 것은 무엇보다도 정면에서 봤을 때 팔작지붕 삼각형 합각의 긴 눈썹지붕이 명확히 드러나기 때문이다.

　스케일을 보자면 성균관 문묘보다는 작지만 동관왕묘도 그에 버금가는 규모다. 동관왕묘의 정전은 조선시대 건물 어디에서도 볼 수 없는 특이한 모습으로, 그 첫인상부터 이색적이고 과연 무묘다운 육중한 무게감도 느껴진다.

　정전 건물이 특이하게 느껴지는 것은 무엇보다도 정면에서 봤을 때 팔작지붕 삼각형 합각(合閣)의 긴 눈썹지붕이 명확히 드러나기 때문이다. 이로 인해 이 건물이 특이한 공간임이 강조되고 또 건물에 대단히 힘이 있어 보인다. 그런데 중국의 관왕묘에서는 이런 구조가 보이지 않는다. 건축사가들은 이런 형식이 왕릉 앞에 있는 정자각(丁字閣)에서 따온 것이라고 보고 있다. 관왕묘라는 새로운 사당 건축을 위해 기존의 제례공간에서 여기에 맞는 형식을 빌려왔다고 해석한 것이다.

　동관왕묘의 정전은 정면관에서만 합각이 드러나는 것이 아니라 3면

| **고종이 내린 현판** | 정전 정면에는 '현령 소덕 의열 무안성제묘'라는 현판이 걸려 있는데 고종황제가 동관왕묘에 내린 것이다.

은 팔작지붕이고 뒷면은 맞배지붕으로 마감되어 있다. 그래서 지붕이 정 (丁) 자형 구조를 이룬다. 건물의 규모가 큰 만큼 겹처마이고 지붕 위에 는 잡상(雜像)을 배치해 품격을 높이고 있다.

아무리 보아도 동관왕묘의 정전은 건축적으로 성공한 문화유산이라 는 생각이 든다. 무엇보다 무묘다운 기상이 있고 관왕묘라는 새로운 형 식을 조선식으로 재해석해냄으로써 우리 건축의 또 다른 면을 보여주고 있기 때문이다.

정전 정면에는 '현령 소덕 의열 무안성제묘(顯靈昭德義烈武安聖帝廟)' 라는 현판 2개가 걸려 있다. 중앙에 걸린 현판은 고종황제가 동관왕묘에 내린 것이고, 오른쪽에 걸린 현판은 북관왕묘에서 옮겨온 것이다. 영조 대왕이 쓴 '현령 소덕 무안왕묘(顯靈昭德武安王廟)' 현판도 내부 전실 벽 면 위에 걸려 있다.

정전 건물은 특이하게도 정면보다 측면이 더 길다. 정면은 5칸인데 측 면은 6칸이다. 이는 정전의 내부를 중국의 관왕묘 형식에 따라 전실과 후실로 나누고 전실은 예배공간으로 쓰고, 후실에는 관왕과 시위(侍衛) 장수들의 조각상을 배치하면서 생긴 결과로 짐작된다. 전실과 후실 사이에는 좌우로 작은 무지개 모양의 협문이 나 있다. 이 건물이 유난히 육중해 보이는 이유는 정면을 제외한 좌·우·뒷면을 벽돌로 마감하고 뒷면에만 작은 출입구를 내었기 때문이다.

정전은 맨바닥에 주춧돌을 놓고 세운 것이 아니라 4면 전체가 넓은 석축 위에 올라앉게 했다. 그래서 앞면은 넓은 월대를 확보하고 있고 좌·우·뒷면은 툇간의 헌랑(軒廊)으로 구성되어 있는데 건물 벽면을 따라 열을 지은 기둥이 바깥 회랑을 이루고 있어 조선시대 어떤 건축에서도 볼 수 없는 이색적인 분위기를 자아낸다. 열주 아래에 흰 띠를 두른 듯 칠한 것은 여기가 중요한 향사(享祀)공간임을 나타낸 것이다. 문묘인 성균관 대성전 건물 바깥기둥 아래에도 똑같이 흰색이 칠해져 있으며, 왕실의 빈전(殯殿)과 혼전(魂殿)의 경우에는 기둥에 흰 종이로 띠를 둘렀다. 그리고 열주의 각 기둥마다 주련(柱聯)이 걸려 있다.

주련은 모두 14벌 28개다. 북관왕묘와 서관왕묘에서 옮겨온 현판도 여기에 달았기 때문에 이렇게 많은 것이다. 검은 바탕에 흰 글씨, 흰 바탕에 검은 글씨, 붉은 바탕에 황금빛 글씨 세 가지인데 주련 위에는 연잎 모양이 장식되어 있고 간혹 아래쪽이 꽃송이 장식으로 마감된 것도 있다. 그런 주련들이 본채 기둥뿐만 아니라 열주 기둥에도 걸려 있어 대단히 품격 있고 현란한 인상을 준다.

주련 글씨는 중국 사신과 상인들이 쓴 것이 대부분인데 그중엔 고종의 측근이었던 조영하(趙寧夏, 1845~84)의 글씨도 여러 점 있다. 그는 신정왕후(조대비)의 조카로 대원군을 몰아내는 데 앞장섰고 임오군란 때에는 대원군을 납치해 명성황후의 재집권을 실현시켰으나 갑신정변 중에 살해된 사대당의 핵심 대신이었다. 동관왕묘의 주련은 아마도 고종이 행차할 때 조영하가 수행하며 남긴 듯하다. 그중 한 폭을 소개하면 다음과 같다.

去也明來也白 寄曺宿債處 濁水之淸蓮

깨끗하게 왔다가 떳떳하게 가는구나.
조조의 군영에 머물렀으나 흙탕물 속에
서도 맑은 연꽃 같음이여.

花猶帶荊襄 春可矣君侯 節鉞鎭此處

꽃은 오히려 형양 9군(荊襄九郡)에 머
물고, 화창한 봄날의 관우 장군이여, 위엄
있는 무기로 이곳의 평안을 지켜주도다.

戊寅元月 趙寧夏奉

무인년(1878) 정월 조영하가 받듦

| 조영하가 쓴 주련 | 동관왕묘의 현
판과 주련은 대개 중국 사신이나 상인
이 쓴 것인데 그중에는 우리나라 대신
이 쓴 것도 있다. 고종의 측근이자 갑신
정변 중에 살해된 사대당의 핵심 대신
이었던 조영하가 아마도 고종이 행차
할 때 수행하며 남긴 듯하다.

이제 정전 안으로 들어가볼 차례가 되었
다. 그러나 절집에서도 부처님을 뵙기 전에
부처님이 바라보는 것을 먼저 보라고 했듯
이 정전에서도 안으로 들어가기 전에 먼저
내삼문 쪽을 내다보면 정전 좌우로 다소곳
이 시립해 있는 듯한 동무와 서무가 공간을
아늑히 감싸주는 느낌을 받을 것이다. 이 낯설지 않은 공간감이 중국의
관왕묘가 아니라 조선시대 동관왕묘가 보여주는 건축적 친숙함이다.

서무에는 숙종과 영조대왕의 어필로 관우의 용맹과 충의를 찬양한 동
묘비가 있고, 2개의 언월도와 북도 서무에 보관되어 있었으나 현재는 복
원 작업 때문에 옮겨졌다. 동무에는 고종 때 다시 세운 숙종, 사도세자,
정조의 무안왕묘비가 있다(고종이 글을 짓고 민영환이 쓴 북관왕묘비는 현재 국립
중앙박물관에 있다).

| 동무 | 정전에서 내삼문 쪽을 내다보면 좌우로 다소곳이 시립해 있는 듯한 동무와 서무가 공간을 아늑히 감싸주고 있는 느낌을 준다. 동무에는 고종 때 다시 세운 숙종·사도세자·정조의 무안왕묘비가 있다. 맞은편에 똑같은 규모와 형식의 서무가 있다.

동관왕묘의 유물들

지금 동관왕묘 내부는 서관왕묘와 북관왕묘가 합사되면서 옮겨온 조각상과 기물, 현판들로 마치 유물 창고처럼 복잡하다. 그 상태로 무려 100년이 지나도록 소장 유물에 대한 전수조사조차 없었다는 것은 도저히 믿기 어려운 일이다. 그런데 관우의 신통력 덕분인지 몇 점의 유실을 제외하고는 유물들이 고스란히 남아 있다 하니 거의 기적에 가깝다 하지 않을 수 없다.

현재 동관왕묘에는 관우상을 비롯한 총 16구의 조각상이 배치되어 있다. 동관왕묘의 주존(主尊)인 관우상 1구, 시자(侍者)상 2구, 휘하 장군상 4구가 정전 중앙의 원래 위치에 있다. 북관왕묘에서 이관되어온 관우상 1구, 휘하 장군상 4구는 정전 오른쪽 협간에 놓여 있고 정전 뒤쪽에는 서관왕묘에서 옮겨진 목조 감실에 유비·관우·장비 삼형제상이 있다.

정전 안에는 총 4점의 「일월오봉도」가 소장되어 있고, 감실의 판벽에 그린 「구룡도」를 비롯하여 용을 그린 그림 3점이 발견되었다. 또 관우 조각상에는 황제의 복식이 입혀져 있어서 황포와 면류관 등 당대의 의류도 남아 있다. 편액과 주련의 수는 정전 안팎에 모두 50점에 달하며, 크고 작은 석물도 9점이나 소장되어 있다. 서울역사박물관에 소장된 「삼국지연의도」(서울시유형문화재 제139호) 역시 본래 동관왕묘에 봉안되어 있었던 것으로 전해진다. 이처럼 엄청난 유물들이 동관왕묘 안에 쌓여 있다는 것이 신기할 정도다.

지금 서울시가 주관하고 있는 동관왕묘 복원·정비 계획의 최종 형태는 아직 확정되지 않았지만 취해야 할 기본 방향만은 분명하다. 동관왕묘는 원형에 가깝게 복원하고, 북관왕묘와 서관왕묘에서 옮겨온 유물들은 별도의 유물전시관을 지어 전시하며, 나아가 흩어져 있는 관왕 관계 유물들을 보완한다면 동관왕묘는 서울의 새 명소로 다시 태어나게 될 것이다. 나는 그런 기대 속에 복원이 완료되기를 기다리며 지금 남아 있는 동관왕묘의 대표적인 유물들을 안내한다.

정전 내부의 관우 조각상들

현재 동관왕묘 정전 내부에는 관우상 3구가 배치되어 있다. 정전 중앙의 감실에 있는 것은 처음부터 동관왕묘에 있었던 것이고, 오른쪽 감실에 있는 것은 북관왕묘에서 옮겨온 것이며, 정전 안쪽 벽에 기대어 세워진 여러 감실 중 하나에 있는 유비·관우·장비의 조각상은 서관왕묘에서 옮겨온 것이다.

그중 하이라이트는 역시 처음부터 동관왕묘 제자리를 지키고 있던 청

| **관우상** | 의자에 앉아 있는 좌상이다. 얼굴엔 비교적 살집이 있고 코는 두툼하며, 굳게 다문 입에 긴 턱수염을 늘어뜨리고 있다. 갑옷을 입은 신체는 양감이 두드러지고 다리를 벌린, 자못 당당한 자세이다.

동 관우상이다. 높이 2.5미터, 무게 2.4톤에 달하는 거상으로 정면정관(正面正觀)을 하고 의자에 앉아 있는 좌상이다. 얼굴에는 비교적 살집이 있고 코는 두툼하며, 굳게 다문 입에 긴 턱수염을 늘어뜨리고 있다. 갑옷을 입은 신체는 양감이 두드러지고 다리를 벌린 자세가 자못 당당하다.

그런데 이 관우상을 '사시(死時) 관우상'이라 불렀다는 속설이 있다. 실제로 숙종은 재위 29년(1703) 6월 청나라 사신을 전송하고 돌아오는 길에 남관왕묘에 들러 관우상을 보고는 "이것은 생상(生像)으로 동묘의 소조상에 비해 생기가 있다"고 했다.(『조선왕조실록』 숙종 29년(1703) 6월 19일자) 그러나 동관왕묘 상을 소조상이라고 말한 것은 잘못 본 것이었다. 이런 속설에 대해 유본예는 『한경지략』에서 이렇게 말했다.

남묘의 소상은 얼굴빛이 대
춧빛과 같으므로 모두 생상이
라 이르고 동묘의 것은 도금한
상이므로 사상(死像)이라 한다.
대개 주물로 만든 상은 마땅히
도금을 해야 할 것이며 또 소
조상에 어찌 생사의 구별이 있
겠는가. 세속 사람들이 함부로
하는 말은 믿을 것이 못 된다.

혹 지금은 없어진 남관왕묘의
상이 훨씬 생기 있게 묘사되어 이
런 얘기가 나온 것인지도 모르지
만 동관왕묘 관왕상은 조선시대

| **의상을 걸친 관우상** | 정전의 관우상은 16세기 말의 뛰어난 조각상이지만 평소 의복이 입혀져 있어 그 모습이 잘 알려지지 않았다.

를 통틀어 가장 큰 청동 주조 명작이다. 그럼에도 학계에조차 잘 알려지
지 않았던 것은 그동안의 무관심 탓도 있었지만 의복이 입혀져 있어 전
체 모습을 볼 수 없었기 때문이었던 것도 같다.

청동 관우상 좌우에는 등신대의 시자상 한 쌍이 중앙을 향하여 마주
보고 서 있다. 둘 다 소조상인데 통통한 얼굴은 세속적이고, 볼륨감 있는
신체는 현실적이다. 어딘지 중국풍이 느껴지기는 하지만 관우의 고향인
해주(解州) 관제묘의 그것보다도 조각으로서 더 탁월해 보인다.

관왕의 시위 장수로는 관평(關平)과 주창(周倉)이 앞에 서 있고 그뒤
로 왕보(王甫)와 조루(趙累)가 있다. 등신대의 이 시위 장수상들 또한 당
대의 명작이다.

| **관우상 옆의 시자상들** | 관우를 보필하고 있는 시자상은 아주 귀엽고 아름다운 모습을 하고 있다. 시자들은 관우를 상징하는 관인함(왼쪽)과 유교 경전인 『춘추』 (오른쪽)를 들고 서 있다.

실제 역사와는 다르지만 『삼국지연의』를 기준으로 보면 관평은 아버지와 같이 죽임을 당한 관우의 양아들이며, 주창은 관우가 출정하는 곳마다 종군한 최측근으로 관우가 죽었다는 소식에 자결한 충성심 넘치는 장수다. 왕보 역시 맥성을 지키다 관우가 전사했음을 알고 스스로 목숨을 끊었으며, 조루는 관우 부자를 호위하다가 전사했다. 이들 중 주창은 『삼국지연의』에만 등장하는 가공의 인물이다. 두 시위 장수만이 관왕을 모실 때는 관평과 주창이 시립하는데, 대개 관평은 관인함을 들고 있고 주창은 관우의 상징인 청룡언월도를 들고 있다.

| 정전 내부의 부장(部將) 조각상들 | 관우의 부장으로는 관평과 주창
의 조각상이 있다. 대단히 당당한 모습으로 소조상에 채색이 되어 있다.

　동관왕묘의 조각상들은 400년의 연륜을 갖고 있는 것으로 정통적이
고 본격적이다. 이에 비해 북관왕묘와 서관왕묘에서 옮겨온 조각상은 무
속적이고 민예적인 요소가 많다. 북관왕묘의 관우상은 조각이 치졸할 뿐
만 아니라 위엄 있어야 할 관우가 오히려 귀신처럼 보여 역시 미신에 가
까운 신앙으로 전락한 시기의 조각임을 보여주고 있다. 이에 비해 서관
왕묘의 감실 안에 모셔진 유비·관우·장비 삼형제의 작은 목각상은 고졸
한 민예 조각품 같아 아주 정감이 넘치고 절로 미소를 머금게 한다.

| 서관왕묘 목조 감실에 배치된 유비(왼쪽), 관우(가운데), 장비(오른쪽)의 조각상 | 여기서는 관우가 주존이 아니고 삼형제상으로 되어 있다.

관왕묘 감실의 회화와 공예

관왕묘의 조각상은 모두 감실 안에 봉안한 것이 큰 특징인데 그 감실을 구성하는 목공예적 구조와 장식들은 조각이 매우 정성스럽고 화려하다. 궁궐 용상(龍床) 위의 닫집, 사찰 불상 위의 보개(寶蓋)와 같은 콘셉트이므로 우리가 흔히 보는 작은 감실과는 그 유(類)를 달리하며 불상의 수미단 조각을 방불케 하는 아름다움이 있다.

관왕묘 감실의 뒷벽에 「일월오봉도(日月五峰圖)」가 그려진 7폭 병풍을 벽화처럼 세운 것에는 회화사적으로 각별한 가치가 있다. 본래 「일월오봉도」는 조선시대 임금의 상징물로서, 해와 달, 다섯 봉우리, 한 쌍의 폭포와 두 쌍의 소나무 등이 좌우대칭으로 정연히 배치되어 있다. 이 경물은 『시경』에 나오는 「천보(天保)」라는 시의 내용을 그린 것으로 해와 달처럼 밝고, 땅처럼 굳건하고, 높은 산처럼 우뚝하고, 노송처럼 오래도록 왕조를 이어나감을 상징한다.

| 관우상을 시립하는 부하장수 조각상들 | 서관왕묘의 조각상은 왕조 말기의 민예적인 요소가 반영되어 아주 귀엽다. 1. 주창상 2. 왕보상 3. 관평상 4. 조루상

「일월오봉도」는 같은 문화권이라 해도 중국, 일본, 베트남에서는 발견되지 않는 조선의 독창적인 그림으로, 경복궁과 창덕궁 등 궁궐 정전의 어좌 뒤에 장식되어 있고 옥외 행사 때도 임금의 자리 뒤에 반드시 놓였다. 관우도 왕으로 승격하여 관왕이 되었기 때문에 「일월오봉도」를 배경으로 세운 것이다.

「일월오봉도」는 이처럼 귀한 왕실 회화 작품이기 때문에 현재 국립고궁박물관 등지에 전하는 것이 고작 20여 폭에 지나지 않는다. 그런데 관왕묘에 병풍으로 그려 관우상 뒷벽에 벽화처럼 세운 것들이 발견되어 왕실 것 말고도 4점이 추가된 셈이니 그 가치를 알 만하다. 그중 동관왕묘의 그림은 전형적이고 정통적임에 반해 이번에 발견된 '충진사 감실'의 「일월오봉도」는 어찌 보면 회화적이고 어찌 보면 민화적인 느낌의 색다른 멋을 풍긴다.

그리고 감실 내 「일월오봉도」 뒤쪽 판벽에 그려진 「운룡도(雲龍圖)」

| 「**일월오봉도**」 | 관우가 왕으로 승격하여 관왕이었기 때문에 「일월오봉도」가 배경이 되었는데, '충진사 감실'이라는 이름이 붙어 있는 감실의 「일월오봉도」는 회화적이면서도 민화적인 느낌의 색다른 멋을 풍긴다.

는 다른 곳에서는 볼 수 없는 명작들로 조선시대 궁중 장식화가의 솜씨를 유감없이 보여준다. 동관왕묘 전실의 좌우 벽면엔 「삼국지연의도」가 10장면으로 나뉘어 벽면에 부착되어 있었는데 그 사실이 1928년에 에카르트(A. Eckardt)가 독일어로 쓴 책 『조선미술사』에 실린 사진에 의해 확인되었다. 현재 서울역사박물관에 소장된 「삼국지연의도」가 원래 동관왕묘에 있었던 것으로 추정된다.

이번에 동관왕묘를 정비하면서 「일월오봉도」와 「운룡도」 같은 귀중한 명작은 보존 처리하여 항온·항습 설비를 갖춘 국립고궁박물관에 진열하고 개방된 이 공간엔 정밀 복사본을 두는 것이 올바른 복원 방향이라고 생각한다. 그렇게 하여 어렵사리 구해낸 명작들을 자손만대까지 볼 수 있기를 바란다.

창신동과 숭인동의 역사 탐방

동대문 밖 창신동(昌信洞)과 숭인동(崇仁洞)은 이름의 유래가 같다. 조선 초 이곳엔 한성부 관할 숭신방(崇信坊)과 인창방(仁昌坊)이 있었다. 여기에서 한 글자씩 따서 숭인동과 창신동이 된 것이다. 동관왕묘만큼이나 낙후되고 소외된 이 지역은 2007년 뉴타운 지구로 지정됐지만 사업 진행 저조 등 악재가 겹쳐 2013년 지구 지정이 해제되었고 2014년에 서울의 도시재생 1호 지역으로 선정되었다.

이후 서울시와 종로구, 그리고 동네 주민들이 진정한 도시재생을 위해 노력하면서 동관왕묘가 제대로 복원되기를 기도하듯 바라고 있다. 그리고 이 동네의 역사성을 되살려내기 위해 문화유산 답사도 실시하고 있는데 현재 가장 많이 시행되는 코스는 단종의 왕비인 정순왕후(定順王后)의 자취를 따라가는 것이다.

정순왕후는 단종보다 한 살 많은 1440년생으로 영돈녕부사 송현수의 딸로 전북 정읍에서 태어났다. 15세 때 단종비가 된 후 3년 만인 18세 때 단종과 생이별하고 82세까지 한을 품고 살았다. 왕비로 간택된 데에는 고모의 역할이 있었다는데 고모는 세종의 아들인 영응대군의 부인이다.

단종이 노산군(魯山君)으로 강등될 때 정순왕후도 군부인(君夫人)으로 강등되었고, 단종이 서인(庶人)이 되자 관비(官婢)로 전락했다. 이때 신숙주가 정순왕후를 자신의 종으로 달라고 하여 아무리 관비가 되었기로서니 그럴 수 있느냐는 여론이 빗발쳤다는 이야기도 있다.

정순왕후는 비록 노비 신분이 되었지만 백성들은 그녀를 함부로 대하

| **정업원 터** | 단종의 비 정순왕후는 동대문 밖 숭인동에 있는 비구니 승방인 정업원에서 평생 단종을 그리며 시녀와 함께 살았다. 정업원 터에는 청룡사라는 절이 들어서 있다.

지 않았다고 한다. 그녀는 동대문 밖 숭인동에 있는 비구니 승방인 정업원(淨業院)에서 평생 단종을 그리며 세 시녀와 함께 살았다. 마을 사람들은 왕후를 깊이 동정하여 그녀의 통곡이 들려오면 함께 땅을 치고 가슴을 치며 동정곡(同情哭)을 했다고 한다.

왕후는 염색을 하면서 생계를 유지했다고 하는데 지금도 정업원 터가 있는 숭인동 청룡사 옆에는 '자주동샘(紫芝洞泉)'이라는 샘터가 있다. 지금은 샘이 말랐지만 전설에 의하면 정순왕후가 여기서 빨래를 하면 자주색 물이 저절로 들었다고 한다.

왕후는 궁핍하게 살면서도 세조가 내려주는 그 무엇도 받지 않았고 예종·성종·연산군·중종까지 다섯 임금의 시대를 더 살다 중종 16년(1521)에 세상을 떠났다. 중종은 단종의 묘소를 찾게 하면서 서서히 복권을 시도했던바 정순왕후의 장례 또한 대군부인(大君夫人) 격으로 치르도

| **자주동샘** | 정업원 터 옆에는 '자주동샘(紫芝洞泉)'이라는 샘터가 있다. 전설에 의하면 정순왕후가 여기서 빨래를 하면 자주색 물감이 저절로 들었다고 한다.

록 각별히 배려했다.

그러나 정순왕후는 죽어서 갈 곳이 없었다. 왕실에서는 폐출되었고 친정은 풍비박산 났다. 다행히 단종의 누이인 경혜공주의 시댁(해주 정씨)에서 문중의 선산에 장사를 지내주었다. 거기가 바로 금곡에 있는 오늘날 정순왕후의 사릉(思陵)이다.

정순왕후의 자취를 따라가는 답사는 지하철 6호선 창신역 인근에 있는 그녀가 오랫동안 살았던 정업원 터에서 시작된다. 여기엔 영조가 쓴 '정업원 구기(舊基)'라는 비석이 비각에 모셔져 있다. 이 비각의 현판도 영조가 썼는데 정순왕후의 지조를 '전봉 후암 어천만년(前峰後巖於千萬年)', 즉 '천만년 이어가는 앞 봉우리와 뒷산'이라 표현했다.

정업원 터에는 사도세자의 명복을 빌기 위해 세웠다는 청룡사가 들어서 있다. 청룡사는 비구니 사찰로 아주 깔끔하다. 서울 외곽엔 비구니 사찰이 여럿 있었다. 비봉의 승가사, 옥수동 독서당으로 바뀐 두뭇개 승방, 보문동 탑골 승방, 석관동 돌곶이 승방, 그리고 이 청룡사는 새절 승방이라고 했다.

새절 승방인 청룡사 아래로 내려가면 자주동샘이 있고 여기서 10여 분 산길을 오르면 정순왕후가 영월로 유배 간 단종이 있는 동쪽을 바라보았다는 동망봉(東望峰)에 다다른다. 동망봉 바위에는 영조가 청룡사에 들렀다가 써준 '동망봉'이라는 암각 글씨가 있었다고 하는데 일제강점기에 이곳이 조선총독부 건물을 짓는 데 쓸 돌을 캐는 채석장이 되는 바람에 없어지고 지금은 작은 표석만 세워져 있다.

동망봉 근처의 숭인근린공원에서 한숨 돌리고 내려오면 벼룩시장 안에 있는 동관왕묘에 이른다. 정순왕후를 도와주기 위해 동네 부인들이 열었다는 여인시장 터를 지나 청계천으로 나아가면 단종과 정순왕후가 영원히 이별했다는 영도교(永渡橋)에 이른다. 여기까지가 정순왕후와 동관왕묘를 연계한 창신동·숭인동 답사 코스다.

동대문역사문화공원에서

나의 동관왕묘 답사기는 여기서 끝맺을 수도 있다. 그러나 나는 동관왕묘가 오랫동안 제대로 관리되지 않은 것에 대해 항시 마음의 빚을 지고 있었다. 문화재청장 시절에 정비사업을 시행하지 못하고 퇴임 후 지자체에 이 일을 떠맡긴 것이 부끄럽고 미안하기만 한 것이다. 그러나 이 일을 문화재청이 아니라 서울시와 종로구청이 주관하게 된 것은 전화위복이다.

동관왕묘가 진정 새로 탄생하여 서울시민 내지는 국민들에게 사랑받는 곳이 되기 위해서는 이와 연계된 문화적 환경이 뒷받침되어야 하는

| **동대문 LED 장미 꽃밭** | 이간수문으로 가는 길에 설치된 장대한 2만 5천여 송이의 LED 장미 꽃밭은 정말 아름다운데, 저녁나절 불이 켜지면 거의 환상적이다.

데 그것은 지자체의 일이기 때문이다. 만약 문화재청이 주관했으면 동관왕묘만의 일로 끝나겠지만 지자체는 동관왕묘와 그 주변의 정비까지 시행할 수 있다. 지금 진행되고 있는 창신·숭인 지구 도시재생사업의 일환으로 동관왕묘가 정비되는 것이 다행이라면 다행이다. 동관왕묘와 정순왕후를 연계한 문화유산 답사 코스의 개발도 여간 고마운 일이 아닐 수 없다.

나는 이런 문화 프로그램을 현재적 시각에서 개발할 수 있다고 생각한다. 우선 서울 사람들이 동대문이라 부르는 흥인지문은 이 지역의 상징이다. 동관왕묘의 위치 자체가 동대문 밖이고 걸어서 불과 10여 분 거리에 있기 때문이다. 그러나 흥인지문은 대한민국 보물 제1호로 당당한 문화유산임에 틀림없지만 알다시피 로터리에 섬처럼 서 있어 현실적으

| **동대문 이간수문** | 동대문디자인플라자 공사를 시작하기 전 땅을 고르는 과정에서 한양도성의 성벽과 성벽 밑으로 물길을 낸 이간수문이 발견되었다. 이간수문은 우람하기도 하고 아름다워 한양도성의 위용을 느낄 수 있는 명소 중 하나다.

로는 동관왕묘와 잘 연계되지 않는다.

오히려 '동대문역사문화공원'이 제격이다. 사람들은 'DDP'는 잘 알면서 그 안에 있는 동대문역사문화공원은 제대로 모른다. 유려한 곡선을 지닌 세계 최대 규모의 3차원 비정형 건물로 마치 불시착한 유에프오(UFO) 같은 형태의 건물 공사를 시작하기 전 땅을 고르는 과정에서 한양도성의 성벽과 그 밑으로 물길을 낸 이간수문(二間水門)이 발견되었고 옛 건물 터에서는 1천여 점의 유물이 나왔다.

이에 이 유적들을 '동대문 유구(遺構) 전시장'으로 만들어 보존하고 출토 유물들은 '동대문역사관'을 지어 전시하며, 1925년 경성운동장으로 시작하여 동대문운동장이라 불리던 곳에는 '동대문운동장기념관'을 세워 1968년 설치된 축구장 조명탑 등을 상징적으로 남겨둔 곳이 '동대문

역사문화공원'이다. 모두가 추억의 공간으로 들를 만한 곳인데 특히 이간수문은 우람하고 아름다워 한양도성의 위용을 느낄 수 있는 명소 중하나다.

이간수문으로 가는 길에 설치된 장대한 2만 5천여 송이의 LED 장미 꽃밭도 정말 아름다운데, 저녁나절 불이 켜지면 거의 환상적이다. 이 꽃밭을 처음 만든 2015년이 광복 70주년을 맞이하는 해여서 LED의 빛을 광복의 상징으로 삼아 365일×70주년 = 25,550송이로 장식했다. 그리고 2017년 새로 심으면서도 같은 규모를 유지하고 있다고 한다. 과거와 현재와 미래가 만나는 동대문디자인플라자의 또 다른 명소다.

나는 동대문디자인플라자에 온 시민이나 유커를 벼룩시장을 거쳐 동관왕묘까지 안내하는 것이 훌륭한 답사 코스가 될 수 있다고 생각했다. 그리고 도중에는 비록 복원되지 않았지만 우리의 화가 박수근이 피란 후 생을 마감할 때까지 10년간 살면서 무수한 명작을 낳은 창신동 집이 있으므로 이를 정비하면 관광객들이 명작의 고향을 거쳐가겠다는 나름의 구상이 있었고 한번 실현해보고 싶었다. 그리고 기회가 왔다.

박수근이 살던 집과 백남준이 자란 집

2015년은 박수근 서거 50주년이 되는 해로 나는 운영위원장을 맡아 추모전을 준비하고 있었다. 일이 되려고 하니까 동대문디자인플라자 박삼철 기획본부장이 이 소식을 알고 나를 찾아와 이간수문 전시장에서 회고전을 열고 창신동의 '박수근이 살던 집'을 답사하는 프로그램을 만들자고 제안해왔다. 그리하여 이간수문 전시장에서 한 달간 열린 박수근 50주기 추모전에서 나는 두 차례 기념강연을 했고 박수근이 살던 집을 거쳐 동관왕묘까지 가는 현장답사 프로그램을 진행했다.

그때 박삼철 기획본부장이 알려주길 저 윗동네에 '백남준 살던 집'도 있다는 것이었다. 나는 이 사실을 알고 얼마나 놀라고 기뻤는지 모른다. 그런데 백남준 살던 집은 백숙집이, 박수근 살던 집은 국밥집(지금은 순댓국집)이 되어 있었다. 동관왕묘만큼이나 무관심 속에 방치된 근대 유적이었다.

첫번째 현장답사 때 우리는 동대문역사문화공원에서 백남준 살던 집에 들렀다가 박수근 살던 집을 거쳐 동관왕묘에 이르는 답사 코스를 다음과 같이 잡았다.

동대문역사문화공원 – 맑은내다리 – 신발 도매시장(상가) – 종로50길 – 동신교회 – 문구·완구시장 입구 – 창신시장 입구 – 종로53길 골목길 입구 – 백남준 살던 집 – 동묘앞 역 4거리 – 동대문아파트 – 시즌빌딩(옛 동대문스케이트장) – 박수근 살던 집 – 동관왕묘

가는 길에 만나는 동신교회는 독실한 기독교 신자였던 박수근 화백이 다니던 교회인데, 지금은 강원도 양구의 박수근미술관 뒷동산으로 이장된 박수근 화백의 묘소가 처음 포천에 있었던 이유도 바로 이 교회의 장지가 거기 있었기 때문이었다. 그리고 동네 사람들 얘기로는 김광석, 윤형주, 조영남이 다 이 교회 합창단 출신이라고 한다.

큰길 건너 안쪽 골목길로 들어서니 비탈길에 한옥들이 어깨를 맞대고 있다. 백남준은 부잣집 아들이어서 크고 번듯한 한옥 여러 채가 다 그의 집이었다고 한다. 그중 한 집이 지금은 백숙집이 되었다. 백남준은 유치원 때 이곳으로 이사 와서 유학을 떠나기 직전까지 살았다. 세상을 떠나

| 박수근이 살던 집으로 가는 길에 만나는 풍경들 |

기 전 한 방송국과 가진 마지막 인터뷰에서 "가고 싶어, 창신동 집"이라고 말했던 곳이기도 하다.

백남준 살던 집에서 지하철 1호선과 6호선 동묘앞 역 로터리로 나와 길을 건너 참으로 오래된 서울의 초창기 아파트인 동대문아파트를 지나자 작은 점포들이 이마를 맞대고 늘어서 있었는데 그중 국밥집이 바로 박수근이 살던 집이었다. 함께 간 따님(박인숙 선생)이 다 바뀌었지만 처마의 홈통만은 50년 전 그대로라고 했다. 그래서 나는 그 홈통에 '박수근 화백이 사시던 집'이라고, 지워지지 않는 유성 붓펜으로 써놓았다. 그리고 우리는 동관왕묘를 둘러본 다음 헤어졌다. 함께한 답사객들이 모두 흐뭇해하며 즐겁고 유익한 한때였다고 인사에 인사를 거듭했다. 나는 세상 사람에게 보다 많이 알리고 싶어 『한겨레』에 「백숙집에서 국밥집 가는 길의 동묘」라는 글을 기고했다.

두번째 답사 때는 박원순 서울시장이 함께했다. 박시장은 코스대로 답사하고는 서울시가 낙후된 동네를 재생하는 사업 지역으로 꼽고 있는 창신동과 숭인동에 20세기 현대미술을 대표하는 두 거장의 자취가 있다는 것이 신기하기만 하다며 이런 숨은 자랑거리가 있는 줄 몰랐다면서 기뻐했다.

박수근이 살던 국밥집에 가서는 홈통에 쓴 내 글을 보고 "왜 길거리에 낙서를 하고 다니세요"라며 즐거운 농담을 보냈다. 그리고 동관왕묘에 대한 설명을 듣고는 수행원에게 나중에 자세히 보고하라고 했다.

그리고 1년 뒤, 우리가 답사한 그 길이 완전히 달라졌다. 이 글을 쓰기 위해 다시 가보니 동관왕묘는 본격적인 정비 작업에 들어갔고, 박수근이 살던 집 앞에는 그의 삶과 예술을 기리는 안내판이 세워져 있었다. 서울시는 이 국밥집을 매입하여 기념관으로 만들 생각이었으나 아직 성사되지 못했고 순댓국집으로 바뀌었다고 한다. 그 대신 여기서 지하철 동묘

앞 역으로 가는 길가의 한국전력 분전함과 쉼터 곳곳에 박수근 그림이 그려져서 여기가 명작의 고향임을 알려주고 있다.

지하철 동묘앞 역에서 백남준이 살던 집으로 가는 큰길가의 마을버스 정류장은 백남준의 미디어아트를 차용한 멋진 디자인으로 꾸며졌다. 백남준이 살던 백숙집은 마침내 서울시가 매입하여 서울시립미술관의 '백남준기념관'으로 다시 탄생했다. 한옥 리노베이션에서 탁월한 기량을 보여주는 건축가 최욱의 솜씨가 여지없이 발휘되어 이 작은 한옥이 훌륭한 기념관이 되었다.

마당에는 김상돈 작가가 백남준에 대한 오마주(hommage)로 제작한 「웨이브」라는 작품이 우리를 맞이하고 실내엔 백남준의 삶과 예술을 실감 나게 소개하는 패널 작품들이 있다. 문간방이 있었음 직한 자리엔 작고 예쁜 카페가 있어 아주머니 두 분이 손님을 맞이하고 있다. 커피를 사 들고 계산을 하면서 "여긴 누가 운영하나요?"라고 묻자 "마을 부녀회에서 합니다"라고 대답한다. 함께 간 박삼철 씨와 커피를 들고 바깥 테이블에 앉아 안쪽으로 고개를 돌리니 조용히 앉아 내 쪽을 보던 한 아주머니와 눈이 마주쳐서 머쓱함을 피하려 "아주머니도 여기서 일하세요?"라고 물으니 이렇게 또렷이 대답했다.

"도슨트입니다."

백남준에게 보내는 경의

백남준기념관이 생기면서 큰길에서 여기로 들어가는 골목길 바닥에는 백남준이 말했던 간명한 문구가 흰 페인트로 이렇게 쓰였다. "내일, 세상은 아름다운 것이다. 백남준" 이 문장으로 백남준의 인생과 예술이

극명하게 요약된다.

　내가 처음 백남준이라는 이름을 접한 것은 1960년대 말, 대학생 시절 그가 전위미술가로서 유럽에서 벌이던 활동상을 소개한 신문 기사를 읽은 때였다. 이후 1970년대 들어 미술평론에 뜻을 두고 현대미술에 관한 책과 잡지를 보면서 그의 선구적인 작업을 일러 '비디오아트의 창시자'라고 평한다는 것을 알게 되었을 따름이었다. 사실 그때 나는 그의 작업이 어떤 것인지 알 수 없었다. 당시 우리 집엔 흑백텔레비전이 있었을 뿐 비디오는 본 적도 없고 무엇인지도 잘 몰랐다. 그래서 나는 한동안 백남준이 비디오라는 미디어를 발명했다는 말로 알아들었다.

　백남준의 작업 중 처음 직접 본 것은 1984년 전 세계에 중계된 「굿모닝 미스터 오웰」이었다. 한 시간에 걸친 어지럽고 예측 불가능한 이미지의 향연은 과연 그가 '21세기의 미술가'라고 불릴 만큼 시대를 앞서가는 예술인이라는 느낌을 줬다.

　그리고 내가 직접 백남준을 만난 것은 1995년 제1회 광주비엔날레 때였다. 당시 나는 커미셔너로 일하면서 그의 특별 퍼포먼스를 먼발치서 도왔다. 공연이 끝난 뒤 함께 일한 사람들과 뒤풀이로 노래방에 갔는데 모두들 백남준의 노래를 듣고 싶어했지만 그는 한사코 거절하고 자리를 떴다. 그러는 사이 반주기에서 비틀즈의 「예스터데이(Yesterday)」가 흘러나왔다. 나는 백남준이 동료인 오노 요코의 남편이 부른 이 노래에는 각별한 정이 있을 것 같아 백남준에게 달려가 「예스터데이」가 나왔으니 부르자고 청했다. 그러자 백남준은 나에게 "I don't like yesterday!"라고 대답하며 부르지 않았다.

　백남준이 사랑한 것은 확실히 어제가 아니라 내일이었다. 앨런 카프

| 백남준기념관 가는 길에 만나는 풍경들 |

| 백남준 장례식 포스터 |

로(Allan Kaprow)는 백남준의 작품을 가리켜 '문화적 테러리즘'이라고
했고 에드워드 루시스미스(Edward Lucie-Smith)는 '문화적 니힐리즘'이
라고 평하기도 했지만 백남준은 우리보다 먼저 내일을 살아가고 있었던
것이었다.

　2006년 1월 29일 백남준이 마이애미에서 타계했을 때 나는 문화재청
장으로 재직 중이었다. 나는 조문 장소를 덕수궁 석조전에 마련하자고
건의했으나 정부에서는 그런 전례가 없다며 과천 국립현대미술관에 한

국문화예술진흥위원회, 한국미술협회 등의 명의로 조문 장소를 꾸렸다. 미국 현지의 정부 측 조문도 뉴욕 총영사가 가기로 했다는 것이다. 그것은 고인에 대한 예의가 아니었다. 내가 가겠다고 나섰지만 문화재청장이 비디오아티스트의 장례식에 간다는 것은 맞지 않다고 했다. 이에 나는 홀연히 휴가를 내고 개인 자격으로 뉴욕에 갔다.

한껏 예의를 갖추고자 검은 양복에 검은 넥타이를 매고 나섰는데, 내 검은 넥타이는 연전에 부친상을 당했을 때 장례식장에서 급히 마련한 것이라 조금 후줄근했다. 나는 공항 면세점 명품가게에 들러 빳빳하게 면이 서는 검은 넥타이로 바꾸어 맸다. 그렇게라도 해서 내가 그에게 보낼 수 있는 최대의 경의를 표하고 싶었다.

장례식장에는 내로라하는 현대미술인들이 다 모였다. 광주비엔날레 때 같이 일한 외국인 평론가들을 만날 수 있어 반가웠다. 앞줄 한쪽엔 미망인 구보타 시게코 여사와 오노 요코가 있었고, 나는 그 건너편 뒷줄에 앉아 있었다.

장례식에서는 여러 예술인들의 조사 아닌 회고담이 이어졌다. 우리와 달리 웃으면서 고인을 보내는 것이었다. 식이 끝나고 운구할 시간이 되자 사회자가 갑자기 조문객들에게 가위를 나누어주며 옆 사람의 넥타이를 잘라 관 위에 바치라고 했다. 추모객들은 일제히 탄성을 지르며 웃음을 터뜨렸다.

1960년 젊은 시절의 백남준이 쾰른의 마리 바우어마이스터(Mary Bauermeister) 아틀리에에서 열린 퍼포먼스 때 피아노를 치다가 갑자기 객석에 앉아 있던 존 케이지(John Cage)의 넥타이를 가위로 자른 일이 있었다. 기존의 권위와 가치를 그렇게 싹둑 끊어버렸던 백남준을 회상한 장례식 퍼포먼스였던 것이다.

내 옆에 있던 평론가 바버라 런던과 미술평론가 김홍희(전 서울시립미술

| **백남준 장례식장에서의 퍼포먼스 장면** | 장례식에서는 넥타이를 잘라 백남준 선생의 가슴에 엎어드리는 퍼포먼스가 있었다. 내 뒤로 보이는 분이 김홍희 전 서울시립미술관장이다.

관장) 씨는 내 넥타이를 한 가닥씩 끊어 갔다. 나는 목에 맨 넥타이 조각을 풀어 백남준 선생의 가슴 위에 엎으며 마지막 인사를 보냈다. 나의 멋진 명품 검은 넥타이는 그렇게 백남준과 함께 갔다.

제5부

성균관

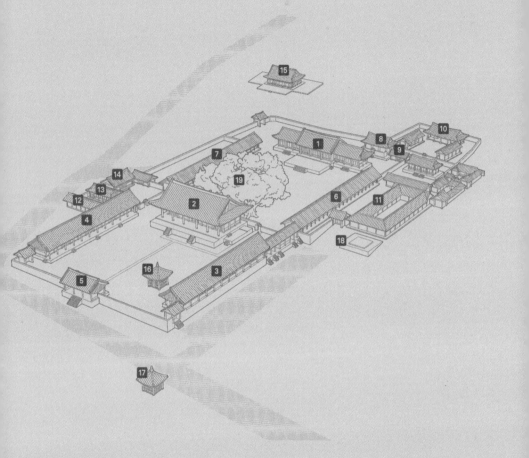

1 명륜당　2 대성전　3 동무　4 서무　5 삼문　6 동재　7 서재　8 존경각　9 육일각　10 향대청
11 진사식당　12 제기고　13 수복청　14 진사청　15 비천당　16 묘정비각　17 탕평비각　18 하연대
19 문묘 은행나무

장래의 선비를 소홀하게 대접할 수는 없다

은행나무 / 조선시대의 교육 / 성균관의 공간 배치 /
성균관의 부속 건물들 / 명륜당 / 동재와 서재

성균관 은행나무

내 스마트폰 다이어리의 11월 첫째 일요일과 둘째 일요일에는 성균
관(成均館)이라고 메모가 되어 있다. 그날 석전제라든지 무슨 행사가 있
어서가 아니라 성균관 은행나무의 단풍이 피크(peak)를 이루는 날짜를
기억하기 위해서다. 성균관에는 모두 네 그루의 은행나무 고목이 있고
그중 명륜당(明倫堂) 앞마당의 수령 500년 된 한 그루는 천연기념물 제
59호로 지정되었는데 해마다 11월 초가 되면 아름답다기보다 환상적으
로 물든 그 모습이 보고 싶어 발길을 옮기게 된다.

서울엔 아름다운 은행나무 가로수길이 곳곳에 널려 있어 성균관이 아
니라도 얼마든지 가을 단풍을 만끽할 수 있다. 광화문 광장을 설계하면
서 아름드리 은행나무들을 다 옮긴 것은 지금 생각해도 억울하기만 한

데 그래도 동십자각에서 경복궁 담장을 따라서 새로 개방된 청와대 정문과 경복궁 신무문 사이를 지나 분수대까지 이르는 은행나무 가로수는 여전히 아름다움을 뽐내고 있다. 또 우리나라엔 수령이 오래된 은행나무가 아주 많아 현재 천연기념물로 지정된 노거수 142주 중 은행나무가 22주나 되고 그중 양평 용문사 은행나무, 부여 주암리 은행나무, 원주 반계리 은행나무 등은 수령 1천 년을 헤아리고 있다.

그러나 똑같은 은행나무라도 길가에 늘어선 가로수, 마을 한가운데 홀로 서 있는 주암리와 반계리, 절집 한쪽에 비켜 서 있는 용문사의 그것과는 달리 성균관의 은행나무는 명륜당 앞마당에 동재·서재·대성전을 품에 안은 채 의연히 자리하고 있어 이 뜻깊고 연륜 높은 공간의 주인공이 되고 있다. 조선시대 지성의 산실이라는 역사의 향기가 풍기는 서정이 남다르기도 하지만 사방으로 고루 가지가 뻗어 풍성한 느낌이 있고 밝은 노란색 단풍이 주위 건물의 붉은 단청과 검은 기와지붕과 조화롭게 어우러져서 더욱 웅장하고 거룩한 느낌을 준다.

누구든 단 한 번이라도 성균관 은행나무 단풍이 절정에 달한 11월 '그날' 여기에 가본다면 나처럼 이듬해에 다시 찾겠다는 마음이 들 것이다. 그것을 실행에 옮기고 못 옮기고는 사정에 따라 달라지니 나도 장담하지 못하지만 그런 생각 없이 여기를 떠났다면 정서가 너무 메마른 것은 아닌지 한번 의심해볼 일이다.

시인이라면 '그날'의 은행나무를 노래하지 않을 수 없을 것이고 화가라면 이 환상적인 장면을 그리지 않고는 못 배길 것이다. 내 견문이 문학까지는 미치지 못해 성균관 은행나무를 멋지게 노래한 시를 알지는 못하지만 그림이라면 도상봉(都相鳳, 1902~77) 화백이 그린 「성균관 풍경」이 바로 그런 날의 은행나무를 그린 명작이다. 제목은 성균관 풍경이지만 주제는 은행나무라 화폭 전체가 온통 노란색으로 물들어 있고, 인상

| **성균관의 은행나무** | 명륜당 앞마당에서 동재·서재·대성전을 품에 안은 채 의연히 자리하고 있어 이 뜻깊고 전통 있는 공간의 주인공이 되고 있다.

파도 아니고 사실파도 아니고 고전주의에 가까운 도상봉 화백의 화풍으로 은행나무와 명륜당의 품격이 아주 고고하게 그려져 있다. 아마도 도상봉 화백의 집이 여기서 몇 걸음밖에 안 떨어진 명륜동에 있었던 덕분에 '그날'을 놓치지 않았을 것이다.

'그날'을 다이어리에 써놓은 나 또한 정상이 아님을 잘 알지만 답사의 묘미란 그런 것이다. 성균관을 이해하기 위해서라면 한두 번 찾아가는 것으로 족하지만 은행나무 단풍의 장관이 있기에 철이 되면 다시 한번 발길이 여기로 닿아 문화유산을 일상에 간직하며 살아가는 것이다.

그런데 요즘은 기상이변이 심해서 언제 단풍이 절정일지 예측하기 힘들기에 11월 다이어리에 두 날짜를 써놓았다. 재작년에는 첫째 주가 피

| **도상봉의 「성균관 풍경」** | 도상봉 화백이 1959년에 그린 이 그림의 주제는 은행나무여서 화면 전체가 온통 노란색으로 물들어 있다. 은행나무와 명륜당의 품격이 아주 고고하게 그려져 있다.

크였는데 작년은 둘째 주였다. 해마다 조금씩 늦게 찾아오는 걸 보면 올해는 둘째 일요일일 가능성이 높다.

성균관의 건립 과정

조선왕조의 성균관이 한양에 세워진 것은 건국 6년 뒤인 1398년 7월이지만 그 역사의 뿌리는 삼국시대로 거슬러 올라간다. 고구려에서는 태학(太學, 372년), 신라에서는 국학(國學, 682년), 고려에서는 국자감(國子監, 992년)이라는 이름으로 설치되었다. 이름과 성격은 다르지만 최고 교육기관이라는 점은 같다. 고려의 국자감은 이후 국학·성균관·성균감(成均

監) 등으로 불리다가 공민왕 11년(1362)에 성균관으로 개칭되었고 그 상태에서 조선왕조가 들어섰다.

'성균'이란 음악에서 '음을 고르게 조율하는 것'을 뜻하며 『주례(周禮)』의 「대사악(大司樂)」에서는 이렇게 규정하고 있다.

　성균의 법을 관장하여 국가의 학정(學政)을 다스리고 나라의 자제들을 모아 교육한다.

그리고 주소(注疏, 각주)에서는 그 뜻을 다음과 같이 풀이했다.

　성(成)이란 그 행동의 이지러진 것을 바르게 하는 것이고, 균(均)이란 습속의 치우침을 균형 있게 하는 것이다.

이 말은 오늘날의 교육 현장에서도 인성교육의 참뜻으로 새겨들을 만한 것이다.

고려의 성균관은 성리학을 처음으로 받아들인 회헌(晦軒) 안향(安珦, 1243~1306)이 충렬왕 때 대성전을 세우면서 격을 한껏 높였다. 안향은 공자와 그 제자들의 화상(畵像)을 구해 모셔놓고는 이에 따라 필요해진 제기와 악기 등을 구비해서 제를 지냈다. 안향은 자신에게 주어진 녹봉을 성균관에 희사(喜捨)했을 뿐만 아니라 노비 100명도 성균관에 기부했다. 이 노비들의 자손은 대대로 개성 성균관에 소속되어 봉사했고 조선왕조 들어서는 한양의 성균관으로 이속되었다.

1392년 조선왕조가 건국되고 우여곡절 끝에 3년 뒤인 1395년 한양으로 천도하면서 종묘·사직·궁궐(경복궁)을 차례로 창건한 태조는 1397년 2월 도평의사사에 명해 성균관의 터를 선정케 하고, 다음 달에 공사를 시작했다. 그리고 1398년 7월에 준공을 보았다. 당시 완공된 성균관의 총 규모는 크고 작은 칸수가 96칸이었다고 한다.

이렇게 애써 건립한 성균관은 지은 지 불과 1년 반 만인 정종 2년 (1400)에 불타버려 태종 7년(1407)에 재건되었다. 이때의 상황은 지금 대성전 앞에 자리한 묘정비(廟庭碑)에 새겨져 있는 변계량(卞季良)의 비문에서 확인할 수 있다.

(태종께서 한양으로) 환도하시고 3년을 지나 정해년(1407) 정월에 문묘의 옛터에 새로 짓기를 명하시어 성산군 이직과 박자청이 감독을 맡아 밤낮으로 감독하고 살펴서 마음으로 계획하고 지휘하여 목수와 공장들이 힘을 다하여 4개월 만에 문묘가 이루어지니 높고 깊고 단정하고 큰 것이 옛것에 비해 더욱 훌륭했다. (…) 전토(田土)와 노비를 더 주니 전토는 1만여 무(畝)요, 노비는 300명이나 되었다.

성균관의 기본 구조는 강학(講學)공간인 성균관(成均館, 명륜당)과 향사(享祀)공간인 문묘(文廟, 대성전)를 양대 축으로 이루어졌다. 교학(教學)이 분리되지 않아 유학이면서 동시에 유교였다. 대성전에는 공자와 역대 성현들의 위패가 모셔져 있다. 우리나라 성현은 모두 열여덟 분이어서 '동국 문묘 18현(東國文廟十八賢, 원명 아국 문묘 18현 我國文廟十八賢)'이라고 하는데 조선 국초까지는 설총·최치원·안향 세 분의 위패만 동무와 서무에 모셔져 있었다. 문묘는 그 크기와 배향신위의 수에 따라 대·중·소가 있어 성균관의 문묘만 대설위(大設位)였고, 주(州)·목(牧)·군(郡)에는 중설위(中設位), 각 현(縣)의 향교와 서울의 4부 학당에는 소설위(小設位) 문묘가 세워졌다. 따라서 성균관의 문묘는 조선왕조 국가 이데올로기의 상징적 공간이었다. 이것이 오늘날 성균관의 출발이다.

조선시대 교육제도와 성균관

성균관이 갖고 있는 문화유산으로서 가치와 위상은 이루 말할 수 없이 크다. 성균관의 대성전과 명륜당, 동무와 서무, 그리고 외삼문까지 일괄해 보물 제141호로 지정되어 있으며, 문묘에서 해마다 봄가을에 지내는 석전제(釋奠祭)는 중요무형문화재 제85호로 지정되었다. 그러나 우리가 문화유산을 찾아가는 참뜻이 유형의 문화재에서 무형의 가치를 새기는 데 있다고 한다면 성균관에 절절히 서려 있는 조선시대 선비들의 체취에 더욱 주목해야 한다.

성균관은 조선시대 최고의 고등교육기관으로 국초 이래 왕조의 문신·학자들이 거의 다 성균관을 거쳐갔다. 매월당 김시습, 율곡 이이 등이 성균관 출신이었고, 퇴계 이황, 추사 김정희 등은 이 학교 교장인 대사성(大司成)을 지냈다. 조선왕조는 쉽게 말해 지식인 관료사회였는데 나라에서 엘리트 관료를 양성하기 위해 성균관을 세운 것이다. 그런 의미에서 성균관은 최고의 교육기관, 유일한 국립대학 그 이상의 의미를 지닌 조선시대 지성의 산실이었다.

조선시대의 교육제도를 보면 초등교육은 가정이나 서당에서 시작했고 중등교육은 전국의 모든 군현에 설치된 향교와 서울의 4부 학당인 동학·서학·남학·중학에서 이루어졌다. 조선시대 서울의 행정구역은 동·서·남·북부와 중부 등 5부로 나뉘었는데 북부엔 끝내 학당이 설치되지 않아 4부 학당만 있었다. 조계사 옆 동네인 중학동의 명칭이 여기서 유래했다. 이와 별도로 왕손들의 학교인 종학(宗學)이 있었다.

지방의 향교와 서울의 4부 학당에는 8세 이상의 양인 자제들이 입학할 수 있었으며 여기에서는 시문(詩文)과『소학(小學)』을 비롯한 유학의 기본 경전을 가르쳤다. 조선시대 교육은 관리로 나아갈 수 있는 과거제와 밀접하게 연결되어 있었다. 과거는 소과(小科)와 대과(大科) 두 단계가 있었으며 소과에서 치르는 시험을 사마시(司馬試)라고도 했다.

과거는 3년마다 정기적으로 시행되었는데 이를 식년시(式年試)라고 한다. 현대인은 1년을 주기로 생활하지만 조선시대는 대개 3년을 주기로 삼았다. 영조 때 『속대전(續大典)』이 편찬된 이후에는 자(子)·묘(卯)·오(午)·유(酉)가 드는 해를 식년(式年)으로 해 과거를 시행했다.

식년시 말고도 부정기적으로 나라에 큰 경사가 있을 때 열리는 증광시(增廣試), 임시로 시행하는 별시(別試)가 있었고, 국왕이 성균관 문묘에 가서 제례를 올릴 때 성균관 유생들에게 시험을 보게 해서 성적이 우수한 사람을 선발하는 알성시(謁聖試)가 있었다.

무과도 초시·복시·전시의 3단계 시험을 치렀고, 시험과목은 궁술·기창·격구 등의 무술과 병서·유교 경전에 대한 강경(講經)으로 구성되었다. 이와 별도로 중인과 서출을 대상으로 기술관료를 뽑는 잡과(雜科)도 있었다. 잡과에는 역과(譯科)·의과(醫科)·음양과(陰陽科)·율과(律科) 등 4종류가 있었다.

사마시는 초시(初試)와 복시(覆試) 두 단계로 시행되었고, 경서를 시험하는 생원과(生員科)와 문장을 시험하는 진사과(進士科)로 나뉘었으며 각 과에서 보통 100명씩 합격자를 가렸다. 여기에 합격한 생원과 진사들이 성균관에 입학할 자격을 얻어 그곳에서 대과를 준비하며 공부했다. 조선시대 소과급제자는 대부분 성균관을 거쳐갔다.

대과 역시 초시와 복시를 거쳐 기본적으로 33명을 선발했다. 복시에 합격한 이들은 최종적으로 왕 앞에서 등위를 정하는 전시(殿試)를 치렀다. 전시에서 1등을 장원(壯元)이라 했는데, 장원급제는 개인과 가문에 대단한 자랑거리였다.

유생의 사회적 지위

성균관 유생의 정원은 개국 초에는 150명이었으나 세종 때(1429)부터 200명으로 정착되었고 임진왜란 후 재정 부족 탓에 75명으로 줄었다가 영조 때 120여 명으로 늘어났지만 말기에는 위상이 낮아지면서 다시 100명으로 줄었다. 성균관은 원칙적으로 3년마다 시행되는 사마시에 합격한 진사 100명과 생원 100명에 한해 입학이 허용되었으나 어느 시대 어느 사회에나 뒷문 입학이 있듯이 성균관에도 현대사회에서 볼 수 있는 일종의 보결생(補缺生) 제도가 있었다. 이를 기재생(寄齋生)이라 했다.

기재생은 서울의 4부 학당 생도로서 정해진 시험에 합격해 입학한 승보기재(升補寄齋)와, 아버지나 할아버지가 공신이거나 3품 이상의 관직을 지낸 공덕이 있어 음서(蔭敍)를 통해 입학한 문음기재(門蔭寄齋)로 나뉘었다. 이 경우도 구별이 엄연해 생원·진사 신분의 학생은 상재생(上齋生)이라 했지만 승보나 음서 출신 기재생은 하재생(下齋生)이라 했다. 그런가 하면 역대로 많은 왕세자들이 성균관에 입학하는 '왕세자 입학례'를 치렀다.

어느 경우든 성균관 유생은 숙식을 모두 제공받는 국가 장학생이었다. 성균관은 치외법권 구역이어서 죄인이 성균관에 숨어도 포졸들이 들어가지 못했다. 성균관에 입학하면 군역(軍役)도 면제되었기 때문에 군대에 가지 않으려고 생원·진사가 되는 유생도 있었다. 나라에서는 학생들에게 장래의 선비로서 예우를 다해주었다. 한 예로 이덕형(李德泂)의 『죽창한화(竹窓閑話)』에는 다음과 같은 얘기가 나온다.

성균관에서는 해마다 인일(人日, 정월 초7일)이나 다른 절일(節日)에 유생들에게 시험을 보이는데 이때 의정부 당상관들이 의자에 앉으면 모든 유생들이 뜰에서 절을 했다. 소재(蘇齋) 노수신(盧守愼)은 (성균관 최고위직인) 지관사(知館事)가 되어 성균관에 왔을 때 이를 보고는 함께 온 대신들과 의논하기를 "뜰아래에서 절을 하는 것은 신하가 임금께 뵙는 예법인데 본보기가 되는 곳에서 유생들을 이렇게 소홀히 대접할 수가 있습니까. 마땅히 유생들이 읍(揖)을 하면 모든 대신들은 의자에서 일어서서 인사를 받아 선비를 우대하는 뜻을 보여야 할 것입니다"라고 했다. 이 말에 모든 사람들도 옳다고 해 이것이 지금까지 정한 법이 되었다.

그때나 지금이나 학생은 영원히 나라의 자산이고 희망이기에 성균관 유생들은 이런 대우를 받았던 것이다. 그들 역시 지식인 집단으로 상소를 올리기도 했다. 이를 유학생의 상소라고 해서 유소(儒疏)라고 했다. 유소가 받아들여지지 않으면 단식투쟁을 하기도 했는데 권당(捲堂)이라 불렀다. 그래도 안 되면 동맹휴업을 감행했다. 이는 성균관을 비운다고 해서 공관(空館)이라고 했다. 많은 면에서 오늘날의 대학과 비슷했다. 조선시대엔 성균관이 유일한 국립대학이었다는 점이 다르다.

정조대왕의 「태학 은배 시서」

나라에서 성균관 유생들을 귀하게 생각했기에 역대 임금들은 수시로 성균관에 거둥해 알성시를 행하고 때론 붓과 종이를 하사하기도 하고 책이나 음식을 내려주기도 했다. 정조대왕이 성균관에 은술잔을 하사하면서 지은 시에 붙인 서문인 「태학 은배 시서(太學恩杯詩序)」에는 학생들을 격려하는 임금의 마음이 역력히 들어 있다. 이 글은 지금 명륜당 안 한복판에 현판으로 걸려 있기도 한데 워낙에 장문이어서 다 옮기기란

| **'명륜당' 현판과 정조의 글** | 정조가 성균관에 은술잔을 하사하면서 지은 시에 붙인 서문인 「태학 은배 시서(太學恩杯詩序)」에는 학생들을 격려하는 임금의 마음이 잘 표현되었다.

불가능하고, 또 주역을 끌어와 논한 글이라 쉽지 않다. 그러나 이 천하의 명문을 소개하지 않고는 성균관 답사기를 썼다고 말할 수 없어 임의로 줄이고 풀어서 그 대략을 소개한다.

태학이란 어진 선비들이 있는 곳이고, 선비는 나라의 원기(元氣)이다. 학문으로 선비를 양성하고, 그 선비와 국가가 함께한다. 교육을 중요시해 좋은 치적이 나올 수 있는 근원을 튼튼히 했고, 깊은 사랑과 후한 은택으로 무엇인가 해낼 수 있는 소지를 배양해왔다.

모든 선비들이 학문에 힘쓰고 품행을 깨끗이 해 세상에 나오면 왕조의 존경 대상이 되고, 들어앉아서 유림(儒林)의 표상과 기준이 된다면 국가적으로는 그것이 큰 디딤돌이 되어 군이 까다로운 절차를 거치지 않아도 법은 엄해질 것이요, 비단결같이 꾸미지 않아도 문장은 유려할 것이며, 노래와 춤이 아니어도 백성들은 즐길 것이고, 사냥 연습이 아니고도 병력은 강해질 것이며, 꼭 100년이 안 되어도 예악(禮樂)이 흥성해질 것이다.

이렇게 교육의 중요성을 강조하며 서두를 시작한 정조는 나라에서 학생들을 예우하는 뜻을 이렇게 말했다.

요즘 말하기를 좋아하는 자들은 한결같이 지금 선비들의 처신이 예만 못하고, 학문도 지금 선비들은 예만 못하다고 한다. 그러나 이는 지껄이는 소리에 불과하다. 지껄이는 자 역시 지금의 선비가 아니란 말인가.

선비를 만들고 뛰어난 인물을 장려하는 것이 왜 괜한 일이겠는가. 선비로서 자신을 아끼는 것과 남들이 아껴주는 것 모두가 국가에서 그들을 어떻게 대우하느냐에 달려 있기 때문이다.

그러고는 학생들에게 열심히 공부에 임할 것을 부탁하는데 그것은 의례적인 훈시가 아니라 술잔을 내려주며 하는 격려였다.

이제 먹을 것과 함께 은술잔을 내린다. 제생(諸生)들은 술잔 속에 '아유가빈(我有嘉賓)'이라 새겨져 있는 것을 아는가? '나에게 아름다운 손님이 있다'는 이 말은 『시경』「녹명편(鹿鳴篇)」에 나오는 구절이다. 빈객과 자리를 함께하는 것이란 그 얼마나 좋은 일인가. 밤새도록 자리를 뜨지 않고 갖옷 없이도 추위를 느끼지 않으며 또 피곤도 느끼지 않는다. 이는 사람의 마음을 감동시키고 영재를 육성하는 데 일조가 되었으면 하는 바람에서 새긴 것이다.

그리고 마지막으로 학생들에게 부탁하는 말로 끝맺는데 그 비유의 뜻이 자못 사람을 긴장하게 만든다.

아! 제생들아! 그대들은 나의 이 말로 하여 혹 느슨하게 생각하지들 말고 한 치 한 푼이라도 오르고 또 올라 마치 100리 길을 가는 사람이 항상 90리를 절반쯤으로 생각하듯이 하라. 그리하면 자만하고 싶어도 자만할 겨를이 없을 것이다. 계속해야 할 것이 학업이고 무궁무진한 것이 덕이다. 내가 지금 이 글을 쓰면서 바라는 것은 제생들이 그렇게 계속 노력하여 무궁한 발전을 했으면 하는 마음뿐이다. 제생들이여! 감히 노력하지 않아서 되겠는가.

정조의 '100리 길을 갈 때 90리를 절반쯤으로 생각하라'는 말에 나는 그간 80리만 가도 다 간 기분으로 살았던 것 같아 조금 뜨끔했다.

성균관의 수난과 복원

성균관은 창설 이후 강학과 제향을 차질 없이 시행하며 설립 목적에 충실하게 장래의 인재들을 길러냈다. 하지만 연산군이 집권하면서 성균관은 한차례 홍역을 치르게 되었다.

연산군은 재위 9년(1503)에 유생들 뒷간이 창경궁 후원에 가까우니 옮겨 짓도록 했다. 그리고 재위 10년 5월엔 희첩들과 놀이를 즐기는 왕을 엿본다며 서재 바깥쪽에 화방벽을 쌓으라고 명했다. 또 그해 7월엔 원각사(圓覺寺)로 공자의 신위를 모시고 문묘를 철거하도록 명했다. 그래서 성균관을 태평관(太平館)으로 옮겼고 문묘도감이 세워지면서 동대문 밖에 있던 효령대군 손자인 가은군(加恩君)의 집에 일단 터를 잡았다. 공자

| 하늘에서 내려다본 성균관 | 성균관의 건물 배치는 대성전과 명륜당이 남북 일직선상에 있는 아주 간명한 구조다. 대성전이 명륜당 앞쪽에 위치해 전묘후학이라고 한다.

의 위패는 의정부·종학·장악원·서학 등으로 옮겨다녔다. 문묘의 원래 대지는 군신의 연락 장소와 활터가 되었다. 연산군 11년 1월에 문묘를 후 암동 부근으로 확정하고 공사를 시작하려 했는데 이듬해 9월 2일 중종 반정으로 연산군이 폐위되며 중단했다.

중종은 성균관을 복원했다. 재위 2년(1507)에는 도성 밖에 버려진 공 자 묘정비를 다시 세우고 재위 6년에는 비각을 세워 보호했다. 중종 14년(1519)에는 하마비(下馬碑)를 세웠다. 하지만 성균관은 임진왜란의 병화(兵火)를 피하지 못해 잿더미가 되었다. 정유재란이 끝나고 4년 뒤 인 선조 34년(1601)부터 복구작업이 시작되어 대성전이 먼저 중건되었고 선조 39년에는 명륜당이 재건되었다.

이와 같은 사실은 중건된 지 20년이 지난 인조 4년(1626)에 파손된 묘 정비를 다시 세울 때 월사(月沙) 이정구(李廷龜)가 비석 뒷면에 쓴 비음기(碑陰記)에 자세히 실려 있다.

　불행히도 임진왜란 때 건물이 죄다 병화를 입어 사당의 신주를 임시로 전사청(典祀廳)에 안치해두었다. 우리 선조대왕께서 국가를 회복하여 환도하시자 제일 먼저 묘학(廟學)을 중건할 것을 발의하여 대성전이 신축년(1601)에 건립되고, 명륜당이 병오년(1606) 4월에 완성되었다.

　그리고 우리 인조대왕이 존경각, 정록청, 동서의 협실(夾室), 양현고를 차례로 개수(改修)했다. 묘정에 옛날에는 비석이 있었으나 이 비석도 병화를 입어 다시 세우면서 원래의 비문을 이홍주(李弘胄)가 돌에 다시 썼고, 김상용(金尙容)이 그 전액(篆額)을 썼고 이정구는 그 내력의 대략을 비석 뒷면에 썼다.

　이로써 성균관은 건물도 기능도 완전히 정상을 되찾았다. 이후 역대 임금들은 성균관의 부속 건물을 필요에 따라 하나씩 추가했고 유생들을 격려하기 위해 여러 차례 거둥하며 많은 하사품을 내려주곤 했으며 성균관 제도엔 큰 변화가 없었다. 그러나 왕조 말기인 1894년, 갑오개혁으로 과거제가 폐지되면서 강학공간으로서 성균관의 기능은 끝났고 문묘의 제향만이 오늘날까지 이어져 봄가을로 변함없이 석전제가 열리고 있다.

성균관의 공간 배치

　성균관의 건물 배치는 대성전과 명륜당이 남북 일직선상에 있어 아주 간명하다. 대성전이 명륜당 앞쪽에 위치해 전묘후학(前廟後學)이라고 하는데 지방의 향교 중에는 반대로 명륜당이 앞에 자리한 전학후묘(前學後

廟)를 취한 예도 많다. 이는 강학을 향사보다 비중 있게 생각해서가 아니라 대개 건물의 앉은자리가 뒷산을 기대고 있을 때 대성전을 낮은 쪽에 배치할 수는 없었기 때문이다.

더욱이 성균관에서는 봄가을로 석전제라는 국가의식이 열리고 임금의 알성이 자주 행해지며 또 중국에서 온 사신들도 곧잘 여기를 방문했기 때문에 전묘후학이 당연했던 것이다.

지금 성균관을 답사하자면 주차장의 자동차들을 피해 유림회관 건물을 옆에 두고 안쪽으로 깊숙이 걸어 들어가 명륜당 동남쪽 모서리에 나 있는 대문 돌계단에 이르러야 비로소 답사를 시작할 수 있다. 전문가들이 액세스(access)라고 말하는 진입 환경이 이 숭고한 문화유적과는 너무도 맞지 않는다.

그래서 주차장을 빠져나와 명륜당으로 들어가는 대문을 만나면 무언가를 피해 다 왔다는 기분이 들어 얼른 돌계단을 올라 안으로 들어가고 싶어진다. 그러나 문화유산을 답사하는 마음을 전혀 추스르지 않고 곧장 명륜당으로 들어간다는 것은 미안한 일이다. 나는 답사를 인솔할 때 잠시 여기에서 성균관의 공간 배치를 설명한다.

성균관은 대성전 구역과 명륜당 구역이 명확히 구획되어 있습니다. 주차장에서 이 자리까지가 대성전 구역이고 대문 돌계단부터 위쪽은 명륜당 구역입니다. 저기 주차된 자동차들 뒤로 보이는 쭉 이어진 긴 담벼락이 대성전의 동무(東廡) 건물 외벽입니다.

바로 요 앞쪽, 동무가 끝난 자리에는 지붕이 한 단 낮은 대성전으로 들어가는 삼문이 보이는데 이를 동삼문(東三門)이라고 합니다. 이 문이 바로 임금이 성균관에 알성하러 올 때 드나들었던 어삼문입니다.

어삼문 바로 오른쪽에 붙어 있는 담벽은 동고(東庫)라는 창고 건물의 외벽이고 그 오른쪽에 나 있는 대문이 명륜당으로 들어가는 문입니다. 지금 우리는 바로 명륜당 남쪽으로 들어가는 돌계단 앞에 서 있는 것입니다. 다시 말해서 이 대문과 어삼문 사이에 있는 동고 건물이 대성전 구역과 명륜당 구역을 가르는 기준이 됩니다.

여기까지 설명하고 나는 명륜당으로 들어가기 전에 성균관 부속 건물부터 보는 것이 답사에 유리하다며 저 앞쪽에 빠끔히 열려 있는 작은 문으로 가자고 안내한다. 이 문은 향문(香門)이라고 불리며 그 안쪽에 부속 건물들이 들어서 있다. 향문 바로 곁에 있는 외벌대의 넓은 단은 임금이 성균관에 행차할 때 타고 온 가마[輦]를 내려놓는 곳이어서 하연대(下輦臺)라 부른다.

성균관의 부속 건물들

향문 안쪽에는 요즘으로 치면 대학본부를 비롯해 학생들의 식당, 도서관, 노비들의 숙소 등이 있다. 향문을 들어서면 왼쪽으로는 학생들의 기숙사인 명륜당의 동재 건물 툇마루가 길게 이어져 있다. 동재의 출입문은 명륜당 마당 쪽이 아니라 이렇게 바깥쪽으로 나 있다. 그래서 학생들이 드나들기 편했고 명륜당 앞뜰은 번거롭지 않았다.

동재 맞은편에는 진사식당이라는 긴 건물이 나란히 뻗어 있다. 진사식당은 200명의 유생들이 한꺼번에 식사하던 건물인지라 대단히 크다. 전체 33칸의 건물로, 안뜰을 중심으로 장방형의 미음자를 이루고 있다. 그중 식당 자체는 20칸이며 주방이 10칸이고 나머지 3칸은 북쪽의 출입문과 창고로 쓰였다.

동재와 진사식당 사이로 난 길은 제법 넓고 길다. 이 길만으로도 성균관의 규모를 능히 느낄 수 있다. 그래서 답사객들에게 동재의 툇마루에 한번 걸터앉아볼 것을 권하고 사용자인 유생의 입장에서 한번 성균관을 생각해보라고 하기도 한다.

다시 동재와 진사식당 사이 길을 걸으면 바로 앞에 건물 가운데로 문이 나 있는 것이 보이는데 이 건물은 사무공간의 문간채인 고직사(庫直舍)다. 그래서 이 문을 고문(庫門)이라고 불렀다. 고문 곁에는 일종의 대기 공간인 직방(直房)이 있고 직방 뒤로는 성균관 유생들의 식사를 담당하는 여자 하인들이 거처하던 비복청(婢僕廳)이 있다.

고문 정면에 보이는 정면 4칸 팔작지붕의 번듯한 건물이 정3품 이하의 관리들이 근무하던 정록청(正錄廳)이다. 정록청 건물은 생활공간이었기 때문에 단청이 없다. 정록청 오른편 뒤쪽에는 성균관의 관원들이 근무하던 서리청(書吏廳)이 있다. 서리청은 전체 14칸으로 안뜰을 중심으로 디귿자로 배치되어 있다. 200명이나 되는 학생을 먹여주고, 재워주고, 가르친다는 것은 보통 큰일이 아니었기 때문에 이처럼 많은 부속 건물이 딸려 있다.

성균관의 교직원을 보면 교장은 정3품 대사성(大司成)이 맡았다. 『경국대전』의 규정에 의하면 겸관(兼官)은 정2품 지사(知事) 1명과 종2품 동지사(同知事) 2명이 있으며, 정3품 대사성 아래로는 종3품 사성(司成) 2명, 정4품 사예(司藝) 3명, 정5품 직강(直講) 4명, 정6품 전적(典籍) 13명, 정7품 박사(博士) 3명, 정8품 학정(學正) 3명, 정9품 학록(學錄) 3명, 종9품 학유(學諭) 3명으로 교수 및 교직원이 근 40명이었다.

성균관에 배속된 노비는 많을 때 500여 명에 달했다. 성균관 노비는 초창기에 명륜당에 딸린 재직(齋直), 대성전에 딸린 수복(守僕), 식당의 찬모(饌母), 땔나무를 하는 부목(負木) 등 300명이었으나 세종 때 100명이 추가되었고 문종·중종·명종을 거치면서 또 140명이 증원되어 500명

| 정록청으로 들어가는 길 | 성균관 관리사무소인 정록청으로 들어가는 입구는 동재와 진사식당 사이로 나 있다. 정면에 보이는 건물이 정록청의 대문 역할을 하는 고직사의 문이다.

이 넘었다. 밖에서 사는 외거노비가 대부분이어서 성균관 앞 반촌(泮村)에 기거했지만 찬모를 비롯한 여자 하인들은 비복청에 상주했다.

학교의 기본 자산은 성균관에 속한 전답이었다. 태종 때는 약 1,000결이었으나 세종 때 약 2,000결(약 600만 평)로 늘어났는데 200명에게 1년간 공궤(供饋)할 수 있는 규모였다. 그러나 흉년이 들면 많이 부족해 달리 충당했다고 한다. 조찬(助饌, 반찬)을 위해 채전(菜田)과 어장(漁場) 여러 곳을 성균관에 배속시켰고, 땔감을 공급하는 시장(柴場)도 서너 곳 지정되었다.

정록청 뒤편은 명륜당 뒤편이기도 한데 언덕 위에 존경각(尊經閣)이 있고 그 아래엔 육일각(六一閣)이 있다. 존경각은 성균관의 장서를 보관하던 도서관인데 각종 유교 경전과 역사서만 장서했고, 불교나 도교 및 여타 기술서적은 소장하지 않았다. 이 장서들은 대부분 1924년에 경성

| **정록청** | 성균관 관리사무소로 정3품 이하의 관리들이 근무하던 정록청은 생활공간이기 때문에 단청이 없다.

제국대학으로 이관되어 지금은 서울대 도서관에 있고, 남은 장서들은 한국전쟁 때 모두 소실되어 지금은 건물 안이 비어 있다.

육일각은 영조 19년(1743)에 임금이 직접 대사례(大射禮)를 행하고 그때 사용한 활과 화살을 보관하기 위해 건립한 것이다. 활쏘기는 육예(六藝) 가운데 하나인지라 이름을 육일각이라 한 것이다.

육일각 뒤에는 봉향청(奉享廳)이 있다. 봉향청은 향대청(享大廳, 오늘날의 성균관 안내도에는 향관청이라 적음)이라고도 불리며 정면 4칸의 번듯한 팔작지붕 집이다. 문묘 향사 때 헌관(獻官)들이 숙식하고 향사에 쓰이는 향과 축문을 봉안하는 곳이었다. 좌우에는 집사들이 사용하는 향관청(享官廳, 오늘날의 성균관 안내도에는 동·서월랑이라 적음)이 배치되어 있다. 건물 배치는 명륜당의 동재·서재와 마찬가지로 동쪽 향관청은 동향, 서쪽 향관청은 서향으로 되어 있어 향대청 앞마당은 조용한 분위기를 유지하고 있

| **향대청** | 향대청은 봉향청이라고도 불리며 정면 4칸의 번듯한 팔작지붕 집인데 문묘 향사 때 헌관들이 숙식하고 봉향에 쓰이는 향과 축문을 봉안하는 곳이었다. 춘추 문묘제례 때만 사용되기 때문에 평소엔 동재 서재에 들어가지 못한 유생들의 기숙사로도 쓰였다.

다. 존경각·육일각·향관청은 생활공간이 아니라 존경의 뜻이 담긴 장소이기 때문에 단청이 칠해져 있다.

향관청 두 건물에는 각각 6칸의 방이 있는데 평소에는 비어 있기 때문에 동재·서재에 방을 얻지 못한 유생들이나 홀로 조용히 있고 싶은 유생들은 이곳에 나와 있곤 했다고 한다. 성균관 유생들은 이런 환경에서 공부했다.

1천 원권 지폐에 나오는 명륜당 건물

향관청을 둘러보고 나오면 정록청 옆길을 통해 명륜당으로 곧장 들어갈 수 있다. 명륜당으로 들어서는 순간 갑자기 넓은 마당에 장대하게 자리잡은 명륜당 건물과 동서로 길게 늘어선 동재와 서재, 그리고 마당 저

| 존경각(왼쪽)과 육일각(오른쪽) | 존경각은 성균관의 장서를 보관하던 도서관이고, 육일각은 영조 19년(1743)에 임금이 직접 대사례를 행하고 그때 사용한 활과 화살을 보관하기 위해 세운 공간이다.

멀리 품 넓게 자란 은행나무 두 그루까지 한눈에 들어오면서 가슴이 다 후련해지는 느낌을 받는다. 오밀조밀한 부속 건물들 사이를 술래잡기하듯 이리저리 다니다 나온 뒤인지라 마치 산골에 살다가 대처로 나온 듯한 기분이 든다.

세벌대 돌축대 위에 올라앉은 명륜당 건물은 거룩해 보이기만 한다. 이 건물은 정말 잘생겼다. 본채는 정면 3칸, 측면 3칸에 맞배지붕인데, 좌우에는 키를 낮춘 정면 3칸, 측면 2칸의 팔작지붕의 익사(翼舍)를 날개처럼 달고 있어 안정감도 있고 권위도 있다. 지금 우리가 사용하고 있는 1천 원짜리 지폐 앞면의 퇴계 초상 배경에 나오는 건물이 바로 이 성균관 명륜당이다.

명륜당에서 여느 전통 건축물과 다른 품위가 느껴지는 것은 본채와 익사에 명확한 위계를 두었기 때문이다. 익사는 지붕 높이를 낮추었고 월대도 크기를 달리했으며 따로 돌계단을 두었다. 그래서 명륜당의 정면 관은 좌우대칭으로 정연하면서도 풍부한 시각적 변화가 곁들여진다. 기단은 화강암 장대석으로 높직하게 쌓아올렸는데 특히 강당채 앞에는 궁궐 건물에서나 볼 수 있는 월대가 널찍해 만만치 않은 규모가 느껴진다.

명륜당 현판의 글씨는 임진왜란 뒤 성균관의 복원이 완료된 선조 39년(1606)에 명나라 사신으로 온 주지번(朱之蕃)이 쓴 것이다. 엄청 큰 글씨인데 그 정중한 필체에서 학자의 풍이 역력히 느껴진다. 당시『조선왕조실록』에 자세한 과정이 실려 있는데, 명나라 황제가 특별히 사신으로 한림원(翰林院) 수찬(修撰)인 주지번을 보낸다고 알려오자 조정에서는 그에 관한 정보를 수집하여 시와 글씨 실력이 뛰어남을 알게 되었고, 이에 주지번이 의주에 도착했을 때 이 글씨를 받아 그가 성균관에 알성하기 전에 현판을 완성해 걸었다. 당시 명나라는 임진왜란 후 조선의 복구사업에 관심이 많아 성균관 문묘의 복원뿐만 아니라 관왕묘의 건립에도 지원금을 주었다. 그런 당시 사정이 이 현판에 남아 있는 것이다.

명륜당 대청 위 벽체와 들보에는 수많은 현판이 걸려 있다. 그중 정면 정중앙, 가장 높고 중요한 자리에는 주자의 글씨를 집자한 '명륜당' 현판이 있고 그 위에 잔글씨로 장문을 새긴 큰 현판은 바로 정조대왕의 「태학 은배 시서」를 문신인 이만수(李晩秀)의 글씨로 쓴 것이다. 가장 근래에 걸린 현판은 공자의 77세손으로서 중국의 초대 대성지성선사(大成至聖先師) 봉사관(奉祀官)을 지낸 공덕성(孔德成, 쿵더청, 1920~2008)의 '박문약례(博文約禮)'다.

학생들의 수업과 시험

성균관 유생들의 수업은 명륜당에서 이루어졌다. 아침식사가 끝나고 학관들이 명륜당에 나와 앉으면 북소리 한 번에 유생들이 뜰에 모여 학관들에게 읍하는 것으로 공부가 시작되었다. 과목은 사서오경을 기본으로 하되 여기에 『근사록』 『성리대전』 『통감』 『좌전』 『경국대전』 『동국정운』 등을 더했는데 과거시험의 과목에 따라 변동되기도 했다.

교과과정은 경사(經史)의 강의와 과문(科文)의 제술(製述)로 이루어졌으며, 사서오경은 주자의 주석을 중심으로 가르쳤다. 학생들의 성적은 강경과 제술을 통해 평가했으며, 성적이 뛰어난 학생은 문과 초시를 면제하고 바로 복시를 볼 수 있도록 했다.

학업을 평가하기 위한 시험도 있었다. 매달 상·중·하순마다 치르는 논술 형식의 시험이 있어 이를 윤차(輪次)라 했다. 또 예조의 당상관이 매달 한 차례 성균관에 와서 학생들에게 사서삼경을 돌아가며 암송하도록 시켰는데 이를 예조월강(禮曹月講)이라 했다. 이런 시험의 결과는 일일이 기록해두었다가 연말에 우수자에게 상을 내리고 문과 초시에 가산점을 주기도 했다. 또한 유생 가운데 우수한 2~3인을 매년 6월과 12월에 예조에 추천해 등용케 했다.

휴일은 한 달에 네 번으로 매월 1, 8, 15, 23일이었다. 일주일의 개념은 없었지만 대개 7일 간격이었고, 음력으로 헤아렸기 때문에 오늘날과 비슷했다. 다만 한 달에 네 번이었다는 것이 다를 뿐이다. 방학도 요즘과 비슷해서 음력 6~7월은 여름방학, 11~12월은 겨울방학이었다.

동재와 서재

명륜당 앞에는 학생들이 기거하는 기숙사인 동재(東齋)와 서재(西齋)가 좌우로 길게 서 있다. 명륜당 월대 아래에 낮게 자리하고 있어 마치 동재와 서재가 공손히 양옆에 늘어서서 명륜당을 향해 읍하는 것 같아

| 명륜당 정면 모습 |　명륜당 건물에서 여느 전통 건축과는 다른 품위가 느껴지는 것은 본채와 익실에 명확한 위계를 두었기 때문이다. 명륜당의 정면관은 좌우대칭이면서도 풍부한 시각적 변화가 느껴진다.

정연하면서도 엄숙한 분위기를 자아낸다.

각각 정면 20칸으로 서로 마주 보고 있으며 두 칸마다 아궁이를 설치하고 온돌을 놓았는데 14개의 방이 있고 한 방에 평균 5명씩 거처했다. 측면은 3칸이지만 정면 1칸을 툇마루로 개방해 학생들이 유용하게 공간을 운영할 수 있도록 배려했다.

사람들이 명륜당에 와서 간과하기 쉬운 것은 동재는 동향, 서재는 서향이라는 점이다. 우리는 디귿자 집이라면 세 채의 출입문이 다 마당을 향해 나 있을 것으로 예상하는데 명륜당의 동재와 서재는 등을 대고 동재는 동쪽, 서재는 서쪽으로 출입문이 나 있다. 그 덕분에 명륜당 앞마당은 언제나 정숙한 분위기가 유지되었고, 건축적으로 보면 동재와 서재의 긴 건물 뒷벽에 나 있는 14개의 창문이 마주 보며 줄지어 있어 더욱 장관을 이룬다.

명륜당에서 보았을 때 동재와 서재의 3번째, 8번째, 13번째 칸에는 출입을 위한 널문이 달려 있다. 집에 비해서 유독 굵은 네모기둥이 듬직한데 오래된 나뭇결의 무늬가 부드럽게 살아 있다. 생활공간이기 때문에 난방을 위해 불을 때던 아궁이가 방마다 설치되어 있다. 그러나 불을 땔 때 연기가 빠져나갈 굴뚝이 보이지 않는다. 이를 두고 말들이 많은데 쌍을 이루는 아궁이 중 하나는 진짜 불을 때는 아궁이고 다른 하나가 굴뚝이라고 추정하지만 확인된 것은 아니다.

명륜당 서쪽 뒤편에도 부속 건물이 있다. 성균관으로 들어올 때 초입에서 만난 문을 향문이라고 했는데 그것은 전향문(前香門)이고 여기에 있는 것은 후향문(後香門)이다. 지금(2017) 한창 복원공사 중인데 이 후향문을 통해 나가면 현종 5년(1664)에 세운 비천당(丕闡堂)이 나온다.

비천당은 강당이나 과거시험장으로 쓰였는데 과거시험을 두 곳으로 나누어 시행할 경우 명륜당 앞은 제1고사장, 비천당 앞이 제2고사장이었다. 비천당 담장 안에는 남쪽에 벽입재(闢入齋), 서쪽에 일양재(一兩齋)도 함께 세웠는데 두 건물은 일찍이 철거되었고 비천당도 1988년에 복원한 것이다.

비천당이라는 이름은 주희(朱熹)가 '큰 도를 크게 밝힌다'고 말한 비천대유(丕闡大猷)에서 유래했으며 우암(尤庵) 송시열(宋時烈)이 지은 것이다. 건물의 이름에 깊은 뜻을 담아 이처럼 어려운 말을 인용한 것은 이해할 수 있는데, 일양재라는 이름은 좀 그렇다. 일양재는 일거양득(一擧兩得)에서 비롯된 것으로 당시 한양도성 안의 사찰인 인수원(仁壽院)과 자수원(慈壽院)을 헐면서 나온 자재로 비천당을 지었는데 불교도 배척하고 보너스로 새 집도 얻었으니 일거양득이라며 이런 이름을 붙인 것이

| **명륜당 서재** | 명륜당 앞에는 학생들이 기거하는 기숙사인 동재와 서재가 좌우로 길게 서 있다. 명륜당 월대 아래에 낮게 자리하고 있어 마치 공손히 양옆에 늘어서서 명륜당을 향해 읍하는 것 같은 정연한 분위기를 자아낸다. 동재와 서재의 출입문은 마당에서 보자면 등을 돌려 각기 바깥쪽을 향하고 있기 때문에 명륜당 앞은 언제나 숙연한 분위기를 지니고 있다.

다. 유학자들이 불교를 얼마나 미워했는지 말해주는 이름이다.

비천당 북쪽 담장 너머에는 숙종 때 세운 계성사(啓聖祠)라는 사당이 있었다. 계성사에는 공자를 비롯한 4대 성현의 아버지들의 위패가 모셔져 있었다. 아무리 성현이라도 부모를 무시할 수 없다는 효 사상의 발현이었다. 공자의 손자인 자사(子思)가 4대 성현이라 그의 아버지 공리(孔鯉)가 계성사에 모셔졌으니 결과적으로 성균관에는 공자, 공리, 자사까지 3대가 다 배향되었던 셈이다. 그러나 성균관에 대학 건물들이 들어서면서 계성사는 철거되어 자취도 남지 않게 되었다.

이 답사기를 쓰기 위해 후향문이 완공되었나 보러 갔더니 공사 가림막에 아주 큼지막한 플래카드가 붙어 있는데 '하도급 부조리(체불 등) 신고' 전화번호와 '임금 지급일 매월 21일'이라는 글씨가 쓰여 있고 저쪽 모서리의 작은 안내판에 '공사기간 2016년 12월 29일~2017년 11월 23일'이라고 적혀 있었다. 그래서 올해 성균관 은행나무 단풍 구경은 낙엽이 진 뒤라도 후향문이 완공된 11월 말에 갈까 하는 생각을 잠시 해보았다. 어쩌면 공사가 늦어질지 모르니 공연히 단풍만 놓칠 염려가 없지 않지만.

명륜당의 은행나무

비천당을 둘러보고 다시 명륜당으로 돌아오니 아무리 보아도 넓은 명륜당 앞마당은 은행나무 고목이 있음으로 해서 더 이상 손볼 필요가 없는 완벽한 조경이 되었다는 감동과 찬사가 나온다. 몇 아름이나 되는 커다란 은행나무 두 그루가 서로 맞닿는 가까운 거리에 자리잡고 있다. 나이는 500살 정도로 추정된다. 높이는 21미터에 가슴높이의 둘레는 12미터에 달하는 웅장한 나무로 발달이 왕성하고 품이 넓다. 그중 동쪽의 나무는 한국전쟁 때 포탄을 맞아 가지가 일곱으로 갈라졌지만 이제는 상처가 회복되었다. 두 은행나무 아래로는 싹이 돋아 한 아름씩이나 되는 7개의 '싹 나무'가 주위를 호위하듯이 감싸고 있어 외롭지 않아 보인다.

『증보문헌비고(增補文獻備考)』에 의하면 중종 14년(1519) 대사성 윤탁(尹倬)이 명륜당 아래에 은행나무 두 그루를 마주 보게 심으면서 기초가 튼튼해야만 학문을 크게 이루고 나무는 뿌리가 무성해야 가지가 잘 자라니 공부하는 유생들도 이를 본받아 정성껏 잘 키울 것을 당부했다고 한다.

또 다른 이야기도 있는데 문묘의 뜰에다 은행나무 두 그루를 심었더

| 명륜당 앞의 은행나무 |

니 열매가 맺힐 때마다 땅에 떨어져 썩은 냄새가 천지에 진동하고 노비들이 줄을 서서 이를 주워가는 통에 앞마당이 시끌벅적해 성균관의 한 관리가 제사를 지내면서 이 사실을 공자께 아뢰었더니, 이듬해부터 다시는 열매를 맺지 않았다고 한다. 박상진 교수는 아마도 암나무를 베어내고 수나무를 다시 심었을지 모르겠다고 추측했다. 아무튼 명륜당 앞 두 그루와 외삼문 옆 두 그루 모두 열매가 달리지 않은 수나무다.

이 은행나무는 남쪽으로 뻗은 굵은 가지에 마치 방망이를 매달아놓은 듯한 기다란 혹이 달려 있는 것으로도 유명하다. 식물학에서는 이를 유주(乳柱)라고 부르며 세포 안에 많은 전분을 포함한 일종의 공기뿌리로서 양분을 저장하는 기능이 있다고 하나 정체가 완전히 밝혀지지는 않았다고 한다.

이 은행나무에는 3개의 유주가 같은 가지에 붙어 있으며 2개는 길이가 길고 나머지 하나는 짧다. 다른 가지에도 유주가 1개 더 있다. 모양새가 젖을 닮았으면서 기둥처럼 생겼기에 일본인이 붙인 이름 그대로 유주라고 부르지만 실제로는 남근 모양에 더 가깝다. 흥미롭게도 이 유주는 시간이 지나면서 성장을 계속해 조금씩 굵어지고 길어지고 있다.

박상진 교수에게 물어보았더니 유주가 달린 은행나무는 이것 말고도 천연기념물 제167호인 원주 반계리 은행나무 등 여럿이 있고 최근에는 충남 태안의 흥주사 은행나무에 달린 남근 모양의 유주가 자꾸 커져서 사람들의 호기심을 끌었다고 한다.

명륜당 앞마당에는 은행나무 외에도 회화나무·느티나무·말채나무·단풍나무·팥배나무·떡갈나무 등이 마당의 가장자리를 둘러싸고 있어 공간을 정감 있게 해주는데, 특히 명륜당 월대 동쪽 아래에 푸짐하게 자란 명자나무가 빨간 꽃을 피울 때면 순정이 느껴지고 명륜당과 서재 사이의 팥배나무도 봄이면 배꽃 같은 흰 꽃을 피우고 가을이면 팥알 같은 보랏빛 열매를 주렁주렁 맺어서 성균관에 갈 때마다 문안 올리듯 나무들에게 다녀가곤 한다.

시인들은 유적지의 노목들을 보면 늘 인적은 사라져도 나무만 변함없이 자라고 있다며 세월의 무상을 노래하지만 성균관에선 그런 쓸쓸함이 느껴지지 않는다. 오히려 절집의 가장 큰 자산은 노스님과 노목이라고 했듯이 더 이상 학생도 선생도 없는 성균관이지만 명륜당 앞마당에 은행나무 노목이 건재하기에 조선시대 지성의 산실이라는 역사의 향기가 여전히 그윽하다.

「반중잡영」, 혹은 성균관 유생들의 나날들

숭교방 / 「반중잡영」 / 동재와 서재 / 진사식당 /
성균관 유생들의 생활 풍속도 / 성균관 사람들 이야기

숭교방의 반궁

먼 옛날로 돌아가서 600여 년 전, 수도 한양의 도시계획 마스터플랜을 설계한 삼봉(三峰) 정도전(鄭道傳)은 동네마다 이름을 지으면서 성균관 일대는 '가르침을 숭상한다'는 의미로 숭교방(崇教坊)이라고 했다. 오늘날 대학로가 있는 성균관 옆 동네가 동숭동(東崇洞)인 것은 숭교방의 동쪽이라는 뜻이다.

성균관의 자리는 북악산 줄기인 응봉에서 남쪽으로 뻗어내린 산자락이 끝나는 곳으로 묘정비를 쓴 변계량의 표현을 빌리자면 "도성의 동북쪽, 산이 그치고 땅이 넓으며 냇물이 맴돌아가는 남향 밭"이다. 그래서 명나라 사신으로 풍수에 밝았던 김식(金湜)은 성균관에 와보고는 '과연 인재가 배출될 명당'이라며 칭송했다고 한다.(『증보문헌비고』)

성균관은 여러 이름으로 불렸다. 최고의 교육기관인지라 태학(太學)이라고도 했고, 학궁(學宮)이라고도 불렸으며, 반궁(泮宮)이라는 별칭도 있었다. 반궁이란 『예기(禮記)』의 "천자의 나라 학교는 벽옹(辟雍), 제후의 나라 학교는 반궁이라 한다"라는 구절에서 나온 말이다. 반궁을 평범하게 반중(泮中)이라고도 불렀다.

이런 연유로 성균관 앞을 흐르는 개울은 반수(泮水)라는 이름을 갖게 되었다. 한양을 그린 옛 지도를 보면 이 반수의 물줄기가 선명하게 그려져 있는데 『동국여지비고(東國輿地備考)』에서는 그 수계(水系)를 다음과 같이 표현했다.

반궁에서 나오는 동(東)반수는 성균관 앞 식당교(진사식당 앞 다리)와 비각교(탕평비 앞 다리)를 경유하고 서(西)반수는 창경궁의 집춘문(集春門) 앞 다리를 경유하여 대성전 외삼문 밖에서 합해져 남쪽으로 흘러내려 (…) 청계천 오간수문으로 들어간다.

반수 건너편 마을을 반촌(泮村)이라 했는데 동(東)반촌에는 성균관에 소속된 노비와 천민들이 모여 살았다. 이들을 반노(泮奴), 반인(泮人)이라 했다. 이 반노들은 본래 개성의 성균관 소속이었는데 한양의 성균관으로 이속되면서 반촌을 형성한 것이다. 그래서 반촌 사람들은 개성 사투리를 쓰고 개성 풍속을 많이 지니고 있었으며 반촌에는 다른 지역에서 쉽게 볼 수 없는 상점과 물건이 많았다. 특히 초상 때 여자들의 곡소리가 노랫가락 같았고 남자의 복색이 화려했다고 한다. 반촌의 천민 중에는 백정이 많았는데 나라에서 그들이 먹고살도록 도축 전매권을 주었다고 한다.

이 반촌은 성균관에 입재(入齋)하지 못한 유생들과 지방에 있으면서

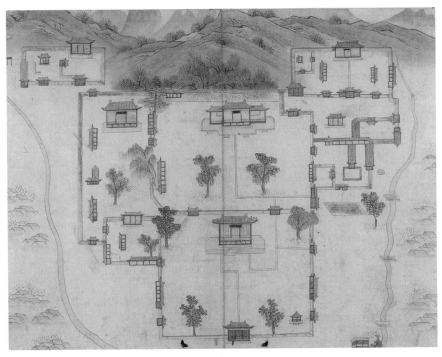

| **성균관 조감도** | 국립대학인 성균관의 건물 구조와 배치를 시각적으로 보여주는 가장 오래된 자료는 18세기 『태학계첩』에 실려 있는 조감도이다. 우리나라 옛 조감도는 아주 간명하면서 사랑스러운 회화미가 있다.

성균관에 이따금씩 오는 유생들, 혹은 한갓진 곳을 찾아 따로 나와 기거하는 유생들의 하숙촌이기도 했다. 또 반촌은 성균관 유생들이 유흥을 즐기러 나오는 곳이기도 해 오늘로 치자면 조선시대의 대학촌 같은 곳이었다.

생원·진사의 향후 진로

대학의 주인이 학생이듯이 성균관의 주인은 유생이었다. 유생이라고 하면 우리는 막연히 요즘의 젊은 대학생 정도일 것으로 지레짐작하기

쉬운데 그렇지 않았다. 성균관 유생들은 과거시험 소과에 급제한 엄연히 생원·진사였는데 통계에 의하면 과거급제 평균 연령은 소과가 25세, 대과는 35세였다고 한다. 퇴계 이황은 28세에 진사과에, 다산 정약용은 22세에 진사과에, 추사 김정희는 24세에 생원과에 급제했다. 그러니까 성균관 유생들은 대개 이미 결혼해 자식을 서넛은 둔 25세 전후의 양반들이었다.

양반 관료사회였던 조선왕조에서 생원·진사가 되었다는 것에는 출세의 첫 관문을 넘어섰다는 의미가 있었다. 그러나 그다음에 기다리는 대과는 엄청난 경쟁을 뚫어야 했다. 기본적으로 3년마다 치러지는 과거에서 소과는 생원·진사 합쳐서 200명을 뽑지만 대과는 33명뿐이었다. 게다가 재수는 기본이고 3수, 4수가 보통이었다. 대과에 급제한 나이를 보면 퇴계가 35세, 다산은 28세, 추사는 34세였다. 그때 나이 34세라면 지금의 체감 연령으로는 40대 중반은 된다.

그래서 한두 번 대과를 치러보고 포기하는 이도 많았다. 또 설사 대과에 합격한다 해도 당색(黨色) 때문에 출셋길이 보이지 않을 때는 일찌감치 대과를 포기하고 학문과 예술에 전념하기도 했다. 대과에 급제하지 못하면 고급 관료에는 오를 수 없었지만 당색이 맞으면 종6품 이하 하급직은 얻을 수 있어 종6품 외직(外職)인 현감까지는 나아갈 수 있었다.

내가 잘 아는 문인화가들의 경우를 살펴보면 공재(恭齋) 윤두서(尹斗緖)는 26세에 진사가 되었지만 남인인지라 출셋길이 꽉 막혀 학문과 서화에 전념하다 결국 46세에 해남으로 낙향했다. 능호관(凌壺觀) 이인상(李麟祥)은 26세에 진사가 되었지만 서출이었기 때문에 대과는 꿈도 꿀수 없었다. 그러나 집안이 노론의 골수여서 쉽게 한성부의 말단직을 얻었고 음죽현감까지 올랐지만 관찰사와 대판 싸우고 사직했다. 표암(豹菴) 강세황(姜世晃)은 북인이라 처음부터 과거를 포기하고 초야에서 지내다 영조의 배려로 61세에 처음 종9품 영릉참봉에 제수되어 벼슬길에 올랐고, 과거제도를 개혁한 정조가 1778년에 시행한 문신정시(文臣庭試)에 장원으로 합격해 정2품 한성부판윤까지 올랐다.

이렇게 생원·진사의 길은 달랐지만 애당초 꿈은 대과에 도전하는 것이었기에 특별한 경우가 아니면 성균관에 들어가 유생이 되었다. 추사는 가정환경이 좋아 혼자 공부했지만 퇴계, 율곡, 다산 모두 성균관에서 유생 시절을 보냈다.

무명자의 「반중잡영」

유생들의 학교생활에 대해서는 무명자(無名子) 윤기(尹愭, 1741~1826)라는 분이 성균관 유생들의 생활상을 무려 220수로 읊은 「반중잡영(泮中雜詠)」이라는 장편시가 근래에 알려지면서 비로소 소상히 알아볼 수 있게 되었다.

윤기는 호를 '이름 없는 사람'이라는 뜻의 무명자라 지은 데에서 추측할 수 있듯이 만만치 않은 인생을 보냈다. 한미한 가문에서 태어난 그는 학문을 좋아해 나이 20세 때 80세의 성호(星湖) 이익(李瀷)을 찾아뵙고 이를 평생의 행운으로 생각하며 성호를 사숙했다. 그는 영조 49년(1773), 33세에 사마시에 합격해 성균관 유생이 되었다. 그러나 무려 20년 가까이 지난 정조 16년(1792), 52세에야 비로소 대과에 급제했다. 당시로서는 7수, 요즘으로 치면 20년을 재수한 셈이었다.

무명자는 과거급제 후 성균관 전적(典籍, 종6품)이 되어 성균관에 관리로 돌아왔으니 그는 어쩔 수 없는 성균관인이었다. 이후 종부시 주부(宗簿寺 主簿, 종6품), 남포현감(藍浦縣監, 종6품)을 지내고 정3품 호조참의(戶曹參議)에 이르기까지 늙도록 관직을 지내다 순조 26년(1826), 86세로 세

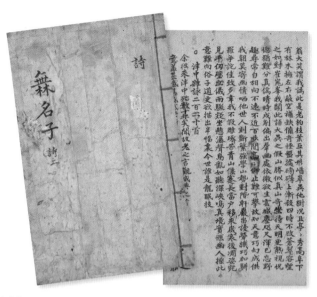

| 『무명자집』 | 성균관 유생들의 학교생활에 대해서는 무명자 윤기가 무려 220수로 읊은 「반중잡영」이라는 장편시가 알려지면서 비로소 소상히 알려졌다. 무명자의 산문집 『무명자집』은 본래 27책에 달하는 방대한 육필본인데 현재는 19책만 전한다.

상을 떠났다.

그는 『무명자집』이라는 방대한 시문집을 남겼는데 바로 이 문집 안에 「반중잡영」이 실려 있다. 무명자는 「반중잡영」을 펴낸 뜻을 첫 수에 들어가기 전에 이렇게 말했다.

지난날을 생각하며 오늘을 슬퍼했다던 옛 현인의 감고상금(感古傷今) 하는 마음을 빌려 눈앞의 일을 갖고 본래 모습을 되짚어보는 자료로 삼을 수 있게 하는 바이다.

「반중잡영」의 220수는 성균관의 건물부터 유생들의 방 배정, 식당 규칙, 식사 때 음식, 출석 체크, 학생회 구성, 행사 동원, 석전제 행사, 학생들이 올리는 상소, 단식투쟁인 권당, 반촌의 명승지 등 모두 38항목으로 나누어 항목마다 여러 수로 읊었다. 게다가 각 시에는 제반사항에 대한 상세한 해설을 달았다. 이렇게 성균관 유생들의 생활을 증언하는 마음에서 쓴 글이기 때문에 무명자의「반중잡영」은 거의 실록 수준이다. 생각할수록 무명자가 너무도 고맙고 너무도 위대하다.

성균관 유생들의 나날들

『무명자집』은 본래 27책에 달하는 방대한 육필본(肉筆本)이지만 현재는 19책만 전하고 있다. 제대로 보존되지 못해 흩어졌는데 1956년에 연세대 김동욱 교수가 다섯 책을 고서점에서 구입해 여기에 실린「반중잡영」을 소개한 적이 있기는 했지만 1977년에 성균관대 대동문화연구원에서「반중잡영」부분이 영인 출간됨으로써 비로소 학계에 널리 알려지게 되었다.

이후 무명자 윤기와「반중잡영」에 대한 연구가 다각도에서 이루어져 석박사 학위 논문의 주제로 다루어졌고 이민홍 교수가「반중잡영」 220수를 번역해『조선조 성균관의 교원(敎園)과 태학생의 생활상』(성균관대학교출판부 1999)이라는 단행본을 펴냄으로써 비로소 대중들도 접할 수 있게 되었다. 그리고 현존하는『무명자집』19책은 2000년에 민족문화추진회가『한국문집총간』제256집으로 영인 출간했고 2014년에는 대동문화연구원 거점번역팀에서『무명자집』을 16권으로 완역 출간했다.

나는 뒤늦게 이 책을 읽어보고 너무도 큰 감명을 받았다. 아직 다 읽지는 못했지만「반중잡영」이 실려 있는『무명자집』제2권은 번역자인 강민정 연구원의 상세한 주석 덕분에 200년 전 이야기를 어제 일처럼 생생하게 이해할 수 있었다.

| **성균관의 서재** | 유생들의 숙소였던 동재와 서재에는 각각 14개의 방이 있고 한 방에 5명씩 기거했다.

한때(2010) 인기를 모았던 KBS 드라마 「성균관 스캔들」의 원작은 정은 궐 작가가 쓴 『성균관 유생들의 나날』(파란미디어 2007)인데, 그는 「반중잡영」에서 소설의 아이디어를 얻었다고 하며 실제로 소설 속의 일부 장면들이 무명자의 시에 기초하고 있다.

그러나 이 소설과 드라마는 허구로 엮은 것이어서 「반중잡영」의 본내용이 전혀 관계없는 스캔들로 변질되기도 했다. 이에 「성균관 스캔들」이 방영될 때 성균관 측은 강하게 항의했고, 결국 제목 로고에 '과'자를 붙여 「성균관과 스캔들」로 바꾸었다고 하지만 이미 쏟아진 물이었다.

나는 성균관 답사기를 쓰면서 진짜 '성균관 유생들의 나날들'을 세상 사람들에게 널리 알려야 한다는 일종의 사명감을 갖게 되었다. 본래 건축 문화유산 답사는 그 집에 살던 사람들의 이야기가 더 궁금한 법인데

| 동재의 툇마루에 앉아 있는 답사객들의 모습 | 우리나라 건축에서 툇마루가 갖고 있는 기능이 이처럼 훌륭하다.

생원·진사들의 학교생활을 알아본다니 얼마나 귀중하고 신나는 일인가.
이에 나는 아예 별도로 한 장을 떼어내어 '성균관 유생들의 나날들'에 대한
이야기를 시작한다.

동재·서재의 방 배정

무명자의 「반중잡영」 38항목 중 제1항목은 '학궁 위치 차제(學宮位置
次第)'로 성균관의 위치부터 시작해 대성전·명륜당·비천당·존경각·향
관청·탕평비 등 각 건물들을 하나씩 소개하는데 유생들이 거처하는 동
재와 서재에 대해서는 다음과 같이 노래했다.

명륜당 아래 동재와 서재

　　스물여덟 방의 창이 마주 보고 늘어섰네

　　진사와 생원은 상재(上齋)에 거처하고

　　하재(下齋)에는 스무 명이 서로 함께 있네

　무명자는 이 시에 대해 설명하기를 동재와 서재에는 모두 28개의 방이 있고 그중 가장 아래 각 2칸이 하재이며 동재와 서재의 하재에는 각각 10명이 거처한다고 했다.

　이를 좀 더 풀어 설명하자면 동재와 서재에는 각각 14개의 방이 있고 한 방에 5명씩 기거했으며 그중 생원과 진사들이 거처하는 위쪽을 상재라 하고 맨 아래 2칸에는 승보(陞補)나 음서(蔭敍)로 들어온 기재생(寄齋生)들이 거처하는데 이를 하재라 했다. 그러니까 재사(齋舍)의 최대 수용 인원은 140명이었고 그중 하재생이 20명이었다. 그리고 상재생은 하재에 가지 않는 것이 재사에서 지켜야 할 체모라고 했다.

　지금 동재와 서재를 보면 방이 둘씩 묶여 있는데, 무명자는 2칸을 한 방으로 부르고 방마다 하인인 재직(齋直)이 1명씩 배속되어 있었으며 각방에는 이름이 있었다고 이렇게 설명했다.

　　동재와 서재는 매 2칸을 한 방으로 불렀다. 동재 첫번째 방은 약방(藥房)이고, 그다음을 우제일방(右第一房), 그다음은 (학생회장인 장의가 기거하는) 장의방(掌議房), 그다음은 진사칸(進士間), 그다음은 하일방(下一房), 그다음을 하종방(下終房), 그다음을 하재(下齋)라고 했다. 서재의 첫번째 방은 서제일방(西第一房)이라 하고 그다음부터는 모두 동재와 같다.

동재와 서재의 수용 인원엔 한계가 있었기 때문에 인원이 넘치면 오래된 유생을 우선적으로 수용했으며 방을 얻지 못한 유생은 반촌에 하숙하거나 향관청에 거처하기도 했다. 명륜당 북동쪽에 있는 향관청은 봄가을로 치러지는 석전제 때 헌관과 집사들이 사용하는 건물로 평소에는 비어있기 때문에 동서 각각 6칸인 건물을 생원과 진사가 나누어 기거했다.

재사에 들어오는 사람은 반드시 자신과 친한 사람을 찾아 함께 지냈다고 한다. 그러나 당색 간 갈등이 심해지면서 각 방은 색목(色目)대로 모이게 되었다며 무명자는 이렇게 노래했다.

> 서재에는 온통 노론이 북적이고
> 동제에만 세 당색이 나뉘어 거처했네
> 약방부터 진사칸까지는 남인이 거처하고, 하일방엔 북인이 거처하며
> 하종방에는 소론이 따로 모여 거처했네

한 방에서도 서열이 있었는데 나이순이었다. 이에 대해서는 율곡 이이가 『석담일기(石潭日記)』에 다음과 같은 얘기를 남겼다.

성균관 유생들이 앉는 차례를 나이순으로 하니 풍속이 그르게 여겼다. 이해수(李海壽)라는 자가 율곡에게 말하기를 "연차대로 앉는 것은 성균관에서는 맞는 것이 아니다. 방(榜)에서는 장원(壯元)을 존경하는데 이것도 역시 예법이다. 어찌 나이가 많다고 하여 장원 위에 앉을 수 있겠는가" 했다.

이에 율곡이 말하기를 "장원을 존경하는 것은 (합격자 모임인) 방회(榜會)에서나 시행하는 것이 옳다. 성균관은 윤리를 밝히는 곳이니 장유(長幼)의 순서를 문란하게 해서는 안 된다. 또 장원이 높다고 해서 어찌

왕세자에게 비할 수 있겠는가. 옛날 왕세자가 입학해도 연차순으로 앉았으니 장원은 논의할 것도 없다"라고 하자 이해수는 말이 없었다.

무명자가 동재와 서재를 노래하면서 "명륜당 아래 동재와 서재에는 스물여덟 방의 창이 마주 보고 늘어섰네"라고 한 것은 지나치기 쉬운 구절이지만 명륜당에서 보면 동재와 서재의 각 방 뒤창만 보이고 학생들은 각각 동쪽과 서쪽으로 출입해 명륜당 앞마당이 항시 정숙했음을 강조해서 노래한 것이다.

진사식당 풍경

유생들의 아침저녁 식사는 진사식당(進士食堂)에서 절도 있게 행해졌다. 성균관의 규정집인 『태학성전(太學成典)』에서 규정하기를 첫번째 북소리에 일어나고 두번째 북소리가 울리면 의관을 정제하고 단정히 앉아 글을 읽고, 세번째 북소리가 울리면 식당으로 가야 했다. 북은 동재의 첫번째 방인 약방의 창문 곁 명륜당 마당 쪽에 걸려 있었다.

약방 창밖에는 북이 높게 걸려 있어
매일 새벽녘에 둥둥 울려퍼진다.
"기침(起寢, 일어나시오)!" 소리 한마디 마치자마자
다시 "세수(洗手)!"라 외치는 소리 동재 서재에 전하네

동재 동쪽에 있는 진사식당은 인조 4년(1626)에 중건된 것으로 전체 33칸의 큰 건물이며 주방이 10칸에 식당이 20칸, 나머지 3칸은 북쪽의 출입문과 창고로 쓰였다.

| **진사식당** | 동재 동쪽에 있는 진사식당은 인조 4년(1626)에 중건된 것으로 전체 33칸의 큰 건물이며 주방이 10칸이고 식당이 20칸이며 나머지 3칸은 북쪽의 출입문과 창고로 썼였다. 유생들은 이곳에서 아침과 저녁 식사를 했다.

　단체 생활이기 때문에 식사에는 엄격한 규율이 있었다. 식사를 알리는 세번째 북소리가 울리면 동재·서재에 각각 4명씩 있는 하인인 부목(負木)들이 각 방을 돌면서 뜰에 나와 읍하라고 "정읍(庭揖)!"이라 외친다. 식사 집합은 굼뜨기가 예나 지금이나 마찬가지여서 각 방에 소속된 하인인 재직들도 명륜당 뜰의 회화나무 주위에 모여 높은 소리로 외친다. 동재·서재의 상재생과 하재생들이 다 모여 서로 마주 보고 서서 부목이 "읍(揖, 절하시오)!" 하고 외치면 다 함께 절을 올린 뒤 식당으로 들어간다.

　이때 생원은 동쪽 문을 통해 동쪽 대청에, 진사는 서쪽 문으로 들어가 서쪽 대청에 나이순으로 마주 보고 앉는다. 하재생은 아랫자리에 덧붙어 앉는데, 그래서 이들을 기재생이라 부른다. 서출로 생원·진사가 된 사람

| **진사식당 건물 안쪽** | 진사식당은 미음자 구조로 되어 있다.

들은 남쪽 대청에 앉고, 그래서 이들을 남반(南班)이라고 불렀다.

> 식당에서 몸가짐은 격식이 매우 엄격하니
> 생원 진사가 동문 서문으로 나뉘어 들어간다네
> 나이순으로 대청에 올라 쌍쌍이 마주 앉고
> 남반들은 기재생 아래 자리에 모여 앉는다네

식당에서는 소반 대신 마포(麻布)가 사용되었다. 공간이 비좁았기 때문이다. 마포 위에 사람마다 여덟 그릇의 음식이 제공되었고 각 음식마다 내오는 사람이 따로 있었다. 밥·국·간장·김치·나물·젓갈·자반·생채 여덟 가지다. 영조 18년(1742)에 세운 규칙에 의하면 유생 1인당 하루에

| **진사식당 실내** | 생원은 동쪽 문으로 들어가 동쪽 대청에, 진사는 서쪽 문으로 들어가 서쪽 대청에 나이순으로 마주 보고 앉았다. 하재생은 아랫자리에 덧붙어 앉아서 이들을 기재생이라 부르며, 서출로 생원·진사가 된 사람들은 남쪽 대청에 앉는데, 그래서 이들을 남반(南班)이라고 불렀다.

식사용 쌀 2되, 반찬값 쌀 1되, 점심용 쌀 3홉을 호조(戶曹)에서 지급했다.

음식이 다 들어온 다음 부목이 "권반(勸飯, 드시지요)!"이라고 외치면 일제히 수저를 들었다. 물을 내올 때는 "진수(進水, 물을 올립니다)!"라고 외치고, 상을 물릴 때는 "퇴상(退床, 상을 물립니다)!"이라고 외치고, 이어서 "기좌(起坐, 자리에서 일어서시오)!"라고 외치면 유생들이 일제히 파해 흩어졌다.

이를 보니 논산훈련소 시절에 식사 집합을 하고 X 자 나무탁자 하나에 6명씩 앉아서 식판을 마주 놓은 뒤, "식사 시작!" 하는 구령에 "감사히 먹겠습니다!"라고 외쳤던 것이 절로 생각났다. 성균관 유생들의 식사 규율은 군대 훈련소 못지않게 엄했던 것 같다.

식당 출석 체크와 별식

진사식당에는 출석부가 비치되었다. 이를 도기(到記)라고 한다. '도착한 기록'이라는 뜻이다. 도기책에는 사람마다 한 칸씩 성명을 쓰고 수결(手決, 사인)을 한다. 다 쓴 다음에는 총 인원수를 기록한다. 식당에서 출석체크를 한 이유는, 서울의 대갓집인 경화사족(京華士族)의 자제들이 집에서 먹는 것만 못해 거르기도 했고 또 식사의 룰이 엄격해 기피하는 경향이 있었기 때문이다.

아침과 저녁을 연달아 서명해야 원점(圓點) 1점을 얻었는데 초창기에는 원점 300점 이상을 취득한 유생에게만 성균관에서 치르는 관시(館試)에 응시할 자격이 주어졌다(정조 때 30점으로 조정되었다). 1년 중 4개월이 방학이었고, 한 달에 4일은 휴일이었으니 1년을 개근해도 원점 200점밖에 얻을 수 없다. 그러니까 최소한 1년 반을 개근해야 관시 응시자격을 얻을 수 있었다.

유생들에겐 닷새에 한 번씩 특식인 대별미(大別味)가 제공되었는데 매 순(旬) 1일과 6일이었다고 한다. 그러니까 1, 6, 11, 16, 21, 26일에 특식이 나왔다. 이때는 창고를 관리하는 하인인 고직(庫直)이 유생들마다 원하는 것을 물어보고 각자 요구하는 것을 큰 대접에 담아올렸다.

> 대별미는 매 순 1일, 6일 아침에 나오는데
> 소를 잡고 성찬 차려 초라하지 않았네
> 소 밥통을 끓인 국, 염통구이 여러 가지 음식을
> 주문한 그대로 사기대접에 담아왔네

매 순 3일과 8일, 즉 3, 8, 13, 18, 23, 28일에는 소별미(小別味)로 생선

말린 자반 대신 고깃국이나 고기구이가 나왔지만 양이 아주 적어서 오히려 자반만 못했다고 한다. 삼복 날에는 주먹만 한 얼음을 한 덩이씩 주었고, 초복에는 개장국, 중복에는 참외 2개, 말복에는 수박을 주어 잠시 목구멍을 상쾌하게 했다고 한다. 명절마다는 8가지 반찬 외에 별공(別供)을 크고 평평한 쟁반에 내왔다. 특히 설날의 별공이 푸짐했다고 한다.

> 섣달그믐에서 정월 삼일까지
> 별공으로 매일 맛있는 음식 풍족하네
> 객지에서 근심 없이 새해를 맞이하며
> 재중(齋中)에 길이 전해져 미담이 되었다네

유생들에게 명절은 설날·대보름·삼진날·단오·초복·유두·칠석·중양절·동지 등이며 한식과 추석에는 별공이 없었다고 한다. 별공에 술이 나오지는 않았다. 그러나 다행히 방주(房酒)라는 술이 남아 있어 매달 초하루와 보름에 방 1칸마다 한 복자 반(半)씩 나왔다. 복자란 세숫대야처럼 생긴 넓적한 그릇인데 한자로 선(鐥)이라 하여 일선(一鐥)에는 술 네 잔이 나온다고 한다. 갈증을 이기지 못한 유생들은 기일을 앞당겨 방주를 마시기도 했다고 한다.

또 무명자가 말하기를 국기일(國忌日)에는 식당직(食堂直)이 '아무 임금의 제삿날'이라고 쓴 종이를 높이 들어 동서 대청에 두루 보이고는 고기나 생선이 없는 소찬(素饌)을 올리는데 유생들은 "국기일에 소찬을 먹는 것은 오직 성균관 유생들뿐이다"라며 불평하곤 했다고 한다.

| **명륜당의 현판** | 명륜당 천장에는 수많은 현판과 시판이 걸려 있어 이 건물의 중요성과 연륜을 말해준다.

학생 우대와 관물 공급

역대 임금들이 성균관을 우대해서 하마비(下馬碑)를 세워 지위고하를 막론하고 성균관 근처에서는 말에서 내리게 했고 반수를 경계로 해 일반인 출입을 금했으며 포도청 포졸과 의금부 이속(吏屬)도 들어가지 못하게 했다. 설혹 범죄자가 성균관으로 숨어들어 대성전 안으로 도피해버리면 포졸이 들어가 체포할 수 없었다.

한 예로 『조선왕조실록』 명종 16년(1561) 7월 25일자를 보면 성균관 노비가 사람을 죽이고 성균관으로 도망쳐 들어갔는데 형관(刑官)이 성균관에 쳐들어와서는 관노의 우두머리를 비롯해 관계없는 관노까지 마구 붙잡아 가자 유생들이 형관을 폭행한 사건이 일어났다고 실려 있다. 성균관 유생들은 상소를 올려 성균관에 난입한 형관을 처벌해달라고 했다.

이에 임금은 "이 상소를 보니 유생들이 선성(先聖)을 숭배하고 학궁(學宮)을 중히 여긴다는 것을 알겠다. 매우 아름답게 여긴다"며 승정원에 다음과 같이 전교했다.

지난번 형부의 서리가 학궁에 난입한 일은, 비록 살인에 관계된 중대한 일 때문이기는 했으나, 선성을 숭배하고 학궁을 중히 여기는 뜻이 조금도 없었다. 하리(下吏)들을 단속하지 않아 전고에 없던 변고를 일으켰으니, 매우 잘못한 일이다. 형조의 당상(堂上)과 색낭관(色郎官)을 추고(推考)하라.

추고란 벼슬아치의 잘못을 조사하는 것을 말한다. 범죄자가 성균관으로 도망치는 것은 한때 시국 수배자가 명동성당으로 도피한 것과 마찬가지였다.

매달 초하루와 보름에는 대사성이 유생들을 거느리고 공자에게 분향례(焚香禮)를 올렸고 분향이 끝나면 참석한 유생의 명단에 근거해 장지(壯紙) 100묶음, 청모필(靑毛筆)과 황모필(黃毛筆) 각각 100자루, 먹 100개를 나누어주었다.

매달 초하루에는 등잔 기름 값이 1인당 15전씩 지급되었고 10월부터 정월에 이르기까지는 매달 초하루에 숯도 주었다. 또 매년 10월에는 각 방에 창호지와 벽 바를 종이를 주었고 화로·물항아리·세숫대야·약그릇 등의 물건도 주어 일용할 것에 대비하게 했다. 식당에서 쓰는 사기그릇은 초하루마다 300냥씩 받고 공급해주었다.

유생이 병들면 약방 처방에 따라 약을 조제해주었고 병이 심해지면 반촌으로 내보냈다. 사망하면 관청에서 비용을 주어 상을 치르게 하고 관은 본가에 보내며 유생과 재직들도 모두 부조를 하는 아름다운 풍속이 계속 이어졌다.

유생들이 공적인 일로 나가고 들어올 때는 반드시 말을 탔다. 재사에서는 장기와 바둑을 허락지 않았는데 잠시 짬을 내어 하루를 놀고 싶으면 향관청이나 반촌의 그윽한 곳으로 나갔다고 한다.

학생회장 장의와 상읍례

성균관에는 요즘 대학의 학생회 같은 자치활동으로 재회(齋會)가 있었다. 학생회장인 장의(掌議)가 동재·서재에 각 1명씩 있고, 간부인 색장(色掌)은 동재와 서재의 상재와 하재에 각 1명씩 있어 모두 4명이었다. 이외에 재회 때 일종의 최고위원으로 뽑는 당장(堂長)은 모인 인원수에 따라 7명 이내를 나이 많은 순으로 뽑았고 서기 역할을 하는 조사(曹司)는 당장과 같은 수를 뽑되 나이 어린 순으로 뽑았다.

장의는 재회를 절대적으로 선도하며 학령을 어긴 유생을 문책하고 출재(黜齋, 퇴학)할 권한을 가졌다. 장의는 장의방에 머무는데 다른 유생은 감히 들어가 거처하지 못했다. 색장의 주임무는 식당의 도기를 감찰하고 재회에서 의결권을 행사하는 것이었다.

새로운 장의는 현임 장의가 천거하면 전임 장의들과 합의해 정했는데 가문과 신분이 뛰어난 자를 선출했다. 하색장(下色掌)은 새로 소과에 합격한 신방(新榜) 중에서 문벌 있는 자로 뽑았고, 상색장(上色掌)은 이전에 합격한 전방(前榜) 중에서 뽑았다. 그러나 당색을 어쩔 수 없어 장의와 색장은 노론과 소론이 나눠 맡았다고 한다.

장의는 모두 용모가 아름답고 옷치장이 깨끗했다고 한다. 장의의 권위는 대단했다. 장의가 반궁에 들어가면 수복(守僕)들이 다리 곁에서 기다렸다 맞이하며 절한 뒤 모시고 들어갔고 장의가 지나가는 방의 유생들은 모두 문을 닫고 머리를 움츠렸다. 장의가 장의방 앞에 도착하면 재 직들이 소리를 길게 뽑아 "개창(開窓, 창문을 여시오)!"이라고 외쳤다.

사마시에 새로 합격한 생원·진사는 처음 성균관 재사로 들어올 때 반 드시 친한 사람과 함께 거처하는데, 일종의 환영회인 신방례를 치르되 자신의 재력에 따라 음식을 풍성하게 마련하기도 하고 간소하게 차리기 도 했다.

생원과와 진사과 합격자들은 합격 발표 후 3일째 되는 날에 반드시 대 성전에 가서 알성을 하는데 그럴 때면 재학생과 신입생이 서로 읍을 하 며 맞절을 하는 상읍례(相揖禮)를 행했다.

상읍례를 할 때는 입학생들을 뜰아래에 인도해 들어오고 장의 이하가 모두 일어선다. 수복이 먼저 어느 해 어떤 과거에 붙었는지 생원인지 진 사인지 성명은 무엇인지를 써서 좌중에 회람시킨다.

재회의 서기인 조사가 뜰로 내려가 신입생들에게 읍하고 대청에 오 르게 하면 신입생들이 읍해 답례하고 따라 올라간다. 신입생들이 종종 걸음으로 곧장 장의 앞에 달려가 서면 수복이 "재직이 구령하면 읍하되 손이 땅 위 1치까지 내려가게 해 매우 공손히 예를 행해야 합니다"라고 외쳐 알려준다. 그리고 재직이 "읍하시오!"라고 구령하면 신입생들이 색 장과 당장에게 차례로 읍하고 몸을 돌려 동쪽을 향해 유생들과 읍한다. 이를 상읍례라고 하는데 상읍례를 거친 뒤에야 신입 생원과 진사들은 식당에 들어설 수 있었다.

왕세자 입학식은 왕세자가 관례(冠禮), 가례(嘉禮)와 마찬가지로 치러 야 하는 통과의례였다. 왕세자의 교육은 궁궐 동궁의 세자시강원(世子侍 講院)에서 별도로 이뤄졌지만 이 입학식에서만은 세자도 유생의 청금복 을 입고 유생들과 함께 나이순으로 앉아 선생님 앞에서 무릎을 꿇고 수 업을 듣는다. 이렇게 함으로써 스승에 대한 예와 장유의 예를 체득하게

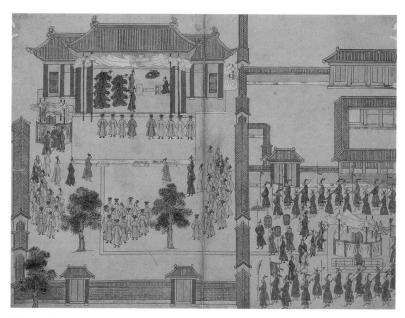

| **「왕세자 입학도」** | 1817년 효명세자가 9세 되던 해 성균관에 입학하는 장면을 모두 6폭의 그림으로 그린 첩(帖)이 전하고 있다. 그중 제5장면인 「입학도」다.(46.5×34.1센티미터, 고려대 박물관 소장)

했던 것이다. 왕세자 입학식이 끝나면 임금은 연회를 베풀고 상을 주었다. 효명세자(孝明世子)의 입학식은 6폭의 그림으로 전해지고 있다.

면책과 처벌

재사에는 면책(面責)이라는 풍습이 있었다고 한다. 면전에서 꾸짖는 행위다. 마치 요즘 대학에서 선배들이 하는 신입생 길들이기 같은 악습이다. 선배가 면책 줄 후배를 부르면 재직들이 깡충깡충 뛰며 모여들었고 이름이 불린 유생이 있는 곳으로 달려가 함부로 성과 이름을 부르면서 "면책이오!"라고 하고는 후배의 옷을 휘어잡아 밀쳤다 끌었다 하며 한 걸음을 옮길 때마다 아홉 번을 넘어뜨리면서 후배를 호명한 선배 앞에 이르게 하고 흩어졌다. 무명자가 말하기를 이는 후배에게 곤욕을 주기 위함인데 비록 예로부터 전해오는 규정이라고는 하나 결코 좋은 장난은 아니라고 했다.

장의가 벌하고 싶은 사람을 재회 자리에서 지목하면 부목이 어김없이 좌중에 선포하는데 유생들은 한마디도 못하고 침묵했다고 한다. 유생을 벌할 때면 조사가 붓을 잡고 수복은 앞에서 벌지(罰紙)를 펼치고는 벼루에 먹을 갈았다. 그리고 장의가 벌명(罰名)을 부르는데 큰 벌은 영삭부황(永削付黃)이고 다음은 영삭(永削) 또는 영손(永損)이다. 영손은 영구손도[永永損徒]의 준말로 영원히 성균관 유생들과 어울리지 못하게 하는 것, 영삭은 성균관 유생의 명부에서 영원히 이름을 삭제하는 것, 부황은 이름에 누런 쪽지를 붙여서 과거에 응시하지 못하게 하는 것이다.

벌목을 여덟 자로 정해 쓰면 색장과 장의가 모두 그 아래에 수결을 두었다. 그러면 수복이 벌지를 서재의 서일방(西一房) 외벽에 붙였는데, 서일방 외벽에는 전에 붙인 벌지와 새로 붙인 벌지가 무수히 붙어 있었다고 한다.

죄가 클 때는 북을 울리며 잘못을 성토함으로써 큰 치욕감을 주는 명고(鳴鼓)를 했다. 식고(食鼓)를 떼어와 재직들이 돌아가며 치면서 해당자의 성명을 외치는데 그 소리가 반수의 다리께까지 진동했다니 해당자로서는 더없이 치욕스러웠을 것이다. 작은 일이면 출재(黜齋)한다고 말로만 알렸다. 명고와 출재가 있으면 수복이 사유를 자세히 기록해 대사성과 또 한 명의 장의에게 달려가 알렸다.

벌을 풀어주려 할 때는 벽에 붙인 벌지를 떼어와서 벌목에 효(爻)자로 가위표를 했다. 출재와 영구 출재는 애초에 말로만 알렸기 때문에 성균관에 다시 들어오도록 권할 때도 말로 했다.

임금의 행차와 행사 동원

임금이 대성전에 알성할 때는 미리 길일을 잡았다. 의식은 거의 석전제에 따랐다. 임금이 알성례를 행한다고 명하면 각 관서의 관원들과 온갖 공인들이 모두 대령해 성균관의 문·담장·지붕·벽 등을 빠짐없이 손보아서 뜰과 섬돌이 정갈해지고 회화나무와 은행나무에도 생기가 돌았다고 한다. 임금은 알성례 후에 비천당에서 문과시험을 보였고, 그다음에 하연대로 행차해 무과시험을 보였다.

능행(陵幸)은 2월과 8월에 하는 것이 규정으로 임금이 궁궐에서 나갈 때 성균관 유생들은 도성 밖에서 공손히 어가(御駕)를 전송했고 어가가 돌아올 때도 도성 밖에서 공경히 맞이했다. 하루 전에 각 방의 부목이 반촌에서 말을 구해와 대령하면 유생들이 앞다투어 타고 도성 밖으로 나갔다고 한다.

성균관 유생들이 어가를 공손히 맞이하는 장소는 동쪽의 경우 동관왕묘 앞, 서쪽의 경우는 모화관(慕華館) 혁교(革橋) 옆 길가였는데 학생회장인 장의가 유생들의 대열을 정돈했다. 임금의 행차에서 울리는 음악소리가 점차 가까워지고 어가가 지나가면 일제히 국궁(鞠躬)을 했다. 국궁이란 땅에 엎드리는 것을 말한다.

역모자를 국문하고 처형을 집행할 때면 간혹 백관에게 명을 내려 서열대로 서게 했다. 이때 성균관 유생에게도 동일하게 서열에 따라 서 있게 할 때가 있는데 유생들은 혹시라도 뒤쳐질까 달려가서 구경했다.

유생들의 상소

유림(儒林)에 변고가 있거나 역적을 징토(懲討)할 때면 장의나 일반 유생들이 발의해 상소를 올렸다. 상소 내용이 정해지면 대의사(大議事)를 열어 상소 대표자를 선발하고 첫머리에 대표자 이름을 쓴 다음 간사 두세 사람의 이름을 적었다. 그리고 집필자와 필사자를 쓰고 아무 날에 상소를 봉함한다고 썼다.

대의사의 회의록이 작성되면 기숙하지 않는 유생들도 앞다투어 소청(疏廳)에 명함을 보내 혹시라도 참여하지 못할까 걱정했다고 한다. 상소 하단에 유생들 이름을 줄줄이 기록하고 수결을 두었는데 때로는 수백 장의 종이를 이어붙이기도 했다.

성명을 다 쓰고 나면 밀봉하고 함에 담아 보자기로 덮어서 반인으로 하여금 명륜당에서부터 높이 받들고 나가게 했다. 유생들은 먼저 궐문 밖 섬돌 아래에 줄지어 선 다음 상소를 낭독할 사람을 정해 섬돌 앞에서 낭독하게 했다.

출발에 앞서 길을 깨끗이 치우게 했는데 해당 부(部, 동사무소)의 하인들이 길가의 주민들에게 물을 뿌리고 비질을 하도록 드세게 호령하는 통에 감히 능장 부리는 사람이 없었다고 한다.

상소가 출발하면 반인들이 앞서가는데 유생들을 호위하기 위해 양쪽으로 나누어 걸어가는 행렬이 멀리까지 이어졌다. 그 가운데를 상소 대표자가 상소함을 따라 걸어가고 그뒤로 장의와 실무진이 따라가며 유생들은 그다음에 동서로 나뉘어 천천히 걸어가는데 유건(儒巾)과 유복(儒服)을 착용한 행렬이 끊임없이 이어졌다.

4부 학당의 유생들도 생원·진사의 뒤를 따랐으며 4학의 장의와 색장이 앞서서 걸어갔다. 그리고 4학의 하인들로 하여금 4개의 궤를 지고 그 앞에 늘어서게 했는데 이는 청금록(靑衿錄, 4학 유생 명부)을 담은 궤다. 4학의 장의와 색장은 모두 부귀한 집의 자제들이라서 의복이 화려했다고 한다.

상소 행렬이 출발할 때면 먼저 재직과 성균관의 무뢰배들이 무리 지어 가면서 시장의 물건들을 빼앗거나 몽둥이를 휘두르며 난동을 부렸다고 한다. 이 때문에 시장 사람들은 유생들이 상소를 올린다는 말을 들으면 아예 가게 문을 닫은 뒤 앞다투어 숨어버렸다.

유생들은 곧장 궐문으로 향해서는 삼문의 가운데 문 앞에 놓인 붉은 탁자 위에 상소함을 올려놓고 대오를 갖추어 앉았다. 4학의 유생들은 그 뒤에 앉고 대(臺) 아래의 앞에 4개의 청금록 궤를 늘어놓았다. 그러면 수복이 먼저 궐로 들어가 승정원에 상소를 알렸다.

아무리 대신이라 하더라도 상소를 올리는 유생의 대오 앞에서는 감히 말을 탈 수 없었다. 이를 어기면 아방사령(兒房使令)이 호통을 쳤고 그래도 듣지 않은 자는 그 하인을 잡아다 곤장을 쳤다.

상소를 올린 유생들은 임금의 비답(批答)을 받기 전에는 멀리 갈 수 없어 근처의 관가나 여염집에 임시 거처를 나누어 정했다. 식당의 도구들은 각자의 임시 거처로 옮겨 배설했고 출석부인 도기(到記)는 받는 대로 순서 없이 기록했다.

상소를 대궐로 들일 때는 임금이 출입하는 가운데 문을 통해 들였고 상소 대표자는 협문으로 따라 들어가서 승정원에 올리고 나왔다.

선조 이전 유생들의 상소 내용은 대개 국왕이나 대비 또는 왕비의 사찰 건립이나 불교를 지원하는 정책에 반대하는 것이 대부분이었는데, 왕조 후기에 당쟁으로 사론(士論)이 분열되자 성균관의 유생들도 당색과 연관된 율곡 이이의 문묘 배향 같은 사안으로 자주 상소를 올렸다.

1893년에 동학교도들이 교조 최제우(崔濟愚)의 신원운동(伸寃運動)을 전개하자 성균관 유생들은 동학 탄압을 상소했고, 1902년에는 신채호(申采浩)를 비롯한 성균관 유생들이 이하영(李夏榮) 등의 매국 음모를 규탄하는 상소를 올리기도 했다.

단식투쟁 권당과 동맹휴업 공관

간혹 유생들이 공론을 관철하거나 절조를 지키기 위해 식사를 거부할 때가 있었다. 이때는 식고가 울려도 식당에 들어가지 않았다고 한다. 이를 권당(捲堂)이라고 하는데 단식투쟁에 들어가는 것이다. 권당에는 수업을 거부하고 책을 덮은 채 장님처럼 행사하는 청맹권당(靑盲捲堂), 단체로 울면서 대궐까지 걸어가는 호곡권당(號哭捲堂) 등이 있었다.

유생들이 권당을 하면 수복이 대사성에게 달려가 알렸다. 그러면 대사성은 유생들을 명륜당에 모아놓고 까닭을 들은 뒤 생각하는 바를 글로 써서 올리게 했다.

유생들이 글을 써 올리면 성균관 관원이 이에 의거해 초기(草記, 간략한 보고서)를 작성해 임금에게 올렸다. 임금의 비답이 내려오면 장관은 항상 유생들에게 "갑자기 권당한다고 하니 유감천만이다"라며 식당에 들어가기를 권하는데 유생들은 이를 따르기도 했고 때로 도리상 온당치 않은 점이 있으면 즉시 들어가지 않기도 했다.

요구가 관철되지 않으면 결국 재사를 비우는 공재(空齋)에 이르렀는데, 무명자는 이를 역대 임금들이 선비들의 기개를 배양한 결과라고 평했다. 이때쯤이면 4부 학당 출신의 유생들은 모교에 돌아가 동맹휴학을 선동했다. 4부 학당마저 휴학에 돌입하면 서울의 의식 있는 장사꾼들도 좌판을 거두어들이고 이들에게 동조했다고 한다.

유생들이 계속 재사를 비우게 되면 결국 신문(神門, 외삼문)에 가서 대성전에 하직하고 성균관을 떠나는 지경에 이르기도 했다. 이를 공관(空館)이라 하는데, 이렇게 되면 대사성을 비롯한 성균관 관원들이 재사의 각 방에 나누어 묵으면서 대성전을 지켰다.

승지(承旨)가 와서 임금의 온화한 윤음(綸音)을 전달해도 유생들이 끝내 식당에 돌아가지 않으면 예조판서가 들어와 권했다. 그래도 유생들이 들어가지 않으면 정승이 와서 기어코 유생들을 식당에 들여보낸 다음 초기를 작성해 가지고 나갔다. 세종 때 황희(黃喜) 정승은 유생들의 공관을 무마하기 위해 한 달 동안 모든 유생의 집을 방문하기도 했다고 한다.

『조선왕조실록』에는 모두 96차례에 걸친 공관 및 권당이 기록되어 있는데, 공관은 세종 대부터 숙종 대까지 보이고 정조 이후에는 권당에 관한 기록만 보인다.

비행·벽서·부정행위

그때도 학생들의 돌출 행동과 비행은 지금과 마찬가지로 여러 가지가 있었다. 학생들끼리 싸움도 있었고, 상재생과 하재생 사이의 폭력, 교복을 입지 않고 신발과 복장에 멋과 사치를 부리는 일, 하급 관리를 무시하고 집단폭행하는 일, 교관을 무시하고 대드는 일 등등이 적지 않게 있었다.

장재천의 『조선 성균관 교육 문화』(교육과학사 2012)에는 여러 사례가 소개되어 있는데 성종 때는 평판이 나쁜 교관을 조롱하는 시를 써서 숙직방 외벽에 붙인 벽서(壁書)사건(『조선왕조실록』 성종 13년(1482) 윤8월 20일자)이 있었는가 하면, 선조 때는 대신·궁인·내관들을 비방하는 정치적인 내용을 1,100자로 써서 대성전 동무 벽 4칸에 붙여놓아 세상을 떠들썩하게 한 대자보 사건도 있었다.(『조선왕조실록』 선조 39년(1606) 6월 11일자)

그리고 그때도 시험 부정행위가 있어 대리시험, 원점(圓點) 사기, 시험지 바꿔치기, 모범답안 몰래 갖고 들어가기에, 심지어는 시험관 매수에 시험문제 사전 유출도 있었다. 부정행위가 발각되면 벌로 영불서용(永不敍用, 영원히 관직에 채용하지 않음), 정거(停擧, 과거시험 정지), 유형(流刑, 유배),

장형(杖刑, 곤장 치기) 등을 내렸지만 끝내 근절되지는 않았다. 대과가 치러질 때는 제1고사장이 명륜당 앞마당이고 제2고사장이 비천당 마당인데 나무 그늘 아래 좋은 자리를 차지하려고 유생들 사이에 다툼이 일어났다고도 한다.

그러나 과거시험 부정행위가 발각되면 파렴치범으로 패가망신했다. 영조 때의 문인화가 현재(玄齋) 심사정(沈師正)은 고조할아버지가 인조반정 일등 공신으로 영의정을 지낸 명문가 출신이었으나 할아버지 심익창(沈益昌)의 과거시험 답안지 바꿔치기가 들통나 심익창이 곽산으로 유배 가면서 집안이 몰락하기 시작했다.

하지만 벌이 엄할수록 수법도 교묘해져서, 숙종 때는 명륜당 뒷산부터 성균관 담장 밑을 통과해 과장 안까지 가는 줄이 지날 수 있는 통로를 만들고 시험문제를 노끈에 묶어 밖으로 빼낸 뒤 밖에서 작성한 답안지를 들여 제출한 일이 있었는데 반촌의 한 아낙네가 나물을 캐러 갔다가 노끈을 발견해 알게 되었다.(『조선왕조실록』 숙종 31년(1705) 2월 18일자)

성균관 앞을 흐르는 반수에서 유생들이 탁족도 하고 목욕도 하며 더위를 식혔으리라는 것은 못 들었어도 들은 것 같고 안 봐도 본 것 같은데, 그로 인한 사건·사고도 있었다. 『조선왕조실록』 세종 20년(1438) 8월 1일자에 이런 얘기가 나온다.

성균관 문묘에 치재(致齋)하던 날에 생원 최한경과 정신석이 반수에서 목욕하고 있었는데 한 앳된 부인이 편복 차림으로 여종 둘을 거느리고 반수의 길을 건너갔다. 최한경은 홀랑 벗은 채 갑자기 뛰어나가 쓸어 잡고 희롱하며 욕을 보이고는 부인의 갓(笠)을 빼앗아서 재실로 돌아갔다.

그 집 종이 즉시 성균관 직숙관(直宿官)에게 이 사실을 고발하고 갓을 돌려주기 바란다고 하여 성균관 관원인 정록(正錄)이 이를 재생들에게 물으니 최한경과 정신석이 함께 자백하기를, "우리들은 다만 희롱을 했

| **혜원 신윤복의 「냇가에서 빨래하는 여인」** | 빨래하는 여인을 향해 달려가는 젊은 중을 한 노파가 말리고 있는 혜원 신윤복의 이 그림을 보고 있으면 성균관 반수의 성추행 사건이 연상된다.(18세기, 간송미술관 소장)

을 뿐입니다”라고 했다.

이후 사헌부에서 진상 조사를 했는데 성폭행이냐, 강간 미수냐, 성추행이냐를 조사하다 결론을 내리지 못하고 정신석에게 태형 40대, 최한경에게는 장(杖) 80대의 벌을 내렸다고 한다.

반촌의 이 성추행 사건을 읽다 보면 나는 절로 혜원(蕙園) 신윤복(申潤福)이 냇가에서 여인들이 빨래하는 장면을 그린 작품이 떠오른다. 상황은 다르지만 남녀 구분이 엄격했던 시절 남정네들이 냇가에서 일으킬 수 있는 여욕(女欲)은 아마도 이런 것이었으리라. 이런 점을 생각하면 혜원은 정말로 대단한 풍속화가였다는 찬사가 나온다.

성균관의 노비들

「반중잡영」에는 노비에 대한 이야기도 곳곳에 나온다. 반촌에 사는 반노는 노비이고 반인은 천민으로 소나 돼지를 잡는 백정이 많았지만 반촌 사람들은 자신들이 안향(安珦) 노비의 후예라고 나름대로 자부심을 갖고 있었으며 동네 안에 안향의 사당을 따로 모시고 제를 올렸다고 한다. 무명자는 "이들은 기개를 숭상하고 의협심이 강해 죽음을 두려워하지 않아서 왕왕 싸우다가 칼로 가슴을 긋거나 다리를 찌르기도 했다"고 했다.

반촌 사람들은 성균관 출신의 고위 인사들과도 연줄이 있어서 한성부 관리들조차 함부로 다루지 못했다고 하며 또 성균관이 치외법권 지역이었기 때문에 이미 명종 때의 예를 보았듯이 죄를 범한 반촌인이 성균관 안으로 도망치면 포졸들이 잡으러 가지 못했다.

동재와 서재의 각 방마다 소속된 재직은 모두 아이들이라 노는 데 정신 팔려 피가 흐르도록 종아리를 맞는 일이 많았는데 심할 때는 손을 묶어 처마에 매달기도 했고 심지어는 머리를 기둥에 짓찧기도 해서 무명자가 안타까워했다.

> 깔깔 웃는 저 아이들 놀기를 좋아해
> 매질하여 피 흘려도 달갑게 감내하네
> 손을 묶어 처마에 매다는 건 그래도 괜찮으나
> 머리를 기둥에 치는 것은 견디기 힘들겠지

부목들은 그날그날 생기는 심부름에 응하며 아방사령 역할도 했다. 아방사령은 부목이 공무를 위해 대외적인 임무를 수행할 때 달리 일컫는 말이다. 아방이란 본래 관아의 주요 건물 곁에 딸려 관원들의 대기소나

하인들의 직소(直所)로 이용된 공간을 이른다.

부목은 한강을 건너는 일만 아니면 다 했으며 비바람이 몰아치거나 춥거나 무덥더라도 감히 시키는 일을 거절하지 못했다. 때로는 한밤중에야 돌아오기도 하고 새벽 종소리와 함께 나가기도 해서 무명자는 그들이 불쌍하다고 했다.

대청직(大廳直) 또한 부지런한 하인이 맡았는데 명륜당과 재사의 창호와 포진(鋪陳, 자리 깔기)을 관리했다. 동재와 서재에는 각각 방색장(房色掌, 재회의 색장과 다름)이 한 명씩 있어 힘도 세고 건장한 사람이 맡았는데 매질할 일이 있으면 모두 담당했다.

식당에서는 식사시간마다 성균관 서리(書吏)들이 북쪽 대문 아래에 서서 음식 올리는 것을 재촉했는데 관노의 우두머리들이 분주히 다니면서 식모(食母)·채다모(菜茶母)·탕다모(湯茶母)·어전(魚廛)에게 빨리 하라고 다그치니 부르는 명칭도 많고 소란도 심했다고 한다. 관아에 딸린 여자 종을 다모(茶母)라고 하며 채다모는 나물, 탕다모는 국을 맡았다.

성균관에 소속된 여종의 소생은 재직이 되고 그 밖의 여종 소생은 서리가 되었으며, 재직이 장성하면 수복이 되니 반인들도 각기 진출하는 길이 달랐다.

반촌의 명소들

지금은 옛 모습을 찾을 수 없지만 무명자는 반촌의 명승지를 하나씩 소개했다. 계성사 서북쪽에 석축 난간을 두른 샘이 있는데 달고 시원하기가 범상치 않고 이름은 어정(御井)이라 하며 큰 가뭄에도 물이 줄지 않았다고 한다.

반촌 동북쪽 산골에는 기이한 곳이 많아서 이를테면 송동(宋洞, 송시열이 살던 곳)·포동(浦洞, 갯골)·어정동(御井洞) 등이다. 모두 호젓하고 깊숙하게 굽이졌는데 복사꽃 나무가 두루 심긴 가운데 이따금 민가가 자리잡고 있어 멀리서 바라보면 마치 신선 세계 같았고, 그래서 봄철이면 구경나오는 상춘객들이 많았다고 한다.

명륜당 뒤 높은 언덕은 온통 큰 소나무가 뒤덮고 있어 벽송정(碧松亭)이라 하는데 사람들이 노닐며 휴식하는 제일의 명소였다.

> 백악산 기슭에 자리잡은 벽송정
> 울창한 솔숲이 성균관 뒤 병풍일레
> 봄바람 불 때면 술병 들고 올라가 남산을 바라보고
> 여름날엔 옷깃을 헤치고 시원한 솔바람 소리 듣네

반촌 동쪽 산기슭 밖에 흥덕동(興德洞, 혜화동 부근)은 '경도(京都) 10영(詠)'의 하나로 지대가 평평하고 넓으며 호젓하고 깊어서 자연스럽게 하나의 마을이 되었다. 봄이면 마을에 붉은 복사꽃과 푸른 버들잎이 어우러지는데 무명자는 널찍한 밭에서 한가로이 뽕 따는 사람을 보고 마치 산골짜기에 은둔한 사람 같다고 했다.

성균관 주변의 옛 모습을 이렇게 듣고 있으면 꿈같이 아득한 이야기 같지만 해방 전만 해도 그런 경관을 갖고 있었다. 「논개」의 시인으로 널리 알려진 수주(樹州) 변영로(卞榮魯)가 술과 시에 취해 살아온 자신의 얘기를 담은 『명정(酩酊) 40년』(범우사 1977)이라는 수필집을 보면 '폐허' 동인들과 성균관 뒷산에서 한바탕 호방하게 놀던 이야기가 나온다.

어느 날 공초 오상순, 성제 이관구, 횡보 염상섭 등 당대의 국가대표 술꾼들이 혜화동의 수주 변영로 집에 모이자 수주는 동아일보사 송진우 사장에게 사람을 보내서 원고료로 50원을 가불해 술을 사들고 성균관 뒤 약수터로 가서 진탕 마셨다. 쾌음(快飮)하고 호음(豪飮)하며 객담(客談)·고담(古談)·농담(弄談)·치담(痴談)·문학담(文學談)을 순서 없이 지껄이며 권커니 잣거니 마신 것까지는 좋았는데 갑자기 폭우가 쏟아졌고 인가 하나 없는 한데인지라 속수무책으로 비를 홀딱 맞고 말았다. 그러나 산중에서 비를 맞는 산중취우(山中驟雨)만은 이루 형언할 수 없는 경험이라 넷은 만세 삼창을 외쳤다고 한다.

그러고는 공초 오상순이 옷이란 대자연과 인간 사이를 갈라놓은 물건이라며 찢어버리자 모두 호응해 벌거벗고 나한(裸漢)이 되어 산길을 내려오다가 언덕 아래 소나무에 소 몇 필이 매여 있음을 발견하고는 누구의 제안이었는지 모두 소를 잡아서 타고 비탈길을 내려와 똘물(소나기로 생긴 물길)을 건너 성균관 문묘 앞 지나 큰길까지 진출했다가 큰 봉변을 당했다고 한다. 글에는 나오지 않지만 전하기로는 지나가던 여인들이 놀라 비명을 지르고 마침내는 순사가 출동해 경찰서로 끌려갔다고 한다.

일제강점기 아무런 희망이 보이지 않던 캄캄한 시절에 소나기를 만난 핑계 김에 스트리킹(streaking)으로 쌓여 있는 스트레스를 발산했던 폐허 동인들의 호기에 웃음이 나오고, 식민지 시절을 이런 파격이 없었으면 어떻게 헤쳐나갈 수 있었겠느냐는 동정도 든다. 또한 이 이야기는 성균관 일대의 경관이 그때만 해도 지금처럼 자연과 담을 쌓은 것이 아니었음을 말해준다. 그러니 그보다 옛날엔 어떠했겠는가.

무명자의 한탄

무명자의 「반중잡영」은 성균관과 반촌의 모든 것을 생생하게 전해주고 있다. 그는 20년 재수하는 동안 약 5년간을 성균관에서 생활한 것으로 추정되는데 시를 쓴 시점은 밝혀지지 않았다. 그러나 "내가 성균관에 드나든 지 수십 년이 되었다"고 했고, 또 "근래에 할 일 없이 한가로이 지내며 생각나는 대로 기록해 이것저것 읊은 것이 220수가 되었다"고 했으니 말년 들어 젊은 시절의 지울 수 없는 추억과 모교에 대한 남다른 애정을 글로 남기고자 지은 것으로 생각된다. 그래서 이 시의 곳곳에서는 무언가 추억의 아름다움, 노년의 용서 같은 것이 풍긴다.

무명자는 성균관에서 지낸 일을 220수로 노래하며 증언한 뜻을 「반중잡영」 처음과 마지막에서 명확히 말했는데 처음은 이렇게 시작한다.

옛 노인의 말을 듣거나 『태학성전』을 보면 선왕(先王)께서 선비들을 대우하신 뜻이 매우 융숭하셨다. 그러나 세대가 점차 멀어짐에 따라 풍속이 점차 낮아지고 법이 오래될수록 폐단이 생겨나서 선비들은 옛 선비로 자처하지 않고 (…) 대사성은 또 구차한 미봉책을 일삼아 (…) 그 결과 선왕대의 규정이 달마다 바뀌고 해마다 달라져서 어느덧 지금의 지경에 이르렀다. 지금은 모든 일이 다 유명무실해져서 더는 남은 것이 없으니 조금이라도 자신을 아낄 줄 아는 사람이면 누구나 성균관에 들어오기를 수치로 여긴다. 아, 가슴 아프다.

그러고서 무명자는 「반중잡영」 마지막 수를 앞두고 다음과 같이 한탄했다.

나라의 원기(元氣)는 다름 아닌 선비이니
선비가 선비답지 않을 때 나라가 어떻게 되겠는가
(…)
호오(好惡)를 달리하며 남의 허물을 애써 찾으니
노둔한 말은 치달리는데 준마는 기를 펴지 못하네

무명자는 이렇게 한탄하고는 마지막 수에서 "옛 모습으로 돌이킬 사람은 과연 누구인가"라며 희망의 끈을 놓지 않았다. 그러나 성균관은 끝내 말폐 현상을 극복하지 못하고 왕조 문화의 쇠퇴와 함께 종말을 고하여 고종 31년(1894)의 갑오개혁으로 과거제도가 폐지되면서 더 이상 유생들이 입학하는 일은 없게 되었다.

　성균관이 우리 역사 속에서 차지했던 위상은 엄연하고 영원하다. 무명자 윤기는 자신의 모교인 성균관에 대한 애정과 자부심으로 「반중잡영」을 노래함으로써 후대인들이 영원히 이 위대한 문화유산을 생생히 기릴 수 있게 해주었으니, 무명자는 자기 자신을 이름 없는 사람이라고 칭했지만 이제는 역사 속에 살아남은 유명자(有名子)가 되었다. 무명자가 「반중잡영」에서 첫번째로 읊은 시의 첫 소절이 아련히 들려온다.

> 성균관이 생긴 이후 어진 선비들의 관문이 되었다네
> 우리나라 문물 중 무엇이 능히 여기에 필적할 수 있겠는가
> 300여 년 선비들을 넉넉히 길러왔으니

천리마 꼬리를 잡고 가는 파리도 천리를 간다

외삼문 / 대성전 / 동무와 서무 / 동국 18현의 문묘 배향 과정 /
전사청 / 석전대제 / 문묘제례악 / 탕평비

나의 모교 성균관대학교

내가 성균관을 처음 가본 것은 내 나이 37세 때인 1985년 가을이었다.
그때 나는 백수였지만 그냥 백수는 아니었다. 명함에는 미술평론가라고
새겨져 있었고 이력서를 쓸 때는 성심여대 강사라고 했다. 대학교수가
되어 한국미술사를 열심히 연구하고 싶었지만 나에겐 그런 기회가 좀처
럼 주어지지 않았다. 더욱이 당시는 대학사회와 재야에서 민주화운동이
격렬하게 일어나던 시절이었는데 나는 민중미술운동에 발을 담그고 있
어서 '운동권'의 불온한 평론가로 분류되어 있었다.

그런 나에게 성균관대 한국철학과 이동준 교수가 새 학기에 한국미술
사 강의를 맡아달라고 부탁해왔다. 나의 은사이신 조요한 선생님께 추천
을 받았다는 것이었다. 불감청(不敢請)이나 고소원(固所願)이란 이런 때

쓰는 말이었을 것이다. 나는 신이 나서 열심히 강의를 했다. 학생들도 내 강의를 좋아했다. 내가 강의를 잘해서라기보다 당시에는 흔치 않은 슬라이드 강의를 했던 덕분에 관념의 세계에 머물러 있던 학생들에게 시각적 충격과 신선한 감동을 전해줄 수 있었던 것 같다. 학교의 슬라이드 프로젝터가 고장 났을 때는 내 것을 들고 다녔다.

수업이 끝나고 나면 학생들과 술자리도 같이했고 산청에 있는 남명 (南冥) 조식(曺植)의 덕천서원(德川書院)으로 답사도 함께 갔다. 그래서 당시 학생들 이름을 지금도 몇몇은 기억하고 있다. 어느 날, 나는 그 학생들과 학교 앞을 지나면서 늘 곁으로 보기만 했던 성균관에 들어가보았다. 그때껏 성균관은 내 전공인 회화사와 관계없다고 생각해서 눈여겨보지 않았다. 처음 본 명륜당 앞뜰의 노랗게 물든 은행나무의 장한 모습은 지금도 눈에 선하다.

성균관이 어떤 곳인지 제대로 알지 못한 상태에서 건물 생김새나 둘러보다가 대성전 안을 들여다봤는데 큰 충격을 받았다. 부끄러운 얘기지만 나는 대성전에 공자만 모셔져 있는 줄 알았다. 안자, 맹자 등 중국의 성현과 정이, 주희 등 송대 유학자를 함께 모신 것까지는 그랬었구나 하는 새로운 일깨움을 주었다. 그런데 우리나라 역대 유학자 18명의 위패가 있는 것은 신기했다. 설총·최치원·안향·정몽주·조광조·이황·이이·송시열 등 교과서에 많이 나오는 낯익은 인물들의 이름이 나열되어 있었고 김굉필·정여창·이언적·김인후·성혼·김장생·조헌·김집·송준길·박세채 등 그 이름을 들어보긴 했으나 내 지식으로는 학문과 이력을 말하기 힘든 학자들의 위패도 있었다.

나는 자신의 상식에 큰 회의를 느꼈다. 이른바 '문묘 배향 동국 18현 (東國十八賢)'을 대성전에 모셨다는 것도 몰랐고, 기실 우리나라 유학을 대표하는 18현의 이름도 다 몰랐다는 것이 부끄러웠다. 해동공자라고

| **성균관 입구** | 대성전의 외삼문이 성균관의 정면관이라 할 수 있는데 담장 양옆에 있는 한 쌍의 은행나무가 성균관의 연륜을 말해주고 있다.

배운 최충(崔沖)이 없고, 삼은(三隱)이라 일컬어지는 학자 중 포은 정몽주만 배향하고 목은 이색, 야은 길재가 없는 것이 당황스러웠다. 역사에 대한 내 상식이 무너지는 것 같았다.

그때 나는 한국미술사를 공부한답시고 건물과 석탑과 불상과 그림과 도자기의 형식만 따져왔던 것을 크게 반성했다. 그간의 공부가 허망한 것이 아니라 미술사의 유물은 예술작품이기 이전에 문화유산의 범주에 속하므로, 문화유산이라는 시각에서 출발해 미술사로 좁혀 들어갈 때 건축도 불상도 그림도 제대로 이해할 수 있다는 생각이 들었다.

다시 공부해보고 싶었다. 어차피 백수이고 대학교수가 될 희망도 없는데 공부나 해보자고 생각했다. 그래서 이듬해 미국에 가서 10개월간 신나게 놀고 돌아와 1988년, 내 나이 마흔에 성균관대 동양철학과 박

사 과정에 입학했다. 그리고 10년 뒤인 1997년에 안병주 교수의 지도
하에 「조선시대 화론 연구」로 예술철학 박사학위를 받았다. 나는 그렇
게 성균관과 인연을 맺은 성균관인이다. 그래서 무명자 윤기가 모교에
대한 애정 때문에 「반중잡영」 220수를 읊었듯이 나는 성균관 답사기를
3부작에 걸쳐 쓰고 있는지도 모른다. 아무튼 그 출발은 '문묘 배향 동국
18현'이었다.

대성전에 배향된 명현들

성균관이 강학공간인 명륜당(明倫堂)과 향사공간인 대성전(大成殿)으
로 구성되어 있는 것은 교(敎)와 학(學)이 분리되지 않아 유학(儒學)이면
서 동시에 유교(儒敎)임을 상징적으로 말해준다. 그 때문에 불교와 마찬
가지로 유교의 성현을 모시고 예를 올리는 종교공간을 갖고 있는데 이
를 문묘(文廟)라 한다. 불교에 사찰이 있듯이 유교엔 문묘가 있고, 사찰
에 대웅전이 있듯이 문묘엔 대성전이 있고, 사찰에 관음전·지장전이 있
어 보살을 모시듯이 문묘엔 동무(東廡)·서무(西廡)가 있어 역대 성현들
을 모시는 것이다.

그럼에도 불구하고 유교가 엄밀한 의미에서 종교가 아니라는 주장이
나오는데 죽음의 문제와 내세에 대한 인식이 없고 관세음보살, 지장보살
처럼 초월적인 존재에 대한 설정이 없기 때문에 종교적 성격이 적다고
말하는 것이다. 그러나 유교의 성현들은 모두 실존 인물들이라는 점이
다를 뿐 성현을 숭배하고 철에 맞춰 종교적 예식을 거행하는 것은 불교
등과 다를 바가 없다. 이 점은 유교의 지존(至尊)인 공자에 대해서도 마
찬가지다.

공자를 모신 대성전은 공자가 '위대한 성인'인 대성(大聖)이 아니라

성균관 대성전 선성선현 위패 봉안위차도(成均館大成殿 先聖先賢位牌 奉安位次圖)

동국 18현(東國 18賢)	공문 10철(孔門 10哲)	오성(五聖)			공문 10철(孔門 10哲)	동국 18현(東國 18賢)
문창후 최치원 (文昌侯 崔致遠)	운공 염경 (鄆公 冉耕)	성국종성공 증자 (郕國宗聖公 曾子)	대성지성 문선왕 (大成至聖 文宣王)	연국복성공 안자 (兗國復聖公 顏子)	비공 민손 (費公 閔損)	홍유후 설총 (弘儒侯 薛聰)
문충공 정몽주 (文忠公 鄭夢周)	제공 재여 (齊公 宰予)				설공 염옹 (薛公 冉雍)	문성공 안유 (文成公 安裕)
문헌공 정여창 (文獻公 鄭汝昌)	서공 염구 (徐公 冉求)				여공 단목사 (黎公 端木賜)	문경공 김굉필 (文敬公 金宏弼)
문원공 이언적 (文元公 李彥迪)	오공 언언 (吳公 言偃)				위공 중유 (衛公 仲由)	문정공 조광조 (文正公 趙光祖)
문정공 김인후 (文正公 金麟厚)	영천후 전손사 (潁川侯 顓孫師)				위공 복상 (魏公 卜商)	문순공 이황 (文純公 李滉)
문간공 성혼 (文簡公 成渾)	송조 6현(宋朝 6賢)					문성공 이이 (文成公 李珥)
문열공 조헌 (文烈公 趙憲)	예국공 정호 (豫國公 程顥)	추국아성공 맹자 (鄒國亞聖公 孟子)		기국술성공 자사 (沂國述聖公 子思)	송조 6현(宋朝 6賢)	
문정공 송시열 (文正公 宋時烈)	신안백 소옹 (新安伯 邵雍)				도국공 주돈이 (道國公 周敦頤)	문원공 김장생 (文元公 金長生)
문순공 박세채 (文純公 朴世采)	휘국공 주희 (徽國公 朱熹)				낙국공 정이 (洛國公 程頤)	문경공 김집 (文敬公 金集)
					미백 장재 (眉伯 張載)	문정공 송준길 (文正公 宋浚吉)

| 성균관 대성전 선성선현 위패 봉안위차도 | 성균관 대성전에 공자와 함께 배향한 성현들 역시 역대의 훌륭한 유학자들로 세월의 흐름 속에 계속 추가되기도 하고 바뀌기도 했다.

'크게 이룬' 분임을 강조해 클 대(大), 이룰 성(成) 대성전(大成殿)이라 한다. 성인이란 '초월적인 존재'가 아니라 '이룬 존재'라는 인식이다. 절에선 부처님을 모신 법당에서 설법하지만, 성균관에선 전묘후학이든 전학후묘든 대성전과 명륜당이 동등하게 나뉘어 있는 것도 이 때문이다. 여기에 인간학으로서 유학의 진면목이 담겨 있다.

공자와 함께 배향하는 성현들 역시 역대의 훌륭한 유학자들로 세월의 흐름 속에 계속 추가되었고 또 새로운 시각에서 바꾸기도 했다. 현재 대성전 안에는 공자를 정위(正位)로 해 가운데에 모시고 좌우로 첫째 줄에는 4대 성인(四大聖人), 둘째 줄에는 공문 10철(孔門十哲)과 송조 6현(宋朝六賢), 셋째 줄에는 동국 18현의 위패가 모셔져 있다.

4대 성인은 안자(顏子)·증자(曾子)·자사(子思)·맹자(孟子)이고, 공문

10철은 공자의 10대 제자이며, 송조 6현은 송나라 때 성리학을 완성한 주돈이(周敦頤)·정호(程顥)·정이(程頤)·소옹(邵雍)·장재(張載)·주희(朱熹) 등 6인이고, 동국 18현은 우리나라의 신라·고려·조선조의 명현 18인이다.

이는 1949년 전국유림대회의 결의에 따라 결정된 것이다. 그전에는 대성전에 공자를 중심으로 4대 성인과 공문 10철과 송조 6현만 모셨고, 동무와 서무에 공자의 72제자와 한(漢)·당(唐)·송(宋)·원(元)의 현인 등을 합친 104명 중 공문 10철을 제외한 94인과 우리나라의 18현을 나누어 모셔서 성균관 문묘에는 총 133분의 신위가 배향되어 있었다. 133인도 점점 늘어난 결과로 「반중잡영」에 따르면 정조 때는 130인, 『육전조례(六典條例)』에 따르면 고종 4년(1867)에는 131인이었는데, 이후에 동국 2현이 추가되어 133인이 되었고 그 상태로 1949년까지 이어진 것이다.

1945년 해방 후 전국 유림 2,500여 명이 성균관 명륜당에 모여 첫 회합을 갖고 심산 김창숙 선생을 위원장으로 하는 유도회총본부를 설립했을 때 배향을 대폭 간소화하여 송조 6현도 정호·주희 두 분만 모시기로 결정했다. 그러나 보수적인 유림의 반대로 무산되었고, 1949년에 전국 유림대회를 다시 열어 동무와 서무에 배향한 중국 명현 94인의 위패를 매안(埋安)하고, 송조 6현과 우리나라 명현 18인을 대성전으로 승당(陞堂)한 것이 오늘에 이르고 있다.

동국 18현은 고려 때부터 조선왕조 말기 고종 때까지 계속 배향 인물을 추가해온 결과다. 나이 순서로 정한 것은 아니다. 문묘에 누구를 배향할 것인가는 심각한 논의와 엄청난 찬반론을 동시에 불러일으키곤 했다. 그 논의와 결정 과정은 조선시대 유학사 내지 정치사를 반영하는 것이기도 하다. 그 때문에 '문묘 배향 동국 18현'의 인물 선정은 절대적이고 보편적인 평가로 인정받지 못한 채 지금도 가타부타 의견이 분분하며,

18현에 들지 못한 인물들 쪽에서 이를 당쟁의 산물로 치부하거나 그 의미를 외면해버리면서 국민적 합의를 얻지 못한 동국 18현은 결국 일반인의 상식에서 멀어지고 말았다.

문묘 배향 동국 18현은 어찌 되었건 그때그때 역사적 평가에 의해 결정되어온 것이고, 지금도 대성전에 그 위패가 모셔져 있는 엄연한 객관적 실체이니, 인물 선정의 옳고 그름을 따져보는 것은 별도의 문제로 두고 우리는 동국 18현의 이름들만이라도 알아두는 것이 역사에 대한 상식을 갖추는 것 아닐까. 최소한 성균관 답사라면.

성균관 문묘의 외삼문

이제 대성전으로 들어가보고자 하는데 그 전에 먼저 대성전의 정문인 외삼문(外三門)부터 다녀올 필요가 있다. 사실 성균관 답사는 이 대성전 정문에서 시작하는 것이 바람직하다. 하지만 지금 외삼문 앞에는 대학으로 올라가는 아스팔트 도로가 가로지르고 있어 발길이 좀처럼 닿지 않고 언제나 문이 굳게 닫혀 있다. 그러나 건축 답사는 무조건 정문에서 시작해야 옳다. 정식으로 정면에서 바라보는 파사드(façade)가 건물의 얼굴이자 건축의 위상을 보여주기 때문이다.

대성전의 정문인 외삼문은 성현들의 넋이 드나든다고 해서 신문(神門)이라고도 불린다. 정면 3칸, 측면 2칸의 맞배지붕으로 좌우는 문묘 외곽을 두르는 담장과 연결되어 있으며 동서 양 끝의 동말문(東末門)과 서말문(西末門)이 파사드를 규모 있게 마감하고 있다. 그 규모가 적잖이 큰데 돌계단을 앞에 두고 세벌대 석축 위에 늠름하게 올라앉은 자태가 과연 조선왕조의 상징적인 문묘답다. 담장 안쪽에는 외삼문 좌우로 은행나무 고목이 파수꾼처럼 서 있어 더욱 역사의 연륜과 기품을 느끼게 한다.

| **외삼문** | 대성전의 정문인 외삼문은 성현들의 넋이 드나든다고 해서 신문이라고도 불린다. 대문의 문짝이 비틀려 있는 것은 혼이 드나들 수 있도록 일부러 조금 열어둔 것이다.

　외삼문은 항시 닫혀 있고 봄가을 석전제 때만 열린다. 돌계단을 올라 삼문의 대문 앞까지 올라가는 것은 허용된다. 삼문 앞에 서서 보면 대문이 육중하고 앞 공간의 품이 자못 넓다. 그런데 대문의 문짝이 이가 딱 맞지 않고 긴 X 자로 틈이 벌어져 있는 것이 금방 눈에 띈다. 얼핏 생각하면 문짝이 비틀렸다고 오해하기 쉽지만 이는 성현의 혼이 드나들 수 있도록 일부러 살짝 비껴 열리게 한 것이다. 제례공간의 문짝들에 공통적으로 나타나는 형식인데 대성전의 문짝도 마찬가지로 틈이 벌어져 있고 종묘의 신실(神室) 대문들도 똑같다.

　여기에 오르면 누구나 호기심이 절로 일어나 대문 틈으로 안쪽을 빠끔히 들여다보게 되는데 대문 너머부터 대성전까지 신도(神道)가 곧장 뻗어 있어 과연 성역다운 긴장감을 느끼게 된다. 신도는 까만 전돌 3장 폭으로 길게 이어졌다. 검은 전돌 양옆을 하얀 화강암 장대석이 받쳐주고 있어 강렬한 흑백의 대비가 선명하게 드러난다.

이 외삼문은 임진왜란 후 선조 37년(1604)에 중건된 것으로 석전제 때만 열렸으며 임금도 이 문으로 출입하지 않았다. 아니, 못했다. 임금이 공자에게 예를 올리기 위해 문묘에 가는 것을 알성이라 하는데 알성할 때 출입하는 문은 어삼문(御三門)이라고 해서 문묘 동쪽에 따로 있다. 여기에서도 신도와 어도(御道)는 엄연히 분리되어 있다.

대성전

대성전은 명륜당과 명확히 구분되어 있다. 명륜당 앞뜰 은행나무 뒤편인 남쪽이 대성전 구역인데 육중한 담이 경계를 확실히 표시하고 양옆으로 출입문이 나 있다. 그래서 관람 동선이 은행나무를 지나 곁문을 통해 대성전 뒤쪽으로 들어가 월대 위의 대성전 문 앞으로 바로 가게끔 되어 있다. 그러나 이렇게 해서는 대성전의 건축적 실체를 이해하기 힘들다. 답사라면 귀찮더라도 저 앞쪽 신문까지 가서 대성전의 파사드를 바라봐야 한다.

신문에서 대성전을 바라보면 다섯벌대의 높직한 기단 위에 올라앉아 있는 정면 5칸, 측면 4칸의 다포계 겹처마 팔작지붕 건물이 자못 정중하다는 느낌을 준다. 양옆으로는 긴 지붕 아래에 열주가 정연히 늘어서 있는 동무(東廡)와 서무(西廡)가 낮은 자세로 서로 마주 보며 대성전을 시립하고 있다. 동무 한쪽에 묘정비와 느티나무가 있고 서무 가까이 소나무가 있어 앞마당의 긴장감을 어느 정도 편하게 풀어주지만 대칭이 주는 엄정성을 흔들지는 않는다.

대성전으로 오르는 돌계단은 동서로 비켜나 있다. 서쪽은 빈계(賓階)라 해 신문에서 신도를 타고 들어온 성현들의 넋이 오르는 계단이고 동

| **대성전** | 대성전은 태조 7년(1398) 창건된 뒤 임진왜란 때 소실되었다가 선조 35년(1602)에 중건한 것으로 지붕선이 선명하고, 월대도 널찍하다. 건물의 측면 4칸 중 앞쪽 1칸을 툇간으로 개방했다.

쪽은 조계(阼階)라 해 향사 때 제관들이 오르는 계단이다. 정면이 막혀 있기 때문에 대성전은 더욱 권위적인 분위기를 자아낸다. 그리고 돌축대 좌우로는 해묵은 측백나무가 대성전을 호위하고 있다.

대성전은 태조 7년(1398)에 창건된 뒤 임진왜란 때 소실되었다가 선조 35년(1602)에 중건한 것으로 지붕의 용마루, 내림마루, 귀마루는 흰 강회로 양성을 해 지붕선이 선명한데, 잡상(雜像)을 올려놓지는 않았다. 월대 또한 널찍한데 건물의 측면 4칸 중 앞쪽 1칸을 툇간으로 개방해 향사 때 헌관들이 출입하는 동선을 편하게 했다.

건물의 기능에 걸맞게 단청도 매우 간결하게, 아무런 무늬도 구사하지 않고 단지 세 가지 색깔만으로 칠했다. 즉 기둥과 벽면은 모두 붉게, 그 밖의 목조 부재들은 한결같이 흰빛 도는 녹색(뇌록색)으로 칠했으며, 공포(栱包) 사이에 생겨난 작은 벽면인 포벽에만 황색을 올렸다. 건물 바

| **대성전에서 본 외삼문** | 대성전에서 외삼문을 바라보면 담장 양옆으로 은행나무가 서 있고 왼쪽으로는 묘정비가 모셔져 있다.

깔기둥 아래에 흰색이 칠해져 있는 것은 무묘인 동관왕묘 정전과 마찬가지로 여기가 중요한 향사(享祀)공간임을 나타낸 것이다.

　내부는 사면에 벽을 치고 앞면 벽에는 어간과 좌우 툇간에 여닫이 널문을 달았다. 그 사이 협간에는 살창을 냈으며 좌우 벽면과 뒷벽의 아랫부분은 전돌을 화방벽처럼 쌓아올렸다.

　현판은 한석봉의 글씨로 규모도 크고 글씨도 장중하여 명륜당 현판의 주지번 글씨와 쌍벽을 이루는 명필이다. 비교하자면 주지번의 명륜당 글씨보다 서법에 충실해서 역시 문인이 아니라 서예가의 글씨다운 형식미가 돋보인다고 할 만하다.

　『조선왕조실록』을 보면 왕조 초기만 하더라도 성균관엔 현판이 달리지 않았었다. 세종 때 중국 사신이 와서 성균관에 알성하고서 액자가 없는 것을 지적해 안평대군이 '대성전(大聖殿)'이라 써서 달았는데 단종

| **대성전 앞 비각** | 대성전 앞마당 한편에 묘정비를 모신 비각이 있다.

때 온 중국 사신이 대성전(大成殿)으로 고치는 것이 마땅하다고 해 단종 1년(1453)에 고쳐 달았다고 한다. 그 현판은 임진왜란 때 대성전과 함께 소실되었고 현재는 한석봉 글씨가 걸려 있다.

지금 대성전 안에는 공자를 가운데 모시고 좌우로 첫째 줄에는 4대 성인, 둘째 줄에는 공문 10철과 송조 6현, 셋째 줄에는 동국 18현의 위패가 모셔져 있다.

동무와 서무

대성전 앞뜰 좌우에 있는 동무와 서무는 측면은 1칸 반이지만 정면은 11칸으로 남북으로 긴 홑처마 맞배지붕 건물들이다. 무(廡)는 처마가 긴 집을 말한다. 명륜당에 동재와 서재가 있듯이 대성전에는 동무와 서무가 있어 엄격한 좌우대칭 구도를 이룬다.

456

명륜당의 동재와 서재가 건물 뒤창의 창살과 4칸 건너 달린 널문으로 엄격한 기하학적 긴장을 유도하듯이, 대성전의 동무와 서무도 반 칸을 퇴로 열어두고 12개의 기둥이 정연히 늘어서 있는데 이 열주 행렬이 성스러운 분위기를 자아낸다. 열주 안쪽으로는 창살과 벽채로만 구성된 신실이 줄지어 있는데 2칸마다 통문을 내어 이 또한 엄격한 기하학적 긴장감을 고조시킨다. 다른 건물보다 반 칸이 긴 지붕골이 건물을 무겁게 누르고 있는 것도 진중함을 더한다.

동무와 서무는 태조 7년(1398)에 창건된 뒤 임진왜란 때 소실되었다가 선조 37년(1604)에 중건한 것으로 건물 내부는 칸막이 없이 길게 트여서 하나의 공간을 이루며 원래는 중국 94현과 동국 18현의 위패를 동서로 나누어 모셨으나 1949년 유림대회의 결정으로 동국 18현의 위패는 대성전에 올리고 중국의 94현의 위패는 땅에 묻어 안치했고 그후로 동무와 서무의 내부는 비어 있다.

중국 94현의 위패를 매안하고 동국 18현의 위패를 승당한 데에는 민족주의가 반영되었다. 당시 유림에서는 찬반론뿐만 아니라 위패의 봉안 방식에 대해서도 여러 안이 난무했는데 어렵사리 합의를 본 것만도 대단한 성과였다고 생각한다.

대성전과 동무·서무의 건축적 의의를 고려하자면 대성전에는 공자와 바로 곁에 있는 4성만 모시고, 둘째 줄에 있는 공문 10철과 송조 6현은 동무에, 셋째 줄의 동국 18현은 서무에 모시는 것이 더 합당하지 않았을까 생각한다.

추측건대 동무와 서무를 비워두고 대성전에 모든 위패를 모신 또 하나의 이유는 향사를 간소화하려는 뜻이 아니었을까 짐작한다. 지금도 봄가을의 석전제뿐만 아니라 매월 초하루와 보름에 봉향이 이루어지는데, 이때 대성전에 봉향한 뒤 동무와 서무에 차례로 제를 올려야 하는 번거

| **동무** | 대성전 앞뜰 좌우에 있는 동무와 서무는 정면 11칸의 긴 홑처마 맞배지붕 건물로 대단히 엄숙한 인상을 준다. 본래는 위패를 모신 공간이었지만 여기에 모셔져 있던 중국 학자의 위패는 매안하고 동국 18현의 위패는 대성전으로 옮김으로써 동무와 서무는 비어 있다. 반대편에 똑같은 크기와 형식의 서무가 있다.

로움이 생길 수 있다. 그렇다면 차라리 봉향 형식을 바꾸어야지 동무와 서무를 현재처럼 비워두는 것은 미안한 일이다.

동국 18현의 문묘 배향 과정

동국 18현의 문묘 배향은 1천 년을 두고 한 분씩 한 분씩 모셔온 것이 신라의 설총부터 조선 후기 박세채까지 열여덟 분에 이르게 된 것이다. 그러나 시대순은 아니었다. 문묘에 가장 먼저 배향된 우리나라 명현은 고려 현종 4년(1013)에 모신 최치원(崔致遠)이었다. 그리고 9년 뒤인 현종 13년(1022)에 최치원보다 앞 시대 인물인 설총(薛聰)을 추봉(追封)해

종사(從祀)했다. 그후 충숙왕 6년(1319)에는 안향을 모셨다. 이때의 논의 과정에 대해서는 현재 자세히 알려진 것이 없다.

조선왕조에 들어서는 임진왜란 전까지만 해도 시대순이었다. 태종 때부터 성종 연간까지는 권근(權近)의 문묘 배향이 논의되었으나 결국 이뤄지지 못했고 중종 12년(1517)에 조선왕조 들어 처음으로 정몽주가 종사되었다. 그러다 광해군 2년(1610)에 비로소 김굉필·정여창·조광조·이언적·이황을 배향하기로 확정했다. 이 다섯 분을 '동국 5현'이라고 지칭했다.

이때 퇴계 이황과 쌍벽을 이루었던 경상우도 남명 조식이 빠진 것에 대해 그의 제자인 대북파의 정인홍(鄭仁弘)이 불만을 품고 이황과 이언적의 문묘 종사를 반대하는 상소를 올렸다. 이에 서인·남인·소북과의 대립이 심해졌고 성균관 유생들이 이황과 이언적을 옹호하는 상소를 올리면서 오히려 정인홍을 성균관 유적(儒籍)에서 삭제하는 일이 벌어졌다. 정인홍은 차라리 조식의 문묘 배향을 주장했으면 좋았을 것을 괜히 이언적까지 물고 들어가 공격하다가 명분을 잃었다고 한다.

1623년 인조반정으로 서인들이 집권하면서 율곡 이이와 우계 성혼의 배향이 줄곧 제기되었으나 반론도 만만치 않아 인조는 '함부로 결정할 수 없다'고 하면서 윤허하지 않았다. 정묘호란 후 인조 13년(1635)에 서인계 유생들이 다시 이를 거론하자 남인계 유생들이 상소를 올리며 반대했다. 격렬한 논쟁 끝에 성균관 유생들이 동맹휴업에 들어가는 공관(空館)까지 일어나 대제학으로 지성균관사(知成均館事)를 겸임하고 있던 최명길(崔鳴吉)이 물러나기도 했다.

율곡이 훌륭한 유학자임에도 문제가 된 것은 그가 한때 승려였다는 사실을 꼬집어 동인과 남인이 공격했기 때문이다. 남인의 지도자인 미수 허목과 고산 윤선도가 앞장서서 반대했다. 율곡은 유학자의 옷을 입은 불교 승려라며 율곡이 도(道)를 우선하고 학문을 뒤로한 것은 학문의 방법을 거꾸로 돌린 것으로 이는 불교의 돈오법(頓悟法)이지 공자의 가르침이 아니라고 했다.

율곡 이이

율곡(栗谷) 이이(李珥, 1536~84)는 3세 때부터 글을 깨치고 8세 때는 화석정(花石亭)에서 팔세부시(八歲賦詩)를 한 천재였다. 13세에 진사 초시에 장원급제한 이후 15세에는 다른 사람에게 배울 게 없다며 스승 없이 조광조를 사숙하다가 백인걸 문하에 들어가 우계 성혼을 만나 평생지기가 되었다. 16세(1551) 때 어머니 신사임당이 세상을 떠나자 3년 동안 묘막 생활을 하면서 삶과 죽음의 문제를 고뇌하며 불교 서적을 읽고 흥미를 느껴서 모친의 삼년상을 마친 뒤엔 금강산 마하연에 들어가 석담(石潭)이라는 법명을 얻고 승려 생활을 했다. 그때 율곡의 나이는 불과 19세였다.

그러나 1년 뒤 결국 불교나 유학이나 도를 찾아가는 것은 매한가지라며 "솔개 날고 물고기 뛰는 이치는 위나 아래나 같은 것/이는 색(色)도 아니요 공(空)도 아니라네"라는 「연비어약(鳶飛魚躍)」이라는 시를 짓고 하산했다. 20세(1555)에 하산해서는 다시 성리학에 열중해 23세 때 58세의 퇴계 이황을 찾아가서 물음을 구하기도 했다. 이때 퇴계는 율곡이 불교에서 과감히 벗어나 유교로 되돌아온 용기를 높이 평가하며 다음과 같은 글을 주었다.

마음가짐에 있어서는 속이지 않는 것이 귀하고,　　持心貴在不欺
벼슬에 나아가서는 일 만들기를　　　　　　　　入朝當戒喜事
좋아함을 경계해야 한다.

퇴계를 만난 바로 그해 겨울 율곡은 생원시 별시(別試)에서 장원했고 29세(1564)에는 식년문과에서 장원급제했다. 이로써 율곡은 13세 이후 모두 9번 장원으로 급제해 구도장원공(九度壯元公)이라는 칭송을 받았다. 이후 호조좌랑으로 벼슬길에 올라 대사간을 몇 번이나 지내며 경륜을 펼쳤고 한때는 파주 율곡으로 물러나 학문에 열중하기도 하다가 49세(1584)에 세상을 떠났다. 임진왜란이 터지자 선조는 피란길에 한탄하며 그의 이름을 불렀다고 하는데 오늘날 우리는 5천원 권 지폐에 그의 초상을 담아 기리고 있다.

율곡과 우계의 배향과 출향

이런 율곡이었지만 문묘 배향 과정은 험난했다. 인조 사후 효종 즉위년(1649)에 재차 성균관 유생들이 상소를 올려 율곡과 우계의 문묘 배향을 제기했으나 이번에도 경상도 유생들의 반대로 이루어지지 못하고 공관 사태가 일어났다. 효종이 죽고 현종 때도 수십 차례 상소했으나 윤허받지 못했고 결국 숙종 6년(1680) 경신환국(庚申換局)으로 서인이 정권을 잡으면서 영의정 김수항을 비롯한 대신들의 찬성을 얻어 2년 뒤인 숙종 8년(1682) 비로소 배향하게 되었다. 이때도 반대 상소가 있었으나 상소자를 귀양 보내면서 사태를 수습했다.

그러나 숙종 15년(1689) 기사환국(己巳換局)으로 남인에게 정권이 돌아가면서 격론 끝에 율곡과 우계의 위패가 문묘에서 출향(黜享)되었다. 그러다 숙종 20년(1694) 갑술환국(甲戌換局)으로 다시 정권이 바뀌면서 두 분이 복향되었다. 출향도 복향도 역사상 다시 있을 수 없는 일이었다. 이때 또한 찬반 대립이 심했지만 이 문제는 여기서 종결되었다.

이후 숙종 43년(1717)에는 김장생이 배향되었고, 영조 32년(1756)에는 송시열과 송준길, 영조 40년(1764)에 박세채, 정조 20년(1796)에 김인후, 고종 20년(1883)에 조헌과 김집이 배향되면서 문묘에 '동국 18현'이 배향되게 되었다.

율곡 이후에 배향된 이들은 모두 율곡학파의 노론계 학자였다. 김장생과 조헌은 율곡의 제자였고, 김집은 김장생의 아들이자 율곡의 사위였으며, 송시열과 송준길은 김장생의 제자이자 김집의 제자였다. 박세채 역시 김집의 제자였다.

탁영 김일손과 남명 조식을 비롯한 영남학파 학자와 퇴계학파의 학봉 김성일, 서애 류성룡, 한강 정구, 여헌 장현광, 우복 정경세 등은 문묘 배향이 추진되었으나 끝내 이루어지지 않았다.

문묘에 공자와 함께 배향된다는 것은 유학자로서 최대의 영광이다. 옛말에 "정승 10명이 죽은 대제학 1명에 미치지 못하고, 대제학 10명이 문묘 배향 학자 1명에 미치지 못한다"는 말이 있을 정도다. 요즘 세상에서 말하는 명예의 전당 이상의 의의가 있다. 이는 종묘의 공신각(功臣閣)에 배향되는 것과 마찬가지로 자신은 물론 가문의 큰 영광이 틀림없었다. 그러나 배향 과정에 사사로움이 개입했기 때문에 절대적 평가로서의 의의는 희석되어 상실되고 말았다.

퇴계 이황도 살아생전에 최치원은 유학자가 아니라 문장가고 불교에 심취해 있었기 때문에 문묘에 배향된 것은 옳지 않다 했다. 일찍이 율곡 이이 역시 설총과 최치원은 유학자가 아니고 안향도 사직을 안전하게 한 신하이지 유학자는 아니므로 문묘 배향은 맞지 않다는 견해를 말하기도 했다.

요즘 식으로 말하자면 학술원 회원, 예술원 회원이 되는 것은 학자로서 예술가로서 큰 영광이지만 그것이 학문적·예술적 평가의 전부는 아

문묘 배향 동국 18현

신라

호	성명	생몰연도	배향연도	비고
빙월당(氷月堂)	설총(薛聰)	650경~?	고려 현종 13년(1022)	
고운(孤雲)	최치원(崔致遠)	857~?	고려 현종 4년(1013)	

고려

호	성명	생몰연도	배향연도	비고
회헌(晦軒)	안향(安珦)	1243~1306	고려 충숙왕 6년(1319)	
포은(圃隱)	정몽주(鄭夢周)	1337~1392	조선 중종 12년(1517)	

조선 전기

호	성명	생몰연도	배향연도	비고
일두(一蠹)	정여창(鄭汝昌)	1450~1504	광해군 2년(1610)	
한훤당(寒暄堂)	김굉필(金宏弼)	1454~1504	광해군 2년(1610)	
정암(靜庵)	조광조(趙光祖)	1482~1519	광해군 2년(1610)	
회재(晦齋)	이언적(李彦迪)	1491~1553	광해군 2년(1610)	
퇴계(退溪)	이황(李滉)	1501~1570	광해군 2년(1610)	종묘 선조 배향
하서(河西)	김인후(金麟厚)	1510~1560	정조 20년(1796)	
우계(牛溪)	성혼(成渾)	1535~1598	숙종 8년(1682)	
* 숙종 15년(1689) 출향 – 숙종 20년(1694) 재배향				
율곡(栗谷)	이이(李珥)	1536~1584	숙종 8년(1682)	종묘 선조 배향
* 숙종 15년(1689) 출향 – 숙종 20년(1694) 재배향				

조선 후기

호	성명	생몰연도	배향연도	비고
중봉(重峯)	조헌(趙憲)	1544~1592	고종 20년(1883)	
사계(沙溪)	김장생(金長生)	1548~1631	숙종 43년(1717)	
신독재(愼獨齋)	김집(金集)	1574~1656	고종 20년(1883)	종묘 효종 배향
동춘당(同春堂)	송준길(宋浚吉)	1606~1672	영조 32년(1756)	
우암(尤庵)	송시열(宋時烈)	1607~1689	영조 32년(1756)	
남계(南溪)	박세채(朴世采)	1631~1695	영조 40년(1764)	종묘 숙종 배향

니기 때문에 누가 학술원 회원이고 누가 예술원 회원인지 우리가 잘 모르듯이 동국 18현에 대해서도 사람들이 무감각해지고 말았던 것이다. 내가 동국 18현에 대해 무식했던 것은 무죄였다.

천리마 꼬리를 잡고 가는 파리도 천리를 간다

내가 성균관대에 입학하게 된 이유가 꼭 문묘에 배향된 18현 때문만은 아니었지만 하나의 동기였기 때문에 이에 대한 관심을 놓지 않은 것은 사실이다. 동국 18현만이 아니라 4대 성현과 송조 6현에 대해서도 마찬가지였다. 이분들에 대해서 따로 공부한 바는 없어도 설혹 그 이름이 나오면 다시 한번 눈여겨보고 귀 기울이곤 했다.

지도교수인 상허 안병주 선생님이 강의하시다 무슨 이야기 끝에 예를 들면서 이런 말씀을 하셨다.

"천리마 꼬리를 잡고 가는 파리노 천리를 간다."

그때 수강생들은 배꼽을 잡고 한바탕 웃었는데 이 오묘한 말이 오래도록 잊히지 않아 그 전거를 찾아보니, 공자 바로 곁에 첫번째로 위패가 모셔져 있는 안자(顏子)의 이야기에 나오는 구절이었다. 안자라 불리는 안회(顏回)는 공자의 뛰어난 제자 중 한 분이었지만 공자보다 일찍 세상을 떠났고 포부를 실현할 기회도 없었다. 그러나 결국 성인의 반열에 올라 대성전의 공자 바로 곁 가장 중요한 자리에 모셔져 있다. 그가 추앙받는 이유는 완성된 인격 덕분이었다. 공자는 일찍이 안자를 가리켜 "등용되면 나아가 경륜을 펼치고, 물러나면 조용히 도를 지켜나갈 사람은 오직 나와 안회뿐이다"라고 말할 정도였다.

안자가 그런 성인의 경지에 도달할 수 있었던 것에 대해 사마천은 『사기열전』의 첫번째로 「백이열전(伯夷列傳)」을 쓰면서 백이는 공자가 그를 위대하다고 평한 후 더 높이 평가받게 되었다며 또 하나의 예로 안자를 들었다.

  안회는 비록 독실하게 공부하기도 했지만 공자라는 천리마 꼬리를 붙잡았기 때문에 그 덕행이 더욱 드러났다.

  여기서 사마천이 천리마 꼬리에다 비유한 것에 대해서는 당나라 사마정이 『사기』의 주석으로 쓴 『색은(素隱)』을 보면 '기미창승(驥尾蒼蠅)'에서 나온 것이라고 한다. '기미'는 천리마 꼬리고 '창승'은 파리다.

  파리가 천리마 꼬리를 잡으면 천리를 간다.　蒼蠅附驥尾而致千里

  안회가 성인의 경지에 도달한 것은 공자라는 훌륭한 분을 만나 끝까지 포기하지 않고 그분처럼 생각하고 행동하면서 배운 결과라는 뜻이다. 요즘 '롤모델'이라는 화두가 유행해 학생들에게 자기 인생의 롤모델을 찾아보라는 숙제를 주는 것도 사실 이와 다르지 않을 것 같다. 무명자 윤기가 「반중잡영」 220수를 읊은 것도 따지고 보면 평생 성호 이익을 존경해 그 천리마 꼬리를 놓지 않고 실학 정신의 자세를 실천한 것이라고 할 수 있다.

  이것을 속되게 풀이하자면 실력 없는 자는 천리마 꼬리라도 붙잡고 같이 가는 수밖에 없다는 인생의 한 처세술일 수도 있다. 이는 첫째 뒤통수만 보고 달리면 둘째는 될 수 있다는 상업적·외교적 기술보다 한 수 위다. 실력이 없으면 천리마 꼬리를 잡는 것이 상책이 아닐 수 없다.

그러나 인생의 황혼에 든 나 같은 사람은 이제 와서 어떤 천리마 꼬리를 잡아야 한단 말인가. 가만히 생각해보니 나는 그동안 그것이 천리마의 꼬리인지 아닌지 상관없이 문화유산의 꼬리에만은 파리가 아니라 진드기처럼 달라붙어 살아왔던 것 같다. 내가 붙잡은 문화유산은 교(敎)도 아니고 학(學)도 아니기에 누구에게 믿으라고 할 것도 없고 알아달라고 애쓸 것도 없이 나 홀로 찾아갔다. 성균관 은행나무 단풍이 절정에 달하는 때를 다이어리에 써놓은 것은 그날 나의 천리마가 거기로 달려갈 것이기 때문에 꼬리를 놓치지 않고 따라가려는 것일 뿐이다.

대성전 앞뜰과 전사청

대성전 월대 앞에는 측백나무 두 그루가 있는데 그중 오른쪽은 줄기가 5개로 뻗어 올라갔다. 그런가 하면 전사청(典祀廳) 대문 앞에 있는 잣나무는 세 줄기로 자랐다. 그래서 사람들은 이 두 나무를 삼강오륜에 빗대며 나무도 대성전 앞에서는 그렇게 예를 갖추어 자랐다고 신통해한다.

전사청은 향사를 위한 공간으로, 서무의 북쪽 벽에 붙어 있는 돌담에 2개의 작은 문이 나 있는데 안으로 들어가면 문묘의 향사를 위한 건물들이 오밀조밀하게 모여 있다. 향사 때 사용하는 제수를 준비하는 전사청, 문묘의 관리를 담당하는 남자 하인들이 거처하던 수복청(守僕廳), 향사에 사용되는 제물을 검사하고 손질하던 포주(庖廚), 제기를 보관하는 제기고(祭器庫) 등이 있다. 제기고의 굳게 닫힌 문짝 기둥에는 지금도 '대전고(大殿庫)' '동무고(東廡庫)' '서무고(西廡庫)'라고 검은 나무판에 흰 글씨로 쓴 문패가 달려 있다.

건물 하나하나가 용도에 알맞은 크기이고 기능에 따라 제 위치에 배치되어 있다. 대문이 둘로 나 있는 것은 제기를 옮기는 것이 보통 일이

| **오륜나무** | 대성전 월대 앞에는 측백나무 두 그루가 있는데 그중 오른쪽은 줄기가 5개로 뻗어 올라가서 '오륜나무'라는 별칭이 붙었다.

아닌지라 이를 위한 배려로 보인다. 전사청은 안에 들어가서 볼 때보다 대문 밖에서 볼 때 한옥의 멋을 한껏 자랑한다.

나는 슬라이드를 분류하면서 전사청 앞 사진을 보고 잠시 놀란 적이 있다. 성균관에 이렇게 예쁜 공간이 있었던가 싶어 다시 확인해보았다. 아름답기로 유명한 여주 효종대왕 영릉(寧陵)의 재실 같은 분위기가 있다. 사괴석으로 단정하게 쌓은 기와 돌담 양쪽에 나 있는 아담한 문, 그 너머로 보이는 전사청의 맞배지붕과 멀리서 고개를 내민 수복청의 팔작지붕, 그 선의 어울림이 높낮이를 달리하면서 조화롭게 어우러진다. 참으로 정겨운 우리 한옥의 아름다움이다.

| **삼강나무** | 전사청 대문 앞에 있는 잣나무는 세 줄기로 자라나 '삼강나무'라는 별칭이 붙었다.

석전대제

성균관 대성전에서는 매년 봄가을로 두 차례 석전제(釋奠祭)가 열린다. 석(釋)은 '베풀다' 또는 '차려놓다'라는 뜻이며, 전(奠)은 추(酋)와 대(大)의 합성자로서 '酋'는 술항아리에 덮개를 덮어놓은 형상이고, '大'는 물건을 얹는 받침대를 상징해 '제주(祭酒) 항아리를 대에 올려놓는다'는 뜻으로 곧 제사 지내는 것을 의미한다. 석전제를 석채(釋菜)라고도 하는데 이는 제상(祭床)에 소, 양 등 고기는 빼고 채소만을 올리는 약식 제향에서 유래한 것이지만 이와 관계없이 석전제와 같은 의미로 사용했다.

석전제는 음력 2월 첫번째 정일(丁日)과 8월 첫번째 정일에 열린다. 양력을 쓰는 우리 입장에서는 번거롭기 그지없어 날짜를 맞추기 어려운데 옛사람들이 이렇게 정한 데에는 다 근거가 있다. 2월과 8월은 바로 중춘(仲春)과 중추(中秋)다. 사계절 중 봄기운과 가을기운이 한창인 때 첫번째 맞이하는 정일이다. 10간은 모두 나름대로 의미와 상징을 갖고 있어 갑(甲)에는 처음이라는 의미가 있고 경(庚)은 바꾼다는 상징이 있는데, 정(丁)은 정녕(丁寧)이라는 의미가 있다. 그래서 중춘·중추 정일에 제를 올리는 것이다.

석전제는 전국의 200여 개 향교에서도 같은 날 동시에 열리는데 성균관만은 제례악과 팔일무(八佾舞)가 행해져 석전대제(釋奠大祭)라 하며 국가 중요무형문화재 제85호로 지정되어 있다. 지금은 『국조오례의(國朝五禮儀)』의 규정을 원형으로 하여 석전제 보존회에서 지내고 있지만 본래는 국가에서 유생들과 지내는 성균관의 행사였다.

성균관 석전대제에 직접 참석했던 무명자가 증언하기를 기일에 앞서 대성전 안팎을 깨끗이 청소하고 악기·제기·탁자를 손보는 것을 호조와 예조의 낭관이 와서 살펴보며 준비가 시작된다고 했다. 3일 전에는 청재(清齋)에 든다고 해서 명륜당 동문 안에 별청을 설치하고, 학생회장인 장의는 제례에서 대성전·동무·서무에 진설(陳設)하고 술을 올리는 집사(執事)들을 문벌 있고 명망 있는 유생 중에서 선발했다고 한다.

하루 전에는 조정의 제관(祭官) 30여 명이 들어와 향관청과 향대청에 묵으며 제례 준비를 확인하고 장악원(掌樂院)의 악사들도 들어와 대기했다. 초헌관은 예조판서가 맡는 것이 관례이고 아헌관은 대사성, 종헌관은 사성이 맡는다. 전사청에서는 봉상시 관리들이 와서 제물을 검사한다. 그리고 오후에 제례악을 포함해 예행연습을 했다.

당일 3경 1점(三更一點)에 북을 두드리면 각 방에 등이 켜지고 유생들은 일어나 세수하고 죽을 먹는다. 3경 1점은 밤 11시 정각이다. 옛날 시각은 밤을 1경(오후 7시)부터 5경(오전 5시)으로 나누었고 30분 단위로 하여 점으로 세분했다. 따라서 3경 1점은 밤 11시, 3경 2점은 11시 30분, 3경 3점이 자정, 3경 4점이 0시 30분, 4경 1점이 오전 1시가 된다.

4경 1점(오전 1시)에 예를 거행하기 시작하면 마당에 큰 횃불을 두 줄로 나열하고 대성전 앞에는 작은 횃불을 설치하여 대낮처럼 밝히며 대성전 동무·서무 안에 촛불을 켰다.

모든 집사가 자기 자리에서 홀기(笏記)를 읽는 대로 예를 거행한다. 먼저 폐백을 올리는 전폐례(奠幣禮)에 이어 초헌관이 신위 앞에 첫 술잔을 올리고 대축(大祝)이 축문을 읽은 뒤, 두번째 술잔을 올리는 아헌례(亞獻禮), 세번째 술잔을 올리는 종헌례(終獻禮)로 이어진다. 헌례 때마다 제례악이 울리고 팔일무(八佾舞)가 추어진다. 모두 종묘 제례와 비슷하다. 문무(文舞)는 오른손에 약(籥, 피리), 왼손에 적(翟, 꿩의 깃)을 들고 추며, 무무(武舞)는 오른손에 간(干, 방패), 왼손에 척(戚, 도끼)을 들고 춘다.

이후 음복을 하는 음복례(飮福禮), 대축(大祝)이 제상의 변(籩)과 두(豆)를 거두는 철변두(撤籩豆)로 이어진다. 변은 대나무로 만든 제기로 과일을 담고, 두는 나무로 만든 굽이 달린 제기로 국을 담는다. 이어 초헌관이 망료위(望燎位)에서 축문과 폐백을 태우는 망료례(望燎禮)를 지내면 제례가 끝난다. 그 진행 순서가 종묘 제례와 똑같다.

무명자가 말하기를 옛날에는 제례가 끝나면 하늘이 밝아오고 해가 뜬다 했는데 지금은 수복이 빨리 진행함을 능사로 알아 5경 3점(오전 4시)에 치는 파루(罷漏)가 울리기 전에 끝나니 탄식할 일이라고 했다. 그러면 우리는 통탄을 해야 할 것인가.

문묘제례악

문묘제례악은 세종 때 박연(朴堧)이 중국의 전적을 참고해 옛 주나라 제도에 가깝게 바로잡았으나 임진왜란을 겪으며 흩어졌고 광해군 때 『악학궤범(樂學軌範)』에 준해 복구했다고 한다. 전체적으로 종묘제례악과 그 분위기는 비슷하나 악기 편성이나 노래 가사인 악장(樂章) 등이 전혀 다르다.

문묘제례악은 영신에서는 응안지악(凝安之樂), 초헌에서는 성안지악(成安之樂) 등 제례의 각 단계마다 음악이 연주되며 음악에 맞추어 부르는 노래인 악장(樂章)은 한 음에 한 글자씩 4자 1구이며 모두 8구로 32자다. 그중 한 예를 보면 다음과 같다.

크도다 선성(先聖)이시어	大哉先聖
도덕이 존숭하고	道德尊崇
문선왕(文宣王)으로서 교화를 펼치시니	維持王化
온 백성이 이를 으뜸으로 삼도다	斯民是宗

문묘제례악은 대단히 단순하다. 2분음표 길이의 4음을 한 소절로 해 모두 여덟 소절로 한 곡을 이루는데, 매 소절 끝음에는 북을 두 번 쳐서 한 악절이 끝나는 것을 알린다.

악기는 아악기만을 사용하고 당악기나 향악기는 전혀 사용하지 않는다. 아악기는 그 제작 재료에 따라 쇠〔金〕·돌〔石〕·실〔絲〕·대〔竹〕·바가지〔匏〕·흙〔土〕·가죽〔革〕·나무〔木〕 등 모두 8종으로 나뉜다.

종묘제례와 마찬가지로 당상(堂上)에 악기를 진설한 등가(登歌)와 당하(堂下)에 악기를 진설한 헌가(軒架)는 두 곳에 있는데, 등가는 금(琴)과 슬(瑟)을 두어 현악기가 보이는 대신 헌가는 진고(晉鼓) 등 큰북과 여타의 타악기들로 자못 웅대하다. 영신은 헌가에서, 전폐와 초헌은 등가에서, 아헌과 종헌은 헌가에서 교대로 연주한다.

문묘제례악과 종묘제례악

　나는 문묘제례를 참관한 적이 두 번 있다. 올봄 성균관 답사기를 쓰기 전에 문묘제례악을 다시 음미하고자 꼭 가보려 했지만 상정일(上丁日, 매달 첫째 정일) 날짜를 계산하는 것이 복잡해 놓치고 말았다. 항시 궁금한 것이 문묘제례악과 종묘제례악이 주는 감상의 차이라 한번 더 느껴볼까 했는데 시기를 놓치고 말았다. 사실 들어봤자 제대로 이해했을 성싶지 않아 차라리 전문가에게 물어보기로 했다. 우리나라 전통음악을 전공하는 한국예술종합학교의 이진원 교수와 면식이 있어 전화로 몇 가지를 확인했는데 참으로 유익했다.

　"문묘제례악이 종묘제례악처럼 장중한 느림의 미학이 있는 것은 알겠는데 종묘제례악보다 가슴에 와닿지 않는 것은 왜 그럴까요?"
　"오늘날 종묘제례악은 세종 때 향악과 고취악을 사용해서 만든 궁중 회례악이었던 「보태평」과 「정대업」을 세조 때 도입한 것이기 때문에 우리 정서가 많이 들어가 있어요. 하지만 문묘제례악은 엄밀히 말해서 우리 음악이 아니라 고려 예종 때 송나라에서 들어온 것을 세종 때 박연 등이 『주례』 『통전』 『악서』 『석전악보』 등을 참고해 충실히 복원했던 것이 지금까지 전하고 있기 때문이겠지요."
　"처음부터 끝까지 네 음만을 반복적으로 부르기 때문에 가락도 없고 길이도 일정하고 리듬도 없는 것 같아요."
　"한 음을 반복적으로 길게 내기 때문에 리듬이 없는 것 같지만, 그것이 바로 반복적이며 규칙적인 느린 리듬을 갖고 있는 것입니다. 잘 들어보시면 시작하는 음의 마지막을 끌어서 여미잖아요. 이러한 연주가 음악에 생명력을 부여하기도 합니다. 음이 움직이는 것이죠."

| 오늘의 문묘제례 |

"듣는 이에게 감동을 주려면 적극적으로 움직여야 하는 것 아닙니까?"

"문묘제례악은 산 사람을 위한 음악이 아니라 넋을 기리는 음악이니까 산 사람을 감동시킨다는 것은 차후의 문제라고 할 수 있습니다. 음악 감상의 차원이 아닙니다."

"그래도 소리의 멋, 흔히 말하는 토리라든지 음을 떠는 농음(弄音)을 넣지 않는 것 같던데요?"

"아악에서는 토리라는 말을 쓰지 않습니다. 일반적으로 전통음악에서 장식음을 시김새(식임새)라고 하죠. 시김새를 많이 쓰지 않는 것은 격식에 충실하려는 뜻입니다. 1차적으로 듣는 사람의 마음을 만져줄 의도가 없으니까요."

"악기 편성의 차이에서 오는 것은 없나요. 훈·지·소처럼 소리의 원단을 들려주는 악기만 있고 멋을 내는 악기가 없어요. 피리도 없고 대금도 없고 정대업에서 쓰는 태평소도 없더군요."

"분명히 차이가 있죠. 종묘제례악이 더 정서에 와닿는 것은 그 때문일 겁니다. 그런데 현재 문묘제례악에서 문제가 되는 점은 중요한 악기인 금과 슬을 배치만 해놓고 연주하지는 못하는 것이에요. 이게 연주되면 조금은 다를 수도 있는데."

"그러면 문묘제례악이 더 형이상학적이라고 하면 될까요?"

"꼭 그렇지는 않아요."

"그러면 내 식으로 말해서 종묘제례악은 진경산수화를 보는 것 같다면 문묘제례악은 중국의 관념산수화를 보는 것 같다고 하면 될까요?"

"듣고 보니 그렇게 말할 수도 있겠네요. 그렇게 이해하시면 되겠어요."

"또 가르쳐주실 것은 없나요?"

"한 가지 중요한 사실은, 중국과 대만에서는 일찍이 문묘제례악이 없어졌지만 우리나라는 이렇게 이어가고 있다는 것입니다. 대만은 1960년대 들어와 우리의 문묘제례악을 참조하여 본격적으로 복원했고, 중국도 문화혁명기에 완전히 없어져버린 것을 근래에 성균관을 통해 배워가기도 했습니다. 아마도 이러한 일의 영향으로 2008년 북경 올림픽 때 장예모(張藝謀, 장이머우) 감독이 연출한 개막식 퍼포먼스에서 문묘제례악 일무처럼 공자와 제자 수천 명이 죽간자를 들고 『논어』의 '온 세상 사람이 모두 형제'(四海之內 皆兄弟也)를 노래한 것이 아닌가 합니다."

"아, 그랬군요."

| 옛날의 문묘제례 |

탕평비

성균관을 답사하고 이제 돌아나가면 주차장 건너편 하마비(下馬碑)에서 답사를 마무리하게 된다. 하마비는 본래 성균관 일대 반촌 어귀에 세워져 있었으나 현재 위치로 이전되었다. 비석 뒷면에는 1519년(중종 14년)에 세웠다는 간기가 쓰여 있고 앞면에는 다음과 같은 경고문이 쓰여 있다.

大小人員 過此者 皆下馬

크건 작건 이곳을 지나는 자는 모두 말에서 내리라.

궁궐·종묘·사직·왕릉 및 관아 입구에 세운 하마비 중 명확한 연대를
알려주는 아주 오래된 비석이다. 이 하마비 곁에는 본래 반수교(泮水橋)
라는 다리가 있었다고 한다.

성균관 답사를 이 하마비에서 시작하지 않았던 것은 바로 그 곁에 있
는 영조대왕의 탕평비(蕩平碑)에서 답사를 마무리하기 위해서였다. 영
조 18년(1742)에 세운 이 탕평비에는 영조가 『논어』 「위정편(爲政篇)」에
나오는 말을 풀어서 친필로 쓴 다음과 같은 글이 있다.

周而弗比 乃君子之公心(주이불비 내군자지공심)

두루 아우르고 치우치지 않는것은 군자의 공적인 마음이요,

比而弗周 寔小人之私意(비이불주 식소인지사의)

치우치고 두루 아우르지 못하는 것은 곧 소인의 사사로운 생각이다.

'탕평'이라는 말은 『서경』 「홍범편(洪範篇)」에 실린 이상적인 정치를
펴기 위한 9가지 규범 중 다섯번째에 나오는 말이다.

無偏無黨 王道蕩蕩 無黨無偏 王道平平

치우침이 없으면 왕도가 탕탕하고 평평하다.

왕세제(王世弟) 시절부터 당쟁의 폐해를 직접 경험한 영조는 즉위하
자마자 1725년(영조 1년) 붕당을 조성하는 자는 종신토록 금고해 국정에
참여시키지 않겠다고 강한 의지를 표명하며 노론과 소론의 영수를 친히

불러 화합케 하고 각 파의 온건론자를 등용해 탕평책을 펼쳐나갔다. 청요직(淸要職)의 자리에 각 파의 인물을 균형 있게 등용해 서로 견제하게 하면서 당파에 따라 인물을 가리지 않고 능력에 따른 등용이 가능하게 되었다. 그래서 영조는 자신의 국정 철학을 돌에 새겨 지성의 상징인 성균관 들머리에 세우게 한 것이다.

영조는 재위 50여 년간 이 탕평책을 놓지 않았다. 탕평책이 얼마나 잘 실현되었는가를 후대의 역사가들이 계산해보고 있지만, 탕평이라는 가치를 정치의 화두로 제시하고 모두가 이에 공감하게 만들었다는 것과 그 덕에 영조시대에 문화가 전에 없이 꽃필 수 있었다는 것은 틀림없는 사실이다.

소인배 정치가들은 여전히 사의(私意)에서 벗어나지 못해도 공심(公心)을 가져야 한다는 그 기본 정신에는 일반 대중도 공감해 세상에

| **탕평비 탁본** | 탕평비에는 영조가 친필로 쓴 20자가 쓰여 있다. '두루 아우르고 치우치지 않는 것은 군자의 공적인 마음이요, 치우치고 두루 아우르지 못하는 것은 곧 소인의 사사로운 생각이다'라는 뜻이다.

| **탕평비각** | 영조는 '탕평책'이라는 국정철학을 돌에 새겨 지성의 상징인 성균관 입구에 세우게 했다.

는 탕평채(蕩平菜)라는 묵무침까지 등장했다.

탕평채의 유래에 대한 여러 가지 설이 주영하 교수의 『식탁 위의 한국사』(후마니타스 2013)에 자세히 쓰여 있는데 정확한 것은 아직 확정 짓기 힘들지만, 영조의 탕평책 이후에 쓰인 『송남잡지』 『경도잡지』 『동국세시기』 등 세시풍속에 관한 책에 나오는 공통된 요리가 삼짇날의 계절 음식 중 하나로 대개 늦봄에서 여름 사이에 먹는 녹두묵무침이다.

탕평채의 재료는 다음과 같다. 먼저 녹두묵은 얇고 가늘게 썰고, 숙주는 삶아 물기를 짜놓고, 미나리는 소금에 절였다가 헹구고는 꼭 짜서 새파랗게 볶고, 고기도 가늘게 썰어 갖은 양념을 해 볶고, 계란은 황백으로 나누어 얇게 지단을 부쳐 가늘게 채 썰고, 김은 구워서 부수어둔다.

탕평채에 들어가는 재료의 색은 각 붕당을 상징했는데, 청포묵의 흰색은 서인을, 쇠고기의 붉은색은 남인을, 미나리의 푸른색은 동인을, 김의 검은색은 북인을 각각 뜻했다고 한다. 다른 색깔과 향의 재료들이 서로 섞여 조화로운 맛을 내는 요리가 탕평채이다.

영·정조시대의 문예부흥을 기리며

탕평비 앞에 서면 영조대왕에 대한 존경심이 절로 일어난다. 누가 뭐래도 영조는 80여 평생을 나라와 백성을 위해 온몸을 바쳤다. 창경궁 홍화문 앞으로 나아가 백성들과 직접 만나 대화를 나누고 그 여론의 힘으로 균역법(均役法)을 강력히 추진했으며, 정신병 탓에 사람 죽이기를 일삼는 사도세자에게 나라를 맡길 수 없어 뒤주에 가두어 죽이는, 아비로서 슬픈 결단을 내리는 등 평생을 탕평 치국에 바쳤다. 그리고 세상을 떠나기 한 달 전 손자(정조)에게 효손(孝孫)이라는 도장을 새겨주면서 「유세손서(諭世孫書)」에 이렇게 당부를 남겼다.

아! 해동 300년 우리 조선왕조는 83세 임금이 25세 손자에게 의지한다. (…) 아! 내 손자야! 할아버지의 뜻을 체득하여 밤낮으로 두려워하고 삼가서 우리 300년 종묘사직을 보존할지어다.

정조는 할아버지의 유지를 받들어 나라를 안정시킴에 온 정성을 다했다. 규장각을 세워 학자를 곁에 두고 국정을 운영했다. 정조는 성균관 유생들에게 은술잔을 내려주면서 "100리 가는 사람이 90리를 반쯤으로 생각하듯이" 끝까지 최선을 다하라고 격려하기도 했다.

인재를 씀에 있어서는 「만천명월주인옹 자서(萬川明月主人翁自序)」에서 냇물이 만 개여도 거기에 비친 달은 하나인바 물이 흐르면 달도 함께 흐르고, 물이 멎으면 달도 함께 멎고, 물이 거슬러 올라가면 달도 함께 거슬러 올라가고, 물이 소용돌이치면 달도 함께 소용돌이치며 달이 각기 그 형태에 따라 비추듯이 사람들은 각자의 얼굴과 기량에 맞게 대하는 것이 군주의 자세라고 했다.

정조가 이처럼 사람을 아꼈기 때문에 이 시대엔 많은 인재들이 배출되면서 문예부흥을 이루었다. 정치에서 번암 채제공, 문학에서 연암 박지원, 사상에선 다산 정약용, 미술에선 단원 김홍도가 나왔다. 번암과 연암과 다산과 단원이 위대하다면 이들을 낳은 정조시대도 위대한 것이다. 이리하여 영조시대에 일어난 문예부흥은 정조시대로 이어졌다.

어떤 세상이 좋은 세상이냐고 물으면 태평성대라고 쉽게 말할 수 있는데 역사상 그런 시대는 없었다. 까마득한 옛날, 증명되지도 않는 요순시대라고 상상할 뿐이다. 그래서 문화사가들은 태평성대라는 말을 쓰지 않는다. 그 대신 한 시대의 치세를 칭송하는 최대의 찬사는 '문예부흥기'다. 서양 역사에서 16세기 이탈리아 르네상스 시대, 동양 역사에서는 18세기 청나라 강희·옹정·건륭 연간이 문예부흥기라는 명예를 갖고 있다. 문예부흥기의 국정철학은 '경국제민(經國濟民) 문화보국(文化保國)' 여덟 글자로 요약된다. 즉 나라를 다스리면서 백성을 구제하고 문화로서 나라를 지키는 것이다.

우리나라 역사에서는 8세기 3분기 석굴암·불국사·에밀레종으로 상징되는 신라 경덕왕 때, 12세기 2분기 고려청자의 전성기인 고려 인종 때, 15세기 2분기 한글을 창제하고 종묘제례악을 정비한 세종대왕 때, 그리고 18세기 후반기 영·정조시대가 문예부흥기였다.

영·정조시대의 문예부흥은 영조시대에 일어난 문화적 변혁이 정조시대에 그 결실을 맺었기 때문에 반세기라는 긴 세월 동안 이어졌다. 미술사로 한정해 말하면, 이 시기엔 중국화풍에 거의 무의식적으로 매몰되어 있던 종래의 그림 세계가 넓어져 우리 산천의 아름다움을 그린 진경산수, 현실 생활상을 묘사한 풍속화가 탄생했고 회화미의 진수를 담아낸 문인화풍이 안착함으로써 미술사의 꽃을 피웠다.

돌이켜보건대 우리 역사상 네 차례 나타난 문예부흥기는 영·정조시대 이후 200년이 넘는 세월이 흐르도록 다시 나타나지 않았다. 지난 반세기 동안 우리는 세계를 놀라게 한 민주화와 산업화를 이루어냈다. 그것을 어떻게 문예부흥기로 승화시킬 것이냐가 우리 시대의 과제인데 나는 영조시대의 예술적 성취를 정조시대가 이어간 모습에서 그 해답의 실마리를 읽어본다.

영·정조시대 회화에 등장한 진경산수·풍속화·문인화라는 새로운 3대 장르는 영조시대에 겸재 정선, 현재 심사정, 관아재 조영석, 능호관 이인상 등 양반 출신의 지식인 화가들이 선구적으로 개척한 것을 정조시대에 단원 김홍도, 혜원 신윤복, 고송 이인문 등 도화서(圖畵署) 화원(畵員) 출신의 전문화가들이 발전시킨 것이다. 그래서 영조시대 그림엔 새로운 것을 시도하는 예술적 고뇌가 서린 내용상의 깊이가 있고 정조시대 그림엔 정교한 테크닉이 두드러지는 형식상의 완결미가 돋보인다.

이를 비약해서 말하자면 의식 있는 지식인들이 제시한 진보적 내용을 능력 있는 테크노크라트(technocrat, 기술관료)들이 형식으로 구현해낸 것이었다. 지난 세월 우리가 쌓아온 값진 경험을 토대로 이제 능력 있는 진정한 엑스퍼트(expert, 전문가)들이 경국제민과 문화보국의 자세로 우리 사회를 이끌어가게 된다면 혹 후세 사람들이 우리가 살던 이 시기를 문예부흥기였다고 말할 수 있을지도 모른다. 그런 영광과 사명이 우리 앞에 놓여 있는 것이다.

사진 제공

강성국	79면
경향신문	162면
국립고궁박물관	220, 245, 263, 266~67, 270면
국립문화재연구소	203, 208, 209, 260, 312면(4번)
국립민속박물관	57면(오른쪽 위, 왼쪽 아래)
국립중앙박물관	82, 89, 93, 311면
김석중	361면
김성철	294, 302면
논산계룡신문	32면
눌와	157면
대통령경호실	113면
문화재청	70~71, 77~78, 194, 197~98, 200, 214, 228, 234, 273, 279, 282~83, 287, 295, 297~98, 300, 304면
서울미술관	144, 146면
서울역사박물관	145, 312면(2·3번)
서울역사편찬원	154면
서울특별시	37, 43, 69, 73(왼쪽 위, 오른쪽 위, 오른쪽 아래), 94, 390면
서울KYC	67면
성균관대학교 대동문화연구원	411면
아웃도어뉴스	75면
연합뉴스	51, 147, 222, 254면
완도군청	333~34면
윤정미	374면
이건창호	173, 175~76면
이돈수	255면
이은지	148면
가쿠슈인대학	22~23면
재단법인 아름지기	178, 288면
조선영상	73면(왼쪽 아래)
조선일보	284면
종로구청	183, 191, 314, 316, 319~20, 322~23, 326, 343~47, 349~50, 352~58, 374면
중앙일보	158, 423면

한국언론진흥재단	55면
한국일보	163면
한국콘텐츠진흥원	50, 253면
한신대학교박물관	327면
한양도성박물관	16~17, 38, 40, 57(왼쪽 위, 오른쪽 아래), 95, 122면(왼쪽)

본문 지도 / 김경진

유물 소장처

간송미술관	161(1번), 438면
개인 소장	44, 45, 115, 161(4번), 186, 245, 274, 289, 414면
고려대학교박물관	90, 248(위), 430면
국립고궁박물관	239면
국립중앙박물관	26, 127, 131, 268면
덴리대학교도서관	164~65면
리움 삼성미술관	19면
명지대학교 LG연암문고	291면
서울대학교 규장각한국학연구원	223면
서울역사박물관	20, 150(왼쪽), 248(아래), 411면
오사카시립동양도자미술관	231면
전주 경기전	25면
조선미술박물관	161면(2·3번)
하버드대학교 아서 M.새클러 뮤지엄	152면
호림박물관	150면(오른쪽)

*위 출처 외의 사진은 저자 유홍준이 촬영한 것이다.

나의 문화유산답사기 10
서울편 2 유주학선 무주학불

초판 1쇄 발행 2017년 8월 21일
초판 21쇄 발행 2023년 1월 2일

지은이 / 유홍준
펴낸이 / 강일우
책임편집 / 황혜숙 김효근 최란경
디자인 / 디자인 비따 김지선 이차희
펴낸곳 / (주)창비
등록 / 1986년 8월 5일 제85호
주소 / 10881 경기도 파주시 회동길 184
전화 / 031-955-3333
팩시밀리 / 영업 031-955-3399 편집 031-955-3400
홈페이지 / www.changbi.com
전자우편 / nonfic@changbi.com

ⓒ 유홍준 2017
ISBN 978-89-364-7440-9 03810